誰もシナリオ通りに
動いてくれないんですけど！

Aoi Kishi

貴志 葵

Ruby collection

Contents

登場《とうじょう》人物《じんぶつ》紹介《しょうかい》

ファルク

乙女ゲーム『セブンスリアクト』の攻略キャラクターであるサンブール侯爵家の長男。乙女ゲームの攻略対象らしく容姿端麗で、頭脳明晰、魔術と武術ともに優秀なパーフェクトボーイ。自身の軽率な嘘で幼馴染のレイルが大怪我を負ってからは彼に対して過保護になり…？

レイル

幼馴染みのファルクに約束をすっぽかされ、運悪く魔物に襲われ瀕死の状態に陥ったところ、走馬灯で自身のいる世界が乙女ゲーム『セブンスリアクト』のものだと気づく。自分が生き残ったことでゲームのシナリオが崩れることを危惧している。

カイル
ドノヴァン辺境伯の養子で学園では変人の異名を持つ。レイルが前世で楽しませてもらっていた配信者のチルドさんの推し。
アルバート
前世でのレイルの推し。王族に忠誠を誓う近衛騎士の家系で騎士団に所属している。
ダリオン
ファルクの親戚の王子。※ゲームの中の王道ヒーローの一人で、実力主義者な面がある。
ルカス
ダリオンの腹違いの弟。ゲームの所謂『糸目キャラ』で腹黒そうにみえるが、そこまで悪い人物ではない(?)
セーラ
『セブンスリアクト』の本来のヒロインで国の救世主となる人物とされていたが、シナリオが進むにつれてレイルが知っている設定と乖離が生じて…?

誰もシナリオ通りに
動いてくれないんですけど！

死の危機に直面した時に見る走馬灯は、それまでの経験の中に死を回避する為の打開策がないかを探す、人の生存本能だと何かで観た気がする。

件《くだん》の走馬灯でそんな情報を思い出したわけだけど、これが生き残る為に何の役に立つのか僕には分からなかった。

レイル・ヴァンスタイン。そこそこ大きな商会を営むヴァンスタイン家の次男坊で、今年十歳になったちょっぴり暗……大人しい男の子が今の僕の身分である。

今の、というのは僕にはおそらく前世と呼ばれるであろう、僕だけど僕ではない他人の記憶があるからだ。いわゆる転生ってやつなんだと思う。

走馬灯の中にレイルのものじゃない記憶が紛れ込んでいた事がトリガーとなり、僕は前世の事を思い出した。

僕のちっぽけな脳みそが、生き残る為に記憶のファイルを手当たり次第に開いていたところ、たまたま開いたのが前世の記憶だったのだろう。

何故《なぜ》走馬灯を見る羽目になったのかと言うと、この世界に当たり前に存在する化け物に、現在進行形で襲われて死にかけているからである。


陽が落ちてもう数時間は経《た》っただろうか。

鬱蒼《うっそう》とした森の中、僕は不安定な樹の上で震える身体《からだ》を叱咤《しった》しながら必死で幹にしがみ付いていた。

樹の下には発達し過ぎた筋肉と鋭すぎる牙《きば》を持った大きな黒い犬のような獣、魔獣と呼ばれるそいつが、獲物が落ちてくるのを今か今かと待ち侘《わ》びてウロウロしていた。

その獲物というのが、涙と鼻水と血で顔面をぐちゃぐちゃにしながらぷるぷる震える……僕だ。

森で遊ぼうと待ち合わせをしていた幼馴染《おさななじみ》がいつまで待っても待ち合わせ場所にやって来ないから、「僕が遅いから先に森に入っちゃったのかも……」と愚かにも幼馴染を探しに一人で森に入り、ばったり魔獣に遭遇してしまったのだ。

最初は幼馴染もこいつに襲われたんじゃと心配したが、多分それはないだろうなと途中から気付いた。約束は多分、すっぽかされたんだ。

木々の密集した、月明かりすら入らない暗闇の中で獣の瞳孔《どうこう》だけが妖《あや》しく緑色に光る。恐ろしい唸《うな》り声《ごえ》にさえ耳を塞《ふさ》げば、蛍に見えない事もないかもしれない……。

そんなしょうもない事を考えてもちっとも恐怖は紛れなくて、僕は幹に回した腕に力を込める。

出会い頭に魔獣に爪で引《ひ》っ掻《か》かれた顔の左半分が、燃えてるんじゃないかってくらいに熱い。

傷からは血がドバドバと溢《あふ》れ出しているのに、不思議と痛みはなくて逆に不安になる。

なんなら木登りなんて今まで一度もした事ないのに、無理矢理登ったせいで剝《は》がれてしまった爪の方が痛かった。

――ここで死ぬのかな……。

この世界より遥《はる》かに平和ボケした前世の記憶を取り戻したところで、魔獣を撃退できる画期的なアイデアなんて出てくる筈《はず》もない。

『熊は横移動が苦手やけぇ、逃げる時は横に逃げんさい』

じいちゃん。人間も横に動くのってそんなに得意じゃないと思うんだ。……いや、そもそも熊じゃないし。

『これからタロ吉の狂犬病の予防注射打ちに行くけどシュンちゃんも一緒に行くか？　狂犬病が何かって？　噛《か》まれたら大変な事になるいびせぇ病気だ』

じいちゃん。下で涎《よだれ》を垂らしてるアレは犬じゃないし、多分この世界に狂犬病はないよ。

……あぁ、無駄に怖くなってきた。

血を流しすぎたせいか、頭がクラクラする。

顔の引っ掻き傷は相変わらず熱いのに、身体は寒くてたまらない。

恐怖とは違った意味の震えでガチガチと歯が鳴った。

このまま意識を失ったらまず間違いなく木から落ちて魔獣に喰《く》われて死ぬ。奇跡的に落ちなくても出血多量で死ぬ。

……治癒魔法なんて、まだ使えないし。

この世界には魔法が当たり前に存在して、僕も簡単な生活魔法くらいなら使えるが、あいにく今この場で役に立ちそうな治癒魔法や攻撃魔法はまだ教わっていなかった。

十一歳からそれらの魔法を教えて貰《もら》える事になっていたので、この状況になるのがせめて後一年遅ければどうにか打開できたのかもしれない。

クソぉ……まだ死にたくない!!　誰か助けに来て!!　父様母様兄様姉様!!

前世の記憶を思い出したら、今いるこの剣と魔法の世界で生きるのが楽しみになってきたのに！無駄に未練だけ増えちゃったじゃんか!!

何か、何かないかと必死で考えていると下方からガリガリと嫌な音が聞こえてきて、僕は恐る恐る下を見た。

なんと猫が爪研ぎで爪を研ぐようなそんな体勢で、魔獣が今の僕の命綱たる木を爪でガリガリと削っているではないか！

え、嘘《うそ》でしょ？　マジで？　そんな事出来る？

僕が「ヒィィ」とか「はわわ」とかフィクションでしか見ないような奇声をあげている間も、魔獣はガリガリ、ガリガリと木を削り、気付いた時には僕がしがみついていた幹がぐらりと傾いた。

一瞬の浮遊感の後、地面へと叩《たた》きつけられ、僕は堪《たま》らず低い呻《うめ》き声《ごえ》を上げた。

落ちた。落ちてしまった。

ゆらりと緑に光る二つの蛍が完全に僕をとらえる。本当に絶体絶命だ。

――ここで僕が死んだら、きっとファルクは沢山怒られちゃうだろうな。申し訳ないな。

これが正真正銘最期の走馬灯だろう。

スローモーションで流れる時間の中で、この世界での幼馴染の顔を思い出す。

ファルク・サンブール。僕の幼馴染。頭の出来も身体能力も、同年代のそれを遥かに上回り、その上容姿だって齢《よわい》十歳にして、同年代の女の子や年上のお姉様方をメロメロにさせてしまうくらいにカッコいい、正にフィクションの登場人物のような男の子。

ん……？　何かが引っ掛かる。

ファルク・サンブール？　ファルク・サンブール。ファルク・サンブール。

冷たさを感じるような青みがかった銀色の髪に、高貴さを感じさせる黄金の瞳《ひとみ》。

頭を駆け巡る記憶。ファルク・サンブール。魔獣。ゲーム。……チルドさん。まさか……!?

しかし、いくらスローモーションに感じるとはいえ実際には間近に魔獣が迫っているわけで。

僕は腰を抜かしたまま後退《あとずさ》り、せめてもの抵抗で近寄ってくる魔獣を追い払おうと蹴《け》り飛ばすように脚を突き出した。

しかし、無情にも突き出した幼く細い右脚に、魔獣の牙が食い込む。

「いﾞいﾞッッ……!!」

声にならない悲鳴が喉《のど》を震わす。痛い痛い痛い。もう本当に無理だ。痛い。死ぬ。

『あ～いけんいけん。タロ吉から玩具《おもちゃ》取り上げたい時は引っ張るんじゃのうて、こう、逆に押し込んじゃるんだ』

「ッがぁアッ！」

僕は魔獣に噛み付かれた右脚を思いっきり魔獣の喉奥に押し込んだ。ぶちぶちと肉が引き裂かれる音がする。あまりの激痛に堪らず声を上げる。

それでも確かに魔獣は怯《ひる》み、牙が抜けて右脚が解放される。

その隙に少しだけ魔獣から距離を取り、僕は両方の手のひらを顔の前で構えた。そこにありったけの魔力を集中させる。どうせ失敗したら死ぬんだ、ぶっ倒れるくらいに魔力を込めてやる。

「くら、……えっっ!!」

瞼《まぶた》を閉じて魔法を放つ。僕でも使える簡単な生活魔法、【灯火】。

この魔法は周囲を明るく照らす光を放つだけの魔法で、殺傷能力なんかは全くない、本当にただのお役立ち魔法だ。

それでも、僕の読みが正しければ。

過剰なくらいに魔力を込めたお陰で、瞼を閉じていても感じるくらいの光量が放たれたのが分かる。

それと同時に「キャンッ!」という、犬が尻尾《しっぽ》を踏まれた時のような甲高い悲鳴が聞こえて、僕は僕の考えが正しかった事を知る。

だがもう瞼を開けて確認する事すら出来なかった。魔力、血液共にすっからかんの僕はそのまま意識を失った。

——この世界は、乙女《おとめ》ゲーム『セブンスリアクト』の世界だ。


優しく頭を撫《な》でられる感覚で、ゆっくりと意識が覚醒《かくせい》する。

——あれ、僕何してたんだっけ……?　今、何時だろ……。そうだ!　魔獣!

ぱちっと瞼を開くと目に入ったのは、すっかりやつれた様子の僕の母だった。

頭を撫でてくれていたのは母様だったのか。

「かあ、さま……?」

「レイルッ!!　レイル、レイル!!　目が覚めたのね!!」

母様は悲鳴のように僕の名前を叫びながら、ぎゅっと僕を抱きしめた。動いた拍子に右脚にツキンとした痛みが走り、思わず顔を顰《しか》めてしまう。

「いてて……」

「あ、ごめんなさい、レイル。……あぁ、よかったわ、レイル。あなた、っ……あなた十日も目が覚めなかったのよ」

母様は溢れ出る涙もそのままに、僕の手を両手で強く握り、震える声で何度も「よかった」と繰り返した。

見覚えのある天蓋《てんがい》付きベッド。豪華な調度品。ここは、きっとサンブール家のお屋敷かな。

——そうか、僕は助かったのか。

一気に気が抜けて、起きたばかりだと言うのになんだかぼんやりしてしまう。全身を襲う酷《ひど》い倦怠《けんたい》感に、十日も寝ていたらそりゃだるいよなと考えた。

元々部屋にいたのか、それとも母様の悲鳴を聞いて駆けつけたのか、気づいたら僕のベッドの周りには沢山の人がいた。

まずはシルウォークと名乗る白いローブを着た宮廷の治癒術師のお爺《じい》さん。シルウォーク様と僕の会話を真剣に聞く父様。目を真っ赤に泣き腫《は》らした兄様と姉様。大号泣する母様とそんな母様の肩を抱きながら母様の涙をハンカチで拭《ぬぐ》っているアリスおば様。

アリスおば様というのは、ファルクの母君で現国王の娘、つまり王女様だ。

商会のお坊ちゃまとはいえ平民の僕如《ごと》きの為に、わざわざ宮廷から偉そうな治癒術師様が来ているのは、おば様が国王に泣きついたんだろうと簡単に想像出来た。

あとは治癒術師様の助手の方らしき方々がいた。

かなり心配かけちゃったみたいだなぁ……。

物凄《ものすご》く大袈裟《おおげさ》な事になっていて、なんだか申し訳なくなってしまい、首をすくめる。

――僕が特大の【灯火】をぶっ放して倒れた後、どういう経緯で助かったかはシルウォーク様が説明してくれた。

行方不明の僕を捜索する為に森に入っていた捜索隊は、謎の発光現象を目撃する。

不思議に思った捜索隊がその現場に向かったところ、血を流して倒れている僕を発見し救助。

捜索隊には治癒魔法を使える人がいたらしく、その場で治癒魔法をかけられた事で本当にギリギリ助かったらしい。後少しでも発見が遅かったら死んでいたと念を押すように何度も言われた。

そう言われる度にこちらがびっくりするくらいに母様が大号泣するので、脅かすのはやめて欲しいと思った。

それにしても【灯火】は魔獣を追い払うだけでなく、居場所を報《しら》せる役割も担ってくれたんだなぁ。

あの時はそんな事全然考えてなかったけれど、結果的に最良の判断だったようだ。

あと、シルウォーク様は傷痕《きずあと》と後遺症が残るだろうと深刻そうな表情で仰《おっしゃ》った。

最初に下級治癒魔法で不完全に治してしまった為に、シルウォーク様でも残った傷を完全に治しきる事が出来ないそうだ。

だからと言って、最初に治癒魔法を使った事は命を繋《つな》ぐという点で決して間違いではなかったので術師を責めないでやって欲しい。日常生活に支障はないだろうが、走ったり飛んだりなどの激しい運動はこの右脚では厳しいだろうとも言われた。

最後に不甲斐《ふがい》ない、とシルウォーク様に謝られて僕は慌ててしまった。

木から落ちた時には百パーセント死ぬと思っていたので、生きてるだけで僥倖《ぎょうこう》だ。助けてくれた捜索隊の人にも感謝こそすれ、恨みなんて全くない。

この脚だって魔獣にくれてやるくらいの覚悟で突っ込んだのに、また歩けるようになるだけで有難い。傷痕だって僕は男だし、次男だし、平民だしで、そんなに深刻な問題じゃないと思う。

そんな感じの事をシルウォーク様に伝えると、シルウォーク様に「まだ幼いというのになんと健気《けなげ》で聡明《そうめい》な子なのだ……！」と、なんか感動された。

シルウォーク様の問診が終わるとみんなが代わる代わる話しかけてきて、心配したとか生きててよかったとか沢山優しい言葉をかけてくれた。少し照れ臭かった。

ふと、ファルクはいないのかなと部屋を見渡すと、部屋の扉側の壁の隅っこで立ち尽くしている彼を見つけた。

「……ファルク」

僕が呼びかけると、ビクッとファルクの肩が跳ねる。

周囲の皆も静まり返ったので、ファルクだけじゃなく部屋全体に緊張が走ったようだ。

恐る恐る、といった様子でファルクがベッドのそばに近付いてくる。

アリスおば様や母様の心配そうな視線が僕に突き刺さるが、大丈夫と笑顔を見せる。

近くで見たファルクはなんなら僕よりも死にそうな顔色をしていて、逆に心配になってしまう。

普段は格好良くセットされたサラサラの銀色の髪はボサボサだし、十歳の子供とは思えないほど隈《くま》が酷い。美少年が台なしだ。

「レイル……」

「ファルク、ごめんね」

「なっ……!?」

ファルクの言葉に被《かぶ》せるようにして、先んじて謝った。

すると、ファルクは驚いたように目を見開いて言葉を詰まらせた。そして、くしゃりと顔が歪《ゆが》む。

「な、んで、っレイルが謝るんだよ……! 俺が、俺が悪いのに……!」

「ファルクは悪くないよ」

「わるいづ!! っ、ごめ、ごめんレイル、レイル、生ぎででよがっだ」

ずっと堪《こら》えていたのだろう、金色の瞳から目が溶けてしまうんじゃないかと心配になるくらいにドバッと涙が溢《あふ》れ出す。いやもう涙だけじゃなくて鼻水とか色々な液体でぐちゃぐちゃだ。

いつだって完璧《かんぺき》なファルクがこんな風に泣きじゃくるのなんて初めて見た。

なんだかつられてしまって、鼻がツンと痛くなる。

気付いたら僕の瞳からもぼろぼろと涙が零《こぼ》れ落ちていた。

前世の記憶を取り戻したとはいえ、身体《からだ》は子供なんだなとどこか冷静な自分が思う。

「う……うぇぇぇん!!」

大人達に宥《なだ》められて泣き止《や》むまで僕達はお互いに謝り合っていた。


『セブンスリアクト』はCSで発売された全年齢対象の女性向け恋愛ゲームだ。

男の僕が何故《なぜ》この作品について知っているのかというと、前世で好きだったゲーム配信者のチルドさんがこのゲームを実況配信していたのを観たことがきっかけだった。

キャラゲーの割に出来がよく、特にダンジョン探索パートは中々やりごたえがあって、チルドさんは恋愛パートそっちのけでダンジョンに潜る事にハマっていた。

楽しそうにプレイするチルドさんにつられて、自分でもプレイし、確かアニメ化された際にはリアタイ視聴した気がする。

僕が今いる世界が何故『セブンスリアクト』の世界だと確信したかというと、我が幼馴染《おさななじみ》のファルク・サンブールが『セブンスリアクト』の攻略対象の一人だからである。

ファルクは銀色の髪と金色の瞳を持つ、サンブール侯爵家の長男。

乙女ゲームの攻略対象らしく容姿端麗なのは当然、頭脳明晰《めいせき》、魔法を使わせれば宮廷魔法使いですら舌を巻き、剣を握れば近衛騎士がスカウト出来ない事を悔やむくらいには盛られに盛られたキャラだった。

そのくせ性格も謙虚で控えめで誰に対しても親切で、何もかも持っているのにひとつも驕《おご》ったところのない正にパーフェクトボーイ。

それだけなら正直、攻略対象としてはクセがなさすぎてつまらないキャラなんだが、ファルクがパーフェクトボーイになったのにはある理由があった。

それはファルクとの親密度を高めていくと聞くことが出来る彼の過去。

――幼い頃、ファルクには同じ歳《とし》の幼馴染がいた。

母の大切な友人の息子《むすこ》であるその幼馴染は、正直に言えば鈍臭く、泣き虫で同年代の子達からはよくからかわれていた。ファルクはその幼馴染と仲良くするようにと母親からキツく言い付けられていたので、いつも幼馴染の事を守ってあげていた。

その結果、幼馴染は優しいファルクにべったり依存するようになった。

どこに行っても後ろをついてくる鈍臭くて泣き虫な幼馴染。何をするにもファルクと一緒がいいと駄々をこねる幼馴染。そんな日々にストレスがたまっていたのだろう。

ファルクはいつものようについてこようとする幼馴染に「今日は森へ探検しに行こう。準備が出来たらいつもの場所で待ち合わせだよ」と嘘《うそ》をついて、他の友人と遊びに出かけた。

初めはすっきりした気分だったが、徐々に罪悪感が込み上げてきたファルクは、早々に引き上げると、急いで待ち合わせ場所の森の入り口に向かった。

しかし、そこに幼馴染の姿はなかった。

怒って帰ったのかもしれない、と幼馴染の家へと向かったがそこにも彼はいなかった。

翌日、幼馴染は森の中で魔獣に食い殺された無惨な姿で発見された。

それ以来、ファルクは自らを責め続けている。

自分の愚かな嘘のせいで幼馴染は死んだ、その罪が永遠に許されることはないと。

幼馴染に償うことは叶《かな》わなくとも、世界の為に、誰かの為に何かをしてなきゃ、生きる価値がないと思ったから誰よりも努力した。

結果、何でも出来るのに誰よりも謙虚で自罰的なパーフェクトボーイが生まれた。

……その幼馴染っていうのが、多分僕、レイル・ヴァンスタイン。……なんか、生きてるけど。

大好きな幼馴染にウザがられていたという事実はレイル少年の心に大きな傷を残した。

しかし、前世の大人としての目線で（何歳で死んだかは覚えていないが確実に成人はしていた）客観的に見ればまぁ、そりゃそうだよなと納得もしていた。確かに僕はめちゃくちゃウザかった。

どうウザいかと言うと、最近行われたファルクの誕生日会でこんな事があった。

侯爵嫡男で且つ、王位継承権も持つファルクの誕生日会ともなれば、そりゃ様々な貴族の方々がいらっしゃる社交の場な訳だ。

本来なら平民の僕など招待されてるだけで驚愕《きょうがく》なんだけど、なんということでしょう。

恐ろしい事に僕は空気も身分の差なんかも読まずに、他の貴族のご令息ご令嬢と交流するファルクの後ろにぴったりとくっついてまわっていたのです。

今思い出すと、ご令息ご令嬢達のこの後ろの妖怪《ようかい》みたいの何なんだろう……って視線が辛《つら》い。心が痛い。弁《わきま》えろよ僕……！　ファルクはさぞかし恥ずかしかった事だろう。

母様父様も愚息の暴走を止めてよ、と両親を責めたくもなるが、思い出してみると何度も止めようとはしてくれてた気がする。

ただ、現国王の愛娘《まなむすめ》であらせられるアリスおば様が「レイルくんはファルクが大好きなのねぇ」と僕にびっくりする程甘々だったので、そんな暴挙が許される空気が出来ていたのだ。

では一体何故、王女殿下であらせられるアリスおば様が、平々凡々どころかちょっと駄目寄りの僕に甘々なのか。

それは僕の容姿が物凄く母様似だからだと思われる。

遥《はる》か昔（というと怒られそうだ）男爵令嬢だった母様とアリスおば様は同じ女学院に通う学友だった。その女学院では上級生が下級生の面倒を見る姉妹制度があったらしく、当時三年生のアリスおば様と一年生だったうちの母様は姉妹の契りを交わしたそうだ。

詳しくは知らないが姉妹になってからアリスおば様は母様を溺愛《できあい》し、その母様にそっくりな僕も同じように可愛がられてるという訳だ。

これだけ聞くと、僕も母もさぞや美しい容姿をしているのだろうなと思われそうだが、そんな事は全然なかった。卑屈になりたくはないが、周囲に派手な美形が多過ぎるのだ。

金髪碧眼《へきがん》の父様はレッドカーペットが似合いそうな派手なイケオジだし、兄様姉様も父様似で華やかな美男美女だ。

アリスおば様はその人間離れした美しすぎる容姿から、細氷王女とか傾国の姫とか呼ばれてたくらいには美しい。神秘的なアイスブルーシルバーの髪に、長い睫《まつげ》毛に縁取られたアメジストを嵌《は》め込《こ》んだかのような瞳《ひとみ》。全てのパーツが完璧に整っていて、見慣れている僕ですらたまに「女神……!?」って動揺することがある。

当然その息子であるファルクも母譲りの銀髪に父譲りの黄金の瞳を持つ圧倒的な美少年で、見慣れている僕ですらたまに「天使……!?」って動揺するくらいに美しい。

ファルクの父君のサンブール侯爵も流石《さすが》に神クラスではないが、とても女性受けしそうな整った品のある顔立ちで、黄金色の瞳が印象的な美丈夫だ。実際凄《すご》くモテるらしい。

そんな人達に囲まれてしまうと、母様と僕だけはなんというか非常に地味だった。

髪の色は母様の故郷の辺境ではありふれたくすんだ感じの黒だし、瞳の色は赤色で少し珍しいけど全く見かけない訳じゃないし、眠たそうな半月状の目つきも美しさの条件からは外れている気がする。

決して不細工ではないと思うけど……思いたいけど、やはり周りに派手な美形が集まり過ぎている。

僕と母様の二人なら地方の農村とかに行ってもすぐに馴染《なじ》めそうだけど、他の皆は確実に浮くと思うもん。

脱線したが、そんな美形集団の中でも群を抜いた美しさを持つアリスおば様に、可愛い可愛いと言われ育った僕は、自己肯定感がバカ高くて、空気も身分の差も読めず、幼馴染にウザ絡みするようになってしまったのであった。

他にも「ファルクがやるなら僕もやりたい！」と一緒に受けてる剣術訓練では、ファルクは真剣で大人とやり合えるくらいの実力があるのに、毎回僕のレベルに合わせた木剣での打ち合いという名のじゃれ合いに付き合ってくれていた。

似たような出来事は山ほどあって、その全てがファルクにとっては負担になっていたんだと思う。

そりゃそうだよ。いくら優秀だからと言ってまだ十歳の子供だ。

いや、本当に申し訳ないやら恥ずかしいやらで、穴があったら入りたいというのはこう言う事かと、前世の慣用句に想いを馳《は》せる。

そんな状態だったんだからさ、元凶の幼馴染に嘘ついたり、ちょっとくらい意地悪したくなっちゃったって仕方ないよ。

その後の事は、不幸な事故としか言いようがない。

——だから。ファルクがそんなに責任を感じる必要はないんだよ。


目を覚ましてから二週間ほど経過した頃。治癒術師様からのお許しが出たので、僕はようやく自宅へと帰れる事になった。

アリスおば様はいつまでもいればいいと言ってくださるけど、流石にそんな訳にも行かない。

サンブール家のお屋敷からヴァンスタイン家までは馬車で半刻もない距離とはいえ、商会の仕事をしながらお見舞いに来てくれる父様は大変だろうし、自宅にいる兄様姉様だって母様が僕に付きっきりのせいで寂しい想いをしている事だろう。早く帰るに越した事はないのだ。

さて、帰る前にいよいよ顔の左半分を覆っていた包帯を外す時が来た。不安そうな表情を浮かべるサンブール母子と母様に見守られながら治癒術師様がゆっくりと僕の包帯を外す。

奇跡的に目が無事だった事は既に確認済みなので、僕自身はもうそこまでの不安はないのだが、こうも注目されていると変に緊張してしまう。普通に雑談とかしてる中でさりげなく外して欲しい。

「あっ、包帯外したんだね～」くらいの注目度でお願いしたい。

「ゆっくり、目を開けて。そう、母君の顔が見えるかい？」

「はい、見えます」

「見えにくいとか、痛みがあるとかはないかい？」

「大丈夫です」

包帯が外されて、久しぶりに両目で世界を見る。

うん、左目の視力には問題ないようだ。

母様の優しい笑顔も、悲しげな表情を浮かべるアリスおば様の顔も、絶望したような表情のファルクの顔もばっちり見えてる。……僕の顔、そんなやばい事になってるのかな？

治癒術師様に渡された手鏡をドキドキしながら覗《のぞ》き込《こ》む。

おぉ……おおお……。こ、これは……！

――大海賊の船長っぽい……!!

酒場でバーボンとか飲んでそうなこの三本傷……。So cool……！

「……ごめん、ごめんね、レイル……」

何も言わずに鏡を見つめていたせいか、僕がショックを受けたと勘違いしたのだろう。ファルクから震える声で、もう何百回目か分からない謝罪をされた。

僕は青白い顔をしたファルクの顔を見る。

隈《くま》は相変わらず濃くてあまり寝られてないのが見て取れる。子供らしく丸かった頬も少し痩《こ》けているし、折角の天使のような美少年フェイスが勿体《もったい》ないぞ。

「だ、大丈夫だよ。だってコレ結構カッコいいと思うし……！　今はまだ子供だからちょっと痛々しいけど、僕が髭《ひげ》の似合う渋い大人になった時には、きっとこの傷のお陰で歴戦の戦士感が出ると思うんだよね……」

僕としては本気で言ったつもりなのだが、ファルクには健気《けなげ》で可哀相《かわいそう》な生き物を見るような目で見られてしまい、それが全く伝わらなかった事を悟った。あとボソッと「……レイルに髭は似合わないと思う」と言ってたの聞こえてたからな。

その後、杖《つえ》を使っての歩行訓練も始めたのだが、よろけた姿を見たファルクに再び泣きそうな顔で謝られてしまい、僕はお互いの為にも早く自宅に帰りたいと心底思った。


無事自宅に戻れた僕は、前世の記憶、特に『セブンスリアクト』について覚えている事を書き出してみる事にした。日本語で書いておけば、もしうっかり他の人に見られても大丈夫だろう。

舞台は王都シルヴァレンス学園。貴族や資産家の御曹司達が通うお金持ち学校。大体が二年くらいで卒業する。

大体、というのは資格有りと認められれば一年で卒業する事も可能だし、基準に満たなければ最大五年間通う事も有り得るからだ。

学力や魔法、剣術などに優れていれば庶民でも特待生として入学が可能で、卒業出来れば将来は約束されたも同然と言われているので、入りたがる人間はとても多い。

主人公は教会育ちの孤児で、たまたま出会ったシルヴァレンス学園の学園長にその秘めたる才能を見込まれて学園に入学する事になる。

攻略対象は七人。

メインヒーローである王太子の息子のダリオン、ダリオンの腹違いの弟のルカス、ファルク、チルドさんの推しのカイル先輩、前世の僕の推しのアルバート。

あとは主人公と同じ教会で育った幼馴染《おさななじみ》と、隠しキャラの古代の魔導士がいた。

ゲームは大きくドラマパートとダンジョンパートの二つに分かれていて、ドラマパートは校内や街を散策しながらキャラクターと会話して好感度を上げていく普通のADV形式。

ダンジョンパートは入る度に構造が変わるダンジョンを冒険してお金を稼いだり、ステータスを上げたり、仲の良い男の子を誘ってダンジョンデート（公式名称）したりするARPG形式。

僕もチルドさんも主にこのダンジョンパートが目当てでゲームをプレイしていた。

『魔獣』はこのダンジョンでよく出てくる雑魚《ざこ》キャラで、光が弱点。

本来は光魔法の【聖なる光】とかで倒すのが正規攻略なんだけど、ほぼコストゼロで使える【灯火】で追い払える事が判明してから本当に雑魚オブ雑魚になった。

まぁ僕はその雑魚に殺されかけたんだけどな！

メインシナリオは……主人公とメインヒーローのダリオンがダンジョンで古代の魔導士の手記を見

つけた事から本格的に始まる。

手記の内容はざっくり言うと『ここは瘴気《しょうき》を集めて魔物の発生を一箇所に集中させる事を目的に作られたダンジョンなので、定期的に最下層のダンジョンボスを倒さなきゃ瘴気と魔物が溢《あふ》れ出して大変な事になるよ』。

……少し要約しすぎた感もあるが概《おおむ》ねこんな感じ。

他にもシルヴァレンス学園は元々そのダンジョンボスを倒せる人材を育成する為の学校だったとか、その手記からは国も知らない情報がボロボロ出てきてそりゃもう大騒ぎになる。

最初はなんでこんな重要な話を国が知らないんだよって思ったけど、戦争やら災害やらでいつの間にやら歴史が断絶してしまったらしい。

記録に残っている限りでダンジョンボスの討伐がされたのは百年前。

近年、通常なら出ないような人里近くでの魔物の目撃情報が相次いでいて、僕が遭遇した魔獣もその一例だった訳だ。

あの森に魔獣が出るなんて滅多にない事で、僕は本当に運が悪かった。

それで、もしかしてヤバい？　となった国と学園が『求ム　ダンジョンボス　討伐セシ勇者』のお触れを出し、主人公がダンジョンボスを倒したらゲームクリア。

このメインシナリオとそれぞれの個別シナリオがあって、フラグが立っているとキャラクター別のEDに入れるようになっている。

ただなぁ、メインシナリオもそれぞれの個別EDも僕にとってそんなにまずい内容のものはなかったと思うんだよな。

攻略キャラの過去話とかは結構暗い話もあったけど、全体的にポップな感じのゲームだったから、そんな酷《ひど》い展開はなかった。

ただ、ダンジョンボスを討伐出来ないままEDを迎えると『瘴気が溢れ出しシルヴァレンス王国は人が生きられる土地ではなくなった……そんな夢を見た！』ってチェックポイントまで戻される。

これが現実世界だとどうなるのかは、ちょっと予想がつかない。

まぁ普通にやってたら主人公がダンジョンボスを倒せないなんて事ないと思うけど……。

僕が生き残っちゃった時点でファルクのシナリオは既に大きく変わってしまった訳だけど、あくまでも個別シナリオの範疇《はんちゅう》なのでまだ取り返しはつくと思う。

存在しない筈《はず》の『レイル』が下手《へた》に『セブンスリアクト』に介入する事によって未来が変わり、主人公が入学して来ないとか、手記が見つからないとかそういう事態に陥るのが一番まずい。

だから僕がやるべきは『セブンスリアクト』のシナリオの流れを変えないように、せめて主人公がダンジョンボスを討伐してくれるまでは死んだ存在のように身を潜めて生きていく事だ。

――ファルクにも、もうあまり関わらない方がいいんだろうな。

ゲームで言うならバグみたいな存在の僕が、攻略対象であるファルクに干渉するのは双方にとってよくない気がする。

……それに、僕、ウザがられてたし。

その事を考えると喉《のど》がきゅっと締まるような感覚がして、途端に胸がジクジクと痛む。

『レイル』は本当にファルクの事が好きだった。

同じ年なのにお兄さんみたいに頼りになって、絵本の王子様みたいにキラキラしてて、困った時は「どうしたの?」って手を差し伸べてくれてさ。

ファルクが優しいのは、ファルクも僕の事が好きで、一番の友達だと思ってるからだと思い込んでいた。アリスおば様の言い付けだから面倒見てくれてるだけだなんて知らなかったんだよ。

じわりと滲《にじ》む涙を乱暴に擦《こす》って、ぷるぷると頭を振る。今はそんな事より、ちゃんと歩けるように訓練するのが先だ。

心配ないよ、大丈夫だよって皆を安心させてあげなきゃ。

その後赤くなった瞼《まぶた》に気付いた母様に優しく抱きしめられて、僕はまた泣いてしまった。

ファルクとはもう関わらない。……そのつもりでいたんだけど。

僕の十一歳の誕生日。未《いま》だリハビリを行っている最中に迎えた誕生日だったので、身内だけのこぢんまりした誕生日パーティーにする予定だったんだけど、サンブール侯爵とアリスおば様とファルクは当然のように現れた。

大変な時に押しかけてしまって申し訳ないとサンブール侯爵に頭を下げられて、父様なんかは物凄《ものすご》くあたふたしてた。

自分の所の領主様にそんな低姿勢で来られたら、そうなるのも無理はないよね。

侯爵様は本当はもっと偉そうに踏《ふ》ん反《ぞ》り返《かえ》っていてもいいお方なんだけど、アリスおば様の方が家庭内でのパワーバランスが強いので、見ているとなんだか前世のお父さん的な哀愁を感じる。

そして、問題のファルクの様子が……。

「レイル、今日の衣装とても似合っているね。髪型も大人っぽくて素敵だよ」

「レイル、足は辛《つら》くないかい？　疲れたら部屋まで俺が連れて行ってあげるから言うんだよ」

「レイル、シェフにレイルの好きなスイーツを沢山作ってもらったんだ。持ってきたから一緒に食べよう」


おかしいです。


この脚で馬術と剣術を続ける事は難しいので、今まで教えて下さっていた先生にお礼と挨拶《あいさつ》をしに、僕は母様と共にサンブール侯爵邸を訪れていた。

母様と先生が話している最中ファルクはずっと俯《うつむ》いていて、僕も声をかけなかった。

関わらないようにしなきゃと思っていたのもあるけど、そもそもファルクにどう接していいかわからなかったから。

今まで一方的に大親友だと思ってた相手が、実は義務感だけで付き合ってくれてましたなんて経験、前世でもないし……。

そんな僕達の気まず～い雰囲気を見かねてか、母様とアリスおば様は話があるからと僕をファルクの部屋に置いてどこかへ行ってしまった。

僕は窓際の椅子に座り、ファルクはその傍らで背筋をピンと伸ばして立っていた。

窓から入る光がいい感じに顔に影を作り、憂いを帯びた表情も相まってフェルメールの絵画みたいだな……とまた一つ前世の記憶を思い出した。

たまにこうやって関連付けられるような出来事があると、記憶のカプセルがガチャガチャからポコリと出てくる感じで、前世の事を思い出した。

部屋の主《あるじ》が立っているのに僕だけ座っているのはなんだか居心地が悪いけど、だからと言って僕が着席を勧めるのもおかしな話なので、ただ黙って窓の外を眺めていた。

先に口を開いたのはファルクだった。

「……本当に済まなかった。俺のせいで馬術も剣術も諦《あきら》める事になってしまって……。どうやったって償えないとは思うけど、俺に出来ることならなんでも」

「何度も言うようだけど、この怪我《けが》は君のせいじゃないって。運が悪かっただけ。……それに、元々馬術も剣術もファルクの真似《まね》がしたくてやってただけだからさ、もういいんだ」

「レイル……」

別に強がっている訳じゃない。本当は身体《からだ》を動かすよりも図鑑を見たり、商会の仕事を手伝ったりする方が好きなインドアボーイなんだ僕は。

貴族のファルクと違って、将来馬に乗る機会も剣を振る機会もまずないだろうし。遅かれ早かれどちらも止《や》めていたと思うんだよな。

ほんと、ただただファルクと一緒に遊びたかっただけ。

ファルクは貴族としての教養を身につける為に真剣にやっていたのに、本当に迷惑な話である。

「あの、……今までごめんね。ぼ、僕、かなり鬱陶《うっとう》しかったよね。もう、付き纏《まと》ったりしないからさ」

安心して、と最後は殆《ほとん》ど聞こえないような声量になってしまった。

これを口にしたら僕らのハリボテの友情は本当に終わるなと思ったけど、ハッピーな未来の為だと思えば、思ったよりもすんなりと口にする事が出来た。

あぁ、でも自分で言っててキツイなぁ。『レイル』がしくしくと心の中で泣いている。

「……そんな事、ないよ」

眉根《まゆね》を寄せたファルクは何かを堪《こら》えるように口をぎゅっと真一文字に結ぶと、僕の正面で床に膝《ひざ》をついた。

「えっ！　いや、ファルク、何やってるの。ダメだよ、早く立って」

これじゃ身分がまるっきり逆だ。侯爵令息が平民に跪《ひざまず》くなんてあってはならない。

ど、ど、どうしよう、どうしたらいい？

ハッ！　……僕がファルクより低い体勢をとればいいのか！　ご、五体投地しかない!!

僕は狼狽《うろた》えながら椅子から降りようとしたが、ファルクの手によって阻まれてしまった。更に両手を握られながら「座ってて」と言われては、もう僕は眉《まゆ》を落とすしか出来なかった。

椅子に座る僕と、立ち膝で僕の両手を握るファルク。配役にさえ目を瞑《つぶ》れば、まるで小さなお姫様と騎士のようだ。ここに座っているのが僕じゃなければさぞかし絵になった事だろう。

「レイルは、もう俺とは会いたくない？」

「そ、……いう訳じゃ……」

「……酷い事したから、そう思われてても仕方ないよな。でも……もし、まだそばにいる事を許してくれるなら、絶対にレイルを守るって約束する」

な、なんかすごい体勢ですごい事言い出したな!?

危なすぎる。僕がピュアな女子だったらプロポーズされてると勘違いするところだった。

カッと顔が熱くなる。多分耳なんて真っ赤になっているだろう。

「ゆ、許すとか許さないとか大袈裟《おおげさ》だよ……ねぇ、やっぱりその体勢、こっちが落ち着かないから、早く立って」

「じゃあ、俺とまた会ってくれる？」

コテン、と首を傾《かし》げるファルク。

くっ、カッコいいのに可愛い……！　顔面が美しすぎて卑怯《ひきょう》だ。僕のような凡人ではとても抗《あらが》えない。未来、すまん。

僕はコクコクと何度も頷《うなず》いた。

「よかった……。ありがとうレイル」

微笑《ほほえ》みながらちゅっと手の甲に口付けられて僕は思わず「ヒィッ!?」と声をあげてしまう。

えっ、えっ??　やっぱり僕口説かれてる？

それとも貴族の間では普通に友達同士でこう言う事するのか？

いやいやそもそも大人びているとはいえ、まだ十歳の子供だ。他意なんてある筈がないだろう。ふぅ……そう、僕もファルクもまだ子供だ。そう考えたら落ち着いてきた。危うく自意識過剰のキショ男になるところだった。

ファルクはふふふ、と笑っていた。

それからファルクはどこか吹っ切れたように、以前のようなキラキラした笑顔を見せてくれるようになったんだけど少し、いや大分変になってしまった。


ホイップした生クリームとクリームチーズの中にドライフルーツとナッツをたっぷり入れて冷やし固めた僕の大好きなスイーツ。一口大にカットされてフォークに刺されたそれが、僕の口元に差し出される。

「レイル、はい。あーん」

同性だってときめかずにはいられないようなとろける笑顔と、甘ったるい声で差し出されたそれを断れる人間がいるだろうか。というか顔が近い。近すぎる。肩と肩が触れ合うどころじゃない。

「……ぅん。……あー」

僕がぱくりと食いつくと、嬉《うれ》しそうに顔を輝かせるファルク。どうしてこうなった。

ファルクは前以上に甲斐甲斐《かいがい》しく僕の世話を焼きたがるようになった。

いや、分かるよ。ファルクは優しいし真面目《まじめ》だから僕の怪我に責任を感じているんだよね。

ゲームのファルクも責任を感じすぎた結果、病んじゃってたし。

ただ方向性がね？　なんか違くない？

「どうだい？」

「ん……おいしい、よ」

だから顔が近いよ!!

吐息の温度すら分かりそうなくらいの至近距離で何度も微笑まれては、僕の心臓が保たない。

心の中ではこうやってツッコミまくっているが、外側の僕はファルク以外にロクに友達もいないような内気な少年なので、ただ顔を赤くして言われた事に返事をするしか出来ずにいた。

助けを求めて視線を彷徨《さまよ》わせるが、父様と侯爵様は別のテーブルでお酒を飲みながら楽しそうに会話をしていて、こっちに気付いてくれないし、母様は困ったように微笑むだけで助け船を出してくれそうな気配はない。

兄様姉様はサンブール家から出張してきたシェフの料理に夢中で、こちらの事なんて見ちゃいない。

あ、あのミートローフ美味《おい》しそう……。

「レイルにミートローフを切り分けてあげて」

「かしこまりました」

なんで分かるんだよ。そしてまたあーんしてこようとするのをやめろ！　………美味しいけど！

そんな僕とファルクの攻防をアリスおば様はすごーくご機嫌そうな笑顔で見ていた。あまりにも眩《まぶ》しいその笑顔に僕は一瞬女神様が降臨なさったのかと動揺してしまった。いつもの事である。

クソぉ、ファルクのこの態度は、またあなたの差し金ですか。そういうの結構傷付くんだぞ。『レイル』はドキドキしながらも大好きなファルクに構ってもらえて喜んでいるが、前世の大人の部分が騙《だま》されるなと警鐘を鳴らす。

また好かれてるなんて勘違いすれば、真実に気付いた時傷付くのは自分だ。

……仕方がないだろ、大人は常に予防線を張りたがるものなんだよ。

まぁいいさ。最悪でも僕がシルヴァレンス学園に通わなければ、『セブンスリアクト』のシナリオへ与える影響は最小限で済む筈《はず》だ。絶対に主人公がファルクルートに入るとも限らないし。

それまで幼馴染《おさななじみ》として普通に仲良くするくらいなら、大丈夫……だと……思う。多分。

◇◆◇

少し身体が小さくて、声も小さい、引っ込み思案な俺の幼馴染。

母から面倒を見るように言いつけられて、少し面倒だなと思う事はあったけど、疎ましいとか、嫌いだとかそんな風に思っていた訳じゃなかった。

ひよこのように俺の後をついてくるのも、なんでも真似したがるところも、それだけ好かれていると思えば悪い気はしなかった。

ただ、その日はなんだかとても気分がくさくさしていて。

朝から母に叱られたりだとか、メイドが掃除の際に俺の大切にしていた置物を割ってしまった事であったり、前日にお茶会で皆に幼馴染との関係を揶揄《やゆ》された事だったり。

今思えば本当にどうでもいい事で、鼻で笑えるような出来事だった。

そんな下らない事で、俺は大変な事をしでかしてしまった。


あの日の事を、俺は一生後悔するのだろう。


レイルとの約束をすっぽかして、貴族の子弟仲間達と狩りに出掛けた。最初はレイルとじゃ出来ない過激な遊びにワクワクしていたけど、俺の気持ちは次第に沈んでいった。

森の入り口で一人ぽつんと、いつまでも来ない俺を待ち続けるレイルの姿を想像してしまっては、もう狩りを楽しむどころじゃなかった。

『ごめんね、約束の時間を間違えていたんだ。お詫《わ》びに今日はレイルの好きなおやつを食べながら、一緒に魔法動物の図鑑を読もう』

そんな風に言えば、きっとレイルは許してくれる。あの眠たげで大きな目をきゅっと細めて『うん』って頷いてくれる筈。

だが、レイルは待ち合わせ場所にも自宅にも、どこにもいなかった。

大人達が森の中にレイルを探しに行った。俺も探しに行こうとしたけど、止められてしまった。

日が沈んで数時間経《た》ったころレイルは見つかった。

――レイルは生きていた。

生きてはいたけど、酷《ひど》い怪我《けが》を負っていて、いつ命の灯《ともしび》が消えてもおかしくなかった。

何の役にも立たない俺がレイルの運ばれた部屋に入れる事はなかったのだけど、運ばれている最中にその姿を遠目にチラッと見る事だけは出来た。

小さい身体《からだ》は血と泥に塗《まみ》れ、隙間から覗《のぞ》く素《もと》より白かった肌は更に青白く、四肢が力なく投げ出されていた。

ショックが大きすぎて、俺は崩れ落ちる様にその場に座り込み、使用人に無理矢理自室に連れて行かれるまで動けなかった。

その時の事はよく覚えてなくて、ただただ神に祈っていた気がする。俺が代わりに死んでもいいからレイルを助けてとひたすらに。

そして母がお祖父様《じい》……王様にお願いして、宮廷から送って頂いた高位の治癒術師の治癒魔法により、なんとかレイルの命は繋《つな》がれた。

そして十日の眠りから目覚めたレイルはこともあろうに、俺に「ごめんね」と謝ってきた。

謝るべきは俺なのに、どうして、どうして。死ぬかもしれなかったのに。

レイルの声にも瞳《ひとみ》にも俺を責めるような色は一切含まれていなかった。

——どうして君はそんなに……。

レイルが失踪《しっそう》してから麻痺《まひ》したかのように反応しなかった涙腺《るいせん》が決壊し、みっともないくらいに泣いた。

消えない傷痕《きずあと》と今後走る事が叶《かな》わない右脚。

どうしてあんな嘘《うそ》をついてしまったんだろう。いくら悔やんでも、自分を責めても、どうにもならない。誰も俺を責めてくれないのが余計に辛《つら》かった。

幼く丸い頬に走る凶爪《きようそう》の痕《あと》を見る度に、息をする事すら嫌になるほどの後悔に苛《さいな》まれた。

苺《いちご》の飴玉《あめだま》のように透き通った赤い瞳が失われなかった事だけが唯一の救いだった。

自分の愚かさと無力さに打ちのめされる俺とは裏腹に、レイルは驚く程気丈だった。

レイルは怪我をしてから変わった。

以前は同じ年の子に比べ精神面も肉体面も少し幼く、身内に対しては甘えたなところがあったが、それがなくなった。

一番辛いのは本人だろうに、逆に憔悴《しようすい》する俺の事を気遣うような素振りを見せたりもする。

レイルは元々優しい子だったけど、そんな強さは持っていなかった。

九死に一生の体験が、彼を一足飛びに大人にさせたんだろうか。

それもまた、俺の罪悪感を煽《あお》った。

俺がいつまでも同じ場所で立ち止まっていても時間は戻らないし、止まってもくれない。

少しずつ普通の日常を取り戻しても、剣術訓練にも馬術訓練にもレイルが訪れる事はもうない。

より実践的な訓練が出来るようになったのに、俺の心にはぽっかりと穴が空いたようだった。

そして正式に訓練を止《や》めると、レイルとレイルの母君のリンさんがうちの屋敷に挨拶《あいさつ》にやってきた。

レイルと会うのはレイルがうちからヴァンスタイン家に戻った時以来だ。

以前だったら週に二回は必ず訓練で顔を合わせていたのに。

挨拶した後、レイルに声を掛けようかと思ったけど、目が合った時に逸《そ》らされてしまったので俺は口を噤《つぐ》んだ。

当たり前だよな。何を話すっていうんだ。

会うと必ず笑顔で駆け寄ってきたレイルを思い出して、唇を噛《か》む。

母達の計らいで自室にレイルと二人きりにされた時には、配慮の欠けた行動に思わず舌打ちが出そうになった。

話し合って仲直り、なんて出来るほど軽い出来事じゃないだろう。

窓辺の椅子に座ったレイルは窓の外を眺めているようで、こちらの様子をチラチラと窺《うかが》っているのがバレバレだった。

今なら声をかけても許されるような気がして、さっき言いそびれていた謝罪をすると案の定レイルには受け取って貰《もら》えなかった。

「あの、……今までごめんね。ぼ、僕、かなり鬱陶《うっとう》しかったよね。もう、付き纏《まと》ったりしないからさ。安心して」

「……そんな事ないよ」

事実上の絶縁宣言に目の前が真っ暗になりそうだった。

そう思われても仕方ない。嘘をついて約束を破った。

それで本心では大事に思ってるだなんて言ったって、少しも響かないだろう。

しかし、そう言ったレイルの声は震えていて泣き出しそうで……もしかしたら、まだチャンスはあるのかもしれないと思った。

俺はレイルの前に騎士のように跪《ひざまず》いた。

これは騎士の誓いだ。もしそばにいる事を許されるのなら、俺は生涯命をかけてレイルを守る。

もう二度と何にも傷付けさせない。

「レイルは、もう俺とは会いたくない？」

「そ、……いう訳じゃ……」

「……酷い事したから、そう思われてても仕方ないよな。でも……もし、まだそばにいる事を許してくれるなら、絶対にレイルを守るって約束する」

「ゆ、許すとか許さないとか大袈裟《おおげさ》だよ……ねぇ、やっぱりその体勢、こっちが落ち着かないから、早く立って」

「じゃあ、俺とまた会ってくれる？」

焦ったようにレイルが何度も頷く。

少し強引だったかもしれないけど、久しぶりに真っ直《ま》ぐ《す》見たレイルの瞳は以前と変わらず優しい色をしていたから、俺はやっと息が出来るような気がした。

騎士の真似事《まねごと》をしていたせいか、喜びのあまり思わずレイルの手の甲に口付けると、レイルは驚いて変な悲鳴をあげていた。

久しぶりになんだか楽しい気持ちになって、ふふふ、と笑ってしまう。

俺の〝お姫様〟の頬はリンゴのように真っ赤に染まっていて、とても可愛かった。

可愛い可愛い俺の幼馴染。

これからは俺が絶対に守るよ。

◇◆◇

水色のシャツに深い赤のネクタイ。カレーうどんが天敵の真っ白なジャケット、同じく真っ白なスラックス。

シンプルなデザインだが、袖口《そでぐち》や襟に金糸の装飾が施された、生地も縫製も最高品質の超一級品。

流石《さすが》王族も通うお金持ち学校の制服だ。

僕みたいのが着たら逆に服に着られてしまうんじゃないかと危惧《きぐ》していたが、そこは高級品。

僕のこの、魔王軍の呪い専門のサイコ魔術師みたいな陰気フェイスをもってしても、なんとなくいい感じに上品に見せてくれている。

傷痕を隠すように伸ばした前髪が陰気さに拍車をかけているのは重々承知しているのだけど、驚かれるのも同情めいた視線もいちいち理由を説明するのも面倒なのだから仕方ない。

パッと見は分からないし、気付かれても隠していると気を遣って皆あまり触れてこないのだ。

堂々と顔を晒《さら》すのはいつか髭《ひげ》の似合う渋い大人になった時のお楽しみだ。

酒場で「ガキの頃に魔獣と戦って出来た傷だ」と武勇伝として語るのだ。

ちなみにこの世界にカレー!はあれどもカレーうどんは……ない!

鏡の前でくるくると姿をチェックしていると、店主に「よくお似合いですよ。大きくなられましたなぁ」と感慨深そうに褒められて少し照れる。

ここはうちの商会が出資してるテーラーだ。僕も小さい頃からここぞという時の服はここで仕立ててもらっていたので、店主とは馴染《なじ》みだ。

えへへ、とほっこりした雰囲気になっていると、別室から天使から神へとクラスチェンジした銀髪の美青年が現れた。美青年は僕の姿を上から下へとじっくり観察した後、にこりと笑った。

「うん、良いね。似合ってる。可愛いよ、レイル」

「……どーも。ファルクこそ、似合ってるよ」

むしろ、似合いすぎている。

僕は苦笑いしてしまった。同じ制服を、自分より遥《はる》かに着こなしてる男の褒め言葉を、素直に受け取れないのは仕方ないだろう。

いや、そもそもカッコいい制服を着て、可愛いって褒められてるのか？

同じ服なのにここまで差があると、僕に着られてる方の制服が可哀相《かわいそう》になってきた。ファルクの方の制服が心なしか誇らしげにしてるように見えてくるのは、僕の卑屈が極まってるからなのかな。

とりあえず隣に並ばないで欲しい。僕はそっと一歩距離を取る。すると二歩近付かれた。解せぬ。

――それにしても、マジのマジで『ファルク・サンブール』だな。

目の前に立つファルクの姿をしみじみと見る。

それなりに成長した僕でも少し見上げる事になる長身に長い手足。自然にセットされた神秘的な青色を帯びた銀色の髪。

長い睫毛《まつげ》に縁取られた完璧《かんぺき》な形のアーモンドアイ。目を引く金色の瞳。通った鼻筋。形のよい唇。

正に女子の理想を詰め込んでデザインされたみたいなイケメン。

そんな彼があの白い制服を纏《まと》えばそこには、前世でディスプレイ越しに見ていたファルク・サンプールがいた。

この制服は『セブンスリアクト』の舞台、シルヴァレンス学園の制服だ。

何故《なぜ》僕が、決して入学するつもりのなかったシルヴァレンス学園の制服を、ファルクと共に着ているのか、それには深い理由がある。

この国の貴族や裕福な家の子供達は、初等・中等教育は家庭教師をつけての自宅学習で終わらせてから、初めて高等教育を受けられる学校に入学するのが一般的だ。

そこで集団生活と、より高度で専門的な学びをする。

地区によっては初等教育を行う学校も存在するが、その多くが平民用である。

僕の家は裕福ではあったが、両親の教育方針で十二歳まで平民用の学校に通っていた。

いかんせん引っ込み思案で暗いので、あまり友人は出来なかったが、それでもまぁあの事故後はそれなりに話すような子も出来た。

それからは家庭教師をつけての自宅学習を何年か行い、他の子達と同様のタイミングで進学する事になった。

僕も最初はシルヴァレンス学園ほど格式高くはないが、商会や宮廷勤めの子息が多く通う名門オーガスタン学園に通うつもりだった。

歴史、美術史、鑑定学、法学など、実家の商会に役立ちそうな授業が豊富にあるところもポイントが高い。

未《いま》だ知られていないがシルヴァレンス学園はそもそもの始まりがダンジョンボスを倒せる人材育成の為の場だったので、授業内容も戦闘によった物が多いし、あと主人公も苦労していたが貴族ばかりの中で平民というのは気疲れしそうだ。

前世でゲームを遊び倒してた身からすると、ダンジョン探索は魅力的だが、流石に進路を左右するほどではない。

ゲームに干渉しないようにという目的がなかったとしても、オーガスタンを選んでいたと思う。

両親も賛成していた。ファルクだってうんうん、と頷《うなず》いていた。なのに。

「オーガスタンって学者とか目指してるような子も行く学校だし、勉強ついていけるか不安だなぁ」

「レイルなら大丈夫さ。真面目《まじめ》だし、一生懸命だし……それに、俺も一緒だから安心していいよ」

「え？」

「ん？」

「……ファルクはシルヴァレンス学園でしょ？」

「え？　レイルと一緒にオーガスタン学園に入るよ」

「はぁ⁉︎⁉︎」

思わずクソデカボイスが出てしまった。

なんでだよ‼︎‼︎

目の前のテーブルに頭を打ちつけたくなった。

「いやいやいやいや、ファルクは家柄的に絶対シルヴァレンス一択でしょ。オーガスタンは名門だけど、それでも王族が来るような所じゃないって。学校側も困るよ」

「俺は別にシルヴァレンスに拘《こだわ》りないし……レイルに一人で寮暮らしなんてさせられないからね。両親も了承してるよ」

了承するなっっ‼︎‼︎

そんなどうでもいい理由で進路を決めるな……！

大事な息子《むすこ》の進路をそんな理由で決めさせるな……！

でも少し考えてみればファルクがそう言い出すのは全然不自然な事じゃなかった。

ファルクは当然シルヴァレンス学園、というゲームの先入観に囚《とら》われて、考えが足りなかったと反省する。

あの一件以来この幼馴染《おさななじみ》は僕に対して異常に過保護になり、僕はこの五年間ものすごーく甘やかされまくった。現に今も僕はファルクの脚の間に座らされ、後ろから抱き締められるような体勢でこの会話をしている。

最初のうちは僕もおかしくない？　と思っていたが、月日は人を慣れさせるもので。

このカップルのような体勢もあーんも今では特になんとも思わず自然に受け入れていた。

ゲームのファルクは贖罪《しょくざい》としての献身を全ての人に向けていたが、こっちのファルクは被害者である僕が生き残っているから僕一人に献身が集中しているっぽい。

律儀というか真面目というか……。

そんなウルトラ過保護な幼馴染が別々の学校、しかも全寮制になんて行く訳がないよなぁ……。

やばい、頭が痛い。どうしようどうしよう、このままだと僕の存在どころかファルクが入学しないとかいう特大のバグが発生してしまう。

ファルクはメインシナリオでも、そこそこ出番のあるキャラだ。流石にまずいだろ。

――……はぁ……仕方ない。最終手段だ。

僕は意図して憂いを帯びた表情を作ると、これみよがしに溜《た》め息《いき》をついた。

「あのね、ファルクだけに言うけど……本当は僕、シルヴァレンス学園に行きたいんだ……」

「え、そうだったのかい」

ファルクが驚いたような声を出す。

「……うん。ほらやっぱり……憧《あこが》れるよね。……ほら、生徒だったらダンジョン？　にも行けるみたいだし。あー、ダンジョンって独自のバイオームがあるらしくて、図鑑でしか見られないような鉱石とか植物とか沢山あるんだろうなぁって……」

しどろもどろである。学園というかダンジョンの事しか言えてないし。

だってシルヴァレンス学園に行くなんて全く考えてなかったからさぁ〜……。

横目で様子を窺《うかが》うと案の定ファルクは不審そうに眉《まゆ》をひそめている。苦しかったか……。

「ダンジョンなんて危険な所、レイルに行かせたくないんだけど」

そっちかぁ。

「それに、シルヴァレンス学園って戦闘訓練や野外演習が多いんだよ。レイルの足に負担がかかりそうだ」

するりと伸びてきたファルクの手が僕の右の太ももを優しく撫《な》でる。

そうなんだよなぁ、僕もそう思う。

僕の右脚は今は杖《つえ》なしでもそこそこ歩けるくらいに回復したけど、調子に乗って走ったりすると、脚全体が酷《ひど》く痛んで力が入らなくなってしまう。シルウォーク様の見立て通りだ。

だからこそ、僕はオーガスタン学園、ファルクはシルヴァレンス学園に行けたらいいと思ってたんだけど……。

後ろからぎゅうぎゅうと抱き締めてくる幼馴染を言いくるめるのは至難の業に思えた。

「僕が入りたいのは魔法クラスだし、多分そこまで激しく動いたりはしないと思うよ」

「レイルが魔法得意なのは知ってるけど……」

そう。そうなのである。この平凡を極めたみたいな僕だが、意外と魔法は得意だったのだ！

まぁ完全にゲーム知識のおかげで、どういう魔法かのイメージがしっかり出来てるから、人より習得が早いってだけなんだけど。

魔力量は並だし、適性も闇しかなかったから才能はない方だと思われる。

しかも闇て。そんなところも魔王軍の呪い専門のサイコ魔術師っぽさに拍車がかかっている。

この世界、魔法は光・闇・火・風・水の五属性に分かれてて人によって適性が違う。

僕は闇しかないけど、ファルクは光と風と水の適性があったりなど複数適性持ちもいる。

他属性の魔法を使う事は適性がなくても可能だけど、威力や効果は半減するし、魔力消費も激しいから、下位魔法はともかく適性外の上位魔法を使う人はあまりいない。

ゲーム内だったらそもそも使えなかったな。

ちなみに主人公は流石の全属性適性持ちです。チートだ。

「僕がシルヴァレンス学園に入学するなら、ファルクも一緒に入学してくれるんでしょ？」

「もちろん」

「なら大丈夫だよ！　ファルクが一緒なら、シルヴァレンスでもやっていけると思う」

「でも……」

よし！　言質《げんち》取った！

上半身を捻《ひね》って背後のファルクの顔を見ると、行かせたくありませんって書いてある、渋い表情をしていた。美形の不機嫌そうな表情って怖いなぁ。

しかし、もうこの方向性で畳み掛けるしかない。我が国の平和の為に、入学だけは絶対させなければ……！

はぁ……この手はダメージが大きいのであまり使いたくなかったんだけど、止《や》むを得まい。

僕は身体《からだ》ごと後ろを振り返ると足を開いてファルクの膝《ひざ》の上に乗り上げた。

向かい合わせになってぴったり身体同士を密着させながら、ファルクの首に両腕を回す。

「ファルク、お願い。一緒にシルヴァレンス学園に行こ？」

そしてしっかりと筋肉の乗った胸に甘えるように頬を擦り寄せた。

はぁ〜〜〜僕キッッッショ。

魔王軍の呪い専門のサイコ魔術師が王子様みたいなイケメンに媚《こ》び媚《こ》びで甘えてる絵面キッッッツ。

側《はた》から見た時の光景を想像すると鳥肌が止まらない。

でも、何故か効くんだなこれが……。ファルクは僕の事をまだ赤ちゃんか幼児だと思ってる節があるから、素直に甘えられるととても喜ぶ。父性かな？

何故か苦悶《くもん》の声を上げたファルクの腕が僕の背に回り、きつく抱き締められた。

体勢の是非はともかく、こうやってくっついてるのは温かくて落ち着く。ファルクはいつもいい匂いがするし。僕はリラックスしてぺたりと体重を預けた。

「あー、もう……ずるいなぁ」

ファルクは大きな溜め息をつくと、「いいよ」と力なく頷いた。

っしゃ！　身体を張ったうやむや作戦成功だ！

その後僕は「ありがとう！」と言いながら膝の上から降りようとしたが、ファルクにがっちりと抱き締められているせいで身動きが取れず、しばらくキツい絵面のままで過ごす事になってしまった。

シルヴァレンス学園は王都より少し離れた山沿いに位置しており、我がヴァンスタイン家があるサンブールの領地からだと馬車で七時間以上はかかる。

その為、僕とファルクは入学のちょっと前から王都入りして、サンブール家の別邸でお世話になっていた。そちらの屋敷にはファルクの父方の祖父母が暮らしており、サンブール侯爵も仕事の都合上こちらにいる事の方が多いようだ。

アリスおば様の威光が凄《すご》い本邸とは違って、こちらではやはり僕のような平民はあまり歓迎されていない。表立って何かされたりとか、言われたりする訳じゃないけど、こういうのってなんか分かる。

特にファルクの祖父母なんかは笑顔が引き攣《ひ》《つ》っているような気がする。

まぁ、仕方ない。平民だし、陰気臭い見た目だし、顔にでかい傷もあるし、オドオドしてるし。

ファルクの祖父母はオールドタイプな貴族っぽいから、僕みたいな平民、視界に入れたくもないいんだろうな。

それに何より、可愛い可愛い王家の血を引く自慢の孫が、甲斐甲斐《かいがい》しく僕の世話をしているのも知っているんだ。笑顔を保ててるだけ凄い。

そんな理由もあって、本当は一人で気楽に宿を取って王都観光ウェイウェイと洒落《しゃれ》込みたかったんだけど、(主にアリスおば様に)危ないから駄目だと言われてしまった。

ファルクが一緒なら許可すると言われたけど、流石《さすが》に久々に孫が泊まりに来るとそわそわしているだろう老人達の期待を裏切らせるのは心苦しく、僕が我慢する事にした。

お互い我慢しているんだからイーブンだよね。

一人で王都観光ウェイウェイとはいかなかったけど、入学前にファルクと二人で平民街を見て回った。

ファルクはもう見た目からしてお貴族様なのがバレバレなので、店員さんや街の人は畏縮《いしゅく》したり見惚《みと》れたりで大変そうだったな。

僕は多分ファルクの従者か何かだと思われてたと思う。

注目されっぱなしで疲れはしたが、変わった色の混ざり方をした魔石や『マニアックな生活魔法』という本を手に入れられたし観光は楽しかった。

意外だったのはファルクがお菓子屋さんで苺《いちご》の飴《あめ》がたくさん詰まった可愛らしい瓶を買った事。

あんまりお菓子を買うイメージがなかったから驚いたなぁ。

そんなこんなをしているうちに、無事シルヴァレンス学園への入学の日を迎えた。

サンブール家の馬車に乗って、僕とファルクは優雅にシルヴァレンス学園に到着した。

ゲームやアニメの中で見ていた建物を前に、僕は密《ひそ》かに感動していた。

元々来る気がなかったとはいえ、やはり好きな作品の舞台を訪れるのはテンションが上がる。聖地巡礼気分だ。

これから『セブンスリアクト』が始まるんだ……！

まずは寮に荷物を運び入れる為、ファルクと別れる事にした。……のだがファルクが何故《なぜ》かついてくる。ファルクは王族や上級貴族が入る鷲《わし》寮、僕は下級貴族や平民が入る隼《はやぶさ》寮で建物も別々な筈《はず》なんだけど。

「えーと、ファルク？」

「なんだい、レイル」

「鷲寮はあっちだよ」

「ああ、俺の荷物はシャーリー達に任せたから。俺はレイルについていくよ」

なるほど。確かに鷲寮では使用人らしき人達が荷物を下ろしてる。貴族のご子息が自分で荷下ろしはしないか。

ちなみにシャーリーというのはサンブール家のメイドさんの名前で、従者のウィルさんと共にファルクのお世話をしにきている。とはいえ、シルヴァレンス学園に使用人を連れ込むのは禁じられているので、入寮の準備だけしたら彼らは帰るのだけど。

僕が抱えたカバンをファルクが奪おうとするので、僕はぶんぶんと首を振って死守する。

持ってくれようとしているのは分かるけど、貴族のファルクが使用人に荷物を運ばせて、平民の僕が貴族のファルクに荷物を持たせるのは何か色々とおかしい。

既にもう注目されているのだから、これ以上下手《へた》な事はしたくない。

平民街でもそうだったけどファルクはもう貴族丸出しの見た目だから、隼寮にいると目立つ目立つ。

「寮間違えてない……？」とかのひそひそ声が聞こえる。

彼は遊びに来ているだけです。

えーと、僕の部屋は……あった。一階の角部屋。本当だったら僕は家の格的には二階になるんだけど、脚の事もあるから一階にしてもらったのだ。その分一人部屋なので、ゆっくり出来ると思う。

扉を開けると中には備え付けのベッドと学習机だけが置いてあった。窓には青いカーテンがかかっている。元は二人部屋だったのを一人で使わせてもらうので広さは充分だ。

僕は荷物を置くと、ファルクを部屋の外に残したまま扉を閉めた。

そして改めて扉を開いて、キョトンとしているファルクに悪戯《いたずら》っぽくにいっと笑いかけた。

「ようこそ、僕の城へ！　ファルクが初めてのお客さんだよ」

なんて事ないごっこ遊びだ。

……うん。やっぱりちょっと初めて親元から離れた事でテンションが上がってるのかもしれない。

少し恥ずかしくなっていると、何故か僕はファルクの腕の中に閉じ込められていた。

ぎゅうぎゅうと抱き締められて少し苦しい。ファルクは「かわいすぎる」とか「かわいいの天才」とかよく分からない事をぶつぶつ言ってる。

ファルクは日本の若い女性並みに「可愛い」を多用するんだよな。

僕は「可愛い」という言葉に拒否感がある男子ではないので、普通に褒め言葉として認識してるけど多用しすぎはどうかと思うな。

「ほら、オリエンテーション始まっちゃうよ。荷物も置いたし早く行こ」

「はぁ……やっぱり、レイルも鷲寮に入らないかい？　それか俺がこっちに来るのはどう？」

「もうそれは散々話しただろ。駄目だって、決まりなんだから」

「だってクラスも別々なんだよ……本当に一人で大丈夫？」

「大丈夫だって」

行きたくないと駄々を捏《こ》ねるファルクの手を引いて校舎に向かう。

再びざわつく周囲の気配をシャットアウトする。

……はいはい、暗黒世界の呪術師みたいな男が美しい貴族の子息様の手を引いてる姿はさぞかし奇妙だろうね。

シルヴァレンス学園では騎士クラス、魔法クラス、治癒クラスの三つのクラスに分かれて授業が行われる。もちろん試験はあるが、本人の希望制である。

僕は魔法クラスで、ファルクは騎士クラス。

――このクラス決めも大変だった……。

『セブンスリアクト』でファルクは騎士クラスだったから、絶対に騎士クラスに入ってもらわなきゃいけないのに、僕が魔法クラスだからファルクも当然のように魔法クラスを選ぼうとした。

確かにファルクはどこのクラスでもトップを取れるような超ハイスペック男子なんだけど、『セブンスリアクト』のファルクは鎧《よろい》を纏《まと》って剣と盾を構えた戦闘スタイルなんだ。杖を片手に魔法をバンバン撃ったりはしないのだ。

僕が騎士クラスに行ける訳もないので、この説得には多大な労力を使った。主に精神的に。

膝抱っこスタイルは当然として、最終的には「ファルクが剣で戦う姿が一番格好よくて好き」が決め手だったような気がする。

そんな賞賛普段から沢山もらってそうなのに、やっぱり人間って煽《おだ》てられるのに弱いんだな。

でも剣で戦うファルクは惚《ほ》れ惚《ぼ》れするくらいに格好いいから、嘘《うそ》をついた訳じゃない。三クラスの中で一番適性があると思う。

ゲーム内でもよく出てきた大講堂に着くと、入り口で待機していた教授にクラス毎に分かれるように指示される。

ファルクがとても不安そうにしている。うん、これは自分自身の事じゃなくて僕の事が不安なんだろうな。いつもの過保護だ。

「何かあったらすぐ言うんだよ」

「分かったよ」

「脚が痛くなってもすぐ言うこと」

「分かったって」

「あぁ、心配だ……このまま帰ろうか？」

「帰りません」

たっぷり十秒くらいハグをしてから名残惜しそうにするファルクと離れた。

全く、ファルクは仕方ないなぁ。いつまで僕の事を幼児だと思ってるんだろ。

そりゃ頼《たよ》り甲斐《がい》があるかと言えばないけど、脚だって杖《つえ》があればかなり長い時間歩けるようになったし、魔法だって勉強だってココに入れるくらいの実力はあるんだから。

もうファルクにくっついてた泣き虫じゃない。

僕は魔法クラスが集まってる列の一番後ろの席に座り、不自然にならない程度に周囲を見回す。

——さて、主人公はどこかな……あ、いた。多分あの子だ！

治癒クラスの列の真ん中くらいに座る、何故か目を奪われてしまう女の子。

肩くらいまでのピンクベージュの髪に、くりくりとした大きい目。空色の瞳《ひとみ》は未知の世界に対する期待でキラキラ輝いていた。

か、かわいい……！

これなら確かにあのイケメン攻略対象達と相対しても戦える。

貴族の令嬢のような派手な美しさではないんだけど、野山に咲く小さな花のように可憐《かれん》で庇護欲《ひごよく》を抱かせるその佇《たたず》まいよ。

はぁ……思わずポエミーな喩《たと》えをしてしまうくらいに可愛い。

しっかし治癒クラスかぁ、攻略するなら騎士クラスか魔法クラスの方が楽だよなぁ。

治癒クラスだとチームｄｐｓの殆《ほとん》どをパーティメンバーに委ねざるを得ないから自由度が減るんだよな……お相手がダリオン、ファルク、アルバートあたりじゃないとキツい。

僕がゲームをプレイしてた時は大体騎士クラスを選んでいた。攻守のバランスが一番よくて、ソロでもそこそこいけるし、同じクラスで推しのアルバートとの好感度が上がりやすかったから。

そうだ！　アルバートはいるかな。僕の推し。彼とのエンディングは何回も見た。

まぁ推しとは言ってもダンジョン攻略をする上で一番効率がいいから彼を選んでたに過ぎないんだが、単純接触効果というやつでキャラとしても一番愛着があった。

騎士クラスの列を見ると、アルバートは探す必要もないくらいにすぐに見つかった。

デッッカ。あんなデケェんだな、アルバート。まだ子供らしさの残る周囲の生徒とはガタイが違う。

ファルクも結構デカい方だけど比じゃない大きさだ。まさに筋骨隆々ってやつ。

鼻筋の通った精悍《せいかん》そうな顔立ちで、短い黒髪も意志の強さを感じる黒い瞳もクールでかっこいい。

うーん、流石僕のアルバート。三次元になってもかっこいいな！

他にもメインヒーローのダリオン王子や、ルカス王子など主要キャラクターはほぼ揃《そろ》っているようだ。皆ディスプレイ越しに見ていた時と変わらず物凄《ものすご》い美形だ。

別世界って感じだな……。そんな面々の中にファルクも入ってるんだよなぁ。

長い事一緒にいすぎて、『セブンスリアクト』のファルクってより、やたらと過保護な幼馴染《おさななじみ》のファルクとしての印象の方が強いんだけど、こうして離れて見ると僕なんかのそばにいてくれてるのが不思議なくらい遠い存在に思える。

少し寂しさを感じてファルクの方を見ると、目が合った。

え、もしかしてずっと見られてた？

照れ隠しに小さく手を振ると胸を押さえてなんか悶《もだ》えてた。

……うん、ファルクはファルクだな。

学園長の挨拶《あいさつ》や学校についての簡単な説明が終わった後、僕らは魔法クラス担任のヘンリー教授に連れられて、地下の魔法クラスの教室へと足を踏み入れた。

席に着いて、ここも見覚えあるー！　なんて浮かれていられたのは最初のうちだけで、次第にこの入学初日特有の緊張感に苛《さいな》まれて胃が痛くなってきた。

当然だけど知らない人ばかりだ……。こ、心細くなってきたぞ。友達出来るかな……？

ゲームではモブ生徒の事なんて殆《ほとん》ど描写されなかったから、魔法クラスがどんな雰囲気なのか分からない。途端に静かに教授の説明を聞く周りの生徒達が恐ろしく思えてきた。

あんな大口叩《たた》いておいて、僕はもう既にファルクが恋しかった。

ファルクー……僕人見知りだったよ……。

流石《さすが》に初日から授業なんて事はなく、今日は教授が学校内の主要な教室や設備などを案内してくれる事になった。

教授が先頭を歩き、僕たち生徒はその後ろをついて行く。

小さな声で楽しそうにおしゃべりをしている生徒がいたり、興味深そうに辺りを見回して感嘆の声をあげている生徒がいたりなど、和やかなムードで学校案内は行われていた。

やばい。僕も誰かに話しかけた方がいいか……？　でもキモがられないかな……。

そんな事考えてるうちにどんどんグループが出来て、更に話しかけにくくなるんだよな、分かってる、分かってるんだけど！

……結局誰に話しかける事も出来ず、誰からも話しかけられないまま学校案内は終わり、一度教室に戻ってから今日は解散となった。

教授の案内については六割くらいしか聞いてなかったが、ゲーム内マップと殆ど一緒だったので問題ないと思う。問題なのは人間関係だ。教室を見渡すと、もうみんなそれぞれ仲のいい生徒が出来ているように見えた。

——終わった。僕の学校生活終わった。

僕が教室の席で項垂《うなだ》れていると、ポンポンと肩を叩かれた。

顔を上げると小麦色の肌で頬にはそばかすが散った、快活そうな背の低い男子生徒がいた。

「え、と……？」

「なんか、呼ばれてますよ。王子に」

王子!?

ギョッとして男子生徒の手のひらが指し示す方向を見ると、教室の出入り口にはファルクと……ダリオン殿下!?

金色に輝くサラサラとした髪に切れ長の目、アリスおば様と同じ宝石のような紫の瞳。

隣に並ぶファルクと同じくらいの長身で、ファルクに見劣りしないくらい美形の王子様がそこにはいらっしゃった。

魔法クラスの生徒達も騒然としていた。同級生とはいえ、わざわざ王位継承順位一位の王子が何の目的でここへ？　となるよな。

うわー……嫌過ぎる。あのクラス全員の視線が向かっている場所に飛び込むのか、僕が。

ファルクもなんで王子なんか連れてきたんだ……。

嫌過ぎるが、だからと言って王子を待たせるのも不敬か。僕は重い足取りで渦中へと向かった。

「レイル、お疲れさま。……顔色が悪いな。なにか嫌な事でもあった？」

「ふ、ファルク……」

お前のせいだよっ!!　というか、王子がいるというのにファルクは相変わらずマイペースだ。第一声はそうじゃないだろ。

僕はダリオン王子に向き合うと緊張でガックガクになりながらも、右手の拳《こぶし》をお腹《なか》に当てながら首を曲げる、シルヴァレンスの正式な礼をした。

「あ、あの、……れ、レイル・ヴァンスタインと申します。おっお、お会いできて光栄です、殿下」

「あぁ、良《よ》い良《よ》い。知っているだろう。学園内では爵位など関係なく共に学ぶ一生徒だ。堅苦しいのはやめてくれ」

「そうだよ、レイル。ダリオンは勝手についてきただけなんだから、気にしなくていいよ」

気にしない訳にはいかないだろっ!!

「ファルクが入れ込んでいるという相手を見に来たんだが……なるほど。昔一度会った事があるな？ ほら、ファルクの誕生パーティーでずっとファルクの背中にくっついていただろう」

ヒィッ!! 黒歴史!! 流石殿下、ものすごい記憶力でいらっしゃいますね……!!

そうかあの時殿下もいらっしゃってたのか。消し去りたい過去すぎて記憶から抹消していたわ。

「は、はい。あの時は、その、殿下の前でお見苦しい真似《まね》をしてしまい、申し訳ございません……」

僕は蚊の鳴くような震える声でそれだけ言うのが精一杯だった。きっと頬も耳も真っ赤になっている事だろう。殿下の顔が見られない。ちゃんとしないと。不敬になる。

何故《なぜ》か泣きそうになっていると、ふわっといつもの温かさと香りに包まれた。ファルクの腕に抱き締められたようだ。

「ダリオン、レイルは人見知りなんだ。もういいだろ。王族なんか緊張するに決まってるよね、ごめんね、レイル」

「お前も血族だろうが。まぁ、いい。共に学ぶ者として、これからよろしくな、レイル・ヴァンスタイン」

「は、はい、よろしくお願い致します。ダリオン殿下」

「殿下はいらん」

「だ、ダリオン様……」

後ろからファルクに抱き締められているという間抜けな体勢でダリオン様と握手を交わす。

こんな状態でいいんだろうか、不敬にならない？

僕は戦々恐々としながら去っていくダリオン様の後ろ姿を見送った。

ファルクとダリオン様は軽口を叩き合う、気安い関係のようだったから、いいのか。従兄弟《いとこ》同士だもんな。ゲーム内ではもう少し距離があったような気がするけど。

まぁ今はそんな事よりとりあえず……。

僕はファルクの腕から逃れると、後ろを振り返った。

「お、お騒がせしました……」

扉の近くで僕らがごちゃごちゃやってたせいで、教室から出る事ができなかった魔法クラスの面々にぺこりと頭を下げる。

そしてファルクの腹にお前のせいだぞという怨念《おんねん》を込めて無言で頭突きをする。ファルクはなんか嬉《うれ》しそうにしていた。

入学早々王子襲来とかいうイベントに遭遇してしまった後、ファルクに手を引かれて僕は鷲《わし》寮に来ていた。

ファルクが隼《はやぶさ》寮に来るのと、僕が鷲寮に行くのじゃハードルの高さが全然違うから最初は「行きたくない」って言ったんだけど「そのうち絶対来る事になるんだから」と押し切られた。

それは、まぁ……そうなる気はするけど！

「顔パスで入れるようになるくらい遊びにきてね」

僕はそんなに心が強くないよ。

ファルクの部屋は三階で、三階にはダリオン様とこれまた攻略対象のルカス殿下の部屋しかないらしい。王族専用フロアってことか。贅沢《ぜいたく》なことで。

階段を上る時、ファルクに抱えられそうになったけど、他の生徒の目があるので丁重にお断りした。手だけ貸してもらってなんとか上り切ったが、少しだけ右脚が熱を持っているような気がする。

沢山歩き回る時はちゃんと杖を持ち歩かないとダメだな。

あの杖はどうしても目立つから、あまり持ちたくないんだけど……。

鷲寮は隼寮とは別格の豪華さで、さりげなく飾ってある絵画や調度品などの一つ一つが一級品だ。

一応商家の息子《むすこ》なのでそこら辺は分かる。

僕がそれらに目を奪われていると、ファルクの部屋の前に着いた。

待ってて、と言われてファルクが一人室内に入り、すぐさま扉が開かれる。

「いらっしゃい、レイル。レイルがこの部屋の初めてのお客様だよ」

なるほど。やり返された訳だ。

客観的に見ると結構恥ずかしい事したんだな僕、という気持ちと嬉しい気持ちで半々だった。

ファルクが期待するような目で見ているので、僕は仕方なく広げられた腕の中に飛び込んだ。

こうして、僕達のシルヴァレンス学園での学校生活が始まった。


早朝六時。シルヴァレンス学園の中庭の中央にある鐘塔の鐘が鳴り響き、朝の訪れを知らせる。

僕はベッドから起き上がると欠伸《あくび》をしながら、身体《からだ》を伸ばした。

ようやく実家とは違う天井にも慣れてきた。

起床の鐘の後しばらくすると洗面所は生徒達でごった返すので、パジャマのまま洗面所へ向かい、手早く着替え以外の身支度を整える。

一度自室に戻って少しのんびりしてから、僕は制服に着替えて寮内の食堂へと向かった。

七時ぴったり。食堂はビュッフェ形式で、僕はいつもキュウリのサンドイッチとヨーグルト、焼いたウインナーにオレンジジュースをチョイスしていた。

サンドイッチを頬張っていると、僕のトレーの横に別のトレーが置かれる。

顔を上げると、そこには小麦色の肌とそばかすがチャームポイントの小柄な少年、レオニスがいた。

入学初日に、ダリオン王子とファルクにメッセンジャーにされた男子生徒である。

「ふぁあ……おはよ、レイル」

レオニスは眠たそうに目を擦《こす》りながら、隣の席に座った。

「おはよう、レオニス。今日も眠たそうだね」

「授業が終わった後に訓練してるからさ、流石に疲れて毎日爆睡だよ。シコる余裕もないぜ」

「運動で発散出来てるとか健全じゃん」

「お前はいいよな、一人部屋だからシコり放題だろ？」

「羨《うらや》ましかろう」

レオニスと僕は朝からこんな下ネタを楽しめるくらいには打ち解けていた。

王子襲来の次の日、僕が教室で「ダリオン殿下とどんな会話したの？」「一緒にいたのってアリス王女の御子息のファルク様でしょ？　どういう関係なの!?」などと質問攻めにあって困っているところに、助け船を出してくれたのがレオニスだった。

レオニスとは商会の次男という共通点もあり、それ以来こうやってよく話すようになった。

レオニスは騎士を目指しており、本当は騎士クラスに入りたかったらしいのだが、実技試験の馬術が駄目で、仕方なく適性の高かった魔法クラスに入ったそうだ。

それでも騎士の道を諦《あきら》めきれなかったレオニスは、騎士クラスの教授に土下座する勢いでお願いして、進級時に騎士クラスに移れるように放課後に訓練をつけてもらっているらしい。

クラスを移るとかそういうのアリなんだね、この学校。

「騎士の馬術や剣術を教えられるような人って貴族が多いから、ウチみたいな新興の商会だと金があっても相手にしてくれないんだよな。騎士クラスの生徒の殆どが貴族なのも当然だぜ」

「へー、そういうもんなんだ」

「そうだよ。まーレイルんところみたいに歴史があると色々ツテもあるんだろうけど……」

レオニスはパスタをくるくる、くるくるとフォークに巻き付けながら話す。そして巻き付けられすぎて球体みたいになったそれをパクリと口に入れた。しかし朝から凄《すご》い量だな。流石体育会系……。

口の中のパスタを飲み込むとレオニスはぱっと笑顔を向けてきた。

「つーかさ、今日だよな！　ダンジョン！」

「うん、楽しみだね！」

思わず僕の声も弾む。


ダンジョンと呼ばれる地下迷宮はこの世界でシルヴァレンス王国にしか存在しない。しかもたった一箇所だけ。ダンジョンがいつから存在するのか、どういう仕組みなのか、ゲーム知識で未来を知っている僕以外にそれを知るものはいない。

仕組みを知らずとも深く潜れば有用な素材が取れて、低階層であれば安全に実戦訓練が出来ると、ダンジョンはシルヴァレンス王国では古くから大事に管理されてきた。

宗教的にも重要な場所扱いされている。今は。

なので入れる人間は本来限られているのだが、シルヴァレンス学園の生徒は特別にダンジョンに入る事を認められている、というか推奨されている。

普通だったら何故学生に？　と疑問に思うようなルールだけど、歴史が断絶してシルヴァレンス学園の設立の理由が失われても、それだけは伝統として残り続けたんだと思う。

シルヴァレンス学園が騎士、魔法、治癒の三クラスに分かれているのも、ダンジョンに一度に潜れるのが三人だからに違いない。

前衛火力、後衛火力、サポーター。うん、実にバランスがいいね。

とにかくシルヴァレンス学園とダンジョンは切っても切れない関係なので、実際にダンジョンを探索する実践訓練なども普通にある。

今日は僕ら一年生が初めて学校の敷地内にあるダンジョンに潜る日だった。

そして『セブンスリアクト』の主人公が初めてダリオン様と接触するのもこの授業だった筈《はず》だ。

緊張するけど、色んな意味で楽しみだ。

初めての三クラス合同授業、そして初めてのダンジョン。

心なしか皆そわそわと浮き足立っているようだ。

ダンジョン探索用の黒い修道服のようなローブを着た事により、更に悪の暗黒呪術師みたいな風貌《ふうぼう》に磨きがかかっている僕も、遠足前の子供のようにウッキウキだった。

余談だが鏡に映る自分を見た時にはニヤニヤした表情も相まって、自分自身の姿に驚いて「うぉぉっ!?」と悲鳴をあげてしまったくらい不気味な魔法使い感が凄かった。

通報されないかな。大丈夫かな。んん……まぁ、それはいいとして、とにかく楽しみだった。

――だって、ダンジョンだ。やり込みまくったゲームが進化して超豪華なVRゲームになったみたいなもんだ。興奮するに決まってる。

……分かってる。これは現実だ。慢心はよくない。いくら低階層だとは言え、命の危険が全くない訳ではない。この傷痕《きずあと》も右脚も、ゲームではクソ雑魚《ざこ》だった魔獣にやられたんだから。

……でも、やっぱりワクワクが止められない。どんな風に攻略しようかなぁ。

ダンジョンは校舎から十分ほど歩いた先にあった。岩山と一体化するように門と扉が設置されており、見張りの兵士が二人立っていた。

ダンジョンの前の整地された広場のような所で、引率してくれていた教授が止まる。

「それでは予定通り、君達にはこれからダンジョンを攻略してもらいます。予《あらかじ》め説明していた通り、地下三階に出没するバブルクラブの爪を持って帰って来れれば合格です。各自なるべく別のクラスの生徒と三人パーティを組んで、パーティが組めたら私の所に報告しに来て下さい。それでは始め！」

はーい、三人組組んで～ってやつ……!?

やっとの事で魔法クラスに慣れ始めた僕が、他クラスの人間に話しかけられる訳がないだろうが！

困ったようにきょろきょろしていると、治癒クラスの列に並ぶ一際目立つ女生徒を見つけた。

デフォルトネームはセーラ。『セブンスリアクト』の主人公様である。

白のローブ姿も可愛いなぁってうっかりぼんやり見ていたら、めちゃくちゃばっちり目が合ってしまった。

あわあわしていると、ふんわりと微笑《ほほえ》まれて僕はほっぺたを赤くしながらぺこりと会釈をした。

女の子耐性が皆無なせいで、こんなやりとりだけで心臓がドキドキと跳ねてしまう。だってとても可愛いんだ。

俯《うつむ》き胸を押さえながら、はぁー……と息を吐いているとポンと肩を叩《たた》かれ、振り向くといつの間に近付いてきたのかすぐ近くにセーラがいた。

「あのー……よかったら、私と組みませんか？」

花が咲くような笑顔と共にそう声をかけられる。

初めて聞いた主人公の声は、秋の空のように澄み切った高い声で、僕は現実逃避からか（すげーいい声……）と謎の感動をしていた。

私と、クミ、クミマセンカ……？　クミマセンカとは？　花の名前か？

くみ……組みませんか!?

驚愕《きょうがく》のあまり僕はいつもはぼんやりした目をかっぴらいて、まじまじとセーラを見た。

彼女は微笑みを湛《たた》えたまま首を傾《かし》げた。ぐうっ……！

女の子耐性皆無の僕がこれから数々のイケメンを虜《とりこ》にするであろう主人公様に抗《あらが》えるわけがなく……僕はこくりと頷《うなず》いてしまった。

——いやいや駄目だって！　主人公がここでダリオンと組む事によって『セブンスリアクト』の恋愛要素がスタートするんだから！

「私、治癒クラスのセーラ・エーテリアと言います。よろしくお願いします」

「ほぁっ！　は、はい。ぼ、僕は魔法クラスのレイル・ヴァンスタインと言いましゅっ。よよよ、よろしくお願いしますっ」

セーラがにこにこしながら手を差し出してきたので、僕はカチコチの笑顔を浮かべつつその手を握った。やわらけー……。

……もう今更断れる感じじゃない……。な、なんで僕なんかを……？

僕の葛藤《かっとう》を他所《よそ》に、セーラは「あと一人、どうしましょうか」と、ざわつく生徒達を目で追う。

理想的に組むなら騎士クラスの人と組めるのが一番なんだけど、レオニスの言ってた通り騎士クラスはほぼ全員が貴族、しかも上級貴族ばかりだからこちらからは声を掛けにくい。

ん……騎士クラス……？

「レイル。ごめんね、途中捕まって来るのが遅くなってしまったよ」

聞き慣れた低く甘い声で名前を呼ばれ、振り返ると銀色の鎧《よろい》を装備したファルクがいた。

鎧と言ってもフルアーマーではなくて、白の軍服っぽいデザインの服に、肩当て、胸当て、脛当《すねあ》て、籠手《こて》と鮮やかな青いマントを着けた、いかにもファンタジックな鎧装備だ。

その聖騎士風の装いは、人ならざるものっぽい美しさを持つファルクによく似合っていた。僕の幼馴染《おさななじみ》は今日もとってもかっこいい。

……そっか、合同授業だからファルクと一緒に組めるのか。すっかり失念していた。

「彼女は……？」

ファルクは僕の隣にいるセーラを見て眉《まゆ》を上げると、首を傾げた。ファルクの右手が僕の腰に回り、そばに抱き寄せられる。表情には出さないが、何やら警戒しているようだ。

「彼女は治癒クラスのセーラ・エーテリアさん。一緒に組む事になったんだ」

僕は眉を八の字にして笑った。


結局、僕とセーラさん、ファルクの三人でダンジョンに挑む事になった。

兵士達が守るトンネル状の入り口から石階段を降りて進むと、重厚な石扉があった。

その扉から先はダンジョンの制約により三人ずつでしか入ることが出来ず、入る度に毎回地形や環境、出没する敵などが変化する。

入るパーティ毎に毎回新しいダンジョンが生成されているというイメージだ。

なのでダンジョン内に百人の人間が存在したとしても、一緒に入った二人以外の人間と出会う事はない。

例外というか、仕様というか、例えば僕が先に一人でダンジョンに入り、地下二階まで潜っていたとして、ファルクが後から追いかけて地下二階まで来たら僕たちは合流する事が出来る。

三人パーティで入る事が条件なのではなく、生成された一つのダンジョンに入れるのは三人までという制限なんだと思われる。

じゃあ二人パーティで入った後に、三人パーティで入ろうとするとどうなるのか、と言う疑問を持つ人もいるだろうがそこは安心して欲しい。

ダンジョンに入る為の石扉には三つの魔石が埋め込まれており、それに触れると自動的に扉が開かれる仕組みになっている。

さっきの例だと三人や二人で魔石に触れると新たなダンジョンが生成されて、一人で触れると先に入った二人パーティと同じダンジョンへの扉が開くようになっている。

イメージとしては人数制限がある遊園地のアトラクションみたいな感じかな。

ただ、ソロ探索したい時に先に入った人もソロか二人パーティだと、同じダンジョンに放り込まれてしまう。

まぁ実際に一人や二人で入るのはデメリットが大き過ぎるので普通だったらやらないし、そもそも見張りの兵士さんに止められる。

ダンジョンに潜る時には登山届のように計画書を出さなければならないのだ。

ゲーム内ではソロ探索とかカップル探索とか普通にやってたけどね。

『セブンスリアクト』のＲＰＧ部分はゲームジャンルとしては所謂《いわゆる》ローグライクＲＰＧだったので、こっちの世界でもこんな仕様なんだと思われる。

僕達が石扉の三つの魔石にそれぞれ触れると、ゴゴゴ……という重たそうな音と共に扉が開かれた。

ダンジョン内は石で出来た古い遺跡風のつくりになっており、地下特有のひんやりとした空気が流れていた。少し肌寒いな、と思っていたらファルクが自身のマントを僕にかけてくれた。

うん、とても有難い。優しい。好き。

でもこの鮮やかな青のマントと悪の呪術師スタイルの相性が悪すぎて、かなりトンチキな格好になってしまった。

……今度来る時はちゃんと防寒対策してこよう。

似たようなデザインの白いローブを着ているセーラさんにも、寒くないかと尋ねたら、ふふふっと微笑まれた。

キャワ！　……じゃなくて、何故《なぜ》微笑んだ？　僕は首を傾げた。


初めての実践。少しくらいトラブルなんかが起きたりするんじゃないかなと思ったけど、セーラさんはなんて言ったって全属性使える主人公様だし、ファルクは既に剣も魔法も一級品。

そんなにやる事なくて魔力を持て余してる僕を抱えながらも、僕らは初ダンジョンとは思えない程スムーズに探索を進めた。

何か起きたって程じゃないけど、途中『魔獣』が出た時のファルクは鬼気迫るものがあった。

今なんかいた……よな？　って少し不安になるくらいの瞬殺だった。

多分、僕の事を気にしてくれてるんだと思うんだけど、僕的にはあの時魔獣に完全勝利したと思ってるから全然トラウマになってないんだよね。むしろファルクの方がトラウマになっているみたいだ。

それ以外は殆《ほとん》どお散歩気分だった。

そうなると、色々と考える余裕が出来てしまうもので。

――はぁ～……なんでダリオン様とセーラさんの出会いのフラグ折れちゃったんだろ。僕がセーラさんと目が合った事が原因？

いや、そもそも始まりからして違わないか？

そう、確かゲームだとこの人数で三人ずつ組むと一組だけ二人パーティになってしまうから、そこには教授が入ると最初に言われたんだ。

そして自信家のダリオンが「俺がいれば二人でも平気だ」と言い出して、孤児院育ちで浮いていて余ったセーラと組む事になったんだった。

でも教授、人数が足りないなんて言わなかったよな……？

あぁ………嫌な事に気付いてしまった。ゲームでは三人パーティを組むのに一人足りなかった。なのに、ここでは人数がぴったり足りた。それは、何故か。

僕だッー!!!!

本来死んでる筈《はず》のレイルが入学した事で、足りない設定の人数がぴったり足りてしまったんだ。

いや、結局僕のせいかい!!

えー、こんなんもう僕フラグバキバキ星人じゃん。まずい、どうしよう……。

ここでダリオンに稀有《けう》な才能を見せつけた事をきっかけに、他の攻略対象とも関わっていく事になるのに、そのスタートで躓《つまず》いてしまった場合はどうしたらいいのだろう。

なんかこういうのって普通、物語の強制力でイベントを避けようとしても必ず発生してしまう……みたいなのがお決まりじゃないの？　物語の強制力ガバガバじゃない？

どうしよう……このままだと僕のせいでシルヴァレンス王国は人が住めない国になってしまう。僕が、生き残ってしまったせいで……。

「レイル？」

ハッと気付くとファルクが心配そうに僕の顔を覗《のぞ》き込《こ》んでいた。

「大丈夫かい？　疲れた？」

あぁ、もう何やってるんだ。いくら低階層だからと言って、ダンジョンに潜ってる最中に他の事に気を取られてぼーっとするなんて。セーラさんも心配そうな表情をしている。申し訳ない。

「ううん、ごめん。ちょっと集中力切れてた。行こ」

「いや、ここまで休まず来たからな……少し休憩しよう。エーテリアもそれで構わないだろうか」

「ええ、実を言うと私も少し休憩したかったんです」

セーラさんが両膝《りようひざ》に手をついて疲れた〜、みたいな仕草をした。

ええ子や……。僕に気を遣わせないようにそう言ってくれたのだろう。

二人の好意を無下《むげ》にする訳にもいかず、僕は頷いた。

近くに魔物も罠《わな》も宝箱も何もない、休憩にうってつけの小部屋があったので、僕らはそこで休憩する事にした。

地面に腰を下ろすと、どっと疲れが出てきた。思っていたよりも体力を失っていたようだ。

ゲームだと一瞬で通り過ぎる所だけど、現実じゃそうはいかないよな。

ダンジョンにいようが喉《のど》は乾くし、お腹《なか》も空《す》くし、眠くもなる。

ゲーム気分で少し舐《な》めてたところがあったと僕は反省した。

「まだ終わった訳じゃないのに、アレなんだけど……初めてのダンジョンなのにここまでスムーズに来られたのは二人のおかげだよ。ありがとう。足引っ張っちゃってごめん」

ぺこり、と頭を下げると二人共怪訝《けげん》そうな表情をしていた。

あれ、僕なんか変な事言ったかな……？

「どう考えたらそんな風に思うんだい、レイル」

「そうですよ、レイルさんが魔物の行動パターンや弱点を教えてくれたお陰で、すっごく戦いやすかったんですから」

「地下へ向かう階段や罠を発見するのもいつもレイルだっただろう。レイルがいなきゃこんなに早くここまで来られてないよ」

「そ、それは……」

ゲーム知識があるからなんです、とは言えないし、僕は言葉を詰まらせながら「あ、ありがとう……」と言って顔を伏せた。

二人があまりにも真っ直《まっす》ぐ褒めてくるものだから、照れとズルをしてるという少しの罪悪感で、顔が熱い。

……少しは役に立ててたのかな。

「本当に、……驚くくらい頼もしかったよ」

そう小さく呟《つぶや》いたファルクの言葉が、少し寂しそうに聞こえて僕は顔を上げる。

しかし、ファルクの表情はいつもと変わらないものだった。

――気のせい、か？

じっと見ていたのを何か勘違いされたのか、そっと水筒を差し出された。

いや、自分のやつがあるので大丈夫です。

「そういえば、セーラさんはどうして治癒クラスに？　全属性適性があるなら、魔法クラスでもよかったと思うけど」

『主人公』なら騎士クラスにだって入れるが、レオニスが言ってた通り普通じゃまず無理なので、そこは候補に加えない。

「そうですね……私は教会の孤児院で育ったので、シスターがみんなの怪我《けが》を魔法で癒やしてあげている姿をよく見ていて、お手伝いなんかもしてたんです。そんなシスターの姿に憧《あこが》れたのと、あとはやっぱり治癒術師なら仕事に困らないかなって」

えへへ、と照れ臭そうに笑うセーラさん。ええ子や……。

そうか、確かに攻略目的じゃなくて人生を考えると、治癒術師は身分関係なく引く手数多《あまた》で、安全で安定してるもんなぁ。

僕がうんうん、と頷《うなず》いているとそれまで黙って話を聞いていたファルクが口を開いた。

「全属性適性持ちなら宮廷からも誘いが来るだろうが、卒業後は教会に戻るのか？」

「えぇ!?　き、宮廷ですか？　わ、私は平民で孤児院育ちですし、そんなのありえませんよ」

いや、宮廷どころか国を救った英雄はほぼ確定として、ルートによっては正妃様になる未来もありますよ、とあわあわするセーラさんを見てにまにましてしまう。

「才能は等しく認められ活《い》かされるべきだ。勿論《もちろん》、君の意思が最も尊重されるべきだとは思うが、やりたいと思うのなら生まれなんてものは気にする必要はない。少なくともダリオンならそう言うよ」

「あ、ありがとうございます」

セーラさんはすっかり上気してしまった頬を両手で挟むように包むと、夢見心地な様子で「私が宮廷に……」と呟いた。

これは『セブンスリアクト』の新規イベントですかね？　いい子な上に可愛いセーラさんとファルクが話していると、もう正にここは乙女《おとめ》ゲームの世界！　モブの僕は、画面越しにイベントを鑑賞している気分だ。

それにしてもファルクがこんな風に声を掛けるなんて珍しい。

——やっぱり、セーラさんには惹《ひ》かれる何かがあるのかな。

……。なんだろう、なんか、ちょっともやっとする。

だが（前世の）経験上、そのもやっとの正体を探ってもそこに幸せはない気がする。

僕は文字通り絵になる二人の姿を頭の中のイベントCGフォルダにそっと仕舞い込むと、二人にそろそろ出発しようと提案した。

その後、相変わらず全く苦戦する事なくバブルクラブの爪をゲットして地上へと戻り、僕たちは無事課題をクリアした。

僕たちのパーティは結構のんびり休憩してた割に二番目のクリアパーティだったそうで、教授からはとても褒められた。ちなみに一番目はダリオン様のパーティだ。

今日の授業はこれだけで、クリアした者から現地解散だったので、僕は寮に戻る事にした。

ファルクが帰り道はおんぶしてあげる、と声をかけてきたが断った。

すごく寂しそうな表情をしていたので少し心が揺らいだが、セーラさんの目もあるし、やっぱり何かもやっとしていたので見ない事にした。


現実と『セブンスリアクト』のシナリオに大きな違いが出てきている事に危機感を覚えた僕は、久しぶりに『セブンスリアクト』について書き記したノートを開いた。

まずはそれぞれのキャラクターの出会いフラグを整理しよう。

ダリオンは最初のダンジョン探索で必ず出会う。……出会わなかったけど。

もう一人の王子のルカスはダリオンに見込まれた事で向こうから接触してくる。

ファルクは二人の王子に鷲《わし》寮のサロンへと招待された時にたまたま遭遇し、アルバートは王族に忠誠を誓う近衛騎士の家系なので、三人の王族と絡む事で向こうから接触してくる。

カイル先輩はダリオンとの探索で古代魔導士の手記を見つけた後、向こうから接触。

残り二人はセーラの幼馴染《おさななじみ》と隠しキャラの古代魔導士だけど、幼馴染は当然既に接触済みだろうし、古代魔導士は出現させる方法が攻略ありきの難しさなので、メインヒーローとの出会いですら苦戦してるこの世界では無視していいと思われる。

結局ダリオンに見込まれる事が大事なんだよなぁ。

この中でファルクとは既に出会っているけど、ファルクがきっかけになって他のキャラクターと出会えるかと言うと微妙だ。

今のファルクとダリオン様は結構仲がいいように見えたけど、だからと言ってわざわざセーラさんの事を紹介したりするかなぁ？

恋敵になるかもしれない相手に、ちょっといいなと思ってる女の子はあまり紹介したくないんじゃないか。

……。やっぱり、いいと思ってるのかな。セーラさん、可愛いし、性格いいし、優秀だもんな。

いやいや、今はそんな事関係ない。最重要事項はどうやってセーラとダリオンを出会わせるかだ。

僕みたいなただのモブが追加されただけで主人公とメインヒーローの出逢《であ》いがスキップされるくらいだから、シナリオの強制力はないか、あってもごく僅《わず》かなものだろうと推測される。

なのでそういったものに期待するのは無駄。

バグの僕自身が動いてシナリオを動かさなくてはいけない。

でも、どうすればいいんだろう。

僕はペンを置き、腕を組んで考える。

僕とダリオン様の繋《つな》がりなんてファルクくらいしかないから、結局ファルクに頼む事になると思うんだけど、何て説明すればいいんだろう。

それに仮にダリオン様側がどうにかなったとしても、セーラさんにも上手《うま》い説明が必要だよな。

いきなりこれから王子と会わせますので来て下さい、なんて言っても困るし怪しすぎる。

うーん、考え方を変えてみるか。

ダリオン様は優秀な人材を発掘したりスカウトするのが好きだから、セーラさんの才能がヤバいって事が伝われば自分から動いてくれる可能性は大いにあると思う。

うん、まだそっちの方がやりやすいかも。

ただ、それをどうやってダリオン様に伝えるかだけど。

まずファルクに不審がられるのを承知でダリオン様と話す機会を設けてもらって……。

でも上手い事やらないと、セーラさんが僕を利用して王子に近付こうとしてる、みたいな悪印象を持たれちゃうよな。そこら辺は慎重に言葉を選ばないと。

後はセーラさんと仲良くなってシナリオの進行状況とか、ダンジョンの攻略具合とかの情報を逐一得る事もエンディングまでサポートするのに重要だな。

この機会にそれぞれの個別エンディングについても改めて確認しておこう。

ダリオンエンディングはかなり王道で、二人は卒業後国民の祝福を受けながら結婚しました。めでたしめでたしって感じのハッピーエンドだった。

ルカスエンディングは卒業後、二人で誰でも治療が受けられる治癒院を作り、仲良く暮らしましたって感じのエンディング。

僕が飽きるくらいに見たアルバートエンディングは卒業後、アルバートは近衛騎士で、セーラは多分冒険者？　か何かで煮え切らないアルバートにセーラが逆プロポーズするエンディング。

カイル先輩エンディングは卒業後、二人で研究機関を立ち上げて研究の日々を過ごすエンディング。

……ファルクエンディングは卒業後、二人はシルヴァレンス王国を飛び出し、二人の事を誰も知らない異国の街で平民として仲睦《なかむつ》まじく暮らしましたって感じのエンディングだ。

ずっと自分自身を見失っていたファルクがセーラのお陰で幼馴染の呪縛から解かれ、侯爵の嫡男でも、王族でもない、ただのファルクとして生きる事を決断するいいエンディングだと思う。

ゲームでやった時は、僕も思わずうるっときたし、ファンの中でも人気が高いストーリーだった。

……もし、セーラさんとファルクが結ばれたら、ファルクはゲームみたいにどこか遠くの国に行っちゃうのかな。

――それは、嫌だな。

ゲームのファルクは両親との関係も悪かったし、雰囲気も全然違うから同じ途《みち》は辿《たど》らないとは思うけど。

ただ現状、一番可能性が高いのは間違いなくファルクエンディングだ。他のキャラとは出逢いイベントすら起こせてないし。

ファルクがゲームのファルクと同じように爵位や幼馴染の事を重荷に思っているのなら、同じ選択をする可能性もあるかもしれない。

「……で、でも……あれって殆《ほとん》ど家出みたいな感じだし、あまり祝福もされないし、他のエンディングと比べるとハッピー度低いし……だから……」

言い訳のように飛び出した独り言は途中で力をなくし、僕ははぁ、と溜《た》め息《いき》をついた。

僕はなるべくなら、セーラには別の人を選んで欲しい、なんて物凄《ものすご》く自分勝手な事を考えてしまっていた。

とりあえず先のことはいいや。まずはダリセラフラグ再建築を頑張ろう。

パタンとノートを閉じると、僕は疲れた身体《からだ》をベッドに横たえた。

右脚が少し張っているから、マッサージしないと。後で辛《つら》くなるんだ。

——疲れたけど、やっぱりダンジョンは楽しかったな。

考えなきゃいけない面倒事がなかったらもっとよかったのに。

今日の出来事を反芻《はんすう》しているうちに、帰り際のファルクの寂しそうな表情を思い出して、僕は眉《まゆ》を下げた。

悪いことしたかな。でも、二人きりの世界だった前とはもう環境が違うんだから、あの距離感で接し続けるのは無理が来ている気がする。セーラさんに変な誤解されたら、困るだろうし。

——コンコン
ノック音が響き、うとうとと眠りの世界に引き込まれそうだった僕の意識は覚醒《かくせい》した。

僕は慌ててベッドから降りる。

扉を開けると、そこには最後に見た時と変わらず、しょぼくれた顔をした幼馴染が立っていた。

「はぁい、誰……」

「ファルク……？」

「今日沢山歩いたから脚、張ってるだろ。マッサージしにきたんだ。それと、その後は一緒に夕食を食べよう。……ダメかな」

そんな情けない顔してまで僕を誘わなくても、ファルクと一緒に食事したい人なんてこの学園には山ほどいるだろうに。なんというか、不憫《ふびん》だ。

——依存、したくないんだけどなぁ。

「……マッサージしながら治癒魔法も一緒にかけるやつやって。あと、ご飯食べたらレポートも手伝って欲しい」

ファルクの服の裾《すそ》を摑《つか》んで、中へと招き入れるように引っ張る。

「……！　分かった」

尻尾《しっぽ》があったら間違いなくぶんぶんと振られてそうなくらい表情を明るくしたファルクを見て、僕は仕方ないなぁと笑ってしまう。

これが、贖罪《しょくざい》の為だけじゃなかったらいいのにな。

本当に僕の事、好きになってくれてたらいいのにな。

一番の友達だって思ってくれてたらいいのに。

でも、それを確かめられるような強さ、信じられるような自信、僕にはどちらもなくて。

もうあの日のような惨めな思いをするのは嫌だったから。

よくないと分かっていながら、僕はただずるずるとファルクからの献身に甘えていた。


シナリオを遂行する為、僕はとりあえず比較的接触しやすいセーラさんから接触する事にした。

とはいえ魔法クラスと治癒クラスじゃ、たまにある合同授業でくらいしか顔を合わせない。

なので、お昼ご飯に誘ってみる事にしました！

普段の昼食は中庭のテラスで、ファルクと一緒に食堂で包んでもらったお弁当を食べてたんだけど、今日は騎士クラスが行軍訓練でいないから丁度いい。

そう思って午前の授業が終わった後、すぐさま治癒クラスの教室の前まで来たんだけど……。

――女の子をご飯に誘うのって難易度高くない……!?

今更、根本的でそして致命的な壁にぶち当たり、僕は頭を抱えた。

チラ、と様子を窺《うかが》うとセーラさんは女生徒何人かとお喋《しゃべ》りに興じているようだ。

あの女子の空間に行って「やぁ、セーラさん。よかったら僕と一緒にランチでもどうかな？」って声掛けるの!?　僕が!?　ないないないないない！

そもそも他のクラスの教室に入るのもちょっと抵抗あるんだけど！

動物園の熊のようにウロウロ、チラチラ、ウロウロを繰り返しているうちに、教室内にいる生徒達がどんどん減っていく。皆昼食を食べに何処《どこ》かに行ったのだろう。

きっとセーラさんもそろそろ席を立ってしまう。

「……」

……僕には……無理だ……。身の丈に合った別の作戦を考えよう……。

ガックリと項垂《うなだ》れながら踵《きびす》を返そうとした時、ぽんと肩を叩《たた》かれる。

ぱっと顔を上げるとそこには――。

「る、ルカス殿下……!?」

繊細で美しい顔立ちと、絹のような輝きを放つ淡いブラウンの長い髪。女性的なように見えて骨格はしっかりと男性のそれで、手足はすらりと長い。常に湛《たた》えられた微笑《ほほえ》みはたおやかで、でもどこか怖い。

ルカス・シルヴァレンスが僕を見下ろしていた。

ルカスはダリオンの腹違いの弟で、攻略対象の一人だ。

ゲームだと所謂《いわゆる》『糸目キャラ』で、ファンからは腹黒そうとか、声からして裏切りそうとか、最終的に主人公を庇《かば》って死にそうとか好き勝手言われていた。

実際のシナリオでは多少毒は吐くものの、そこまで腹黒い訳ではなかったがまぁ、見た目と声のイメージのせいだろう。

ただ、この世界の一般生徒が言うような百合《ゆり》の花のように美しく穏やかで優しいだけの男じゃないのは確かだ。

なんでルカスが……!?

「治癒クラスに何か用ですか？　レイルくん」

「えっ、あ、いえ……！　な、なんでもないです……」

そ、そうか。ルカス殿下は治癒クラスだから……っていやいや、そうだとしてもなんで僕に話しかけてくるんだ!?　親切!?　っていうか……

「なんで……僕の名前……」

ルカス殿下はキョトンと目を丸くすると、可笑《おか》しそうに笑った。

「そりゃあ、知っていますよ。キミは従兄弟《いとこ》の大切な子なんですから。それに、昔ファルクの誕生日会で会ったこともある筈ですよ？」

――お前も黒歴史を掘り返すのか……!! なんで皆忘れててくれないんだ……！

カッと顔が熱くなる。きっと僕の顔は茹《ゆ》でダコのように真っ赤になっているだろう。

「その節は……で、殿下の前でお恥ずかしいところを……。わ、若気の至りでして……」

しどろもどろな僕を見てルカス殿下はくすくす笑った。

「昔から子うさぎのようで可愛かったですけど、変わりませんね。ファルクが宝物のように隠してしまいたくなる気持ちも分かります」

「いえ、あの……」

僕は完全に畏縮《いしゅく》してしまい、制服の裾を握りながらこの気まぐれな嵐のような邂逅《かいこう》が早く終わる事を祈っていた。

「それで、本当はうちのクラスに何か用があったんでしょう？　言ってごらん」

歳下の子を甘やかすような口調でそう言われ、僕は同級生の女の子に声を掛ける事すら出来ない自分が無性に恥ずかしくなった。

「……セーラ・エーテリアさんに用があったんですけど、友人と談笑しているようなので、またの機会にしようと思っていたんです」

ルカス殿下は片眉をあげると視線をセーラさん、僕の順番に動かして顎《あご》に手を当てた。

「浮気とは感心しませんね、レイルくん。ま、いいでしょう。ファルクには内緒にしておいてあげます」

「うわき……？」

僕が首を傾《かし》げていると、ルカス殿下は「少し待ってて」と言い残して教室へと入って行った。あ。まさか。

案の定ルカス殿下はセーラさんに声を掛けていた。セーラさんは物凄いびっくりして、椅子を倒していた。周りの子達も顎が外れそうなくらいに口を開いている。

そりゃそうなるよね、僕も経験あるから分かる。

ルカス殿下による最高に紳士的で完璧《かんぺき》なエスコートで、僕の元まで連れてこられたセーラさんは、突然無実の罪で連行された被疑者みたいな表情をしていて申し訳なさが凄かった。

「じゃあまたね、お二人さん」

紳士的に去っていこうとするルカス殿下に慌てて声をかける。

「あ、ありがとうございました！　殿下」

「どういたしまして。お礼は今度、鷲《わし》寮のサロンで一緒にお茶してくれるだけでいいですよ。ファルクには内緒で、私とも浮気しましょう」

唇に人差し指を当ててそう言うと、ルカス殿下は長い髪を靡《なび》かせながら優雅に去って行った。

——だから浮気ってなんなんだ！

とにかく物凄く揶揄《からか》われたと言う事だけは分かる。やはりネットの意見は正しかった。ルカス殿下は一筋縄ではいかない。

なんだかどっと疲れて肩を落としながら、僕は巻き込んでしまった被害者へと顔を向けた。

セーラさんは依然として呆然《ぼうぜん》としていた。

「あの……一緒にランチでもどう……？」

そう言った僕の笑顔は多分引《ひ》き攣《つ》ってたと思う。


「もーっ！　すっごくびっくりしましたよ！　ランチのお誘いするのに王子様を顎で使わないで下さいよ！」

ハムとチーズがたっぷり入ったカスクートを片手にぷりぷりと怒るセーラさん。流石《さすが》主人公、怒っていても仕草が可愛い。

別に顎では使ってないいんだけどな、と思いつつも結果的にそうなってしまったので僕は大人しく「すみません……」と謝った。

僕とセーラさんは隼《はやぶさ》寮と学園の間にある中庭の芝の上でお弁当を広げていた。

普段はファルクが持ってくる鷲寮の豪華なお弁当ばかり食べていたので、隼寮の食堂のお弁当は初めて食べるがこちらも中々に美味である。

価格に差はあれど、シルヴァレンス学園の食事はどれも美味《おい》しいと思う。

「というか、レイルさんって本当にお貴族様じゃないんですよね……？　レイル様って呼んだ方がいいですか？」

　セーラさんが恐る恐るといった表情で聞いてくるので、僕は慌てて顔と両手を左右に振った。

「ち、違うよ！　普通の商家の次男だよ！　様どころかさん付けもいらないよ、同じ平民で同級生なんだし」

「本当かなぁ……？」

　疑わしげな目をするセーラさんに、今度はぶんぶんと首を縦に振った。

「じゃあ、私の事もセーラって呼んで」

「えっ……あ、うん。せ、セーラ……」

　女の子を呼び捨てにしてしまった。ドキドキする。僕は頬が熱くなってきて、手で顔を扇いだ。

「レイルはどうして今日私を誘ってくれたの？　きっと何か用があったんでしょ？」

　セーラはすっかり砕けた口調で話しかけてきた。元々こっちが素なんだろう。

　そんな事にもほんのり舞い上がってしまう童貞丸出しな自分自身が情けない。

　異性に対して耐性がなさすぎる。あまり覚えていないが、前世でも大した経験を積んでいないんだろうなという事が窺える。心が痛ぇ。

「あー、うん。来週から、自由にダンジョンに潜れるようになるよね？　よかったら前みたいに一緒にどうかなって思って」

　ゲームのセーラが男の子達と仲良くなるのにダンジョンを使ったように、僕もダンジョンを使ってセーラと仲良くなろうと思ったのだ。

「あぁ、そういう事かぁ。うん、いいよ。レイルと一緒だと凄《すご》く楽だったし、私も一緒に行きたい」

「よかった、ありがとう。セーラもダンジョン攻略する派なんだね」

授業以外ではダンジョンには潜らない生徒も珍しくないから、僕はホッとする。

そこが崩れたらもうシナリオどころじゃないからな……。

「うん、お金欲しいし。私、特待生として入学したから、学費とか寮費はかからないんだけど、細々したお金はやっぱりかかるじゃない。シスターがどうにか工面してくれてるけど、自分でどうにか出来るならどうにかしたいの」

「……セーラは偉いね」

ゲームだと主人公のバックボーンについては多くは語られなかったが、僕が操っていた彼女もこういう思いで危険に飛び込んでいたのだろうか。

僕がしんみりしていると、セーラは明るく笑った。

「でしょ！　だからいっぱい稼げるように協力してね」

「……うん！」

セーラがオレンジのフレッシュジュースが入ったカップを掲げたので、僕もお茶の入ったカップを掲げて高い位置でぶつけた。

『セブンスリアクト』マスターたる僕が、使い切れないくらいのお金を稼がせてやるぜ！

「ところでさ、初めてのダンジョンの時、どうして僕を誘ってくれたの？」

あらかたお弁当を食べ終わってそろそろお開き、という頃合いで僕はずっと気になっていた事を聞いてみる事にした。

「うーん、そうだなぁ……。やっぱりここって貴族に限らずお嬢さまお坊ちゃま方しかいないじゃない？　あの時、というか今もなんだけど、私あんまり馴染《なじ》めてなくて。少しは同じクラスの平民の子達と話せるようになったけど、それでも埋められない差みたいのはあって……」

「ごきげんよう、なんて私初めて言った」と身震いするセーラに僕は笑いながら頷《うなず》く。

確かに、シルヴァレンス学園の学費や寄付金は一般的な平民が払えるほど安くはない。平民とはいえ僕もレオニスも資産家の出だ。

特待生制度もあるが、数は少なくて今年の入学者の中では確かセーラさんとほんの数人だけだった。周囲とのギャップを感じざるを得ないだろう。

「だから、他のクラスの子と三人組組んでって教授に言われた時は困っちゃったの。どうしようかなってキョロキョロしてたら、レイルと目があって。あの時レイル、笑ってくれたでしょ？　気を悪くしないで欲しいんだけど、笑顔が素朴で可愛いなぁと思って。他の子達とはなんか違うなと思ったから、思い切って声をかけてみたの」

「そ、そうだったんだ……あ、ありがとう？」

お金持ちっぽくないから選ばれたっぽい？

母様似の地味顔も周りがキラキラしてるといい意味で目立つようだ。

笑顔がキモいとかは思われてなさそうでよかった。暗黒呪術師みたいな見た目だから、せめて表情には気をつけないと。

「そのすぐ後に、ファルク様が来て戦慄《せんりつ》する事になるんだけどね」

「普通にしてるように見えたから、平気だったのかと思ってた」

数少ない普通っぽいやつ捕まえたら、後ろから王族が出てきましたって、そりゃビビるか。セーラはポーカーフェイスが得意なようだ。

「内心めちゃくちゃ驚いてたよ！……でも、ファルク様はとても素敵な方よね。物腰は柔らかいし、平民に対しての差別感情もなさそうだし、強くてカッコいいし。ロマンス小説の王子様みたい」

うっとりとした様子で放たれた言葉に、ギクリと心臓が跳ねた。

何故《なぜ》だろう、変な汗が出てきた。

拳《こぶし》をぎゅっと握りしめながら「そう……だね」と、なんとか相槌《あいづち》を打つ。

そんな僕の様子に気付く事なく、セーラは続ける。

「私ね、恋愛ものの小説とか歌劇とか好きなの。特に平民と貴族とか王族の身分違いの恋を描いた作品なんかに凄くときめいちゃう。だから、素敵だなぁと思って」

セーラは薄く薔薇《ばら》色《いろ》に染まった頬を両手で包むと、意味ありげに僕を見て、恥ずかしそうにふふっと笑った。

その姿はとても可憐《かれん》で、美しくて、愛らしくて。

どんな男だって魅了されてしまうだろうなと思った。

僕だって、例外じゃない。でも。

沸き立つような胸の高鳴りを感じながらも、一方でどうしようもなくやるせない気持ちにもなっていた。

鐘塔の鐘が鳴り、僕たちは慌てて片付けをするとそれぞれの授業に向かった。

僕の心は鉛にでもなったかのように、重たかった。


僕はふと考える。この間ルカス殿下と廊下で話した時のアレは、セーラとルカスの出会いイベントになったのだろうかと。

まー、そもそも二人は同じ治癒クラスなんだから、元々名前と顔くらいは知っていたとは思うけど、恋愛ゲームにおいてはお互いに恋愛対象という壇上に登らないと出会ったとは言えないからな。

ただのクラスメイトその一じゃなくて、個として認識しないと。

「集中出来てないみたいだね」

いつの間にか隣にいた筈のファルクが背後に回っていて、耳元で囁《ささや》かれる。僕はビクッと肩を跳ねさせた。

「ご、ごめん……」

今日は休日なので、鷲寮のファルクの自室で勉強会という名の、僕がファルクに勉強を教えてもらう会が開かれていた。

戦闘に重きが置かれているとはいえ、そこは名門学校。座学だって他とは比べ物にならないくらいにハイレベルだ。

僕は算術だけは前世の記憶のお陰で優秀だったが、他はまぁまぁとかそこそこ、シルヴァレンス語は落第レベルだった。

というのも算術とは逆に、前世の記憶のせいで日本語とシルヴァレンス語が脳内でごっちゃになったり、シルヴァレンス語で書いてるつもりが日本語になっていたり、気を抜くと文字が複雑怪奇な図にしか見えなくなってしまうのだ。

そんな訳で僕はいつもシルヴァレンス語を重点的にファルクに教わっていた。

「何考えてたんだい？」

「えーと……ルカス殿下の事を」

あっ、やば。脳直で喋《しゃべ》っちゃった。

案の定ファルクは美しい顔を顰《しか》めて「ルカス……？」と低い声で呟《つぶや》いた。

「なんでルカス……？　学園来てから会った事ないよね」

座ってた椅子ごとファルクの方に向けさせられ、物凄い近距離で詰められる。いや、怪しかったのは分かるけど、なんでそんな尋問するみたいな雰囲気なんだよ。

近い近い。お前の顔はアップに余裕で耐えられるかもしれないけど、こっちの顔は耐えられるような造りしてないんだから！

美形の不機嫌顔に怯《ひる》んでしまい、僕はぼそぼそと懺悔《ざんげ》を始める。

「この前、お前が行軍訓練でいなかった時あるだろ。その時偶然会って声をかけられたんだよ。それで……浮……いや、今度鷲寮のサロンで一緒にお茶しようって誘われたんだ。いや、もちろん社交辞令だと思うんだけど、サロンってどんな所なのかなってちょっと気になって」

ファルクの目がますます鋭さを増す。普段は常に温和な表情をしているから薄らいでいるが、アリスおば様もファルクも氷のような冷たさを感じる顔立ちなので、こういった表情をされると人ならざる者のような迫力がある。

こ、こわい。僕に耳と尻尾《しっぽ》があったらきっとぺたりと伏せられぷるぷると震えているだろう。

「……なぁんであの人達はレイルにちょっかいを出そうとしてくるんだろうな……。はぁ、だから行軍訓練なんか行きたくなかったんだ」

ぶつぶつ言うファルクに頭を抱え込むように胸に抱き寄せられて、髪に顔を埋《うず》められる。そのまま頭上ですーはーと深呼吸された。

これたまにやられるんだけど、僕を吸うより絶対猫とか犬とか吸った方が癒やされると思うんだよな。ここにはいないから仕方ないけど。

それでも多少の癒やし効果はあるのか、僕を吸って落ち着いたファルクは、いつもの温和な表情に戻った。

「ルカスがいるかどうかは分からないけど、サロンに行ってみる？　美味しいお菓子があるよ」

鷲《わし》寮のサロンは二階にあり、三階のフロアから直接降りられる階段がある。

そこはサロン内の別室に繋《つな》がっており、三階フロア同様王族専用ルームとして使われている。

攻略対象に王族とその関係者が多いゲーム内でも、ちょくちょくこのＶＩＰルームは出てきており、本物が見られると僕は少しだけワクワクしていた。美味《おい》しいお菓子ってなんだろう。

ファルクに連れられ足を踏み入れたサロンの王族ルームは、現代でいうところのアンティーク調の喫茶店のような内装をしており、王族専用という割には落ち着いた雰囲気の所だった。

もちろん、調度品はそれぞれ最高級品がふんだんに使われているのだろうけど。

革張りの黒いソファとオーク材で出来たテーブルのセットが三席あり、ステンドグラスが嵌《は》め込《こ》まれた窓の外から柔らかな光が差し込んでいた。

ゲームの背景まんまだ！　なんて喜んでいられたのならよかったのだが、その一席に輝くような金色の頭と柔らかなライトブラウンの頭を見つけてしまってぎくり、と硬直する。

「おー、ファルク。珍しいなお前がサロンに来るなんて」

「おや、うさぎちゃんも一緒ですね」

隣で嫌そうな顔をしている銀色頭を含めて、我が校の王族全員が一堂に会してしまった。

……帰ろうかな。


「ん……！　美味しい」

ファルクが持って来てくれた前世でいうフィナンシェみたいな焼き菓子は、外はカリッと中はしっとりとしていて、噛《か》むと焦がしバターがじゅわっと染み出して、口の中が芳醇《ほうじゅん》な香りで満たされた。とても美味だ。

思わず笑みが溢《あふ》れて、感動を伝えるべく隣のファルクの顔を見る。ファルクもうんうん、とにっこり笑ってくれた。

「ファルク、お前のそんな締まりのない顔初めて見たぞ。若いってのはいいな……」

しみじみぼやくダリオン様に「貴方《あなた》も同い年でしょうに」とルカス殿下が突っ込む。

「レイル、こっちのお菓子も食べてごらん」

さながら餌付けのように差し出されたクッキーを反射的に口に入れる。

ファルクさん。さっきから殿下をスルーしまくってるけどいいんですかな？

もぐもぐしながら困惑の眼差《まなざ》しでファルクを見つめると、ファルクは渋々といった様子で一席離れた場所に座るダリオン様の方に視線をやった。

「ダリオン、俺は今休日のレイルを堪能してるんだから邪魔しないでくれないか」

……休日のレイルって何？

いや、確かに休日のレイルだけれども。平日のレイルとは何か違うの？

「毎日堪能してんだろーが。折角来たんだからお前も知恵を貸せ。ほら、レイル・ヴァンスタイン。東の島国の商人が持って来た菓子があるぞ」

そう言ってダリオン様が見せつけるように掲げたのは、魚を模《かたど》ったきつね色の……たい焼きだっ!!

僕が目を輝かせ思わず手を伸ばそうとすると、ファルクに身体《からだ》で止められる。

代わりにファルクがたい焼きを受け取り、僕の口にたい焼きが差し込まれた。

「レイルに食べ物を与える時は、俺の許可を得てからにして下さいますか、殿下。……で？　知恵って何？」

「飼い主かお前は！　はぁ、まぁいい。近頃北の国境付近の森での魔物被害が酷《ひど》くてな。あちらの兵士は対人慣れはしていても、魔物に対しての練度はそれほどねぇ。援軍を送って、一斉征伐を行う計画が出てる。学園からも精鋭を何人か出せないかって親父達から言われてて、俺が今その面子《メンツ》を考えてる」

ちょっとしょっぱいカリカリの皮と甘い餡子《あんこ》の組み合わせは鉄板だなぁ。餡子は甘さ控えめで豆の味が分かるのが嬉《うれ》しい。流石《さすが》王子への献上品、これは美味しい！

「ダリオン様、頂いたお菓子、とても美味しかったです。ありがとうございます」

僕はダリオン様に向かってぺこりと頭を下げる。

「あぁ、うん。そうか、それはよかった。……で、だ、貴族の子息の能力は大体把握しているが、平民からも推薦出来そうな人材を探している。レイル、お前の適性属性は？」

「僕は闇です！」

「駄目だな。魔物退治には向いてねぇ」

ばっさり……。確かに闇耐性高い魔物は多いけどさぁ。

刺さる時は凄《すご》い刺さるんだぞ。対人とか……暗殺とかだと強いんだぞ。

にしてもゲームでもあったなぁ、北の国境での征伐イベント。難易度は低めで、頑張りによって報奨金が沢山貰《もら》えて、参加している攻略対象全員の好感度も上がるお得なイベントだった。

ここで稼いだお金で装備を整えて、本格的にダンジョンに潜るっていうのがゲーム序盤のセオリーだった。

「どの道レイルは行かせないよ。王命だとしても絶対に母上が覆《くつがえ》させる」

「へぇ……レイルくんがアリス様の寵愛《ちょうあい》を受けてるというのは本当の話なんですね」

ルカス殿下が僕を見て意味ありげに笑う。

な、なんですか……。こわいです。

僕はファルクの陰に隠れるように身体を縮こませる。そんな僕に気付いたのか、ファルクにそっと肩を抱き寄せられた。人前でそれはどうなのと思ったが、王子二人は特に気にしていないようだ。

「そうだ、レイルくん。私の事も気軽にルカスって呼んでくれていいんですよ」

「る、ルカス様……」

「よく出来ました。かーわいいですねぇ」

「ルカス」

「はー、余裕のない男って嫌ですねぇ」

何やらよく分からないところでファルクとルカス様の攻防が始まっているようで、視線がばちばちと火花を上げているように見える。

ダリオン様はそんな二人を意に介さず、マイペースに資料のような物に目を通していた。

「他人事《ひとごと》みたいな顔してるが、ファルク、お前は征伐メンバー確定だからな」

「はぁ〜……だろうな」

「ちなみに私は居残り組です。ダリオンにもしもの事があるかもしれませんから、ね」

「はっ、言ってくれるじゃねーか。こんなところで俺がくたばるかよ」

和気藹々《わきあいあい》、と言っていいのかは微妙なところだが、多分この三人にとってはいつものノリなんだろうなという雰囲気が流れる。

ゲームの時よりもずっと仲がよさそうな三人に、僕もなんだか嬉しくなる。

ってあれ……平民から選抜……。これはチャンスなのでは⁉

「あ、あの……！　ダリオン様」

「ん？」

僕はその場で立ち上がった。思ったよりも大きな声が出てしまって恥ずかしくなる。

僕は注目されたり、皆の前で自分の意見を言ったりするのが凄く苦手だ。

今なんて三人の王族、ファルクはともかくとしても、二人の注目を一身に受けていると思うと声も足も震えそうになる。だが、ここしかない、と心を奮い立たせた。

「推薦したい人が、います！」

「ほう……？」

ダリオン様は面白そうな表情を浮かべると、腕を組んだ。ルカス様は相変わらずの読めない笑顔。

ファルクは驚いたように目を見開いている。

うん、そりゃ驚くよね。普段の僕だったら絶対にやらない行動だ。

「ちっ、治癒クラスのセーラ・エーテリアさんは全属性適性があり、治癒だけじゃなく攻撃魔術にも長《た》けていて、きっとダリオン様の期待に応える事が出来ると思います」

「――あぁ、今期の数少ない特待生だな。学園長自らでスカウトしてきたっていう。もちろん候補に入っている」

「そ、そうですか……」

なんだ、僕が言わなくても最初から候補に入っていたのか。そうか、当たり前だ。あんな逸材普通見逃す訳ないか……。

僕は力が抜けたようにソファへと腰掛けた。気合い入れて推薦したのが恥ずかしい。

「だが、孤児院の出だからな」

「……孤児院出身じゃ、駄目ですか？」

難しい顔をするダリオン様に僕は反射的に尋ねた。

「別に孤児だからどうこうって訳じゃない。徴兵する時に身元引受人を立てたりだとかの色々面倒な手続きが必要になるってだけだ」

「……エーテリアは魔法だけじゃなく、身のこなしも優れていた。先天的に戦闘センスがあるんだろうな」

別にそんなつもりはないんだろうけど、ファルクが助け船を出してくれた。

やっぱり、ファルクもセーラの事かなり評価してるんだな……。

「ほーう、お前にそう言わせるって事は相当なものなんだろうな。そう言えば前のダンジョン探索でお前ら三人組んでたのか。俺の次にクリアしたらしいな？」

「ああ。それに全属性適性は魔物狩り向きだ。今のうちに登用しておくのもいいだろう」

「特待生なだけあって、セーラさんは治癒クラスでも上位に入る成績優秀者ですよ」

「ふぅん……一度実力を見てみたいものだな」

ダリオン様が恐らくセーラの資料を見ながら呟く。

僕はここだ！　と思った。

「なら、一度セーラと一緒にダンジョンに潜ってみるのはどうでしょうか」

これが上手《うま》くいけばスキップされてしまった出会いイベントも征伐イベントも起こす事が出来る！

一石二鳥、いや一石でチキンパーティーだ！

「ふむ、そうだな。そうするか」

ダリオン様は一瞬キョトンとした表情を浮かべたが、直《す》ぐに頷《うなず》いてくれた。

ッッッシャ!!

僕は心の中で何度もガッツポーズをした。

この場にたまたま居合わせた運と自分の手腕に惚《ほ》れ惚《ぼ》れする。やはり世界もシナリオを遂行させようと僕に味方してくれてるのでは!?

「レイルくんは、セーラさんと随分親しいようですね。この前も……おっと、これは内緒でしたね」

そんな舞い上がった僕のテンションは、ルカス様の含みを持った視線と釘《くぎ》を刺すような発言によってしおしおと萎《しお》れた。

これってもしかして、殿下に自らの息のかかった女性を送り込もうとしてるって疑われてる……!?

「ゆ、友人です」

「――この前って何？　というか、いつから『セーラ』って呼び捨てにするようになったの？　前はセーラさん、って呼んでたよね」

「そ、それは……」

何故《なぜ》か据わった目のファルクが食いついてきて、僕は参ってしまった。別にやましい事なんて何もないのに！

あうあう、と狼狽《うろた》えているとダリオン殿下が呆《あき》れたように溜め息をついた。

「おいおい、痴話喧嘩《ちわげんか》はほどほどにしろよ。俺はこれからそのセーラって生徒の所に行ってくる」

「えっ、今からですか⁉」

「手続きが色々面倒だって言っただろう。特に今回の作戦は国境に兵を引き連れていく事になるから、色々と煩雑なんだ。登用するなら早いに越した事はない。ルカス、行くぞ。治癒クラスの生徒ならお前がいた方がいいだろう」

「はいはい、それじゃまたね。レイルくん」

ダリオン様とルカス様はひらひらと手を振りながら、ＶＩＰルームを後にした。通常のサロンと繋《つな》がる扉から出て行ったので、そちらにいたであろう生徒達が慌てて挨拶《あいさつ》をする声が聞こえた。

残されたのは僕とファルク。

「レイル、色々聞かせてね」

「……はい」

驚くくらいに上手くいったけど、その代償は大きそうです。

それからダリオン様とセーラは無事一緒にダンジョンに潜って親交を深め、北の国境での魔物征伐作戦にも共に参加する事になったようだ。

セーラはダンジョンに誘われた時非常に驚いたらしく、ガッチガチだったそうだが、共に戦ううちにそれなりに打ち解けたらしい。

まぁ、僕も話してて思ったがダリオン様は王道王子様の見た目とは違って、いい意味で大雑把で話しやすい人物だと思う。

ゲーム内だと俺様系のイメージだったが、今の僕から見ると面倒見のいい兄貴って感じのイメージだ。別の立場から見ると人の印象って変わるものだな、と思わされた。

セーラはダリオン様から僕が推薦したという事も聞かされたらしく、「本当に驚いたんだからね！」と恨み言を言われた。

でも征伐作戦にはかなり乗り気らしくて、報奨金をがっつり稼いでくると、にまにま笑っていた。逞《たくま》しくてかっこいいぜ。

そして、征伐作戦に選抜された二十名の学生が出発する日。見送りの為に全校生徒が校舎前の広場に集まっていた。

僕もファルクとセーラに声をかけようと思ったが、ファルクは当然大勢の生徒に囲まれていて、その空間に押し入っていく勇気はなかった。

セーラも同じクラスの子達と話していたので、僕は遠目に様子を見ることにした。

主要キャラクターの中ではダリオン、ファルク、アルバート、セーラが今回の征伐作戦の参加メンバーだ。

ゲームだとこの征伐イベントは決して難易度は高くなかったけど、現実では何が起こるか分からない。皆無事に帰って来てくれるように祈った。

「レイル、サンブール様に声かけなくていいのか？」

いつの間にかレオニスが隣に立っていた。

「うーん、声かけたかったんだけど、あそこに入っていくのはちょっと……」

僕がファルクとその取り巻きの集団を顎《あご》で指すと、レオニスは苦笑した。

「おーおー、さっすが人気者だなぁ、サンブール様。はぁ、俺も選ばれたかったぜ」

「え、レオニス遠征行きたかったの？」

「当たり前だろ？　作戦で手柄をあげたら騎士団にも名前を売れるし、もしかしたら勧誘されるかもしれないんだぜ」

「はー、なるほどなぁ。それなら推薦してあげればよかったね。まぁレオニスの魔法大した事ないから無理だったと思うけど」

「オイッ!!　本当の事でも言われると傷つくんだぞ!!」

大袈裟《おおげさ》なリアクションを取るレオニスに、僕はけらけらと笑った。

「だって選ばれた人達ってみんな錚々《そうそう》たるメンバーだよ。あそこ入るのは厳しいよ」

「まぁ、確かになぁ……。平民から選ばれたのって、たった四人……あ」

レオニスが僕の後ろを見て大きく口を開けたので振り返ると、少し疲れた様子のファルクがすぐ近くまで来ていた。

「ファルク、もういいの？」

「うん、逃げて来た。……レオニスくん、レイル連れて行ってもいいかな？」

「え、あ、はい！　勿論《もちろん》です！」

レオニスはぶんぶんと音が出そうなくらいに何度も頷くと、そそくさと去って行った。

僕はファルクに手を引かれて、広場から少し外れた場所にある木の下まで連れて行かれた。

正面からぎゅうっと抱き締められ、ファルクはいつものように僕の髪に顔を埋《うず》めて深呼吸する、所謂《いわゆる》僕吸いをし始めた。あの、ここからそう離れていない場所に全校生徒がいるんですけど!?

選抜されたのはたった二十名で、その中でも色んな意味で目立つファルクに注目する生徒は多い。だから追いかけて来たり、遠くからこちらを見ている生徒がいたっておかしくないのだ。というかいると思う。は、恥ずかしい……。

僕はどうにかファルクを押し退《の》けようとするが、圧倒的な力の差によって猫が抱っこヤダ！　ってぐいーって手を突っ張ってるくらいの抵抗にしかなってなかった。

「ファ、ファルク。恥ずかしいから、離して」

「無理だ……無理だよ……一ヵ月も離れるなんて耐えられない。行きたくない……」

……話が通じない。僕は諦《あきら》めて力を抜くと、ファルクに身を委ねた。

ゲームだと一瞬だった征伐イベントは現実世界だと一ヵ月もかかるらしい。行きたくないっていうファルクの気持ちも分からないでもない。

馬での移動はお尻《しり》が痛くなるし、野営は快適とは言えないし、戦闘は命懸けだ。

お金も地位も既に持っているファルクにとっていい事なんて一つもないと思う。

それでも貴族として生まれたからにはノブレス・オブリージュの精神で、与えられた責務を果たさなければならないのだ。

僕はファルクのしょぼくれた顔を両手で挟むと視線を合わせた。

「待ってるから、頑張って務めを果たしてこい。んで……絶対無事に帰って来てよ」

「レイル……！」

ファルクの頬が薄いピンク色に染まり、瞳《ひとみ》は嬉《うれ》しそうに輝いた。

額にキスをされて、すりすりと頬を擦り寄せられる。

少し恥ずかしいけど、ファルクはこれから民の為に頑張るのだから、したいようにさせてあげる事にした。

「俺がいない間、気を付けてね。危ない事しちゃダメだよ。面倒がらずにちゃんと杖《つえ》を持ち歩く事。何か困った事があったら、本当は嫌だけどルカスを頼る事」

「大丈夫だよ……子供じゃないんだから」

「あー……離したくない。連れて行きたくないけど連れて行きたい……」

再びぎゅうっと抱き締められる。

――……僕だって、本当は寂しい。ほとんど毎日を一緒に過ごしてきたんだから。

僕は躊躇《ためら》いながらもファルクの背に手を回すと、緩く抱き締め返した。

「あのー……別れを惜しんでいるところ申し訳ないのですが、そろそろ出発です」

澄んだ可憐《かれん》な声が聞こえて、僕はぱっと手を離した。

声のする方向を見ると、セーラが困ったように微笑《ほほえ》んでいた。わざわざ迎えに来てくれたらしい。

『主人公』に『攻略対象』とこんなベタベタしているところを見られてしまったショックで、僕は口をパクパクさせた。

「はぁ……分かった。わざわざ済まなかったな、エーテリア」

背に回っていたファルクの腕から力が抜けたので慌てて身体《からだ》を離すと、ファルクの手が名残惜しげに僕の頬を撫《な》でていった。ファルクはセーラに見られた事を全く気にしていないようだ。

三人で広場に戻る途中、僕はセーラに話しかけた。

「セーラなら大丈夫だとは思うけど、気を付けてね」

「うん、ありがとうレイル。ばんばん倒してがんがん稼いでくるから、帰ったら一緒に王都でお買い物に行きましょ！」

行きたくないと嘆いていたファルクと比べて、タフすぎるセーラの言葉に僕は思わず笑ってしまう。

「うん、約束」

ファルクが何か言いたそうな表情をしていた気がするが、結局何も言われる事はなかった。

別れ際、僕はファルクに「セーラをよろしくね」と頼んだ。ファルクは黙って頷いてくれた。

正直、ファルクエンディングは迎えてほしくない。

けれど、タフに振舞ってはいても、周りは貴族ばかりの遠征で、きっと心細いだろうセーラの事もやっぱり心配だったから。

広場に着くとダリオン様の挨拶が始まり、すぐに出立の時間が来た。

全校生徒が見守る中、迎えに来た騎士団の兵士と共に二十名の征伐選抜隊は旅立って行った。


「レイルってさぁ、サンブール様の前だと可愛い子ぶってるよな」

ファルク達が出発した後、残った僕らは普通に授業を受け、普通に寮の食堂で夕食を食べていた。

トマトソースがたっぷりかかったカツレツを口に放り込んだ時に、隣に座ったレオニスからそんな事を言われて僕は一瞬固まってしまった。

「は?」

「分かる！　分かるわー、最早別人。普段こんなんなのに、ファルク様の前だとなんかきゅるるんってしてるんだよなー」

反対側の隣に座っていた男子生徒が、芋が刺さったフォークを片手にうんうんと頷《うなず》きながら話に入ってきた。普段こんなんってどんなんだよ。てかきゅるるんて。

……でも、二人の言わんとする事が分からないでもない。

なんというか、ファルクといると気が抜けるというか……。甘えたがりになってしまうのは、僕の昔からの悪い癖だ。

あの事件があってからは控えようと思っていたが、その分ファルクの甘やかしがエスカレートしたせいで結局それほど変われなかったように思う。

膝《ひざ》の上に乗っておねだりなんて、他の人間相手には絶対にしないしな。そもそも通用する訳がない。

……でもこうして指摘されると、じわじわ恥ずかしくなって来た。

僕は誤魔化《ごまか》すように大袈裟に咳払《せきばら》いした。

「コホンッ。……他人は自分を映す鏡、というのは僕の（前世の）婆ちゃんがよく言っていた言葉である……」

芋の男子生徒は「は？」という表情をしていたが、レオニスは言わんとする事が分かったのか「なるほど」と頷いた。

「サンブール様がそういう風に扱うから、レイルもそういう風に振舞うと？」

「然《しか》り」

なんだよその喋《しゃべ》り方、と芋の男子生徒が芋を食いながら言う。

レオニスはふぅん、と頷くとニヤリと笑った。

「レイル、口元にソースがついてるよ」

レオニスは今まで聞いた事のないような猫撫《ねこな》で声《ごえ》でそう言うと、自らのナプキンを僕の口元に当ててきた。

「ホァッ!?」

「……よし。うん、レイルは今日も可愛いね」

ソースを拭《ふ》き終わった後、キメ顔でそう囁《ささや》かれて背筋からぞわわわっと悪寒が走った。

「呪うぞ貴様……」

堪《たま》らず僕が地を這《は》うような低い声でそう言うと、最早芋を持っていないのでアイデンティティを失った芋の男子生徒は腹を抱えて笑い、レオニスは「お前が言うと洒落《しゃれ》にならん！」と慄《おのの》いていた。

というかファルクのイメージってこんななのか。それは……ちょっと笑える。

「ほら、結局可愛くなんねぇじゃん。闇の魔術師のままじゃん」

「誰が闇の魔術師……って悪口かと思ったら事実かよ。悪口みたいに言うな。全ての闇適性持ちの人間に謝れ」

僕らが言い争っていると、正面で既にデザートのケーキを食べていた治癒クラスの男子生徒が突如、

「闇の魔術師も好きな人の前では可愛い子猫ちゃんになっちゃう。それが恋ってやつだよ」としたり顔で話に入って来た。何なんだお前は。彼女いない歴＝年齢が恋を語るな。

「恋、じゃないし。ただの幼馴染《おさななじみ》だし」

確かに僕とファルクの距離感が普通の同性の幼馴染のそれを逸脱しているのは認めるが、だからと言って何でもかんでも恋愛に結びつけられるのは困る。

この世界、同性愛は珍しくないけど異性愛ほど当たり前な訳でもない。

婚姻を結ぶ事も可能だが、その辺が緩いのは平民の冒険者や傭兵《ようへい》などで、貴族階級では後継者の問題などもあって、表立って同性のパートナーがいる人はグッと少なくなる。

いや、そもそも貴族階級だと自由恋愛自体が珍しいいか。

ファルクだって貴族の嫡男なのだから、セーラと結ばれないにしても、いつか同じ貴族の女性と結婚するのだろう。

だから、これは恋じゃない。

ファルクにとってはただの贖罪《しょくざい》で、僕にとっては……。

カツレツにフォークをグサグサと刺し続けていると、レオニスが呆《あき》れたように「ただの幼馴染の事をあんな目で見るかね」と呟《つぶや》いた。


夕食を終えて自室に戻った僕は、一度は宿題をやろうと机に向かったが、なんだかやる気が出なくて結局ベッドに倒れ込んだ。

——恋、恋なぁ。

夕食の時の会話がずっと引っかかっている。

ファルクから額や頬にキスされたり、膝の上に乗せられて抱きしめられるのが嫌じゃないのはどうしてなんだろう。

例えば、レオニスとそういう事が出来るかって聞かれたら間違いなく答えはノーなのに。

……どこまでなら嫌じゃないんだろう。

例えば、ファルクと唇同士の本当のキスをするとか。頬や額にされるのは親愛と言ってもいいけど、唇は話が違う。

……試しに想像してみる。

優しく髪を撫でられ、額や頬に唇を何度も落とされる。ここまでは容易に想像出来る。

そしてそのままファルクの唇が僕の唇に重なり——。

「……出来、る……な……？」

びっくりするくらいに違和感がなかった。

他の場所には何度もキスされているので、なんなら感触すら無駄にリアルに想像出来てしまう。

うわー……。なんか、なんか……！

『キス出来るなって思った人とならセックスも絶対出来ますよね』

ぅぐ……!! 何故《なぜ》今ここで、前世のサークルの飲み会でちょっといいなって思ってた吉田さんの発言を思い出すんだ……！

僕はひとしきりじたばたと暴れた後、この件を深掘りするのは危険だと思い、諸々《もろもろ》を綺麗《きれい》すっぱり忘れる事にした。……忘れられるかどうかは別として。

うんうん、そもそも男友達とキス出来るかどうかを想像するのがおかしかった。どうかしてた。

邪念を振り払うように首を振ると、僕は気分転換に入学前に買った『マニアックな生活魔法』という本を読む事にした。

買ったはいいが、新しい環境に慣れる事に精一杯ですっかり忘れていたのだ。

そこそこいいお値段だったので、何気に便利な魔法が隠されているんじゃないかと期待している。

「どれどれ……？」

ぺら、と開いたページに載っていた魔法が『男性同士の性交に使える直腸洗浄の魔法』で僕はベッドから転げ落ちた。


僕がダンジョン探索に行こうとすると、ファルクは露骨に嫌な顔をする。

だがしかし、今はそんなファルクもいない！　なので僕は伸び伸びとダンジョン探索を楽しむ事にした。

メンバーはお馴染《なじ》みレオニスと芋男子……もといポムと僕の三人だ。

全員魔法クラスという一見バランスもクソもないパーティだったが、騎士を夢見るレオニスが剣と盾を持って前衛をやってくれるし、ポムは水属性の適性があって回復も出来るから一応近接、遠距離、回復は揃《そろ》っている。

ちなみにレオニスの適性属性は火、ポムは水と風、僕は闇と属性バランスは結構いい。

それでも本当は別クラスの人と組む方がいいんだろうが皆出会いがない……と独身の社会人みたいな事を言っていた。ダンジョンマッチングアプリの開発が待たれるな。

放課後、ダンジョンの石扉前で僕は右手に持っている杖をぐるぐると回しながら掲げた。

「よーし、じゃあ今日は十一階層でルミナスソーラマン狩りするのが目標です」

ルミナスソーラマンとは、ダンジョンの地下十階から十二階に出てくる雑魚《ざこ》魔物だ。

顔がリアルでキモい雪だるまみたいな胴体に立派な四つの羽根が生えていて、主に光属性の光弾を放つ攻撃をしてくる。

そいつから採取できる羽根はそこそこ高く売れるので、序盤の金策として定番の稼ぎ場だった。

「ゲェッ、十一階層なんて俺達には無理だよ！」

ポムが正気か？　みたいな苦々しい顔をして、首を振った。

まぁ確かに一般的に考えると十一階は中々遠いが、それは全てのフロアでまともに戦って魔物を殲《せん》滅《めつ》して進もうとするからなのだ。

一階から五階までの古い遺跡っぽいゾーンと六階から十階までの洞窟《どうくつ》っぽいゾーンは出てくる魔物もそんなに強くないいし、素材も美味《うま》くないから遭遇してしまったヤツだけ処理すればいい。

十一階から十五階までの古城っぽいゾーンは光属性の魔物が多く、僕にとっては狩場でしかない。

もちろんゲーム知識の全てが正しいとは思わないけど、この前潜った時には殆《ほとん》ど記憶通りだったのでそんなに間違ってもいないと思う。

「まぁまぁ、目標は高い方がいいだろ？」

僕は二属性適性持ちの割に臆病《おくびょう》なところがあるポムの背中を叩《たた》いた。ポムは口をもごもごさせて何やら言っていたが、最終的には頷いてくれた。

「てか、レイル……。その杖《つえ》、エグくね？」

「……バレた？」

やけに無口だったレオニスは、僕の持つ杖を目を細めてじっと観察していたようだ。

流石《さすが》商家の息子《むすこ》。確かな目を持っているらしい。

――僕が持っているこの杖。

持ち手の部分は象牙《ぞうげ》、杖の部分は億年樹で出来ていて、歩行を補助する機能と魔法の発動を補助する機能、両方を兼ね備えているハイブリッド型だ。

杖の部分には一見模様にも見える金色の魔法陣が刻まれていて、自動治癒、スタミナ軽減、身体活性化、魔力強化、浄化の効果が付与されている。

持ち手部分に鎖でぶら下げられた魔石には、弱い魔物くらいなら寄せ付けない結界の魔法が込められていて、魔力を注ぐと周囲に結界を張ってくれる。

所有者を護る事に特化した、かなりオーバースペックな杖だ。

「うわー、やば。こわいこわい。こんな細い杖に魔法陣刻めるのなんて、変態しかいないだろ。素材は？　億年樹!?　まぁ、これだけ効果付与するなら、それくらいの素材じゃないとぶっ壊れるか……。いや、何なんだよこれ。一点物だろ？」

「十五歳の誕生日の時に誕生日プレゼントと、成人祝いを兼ねてサンブール家から頂いたんだ」

「いくら侯爵家でも誕生日にぽんと渡すような代物じゃねぇって、これは。婚約記念でもここまでの品は用意しないぞ。ファルク様といい、お前侯爵家の弱みでも握ってんの？」

「そんなスゲー杖なの？」

「王都の一等地に屋敷が建つ」

「えぇ!?」

ポムがしげしげと僕の持つ杖を見る。全然ピンと来ていなさそうなところがポムらしくて微笑《ほほえ》ましい。

アリスおば様のご乱心としか思えないこの杖。

見る人が見ればすぐにその価値の高さに気付いて目立ってしまうし、失くしたり壊したり盗まれるのが怖すぎて普段は持ち歩くのを躊躇《ちゅうちょ》してしまうという、本末転倒な事になってる代物である。

しかし、付与された効果は長時間歩いても疲れにくいようにという気持ちが込められているのが分かるし、結界ももう二度とあんな事が起きないように、という祈りが込められているのが分かる。

アリスおば様の僕への愛……もとい母様への愛が伝わる。

もちろん僕の怪我《けが》について責任を感じての謝罪の品でもあるのだろうけど。

あの事件は別に本当にファルクもアリスおば様も悪くないんだけど、律儀な親子だ。

当然僕も両親もこんな高価なもの受け取れない、と固辞していたのだが、アリスおば様から「いつか結局うちの物になるんだから、今は気にせず受け取って欲しい」と言われて母様と父様は何かを察したかのように断るのを止《や》めた。

僕は正直意味が分からなかったんだけど、あくまでも貸してるだけで、いつかは返してもらうって事なのかな？　とあんまりしっくり来ない理由で自分を納得させた。

前述の理由があって、それほど使用頻度は高くないんだけど、流石にがっつりダンジョン探索となっては持ち出さない訳にはいくまい。

疲労で歩けないなんて事になったら、仲間に迷惑をかけてしまうからな。

「ポム、この魔石に魔力込めて」

「ん？　いいよ！」

このメンバーの中で最も魔力量が多いのはポムなので、杖の結界魔石への魔力チャージはポムに任せる事にした。

透明だった魔石が赤色に輝いたのを確認して、僕は頷《うなず》く。

「じゃ、出発しよっか。杖の結界効果で多分五階くらいまでは魔物出てこないから、最初は散歩気分で行こ」

「おー！」

「マジかよ……何でもアリだな……」

杖の結界の効果は僕が思っていたよりも強く、五階層どころか七階層になっても魔物に会うことなく進む事が出来た。まさか中ボスさえ出てこないとは。

「ダンジョンって不思議だなぁ、階が違うだけでこんなにもガラッと景色が変わるなんて」

「景色を見る余裕があるとか、本当に散歩しにきたみたいだな」

「流石にそろそろ敵が出てきてもおかしくないんだけどなぁ……」

散歩気分で雑談をしていると下へと降りる道を見つけた。こうして僕たちは一度も戦う事なく八階層へと足を踏み入れた。

八階層に降りると明らかにここまでとは雰囲気が変わった。敵意のようなものを感じる。レオニスとポムも何かを感じ取ったのか、顔が強張《こわば》っている。

「レオニス、ポム。警戒を」

「あぁ、散歩は終わりだな」

「ど、ドキドキしてきた」

【灯火】を発動させながら、僕達は慎重に洞窟エリアを進む。

「ここら辺のエリアで気をつけるべき敵はドクガエル、キグモかな……どっちも火属性が弱点だから、ここではレオニス中心で戦うよ。僕が最初に【影贄《かげにえ》】を出すからレオニスは火魔法で応戦してね。ポムは風魔法でレオニスの援護しながら、誰かが毒食らった時にすぐに解毒出来るように、心の準備しておいて。ああ、でもなるべく戦闘は避けて進むから」

「分かった！」

「了解」

そんな事を話していると、早速物陰から赤と緑の斑《まだら》模様の大きな蛙《かえる》、ドクガエルがゲコゲコと鳴きながら三匹現れた。

僕はすかさず一定時間魔物の気を引く影を召喚する【影贄】を発動させた。地面に黒い染みのようなものがぽこぽこと浮かび上がり、実体を持った影として現れる。

ドクガエルは一斉に影に群がった。

「レオニス！」

「任せろ！」

レオニスは掌《てのひら》で魔力を練るとソフトボールくらいの大きさの火の玉を生み出し、ドクガエルに投げつけた。火の玉は一匹のドクガエルに命中し、彼らが身に纏《まと》う粘液に火がつく。

「ポム、風魔法で火の勢いを強めて！」

「りょーかいっ！」

ポムの風魔法によって煽《あお》られた火は炎へと変わり、【影贄】に釣られて密集していた他のドクガエルの身体《からだ》にも引火した。

後は燃えやすい粘液のお陰で何もせずとも勝手に燃え尽きてくれるだろう。

程なくして、あまり聞き心地のよくない断末魔と共にドクガエルは黒い煙となって消えた。

残った火が消えた後、ドクガエルのいた場所にはドクガエルの吸盤が二つと色鮮やかな皮が残されていた。

魔物は倒されると薄い瘴気《しょうき》へと戻り、核だった部分を残して霧散する。

僕はそれらの素材を指でさしながら、後ろの二人を振り返った。

「素材どうする？　これはあんまり高く売れないけど」

「っ……たー‼　倒した‼　すげー！　こんなあっさり倒せるなんて思わなかった！　レイル天才！」

「あぁ、やったな‼」

二人に勢いよく抱きつかれて「わぷ」という変な声が出てしまう。

「えっ？　え⁇」

二人のあまりの喜び様に驚いてしまう。だってまだ八階層だぞ？

ダンジョンボスがいるフロアは地下百階だ。本当にまだまだなのだ。

「なぁ何でレイルはこんなに魔物とかダンジョンに詳しいんだ？　レイルだってまだダンジョン二回

目だろ？」

「！　あー、あぁ、うん。本で予習してたから」

「お前暇な時はいつも図書館で図鑑読んでるもんな。知識は人を助けるって言うけど、本当だな」

……そうだった。感覚が麻痺《まひ》していたが、普通の生徒は卒業までに精々二十階層に行ければいい方というのが一般認識だった。初自由探索で八階層は充分快挙なのだ。

ゲームでの常識と、周囲にいる人物達がエリート過ぎて普通の感覚を忘れてた。

だってこの間のセーラ、ダリオン様、ルカス様のパーティは初回の軽いお試しで三十階層まで到達したんだぞ。

僕のように攻略情報を知っている訳でもないのに。流石としか言いようがない。

え、じゃあもしかしてこれって、所謂《いわゆる》『異世界転生で知識チートな件』みたいな感じ!?

き、き、きた――――!!

これだよこれ！　前世の記憶に目覚めた時からずっとこれを待ってた！

ぐふぐふ笑っていると、二人がドン引いたように離れていく。キモくてごめん。

記念って事でドクガエルの素材は持って帰る事になった。二人は吸盤、僕はMVPという事で皮を進呈された。

自身の可能性に気付いた僕は、まるで無敵になったかのような気分でダンジョンを進んだが、その後出てきたキグモが怖すぎて普通に泣いた。

リアルにでかい虫は無理だって……！

十階層のフロアボスの巨大ワームもキモ過ぎて、僕は物凄《ものすご》くへっぴり腰だった。

巨大ワームの住《す》み処《か》の入り口ギリギリの所から【影贄】と指示だけ出してた。

二人のダメな人間を見る目が辛《つら》い。いや、本当ごめんて。虫系は本当に無理なんだって……。

乙女《おとめ》ゲームなのに敵キャラをこんなにキモくした意味が分からない。ふわふわファンシーな敵でよくないか？　なんでここだけダークファンタジーなんだよ。

主に僕がぎゃーぎゃー騒ぎながらも何とか十一階層に着いた僕たちは、目的のルミナスソーラマンを倒す事にも成功した。

ルミナスソーラマンは顔さえ見なきゃファンシーな敵だし、闇属性が刺さるから僕の独擅場《どくせんじょう》だ。

虫で粉々になった僕の自信と仲間からの信頼が少し回復したところで、帰還する事にした。

ダンジョンは十階毎に一階へ直通の階段が出現するので、僕達は十階に引き返した。

そしてすんなりと一階へと繋《つな》がる階段を見つけたので、無事地上へと戻る事が出来た。

戦利品はルミナスソーラマンの羽根が三枚と、ルミナスソーラマンの光玉、巨大ワームの歯、キグモの牙《きば》が二つ。後、ドクガエルの記念品。

色々あったが、初回としては大成功と言ってもいいんじゃないだろうか。地上に戻った僕達は皆、どこか誇らしげな顔をしていた。

ダンジョンで手に入れた素材をすぐに売るか、持ち帰るかは自由である。

売る場合はダンジョンのすぐ近くに建っているコンビニくらいの大きさの、装飾だけは無駄に豪華なショップで買い取ってもらえる。

ちなみにここではダンジョン探索に使える武器や防具、薬草の類いを買う事も出来る。国の直営なのでボられる事もなく安心だ。

若干前世のパチンコ屋の景品交換所みを感じるのが嫌だが、便利に使わせてもらおう。

僕達は戦利品は全て売ってしまって、得た金額を山分けする事にした。

でも、ルミナスソーラマンの光玉だけはちょっとレアだから、惜しい気がする。使い道はないんだけど。

他の素材と共にカウンターに置かれた光玉を名残惜しげに見ていると、レオニスが査定をしてくれていたおじさんにストップをかけた。

「あー、この、玉だけは持ち帰ります」

「え？」

おじさんが頷くとレオニスは光玉を取り、首を傾《かし》げる僕の手に押し付けた。

「欲しいんだろ、それ。今日こんなに上手《うま》くいったのはレイルのお陰だ。お前には受け取る権利がある。ポムもいいよな？」

「いいよー！」

「あ、ありがとう」

二人の気持ちが嬉《うれ》しくて、少し照れ臭かった。お店のおじさんもうんうん、と優しい眼差《まなざ》しで見守ってくれていた。

残った素材を売った金額は、ゲーム的に見ると全然大した事はないが、僕達が自由に使えるお金としては充分すぎるくらいに多くて僕達は沸いた。

特にポムの家は貴族だが貧乏らしく、かなり喜んでいた。おやつをお腹《なか》いっぱい買うらしい。

温かくなった財布と共に寮へと帰り着いた後は、三人で夕飯を食べて、疲れていたのでシャワーは浄化魔法で済ませてすぐに布団に潜った。

脚はちょっと重いけど杖《つえ》のお陰で痛いって程じゃないし、情けないところも沢山あったけど、今日は上手くやれたと思う。

ベッド傍《そば》のサイドテーブルに置いた光玉とドクガエルの皮を見て、自然と笑みが浮かんだ。

……ファルクは今頃どうしてるかな。まだ起きてるかな。

北の国境近くにいるであろう幼馴染《おさななじみ》に思いを馳《は》せる。

ファルクは虫系の魔物ってどうなんだろう？　意外とダメだったりしたらかわいいな。今度、一緒にダンジョンに潜ろうと誘ってみよう。二人でならきっと許してくれるはず。

そんな事をうつらうつらと考えているうちに僕は眠っていた。

――夢の中では僕が『僕』になっていた。

僕はモニターの前でセブンスリアクトのファルクのエンディングムービーを観ていた。

異国の街で幸せそうに暮らすセーラとファルクの二人を見て、僕はコントローラーを置き、あぁ、よかったなぁ……、と滲《にじ》んだ涙を手元のティッシュで拭《ぬぐ》った。

――……本当にそう思ってる？

誰かがそう囁《ささや》く。

当たり前だ。大好きな幼馴染の幸せを願わないヤツなんていないだろ。

あれ？　幼馴染？……誰の？　僕は……僕は……？

平気なようで少し無理をしてしまっていたのか、僕は次の日に熱を出して学校を休んだ。

明らかにダンジョン探索による影響なので、レオニスとポムに物凄く心配をかけてしまって申し訳なかった。

北の国境近くの森での魔物征伐作戦は順調のようだ。

大きな怪我人《けがにん》も出ておらず、予定通り後二週間程度で帰れそうだとファルクから鳥を使っての文が届いた。

『早くレイルに会いたいよ。帰ったら一日中抱き締めさせて。愛を込めて　ファルク・サンブール』

その手紙の文末にはこう綴《つづ》られていて、僕は思わず便箋《びんせん》を顔に押し当てて悶《もだ》えた。

な、なんでこんなドキドキしてるんだろ……。

あの日、ファルクとキスをする想像をしてから、ファルクの事を妙に意識してしまう自分がいる。

でも！　ただの幼馴染相手にこんな恋文のような文章を書くファルクが悪くないか？　だって……あんな見た目も中身もいい男に、毎日毎日甘やかされてたら、同性相手だとしてもなんか変な感じになっちゃうだろうが！

小さい頃、初めてファルクという存在を意識した時の、レイル少年のときめきみたいなものは未《いま》だ心の中の奥底で燻《いぶ》り続けているのだ。

僕は悪くない、ファルクが悪い。もっと自分がどう思われているかを自覚して行動するべきだ。

むしろ僕はこうやって勘違いするなと自省出来ているだけ褒められてもいいと思う。

今はいない幼馴染に全ての責任を押し付けて僕は溜飲《りゆういん》を下げた。

——長い前髪に隠された傷痕《きずあと》に人差し指で触れる。溝のように少し凹《へこ》んだ傷痕の部分は、他の場所よりも皮膚が薄くツルツルとした感触だ。痛みはもうない。

これがある限り、ファルクは僕の望みを全て叶《かな》えようとするだろう。

前にこの世界がファルクエンディングを迎えたら、ファルクがどこかに行ってしまうかもしれないと考えた事があったが、冷静に考えれば杞憂《きゆう》だったなと思う。

たとえセーラと結ばれたとしても、僕が行かないでと一言言えば、どんなに重荷に感じていてもファルクは僕のそばに居続ける。そういう損な性格だ。

……そういう性格だから、ファルクの好意のように見える行動の全てを、そのまま受け取ってはいけない。

二度と僕にそれを悟らせるような失敗はしないだろうから、それはもう真実と言って差し支えないのかもしれないけど、それでもだ。

悩んだ結果、文の返事は少しの近況報告と『元気な姿で帰ってくるのを待ってます。　君の友人レイル・ヴァンスタイン』という無難なものに落ち着いた。


僕は出来る限りの急ぎ足で次の授業が行われる教室へと向かっていた。

本日提出しなければならないレポートを寮に忘れてしまい、取りに帰っていたら時間がギリギリになってしまったのだ。既に廊下を歩いている生徒は殆《ほとん》どいない。

こういう時に走れないのが辛いところだな、と考えていたら何者かに背後からいきなり制服の襟首を摑《つか》まれて、僕は大きく身体のバランスを崩した。

あ、転ぶ。と思って反射的に目を瞑《つぶ》ると予想していたような衝撃は来ず、代わりにぽふっと地面の固さとは違うものにぶつかった。

疑問に思って恐る恐る目蓋《まぶた》を開けると、眼鏡《めがね》をかけたオリーブ色の癖っ毛の青年に上から覗《のぞ》き込《こ》まれていた。僕は状況が理解できずぽかんと口を開けた。

「すまない、思わず摑んでしまった。だがしかし、君に聞きたいことがあるのだ」

「……か、カイル先輩……!?」

「む、僕のことを知っているのか」

知ってるも何も……！

攻略対象の一人、カイル・ドノヴァン。ドノヴァン辺境伯の養子で学園では変人の異名を持つ彼。そしてチルドさんの推し。

何故《なぜ》か僕は今、そんな彼の腕の中にいた。

推測するに僕はカイル先輩に背後から引っ張られてバランスを崩し、そのカイル先輩によって抱き止められたっぽい。

「あっいえ、あ、あの、な、何か御用でしょうか」

僕は慌ててカイル先輩の腕の中から飛び出すと、乱れた髪や制服を直して改めて先輩に向き合った。

「――あぁ、そうだ。聞きたいことがあるのだ。二日前の夜、ダンジョンそばの交換所でルミナスソーラマンの光玉を持ち帰ったのは君か？」

「え、ええ。そうですが……」

ガシッと両肩を摑まれ、カイル先輩の顔が間近に迫る。顔が近ぇ。

「頼む！　その光玉を僕に譲ってくれ!!」

カイル先輩は大きな声でそう叫ぶと勢いよく頭を下げた。僕はぎょっとする。

変人とはいえ一応上級貴族のご子息だ。間違っても僕のような平民に軽々しく頭を下げていい存在ではない。

「あ、顔を上げて下さい。光玉ならお譲りしますから」

僕がそう言うと、カイル先輩はばっ！　と顔を上げて「本当か!?」とヘーゼルの大きな瞳《ひとみ》を輝かせた。僕はコクコクと何度も頷《うなず》く。

「よし、では早速譲ってくれ！　もちろん、無料で寄越せなんて言わない。相場以上の金額は支払うし、僕に用意出来るものならなんでも渡そう」

「あ、いや、お譲りするのはいいんですが、その……」

タイミングよく始業の鐘が鳴り響く。

「まだ授業が残っているので……放課後でもいいですか？」

カイル先輩はようやく僕の肩から手を離してくれた。

僕は放課後に先輩の研究室に光玉を持って行く事を約束して、カイル先輩と別れた。

——結局授業には遅刻してしまった。

いやー、カイル先輩節炸裂《さくれつ》してたなぁ。あの自分の言いたい事をガーッて言って相手を困惑させる感じ。面白いキャラだけど実際に対面するとやっぱり面食らっちゃったな。

約束の放課後。僕はサイドテーブルに置きっぱなしだった光玉を手に取ると、引き出しの中から出したハンカチで包んだ。

先輩が光玉を求める理由はなんとなく予想出来る。ダンジョンを造る為の材料にしたいんだろう。

そう、カイル先輩の夢はダンジョンを造る事である。

『ダンジョンは神の御業《みわざ》によって造られた』

そんな説が最も有力な中で、本気でダンジョンを造ろうとしているカイル先輩はかなりクレイジーなお方だ。神に対する冒瀆《ぼうとく》だ、と言う人もいる。

実際、ダンジョンは古代のアーティファクトで、神様は何にも関係ないんだけど、それを知る人はいないから仕方ない。

カイル先輩は元々隣国の国境近くにある小さな町の町長さんの息子《むすこ》で、父と母と妹の四人で平和に暮らしていた。

しかしそんな平和は、町が魔物のスタンピードに巻き込まれてしまい呆気《あっけ》なく崩れ去る事となった。

その時、カイル先輩は町外れの教会に大掃除の手伝いに行っていて家にいなかった。

教会の辺りには町の中心部ほど多くの魔物は来なかったが、一般人ではとても太刀《たち》打《う》ち出来そうにない程の数の暴走した魔物が現れた。

それでも神父様やシスターが、命懸けで幼いカイル先輩を地下の隠し部屋へと逃がしてくれたお陰で生き残る事が出来たそうだ。

そしてスタンピード発生から二日後、隣国から救援要請を受けたシルヴァレンス王国のドノヴァン辺境伯が自ら兵を引き連れてカイル先輩の町にやってきた。

その時にはもう、カイル先輩以外の生存者は誰もいなかった。

教会の地下で一人震える先輩を哀れに思ったドノヴァン辺境伯は、彼を養子として迎え入れる事にした……というのがカイル先輩の生い立ちだ。

シルヴァレンス王国があるアルタランディア大陸には他にもいくつか国があるが、圧倒的にシルヴァレンス王国が栄えている。

それは何故か。魔物による被害が非常に少ないからである。

それは何故か。ダンジョンがシルヴァレンス王国に発生する瘴気《しょうき》を吸い取っているからである。

瘴気の事やダンジョンボスを倒さないと云々《うんぬん》などは、まだ知られていない情報だけど、シルヴァレンス王国にあって他の国にないものと言えばダンジョン。

ダンジョンのお陰でシルヴァレンス王国には魔物が少ないという仮説は誰にでも立てられる。

魔物によって大切な物を全て失ったカイル先輩は、各国にダンジョンを人工的に造る事で、世界中の魔物の被害を減らしたいと思っているのだ。

だが、些《いささ》かその夢に情熱を注ぎすぎて、周囲からは基本的に変人扱いされているのがカイル先輩だ。寮の庭で人面花を育てたり、噴水をショッキングピンクに染めたり、彼が研究室《ラボ》と呼んで勝手に使ってる教室を爆発させたりなど話題には事欠かない。

ゲームでもセーラはカイルに振り回される事になるのだが、好感度が高まると逆にセーラの言動や行動にカイルが過剰反応する童貞ムーブが面白すぎて、チルドさんの心を摑んでいた。

そんなはちゃめちゃな人なので正直深く関わりたいとはあまり思わないけど、僕も魔物の被害に遭った一人としてカイル先輩の夢の役に立てるのなら素材の提供くらいは喜んでするさ。

レオニスとポムもきっと納得してくれると思うしね。

そんな訳で僕は光玉を譲るため、カイル先輩の研究室《ラボ》という名の空き教室へと訪れた。

ゲームで何度も訪れた事があるから、誰かに聞かなくても場所は分かる。

コンコン、とノックをすると、部屋の中からガシャーンと何かが割れるような音とか、バサババサッと紙束が落ちるような音がした後、ギィという乾いた音と共にカイル先輩が中から扉を開けた。

先輩は僕の姿を見て、ずれた眼鏡をクイッと上げた。

「やぁ、わざわざ来てくれてありがとう。光玉は？」

「……これです、どうぞ」

前置きも何もなしに目当ての物を求めてくるのも、カイル先輩らしいなぁと思いながら、僕はハンカチに包んだ光玉を渡す。

カイル先輩はすぐに包みを開くと、光玉を掲げて光に当てたり色々な角度から見たり匂いを嗅《か》いだりしている。ウワッ！　舐《な》めやがった！

「じゃあ、僕はこれで」

ドン引きした僕がそそくさと帰ろうとすると、再び襟首を掴まれて首が締まる。ぐぇ。

「まぁ待ちたまえ。まだ謝礼も何も出来ていないではないか」

この国では小柄で細身な体型の割に、やけに力が強いカイル先輩に引きずられて、強制入室させられる。

室内は足の踏み場もないって程ではないが、本やら紙やら謎の素材やらでごちゃごちゃしていた。

あーここもゲームで見覚えあるなぁ……と感慨に耽《ふけ》っていたら、カイル先輩が腕でざっと荷物を落とすまで荷物置きと化していた椅子に座らされた。

次に先輩が「紅茶がこの辺にあった筈《はず》なんだが……」と埃《ほこり》の被《かぶ》った棚を漁《あさ》り始めたので僕は「お気遣いなく！」と今日一番の声量で伝えた。

もてなそうとしてくれてるのは分かるけど……けど！

「あの、本当に謝礼とかなくていいですよ。たまたま拾った物で使い道とかも特になかったので」

「そう言う訳にはいかない。光玉はレアな割に使用用途が殆どないから中々市場に出回らないんだ。君が金に頓着《とんちゃく》しないのは分かったが、礼はさせてくれ」

「えーと……じゃあ、はい。交換所で換金するのと同じ金額だけ頂ければ、それでいいです」

なんか拒否するのも面倒になってきたので、さっさと金を受け取って帰る事にした。後でレオニスとポムにも分けてあげよう。

「そうか、よし、少し待っててくれ。他には何かないか？　研究の過程で出た副産物が結構あるぞ。身体《からだ》が緑色に染まる石鹸《せっけん》とか、おならがバターケーキの香りになる薬とか、凄《すご》く光る蛍光ペンとか」

「い、いえ、遠慮しておきます」

「遠慮はいらないぞ。持って行ってくれ」

「ひぇ……」

ありとあらゆるポケットにそれらを無理矢理捩《ね》じ込《こ》まれた。い、いらねぇ……。

こんなんで本当にこの人にダンジョンが造れるんだろうか。

僕が怪訝《けげん》そうな表情でカイル先輩を見てると、先輩は引き出しの中から金貨を何枚か取り出し、そこら辺に落ちてた革袋の中に詰めると、それを僕に渡してきた。

「相場の約三倍の金額だ。確認してくれ」

「こんなに頂けませんよ……！」

革袋の中身を少しだけ取り出して残りを返そうとするが、先輩は首を横に振った。

「市場での出回らなさを考慮するなら、これくらいは取ってもいいはずだ。君は商人の息子なのだろう？　儲《もう》けられる時には儲けておきたまえよ」

「何故それを……？」

「交換所の店主から君の特徴を聞いて、とりあえず近くにいた一年生に聞いてみたんだ。そうしたら、すぐに君がレイル・ヴァンスタインだと分かった。有名人らしいな」

「えっ!?」

思わぬ言葉にドキッと心臓が跳ねる。

「ゆ、有名になるような事は何もしてないのですが……」

「王族を誑《たら》し込《こ》む魔性の男子だと言われていたが」

「誰がだよ!!」

はっ……！　衝撃的な発言に思わずタメ口が出てしまった。相手は貴族、相手は貴族。

いくらゲーム知識でそんな事を気にするような人ではないと知っているからと言って、立場はきちんと弁《わきま》えなければ。

「す、すみません。取り乱しました」

「いや、構わないが……情報の修正が必要そうだな？」

「はい……まぁ、見て頂ければ分かるように、本当に地味で冴《さ》えない一男子生徒なので……根も葉もない噂《うわさ》です」

頭を掻《か》きながらえへへ、と笑う。

カイル先輩は顎《あご》に手を当ててふむ、と僕の顔をじっと見つめてきた。

な、なんか恥ずかしいんだけど。

「僕は人の美醜についてそれほど拘《こだわ》りがある訳じゃないけれど、君の事を地味で冴えないとは思わないが。特に、この瞳。一般的な赤い瞳より、もっと透度が高くて、そうだな……赤というよりはピンク色の……ルベライトのようで美しいと思う」

カイル先輩の顔がぐっと間近に迫り、僕の頬に手が添えられた。瞳を観察されているだけなんだろうが、キスされる直前みたいで落ち着かない。

眼鏡《めがね》とボサボサの癖毛のせいで分かりにくいが、先輩だって乙女《おとめ》ゲームの攻略対象。ドアップに余裕で耐えられる甘い顔立ちで、不快感はなくとも恥ずかしい。

童貞のくせになんか褒めてくるし……！　童貞のくせに瞳を宝石にたとえてくるし……!!　なんかムカつく!!

「か、カイル様……？」

「ん？　昼は先輩、と呼んでいたじゃないか。僕はそっちの方が堅苦しくなくて好ましいが」

「う……」

この世界で学年が上の人を先輩と呼ぶ習慣はないし、アレは芸能人を目の前にした一般人がつい呼び捨てで呼んでしまったようなものであって、その呼称を本人の前で使うつもりはなかったのに。

どうしたものかと困惑の表情を浮かべていると、不意にカイル先輩の右手が左目を覆い隠す長い前髪を横に分けてしまった。

顔の左半分を横断する三本の傷が顕《あらわ》になる。

「あ……」

「……これは、魔物にやられたのか？」

途端にカイル先輩の目が鋭くなる。僕に対して怒っている訳じゃないだろうけど、ちょっと怯《ひる》んでしまう。魔物絡み……だからか。

「は、はい。十歳の頃に」

「そうか……。右脚もその時に？」

「え？　はい。……あの、どうして分かったんですか？」

カイル先輩の前で杖《つえ》を持ち歩いた事はないし、顔の傷のように表に出ている訳ではないから、右脚の後遺症は一見だと分からないと思うんだけど。

「無意識になんだろうが、庇《かば》うような歩き方をしていたからな。……そうか、君も……」

自分としては普通に歩いているつもりだったから、カイル先輩の指摘に僕は驚いた。

やっぱりただの変人じゃなくて、凄い人なのかも。

「――それじゃ、色々ありがとうございました」

「此方《こちら》こそありがとう。何か困った事があれば何でも相談してくれ。僕は大体ここにいるから。あと、ダンジョンで変わった素材を手に入れたら持ってきてくれると嬉《うれ》しい。高く買い取らせてもらおう。……そうだ、これも持っていくといい」

カイル先輩が机の引き出しから瓶を取り出して、それを僕に差し出した。

瓶の中には薄い青色の液体が入っている。

「これは……？」

「瘴気を中和する液体だ。魔物につけられた傷は瘴気の影響を受けやすい。傷が痛む時、これを風呂《ふろ》に入れて浸《つ》かれば痛みが早く引くだろう。……気休め程度だがな」

おお、すごく実用的だ。僕は有り難く受け取ろうと手を伸ばした。

「ちなみに牧場の厩舎《きゆうしや》の様な香りがするから、使う時は気をつけてくれ」

「いりません!!」


僕がダンジョン探索に行ったり、カイル先輩の研究室に遊びに行ったりなどしているうちに、北の国境付近へと魔物征伐作戦に出ていた部隊が王都に帰還したらしい。

選抜されたシルヴァレンス学園の生徒達は明日、学園に帰ってくるという。

その事を考えると妙に落ち着かなくなって、僕は寮の部屋でそわそわする心を鎮める為に立ったり、座ったり、寝転がってみたりとウロウロしていた。

――明日どんな顔してファルクと会えばいいんだ……。

あの日以来、考えないように、考えないように、とすればするほどファルクが自分にキスする場面や諸々《もろもろ》を想像してしまって「ワーッ!!」っとなるのを繰り返していた。

なんか、申し訳なさと罪悪感がすごい……。ファルク、脳内で汚してしまってごめん。

僕は殆《ほとん》ど眠れないまま朝を迎えた。

……別にえっちな事を考えていた訳ではない。

次の日。元々眠たげな瞼《まぶた》を更に重くした僕がうつらうつらと授業を受けていると、ファルク達が帰ってきたとの報《しら》せが教壇に立つ教授へと届けられた。

教授はざわつく教室内を「静かに」と一喝すると、午後から大講堂で報告会が行われるので参加するように、と言って授業を再開した。

——そうか、帰ってきたのか。もう、学園内にいるんだ。

勝手に気まずくなってたりとか色々あるけど。それでも素直に早く会いたいと思った。

会って無事を確かめたかった。怪我《けが》はないかな。痩《や》せてないだろうか。

僕は無意識にきゅっと制服の胸元を握りしめた。

眠気は飛んだが今度は（授業、早く終わらないかな）と気もそぞろになってしまって、午前は全く授業に集中出来なかった。

そして、迎えた午後。僕はレオニスと共に大講堂へと向かっていた。

「よかったなーレイル。愛《いと》しの旦那《だんな》様が帰ってきて」

隣を歩くレオニスの揶揄《からか》うような口調に、僕は苦々しい表情を浮かべた。

「……その手の冗談やめてくれます？　ちょっと僕今デリケートな事になってるんで」

「うわ、ガチなトーン。なんだよデリケートな事って」

「はぁぁ……」

元はと言えばこいつの発言がきっかけで、こんな風に思い悩む事になったと思ったら、無性に腹が立ってきた。

僕はレオニスの腹に渾身《こんしん》の連続パンチを叩《たた》き込《こ》んでやる。

しかし、僕のへなちょこパンチは騎士になるべく毎日訓練をしている体育会系男の腹筋という鎧《よろい》の前では「なんだ、くすぐってぇぞ」と攻撃としてカウントすらされなかった。

なんならこっちの拳《こぶし》の方がダメージを受けてしまった。悲しい。

そんな感じでふざけていたせいか僕たちが大講堂に着く頃には、既に大半の生徒が集まっていた。

一番奥、壇上にはダリオン様やセーラ……そしてファルクがいた。

遠目だけど約一ヵ月ぶりに見る姿は記憶の姿よりも凛々《りり》しい気がして、僕ははぁと息を吐いた。

レオニスと共に空いた席に座ると、丁度報告会という名のお帰り会が始まった。

出発の時と同様に始まったダリオン様の挨拶《あいさつ》の最中、僕はやっぱりファルクの事ばかりを見つめていたのだけど、どうもずっと目が合ってるようにしか思えなくてドキドキしてしまった。

向こうからこっちは見えないだろうから、気のせいだと思うんだけど……。

アイドルのコンサートとかで「こっち見た！」「いや、私の方を見た！」みたいなやり取りが行われる時ってこんな感じなのかな。

そう考えると壇上に立つのはアイドル顔負けの美男美女ばかりで、なんだかコンサートに来たみたいな気分になってきた。

僕は楽しくなってきて、心の中で『おかえり』と声援を送りながら、ファルクに小さく手を振ってみた。

すると、あり得ないことに普通に手を振り返されてしまって、僕は硬直した。

本当にこっち見てたんかい。

——特大のファンサを貰《もら》ってしまった。

それからはなんか見るのが恥ずかしくなってしまって、僕は残りの時間を虚空を眺めて過ごした。

お帰り会は二十分ほどであっさりと終わり、解散となった。長旅でお疲れの選抜隊はこれから寮に戻って休むらしい。

僕たち一般生徒はこれから普通に午後の授業に戻るので、来た時と同様にレオニスと外廊下を歩いていると背後から「レイル！」と名前を呼ばれた。

聞き慣れた、そして、久しぶりに聞く声。

僕は期待と不安を胸に振り返る……と同時に声の主の腕の中に閉じ込められてしまった。

誰か、なんて確かめる必要はなかった。

馴染《なじ》みの温かさと香りに包まれて（本当に帰ってきたんだ……）と知らずしらずのうちに張っていた気が抜けた。

今だけは恥ずかしさなんかは頭の隅においやって、ぎゅっとその身体を抱きしめ返した。

「おかえり」

「うん、ただいま」

「あー……俺先に行ってるな！　ごゆっくり～……」と遠ざかって行くレオニスの声。

あ、なんか、悪い事したな。

……いや別にいいか。僕はまだあのデリカシーのなさに怒っているのだ。

少し身体《からだ》を離して幼馴染《おさななじみ》の顔をしっかりと見る。

身内の贔屓目《ひいきめ》なしに、ファルクの顔つきは精悍《せいかん》さを増した気がする。そして少し、痩せたようにも見えた。

何でもないような顔をしてるけど、やっぱり色々大変だったんだろうな。

「無事でよかったよ。怪我はないのか？」

「うん、大丈夫だよ。レイルこそ俺がいない間に困った事はなかったかい？」

「こっちはお前が兵糧生活してる間、呑気《のんき》に学園でぬくぬくしてたよ」

「ふふ、それならよかったな」

ファルクが肩を揺らして笑う。

どんな顔して会えば、なんて思っていたけど案外普通だ。何より無事にまた会えた事が嬉しかった。

つられて笑うと、再びぎゅっと抱き寄せられた。

「ファルク……？」

「会いたかったよ」

耳元で囁《ささや》かれた後こめかみに口付けられて、僕は飛び上がりそうになった。こ、腰が砕けそう。

――ぜ、前言撤回！　前言撤回!!　全然普通じゃいられない!!

「あ、あの……僕、まだ授業あるから……」

これくらいの接触、日常だった筈《はず》なのに。

妙に意識している事をバレたくなくて、赤く染まった顔を見られないようファルクの胸に額をつけて、もごもごと喋《しゃべ》った。

ファルクはふー、と息を吐くと僕の肩を摑《つか》んで身体を離してくれた。

「……授業終わったら迎えに行く。俺の部屋に連れて行くから」

「う……、はい……」

「はは、なんで敬語なの。かわいい」

可笑《おか》しそうに笑いながらぽんぽんと頭を撫《な》でられる。なんだこれ、なんだこの甘ったるい空気は。だ、ダメだ……もう耐えられない……!!

僕は「じゃあ！」と言って、脚が痛むのもおかまいなしに逃げる様に足早にその場を立ち去った。

教室に着くなり、僕はとりあえずレオニスに頭突きした。八つ当たりじゃない。正当な報復だ！

——約束通り、授業が全て終わった後ファルクが教室まで迎えに来た。

ファルクはシンプルな白いシャツに黒のパンツ姿で、学校で制服以外の姿を見る事は珍しいから、なんだか変な気分だった。

僕のクラスメイト達はもうファルクが僕を迎えに来る事に慣れきっていて、「帰ってきて早々お迎えとかファルク様過保護だなぁ」とか「相変わらず愛されてんなヴァンスタイン」とか好き勝手言ってる。珍しい私服姿にキャーキャー言っている女生徒も多数。

ファルクはただ責任感が強かったり、父性的なものが強いだけで、別に僕が愛されてるとかではないからな！　と心の中で訂正しておく。

……なんて、自分自身に言い聞かせてるのかもな。

妙に温い視線に包まれながら、僕は笑顔で待つファルクの元へと向かった。

ファルクの部屋に着くと、ファルクがベッドの上に座って僕はその脚の間に座らされた。

部屋に二人きりで寛《くつろ》ぐ時は大体この体勢な気がする。

腹辺りに両腕が回され、ファルクはいつものように僕の髪に鼻先を突っ込んで深呼吸。

……吸われてんなぁ。

ファルクの部屋は流石《さすが》王族専用のフロアなだけあって僕の部屋の三倍くらいの広さがあり、応接セットみたいのも置いてあるんだけど、僕がそこのソファに座る事はあるんだろうか。

「はぁ……やっと帰ってきたって感じがする」

頭上から恍惚《こうこつ》とした様なファルクの声がする。

家に帰ってきて猫を吸うみたいな感覚なんだろうか。……僕は猫か？

僕吸いタイムはいつもなんというか、ファルクがしたいならすればいいけど……くらいの感覚なので、変に意識していたのが可笑しく思えてきた。僕は力を抜いて体重をファルクに預けた。

「ねぇ、遠征の話聞かせてよ。あっちって本当に魔物が沢山いたの？」

「うん？　そうだね、ここら辺よりはかなり多かったかな。俺達は後詰めみたいな感じで本隊が討ち漏らした魔物を狩るだけだったから、そこまで大変じゃなかったけどね。あ、そうだ、本隊にローウェル先生がいたよ。覚えてる？　昔剣術を教えてくれてた先生」

「覚えてる覚えてる！　あの凄《すご》いムキムキでカッコいい先生！　へー、懐かしい！　先生今は騎士団にいるんだ？」

「というか先生は元々騎士団の所属で、あの時は怪我で療養がてらうちで剣術指南してくれてたんだよ。レイルの事話したら会いたがってた。先生、レイルの事可愛がってたからね」

「えー……出来の悪い生徒だったのに？」

「先生、あんな恐ろしい見た目してるけど、可愛い小動物とか好きだから」

「どういう意味だよ……」

やっぱりファルクのあれは猫扱いなのでは……。

僕が渋い顔をすると、ファルクは「レイルは今も昔も可愛いってこと」と後ろから僕の首筋にぐりぐりと顔を押し付けてきた。

艶《つや》のある銀色の髪がふわふわと顎《あご》や首筋に当たってくすぐったくて、僕は笑ってしまう。

「ふは、はは、くすぐったいって」

「んー……」

かぷ。

「ぬぉおっ!?」

首、というか首と肩の間くらいの場所に噛《か》みつかれた。

別に痛かった訳じゃないけど、驚きのあまり武将みたいな声が出てしまった。

その反応がツボにハマったのか、ファルクは僕の肩に額をつけると、ふるふると身体を震わせながら時折堪《こら》えきれないように笑いを漏らしていた。

「笑うなら堂々と笑えよ……！」

「ふふ、ふふふ……ごめ、ははは」

「大体なんでいきなり噛むんだ……びっくりするだろうが」

「なんでだろう？　なんか美味《おい》しそうだったから。ごめんね」

今度はぺろり、と先ほど噛まれた場所を舐《な》められて僕は肩を跳ねさせた。

「ひゃぁっ、だ、舐めるのもやめろって」

「ん、今度はかわいー声」

「うぅ……」

ぞわっとするから耳元でエロい声で囁くのやめろ！

ファルクは僕の首筋を甘噛みしたり、ぺろぺろと舐めたり、ちゅ、ちゅと音を立てて吸い付いたりしてくる。僕は身を捩《よじ》ってその行為から逃げようとしたが、ファルクにがっちりと押さえ込まれているのでびくびくと肩を震わせる事しか出来なかった。

急所である首筋を甘噛みされると、恐怖なのか快感なのか分からない、ぞくぞくとした感覚に襲われ涙目になってしまう。

「んっ、あ……ぅ、なっなんなんだよ、ファルク、どうし、あぁっ」

耳の後ろをきつく吸われて一際大きな声が出てしまった。

いつの間にか制服のベストのボタンが外されていて、ファルクの手が薄いワイシャツ越しに僕の身体の上を這《は》う。

お腹《なか》から胸の方へとただ撫でられているだけなのに、空気に呑《の》まれたのか僕の身体は変に敏感になっていていちいち反応してしまう。

かぷかぷ、ぺろぺろ、ちゅうちゅうと、首筋への悪戯《いたずら》も継続して行われていて何がなんだか分からない。

い、一体なんなんだ!? どうしたんだ？ 何でこんな状況に!?

身体を撫で回していたファルクの手が今度はワイシャツのボタンを外そうとしていて、流石にそれはまずいと思った僕は渾身《こんしん》の力を込めてファルクの腕の拘束から逃れた。

涙目の乱れた制服姿じゃ何とも迫力に欠けるかもしれないが、それでも正面に立ってキッとファルクを睨《にら》みつける。

「ナニ!? イキナリ!! オマエ!!」

混乱しすぎで語彙力《ごいりょく》が消滅した結果、スピーキングが弱い人みたいになってしまった。

「……ごめん。遠征でレイル分があまりに不足してて、暴走した」

ファルクが手の甲で口を隠しながら気まずそうに目を逸《そ》らす。

頬がうっすらと色付いているのが、なんだかえっちな気がして僕も目を逸らした。

なんとも言えない気まずい沈黙が落ちる。

……よく分からないけど、多分ファルクも長旅で疲れてるんだろう。安全な場所に帰ってきたって実感が欲しくて、人肌を求めてしまったのかもしれない。そういう事にしておこう。

――そうだ、ファルクが帰ってきたらやらせてもらおうと思ってたアレを、ファルクに試させてあげるか。

「……ファルクさぁ、疲れてるんだよ。多分。だから、これ！　使ってみてよ」

僕はポケットから小瓶を取り出した。中にはピンク色の液体が入ってる。

ファルクはキョトンとした表情で首を傾《かし》げた。

「なんだい？　それ」

「ふふふ、これは瘴気《しょうき》を中和してくれる入浴剤なのだ。アロマでリラックス効果と美肌効果付きの自信作！　魔物との戦闘の後とかに使うと疲れが取れやすい……筈。自由に使える風呂《ふろ》がなかったからまだ全身で試した事はないんだけど、この部屋バスタブあるだろ？」

「へぇ……レイルが作ったの？」

「カイルせんぱ、二年のカイル様と一緒に作ったんだ。プロト版は臭く、て……」

ファルクの目の温度が急激に下がったのを感じて、僕は口を噤《つぐ》んだ。

え、なんだ。なんか変な事言ったか……？

「カイル……ドノヴァン辺境伯の息子《むすこ》か。どんなきっかけであのカイル・ドノヴァン殿と一緒に入浴剤の開発なんかするようになったんだい？」

表情は笑顔、口調もいつもと変わらない。……でも、目が冷えてるんだって……!!

僕が躊躇《ちゅうちょ》していると、ぽんぽん、とファルクが自らの隣を叩《たた》いて座るように促してきたので、恐る恐るファルクの隣に座った。

「俺がいなかったこの一ヵ月、どんな事してたか……レイルの話も聞きたいな」

「ひゃい……」

完璧《かんぺき》に作られた笑顔が怖かった。

――僕は話した。洗いざらい話した。

何回かダンジョンに潜り、三十階層まで到達した事も、カイル先輩と仲良くなって研究室に出入りするようになった事も、最近パンケーキにベーコンとチーズを挟んでメープルシロップをかけて食べるやつにハマってて体重が増えるのが心配だとか、そんな事まで話した。

……流石にファルクとキスする妄想をした事は話さなかったけど。

ファルクは終始難しい顔をしていた。

最初は怒っているのかなと思ったけど、どこか違うような気がして、僕は戸惑《とまど》った。

なんだろう……不安？　いや、少し違う……。

そうだ。僕が魔獣に襲われて目覚めた時、部屋の隅で立ち尽くしてた、あの時のファルクの表情に似てるんだ。

「ファルク……？」

僕は心配になって上目遣いで少し俯《うつむ》いたファルクの顔を覗《のぞ》き込《こ》んだ。

「……レイル。もうやらしい事しないから、抱き締めてもいい？」

「う!?　う、うん……いいよ」

——あれってやっぱりやらしい事だったのか……!!

ま、まぁ……ファルクも男の子だしな。戦場じゃ一人で処理も出来ないだろうし……。手近な所に僕がいたってだけだろう……!

僕は衝撃の事実に脳内で奇声を上げながらジタバタ転がっていたが、それを悟られないように平静を装いながら腕を広げた。

僕としては隣同士に座ったまま上半身だけで抱き締め合うつもりだったんだけど、ファルクによって軽々と持ち上げられて、いつものように膝《ひざ》の上に乗せられた。ま、まぁいいけど……。

さっきからドキドキしっぱなしの心臓の音がバレなければいいな、と考えながらファルクの背に腕を回して自分からも抱き締めた。

すっかり口数が減ってしまったファルクが気掛かりで、僕は明るい声で話しかける。

「ファルクって、虫の魔物平気?」

「虫? うーん、好きじゃないけどダメって程じゃないよ」

「そっか。僕は全然ダメだった。ダンジョンの十階層のボスの巨大ワームなんか、怖過ぎて入り口から魔法撃って口だけ出してたから仲間に白い目で見られちゃった」

「ふふ、俺と一緒だったら怖い思いなんかする前に倒してあげたのに」

頭を優しく撫でられて、僕は目を細めた。

「うん、今度は一緒に行こ。怖いやつは任せるからな! あ、でも十一階層から十五階層までは僕の闇魔法が刺さりまくるから頼りにしてくれていいよ」

「そうなんだ、レイルの勇姿楽しみだな」

なんて事ない雑談をしているうちに、ファルクの表情が明るさを取り戻したのでほっとする。

しばらくそのまま、とりとめのない会話をした後、当初の目的だった入浴剤を使ったお風呂に入ってみる事になった。

まずはファルクに水魔法を使ってもらってバスタブに一気に水を溜めます。そこに発熱する魔石をぽいっと放り込めば、何という事でしょう。

あっという間にほかほかお風呂の準備が整います。うーん、素晴らしき異世界。

お湯に特製の入浴剤を入れると、お湯の色がローズピンク色に染まり、ふわっと甘い香りが漂った。

うんうん、厩舎《きゅうしゃ》の臭いはしないいな。

バスタブに手を突っ込んでお湯のチェックを終えた僕は、この世界だと入浴剤を使って風呂に入る習慣があまりない為か、隣で興味深そうに観察していたファルクに声をかけた。

「お湯加減も入浴剤もいい感じ！　さ、ファルク入って入って」

「ん？　俺は後でいいよ。まずはレイルがどうぞ」

「えっ？　ぼ、僕はまた今度でいいよ。それにそろそろ帰ろうと思ってたし」

ファルクが目に見えて分かりやすく、しゅんとした。

「もう帰っちゃうのかい？　久しぶりだから一緒に夕食をとれると思ってたのに」

「えー……だって、僕ここの食堂で食べるの嫌だよ」

「料理を部屋まで持ってくるよ。レイルがお風呂入ってる間に準備しとくから」

それでも「うーん……」とか「でも……」とか渋る僕に、ファルクがにっこりと笑う。

「それとも一緒に入る？　脱がせてあげようか」

両手を妖《あや》しく動かすファルクに、僕は先程の『やらしい事』を思い出してしまい、ぶんぶんと首を左右に振った。

「一人で入ります!!」

可笑《おか》しそうに笑うファルクをバスルームから追い出し、僕はその場にしゃがみ込んでふぅ、と息を吐いた。しばらくそうしていると、扉の向こうから外に出ていく音が聞こえたので、僕はようやく自分の制服のボタンに手をかけた。

この世界、浄化魔法が便利過ぎてシャワーはともかく風呂に浸《つ》かる事は殆《ほとん》どない。完全に趣味か、療養目的のどっちかだ。だから僕も結構久しぶりに風呂に浸かったのだけど、これがまたよかった。

入浴剤の効果なのか、それともただ単に風呂の効果なのかはわからないが、身体《からだ》がぽかぽかと温まり、脚の調子も心なしかいい気がした。

カイル先輩が気に入っていた、いかにも香料っぽい苺《いちご》の甘い香りも、ジャンクなキャンディストアっぽくて楽しい気分になる。

お風呂から上がった後。ファルクが貸してくれた大きい濃紺のナイトシャツを着て、バスルームから出ると、応接セットのテーブルの上には既に美味しそうな料理が並べられていた。

「着替えありがとう。あと、ご飯も全部準備させてごめん。帰ってきたばっかりなのに」

「ホストがゲストを持て成すのは当然だろ？　うん、ちょっと大きいけど大丈夫そうだな」

僕の姿を見てファルクが頷《うなず》く。

ナイトシャツは言ってしまえば長い丈のシャツなので、袖《そで》さえ捲《まく》ってしまえばオーバーサイズなシャツワンピースって感じで着るのに支障はない。この世界だと一般的な寝衣だ。

ってていうか、なんか流れで着替えたけど僕夕食食べたら流石《さすが》に帰るんだけどな。門限あるし。

まぁ、帰る時に制服に着替えたらいっか。

テーブルに並べられた鷲《わし》寮の食堂の豪華な料理を見ていたら急にお腹が空《す》いてきて、きゅうと音が鳴った。ファルクがくすりと笑う。

「先に食事にしようか。俺の風呂はその後でいいや。温めるのはすぐ出来るしね」

僕はファルクの言葉に甘えて、こくりと頷いた。

いつ使えるんだろうと思っていた応接セットのソファを使う機会が、こんなに早く来るとは思っていなかった。僕はありがたくファルクが用意してくれた食事に手をつける。


初めて食べた鷲寮の夕食はとても美味しかった。

ついつい食べ過ぎてしまって、僕は重いお腹をさすりながらソファの背凭《せもた》れに身体を沈めた。

ファルクが選んできたメニューが絶妙に僕好みの物ばかりだったのもよくなかった。

それでなくてもパンケーキのせいで危機感を覚えているというのに……！

そんな僕のデブ化の責任の一端を担った男は涼しい顔で「じゃ俺は風呂入ってくるね」とさっさと

一人でバスルームに行ってしまった。

お風呂で温まった身体。美味《おい》しい食事で満たされたお腹。そして、僕は昨日殆ど寝ていない。

お分かりだろうか。そう。

――凄《すご》く、眠い……!!

流石にもう帰らないと寮の門限がヤバいと脳がアラートを鳴らしているのに、身体がちっとも動かない。

少しだけ、少し目を閉じるだけ……。少ししたらちゃんと起きて、着替えて、帰る……から……。

…………。

…………………。

身体がふわっと浮いてゆらゆらと揺れる感覚で少しだけ意識が戻る。

……なんか、懐かしい感覚。小さい頃、寝落ちして親にベッドまで運んでもらった時の……あれ、それってどっちの親だっけ……。

そんな事を考えているといつの間にか僕の身体は柔らかいものの上に着地していた。

頬に当たるひんやりとした布の感触が気持ちよくて、顔を埋めるように擦り寄せるといい香りが鼻《び》腔《こう》をくすぐった。安心する香り。ファルクの匂いだ。

僕が思わずふにゃりと笑うと、頬を撫《な》でられながら「レイル」と名前を呼ばれた。

ファルクだ。ファルクがいるなら、このまま微睡《まどろ》んでいても大丈夫。

「ん、ふぁる……お風呂……」

「うん、入ってきたよ。疲れ取れた気がする。ありがとう」

「よか……た……」

前髪を掻《か》き上げられて、顕《あらわ》になった額に柔らかいものが押し当てられる感触。知った感触に、キスされたんだなとぼんやりした頭で考える。

その後も頬、瞼《まぶた》、鼻先、唇の横に愛《いと》おしむような優しい感触で口付けられる。

まるで、最近してた想像みたいだ。でも、想像とは違って唇には一向に触れてくれない。

これが夢なのかなんなのか分からないが、そこが不満だった。折角いい気持ちだったのに水を差されたような気分になって、僕は思ったままを口にした。

「口には、しな……の……」

——あぁ、もうダメだ。ねむ……。

◇◆◇

「口には、しな……の……」

むにゃむにゃと不明瞭《ふめいりよう》な言葉だったが、俺にはレイルが何を言ったのかしっかりと聞き取れた。

『口にはしないの？』

「……してもいいの？」

返ってくることはないだろうと分かりつつ、逆に問いかける。案の定返事は来ない。

とんでもない爆弾を落としていった可愛い可愛い幼馴染《おさななじみ》は、俺のベッドですやすやと安心しきった顔で寝ている。

「そんな風に聞いてくるって事は、されたいと思ってると都合よく解釈するからね」

寝ているレイルにも聞こえるように少し大きな声で宣言すると、俺はゆっくりとレイルの顔に自分のそれを近付けた。途中でレイルが目覚めた時に、いつでも止められるようにゆっくりと。

しかし、レイルが目覚める事はなかった。

心臓がバカみたいに激しく鼓動する。小さな寝息をたてる可愛い唇。好きだ。好きだ。

――薄く開かれた唇にそっと触れるだけのキスをする。

初めて唇で感じたレイルの唇の感触は、想像以上に甘美で愛しくて、際限なく欲しくなってしまう。

間を置かずに二度目のキスをした。今度はもっと深く合わせる。

角度を変えてもう一回。……もう一回。

繰り返すうちに口付けはどんどん深く長くなって、とうとうレイルの口内に舌を潜り込ませると、レイルから苦しそうな声が上がった。俺はぎくりと動きを止めた。

何を……やってるんだ、俺は……。

唇を離した事で再び安らかな寝息を立てるレイルの顔を見て、俺は熱のこもった息を大きく吐いた。

火がついてしまったこの劣情を少しでも冷ますように。

一ヵ月に及ぶ遠方での征伐作戦は、肉体的にはなんら問題なくとも精神的には大分参っていた。

その結果、俺は深刻なレイル不足による暴走を起こしてしまい、レイルを怖がらせてしまった。

あの時、顔を真っ赤にして涙目で抗議してくる姿が非常に可愛らしく、うっかり押し倒して閉じ込めて、自分だけのものにしてやりたくなったのを鉄の意志で耐えた。

こんなに長い間レイルと離れて過ごすなんて事は今までなかったから、普段自分がどれだけレイルに癒やされていたかを実感する。俺にはレイルが必要だ。

——でも、レイルにとってはどうなんだろうか。

レイルは可愛い。見た目はもちろん、性格も仕草も。

レイル自身はよく自分の容姿を過剰に卑下するが、あれはレイルが目指す理想の男像が筋肉、髭《ひげ》、無骨と言ったレイルとはかけ離れた物であるからだと思われる。

本当に幼い頃、レイルが初めてローウェル先生（身長二メートル超、丸太のような腕と脚、濃い無《ぶ》精髭《しょうひげ》）と対面した時。

レイルは先生を見ると、いつものようにサッと俺の背後に隠れた。

先生は怖がられてしまったとショックを受けていたが俺は知ってる。

「やっべー……！　超かっけぇ……カッコよすぎる……」とレイルが呟《つぶや》いていた事を。

俺も一時期その方向性を目指した方がいいのかと思案した事もあったが、あくまでもレイル自身がなりたいのがああいったタイプの男で、好みのタイプとはまた違うらしい。

幸いな事にレイルは今の俺の容姿を気に入ってくれているらしく、時折「ファルクはかっこいいねぇ」と頬を淡く染めながら言ってくれるので今のところは現状を維持する予定だ。今のところは。

話が脱線したが、とにかくレイルは可愛い。

そしてそれを本人も分かっていて、上手《うま》く使っていると思う。

俺含め周囲から可愛い可愛いと愛情を注がれて育ったからか、根っこの部分でのレイルの自己肯定感は高い。愛される事に対して抵抗がなく、甘え上手だ。

それなのに、決して傲慢《ごうまん》でも我《わ》が儘《まま》な訳でもなくて、むしろ控え目なところが更にいじらしく愛しく思わせる。愛嬌《あいきょう》があるって言うのかな。

それプラス末っ子ならではの処世術なのか、レイルは自分がどう振舞えば相手が喜ぶのかを読み取る力に優れている。

さっき、俺が少し沈んでいた時もそれを察知して、甘えるような態度を取ってきた。そうすると俺が喜ぶと知っているからだろう。

だからと言って別に演技という訳でもなく、あくまでも無意識に自身の持っている要素を引き出しているに過ぎないんだと思う。クラスメイトと話す時のような、いい意味で雑なやり取りを見せてくれる事がないのは少し寂しく思うが。

学園に入った事で徐々に克服されつつある人見知りが完全に治ったら、レイルはとんだ人たらしになるだろう。


だから、俺は嫌だった。

レイルの世界を広げたくなかった。

シルヴァレンス学園にも、オーガスタン学園にも、本当はどこにも行かせたくなかった。

昔のように二人だけの世界で永遠に過ごしたかった。

顔の傷や不自由な脚なんて、レイルにとっては大した障害にならないのを知っている。

現に、俺がいない間にレイルはダンジョンの三十階層まで踏破し、変わり者で有名なカイル・ドノヴァンとも親交を深めていた。

共同開発したという入浴剤の色も、香りも、どう考えてもレイルの瞳《ひとみ》を想起させるもので、彼に相当気に入られているのが窺《うかが》える。

挙句にカイル『先輩』だ。特別な呼び名で呼ばせているだなんて、どう考えてもおかしい。

ダリオン、ルカス、エーテリア、レオニス。この辺りも要注意だ。

皆、俺からレイルを奪う可能性がある。

――奪う、か。

自分で考えておいて、苦笑してしまう。

……レイルは俺の所有物じゃない。一人でだってどこまでも飛んでいける。

子供の頃、彼を護る騎士であろうと誓いを立てたけれど、騎士が必要なくなったらどうしたらいいんだろう。

俺の罪の証《あかし》だった筈《はず》のレイルの傷は、今や俺が縋《すが》れる唯一の拠《よ》り所《どころ》になっているのかもしれない。

だって、贖罪《しょくざい》を装えばずっとそばにいられるだろう？

堂々とレイルを囲って甘やかして抱き上げる理由を得られる。

加害者のくせに、まるでレイルが弱い存在で在ることを望むかのような自分の考えに嫌気がさす。

——最低だな、俺。

照明を消し、ベッドで眠るレイルの隣へと潜り込む。

レイルは壁側で寝ていたので、壁と俺とでレイルを挟むような形になった。

二人だけの世界のような気がして、気分が高揚する。

起こしてしまうかも、と思いつつレイルの身体《からだ》の下に腕を回して抱き寄せる。

するとレイルは不明瞭な寝言を呟きながらも、ぎゅっと抱きしめ返してくれた。

俺は嬉《うれ》しくなって、再び小さな唇に自分のそれを重ねた。

まずいな、癖になってしまいそうだ。

レイルは健気《けなげ》にも一生懸命帰ろうとしてたが、彼が風呂《ふろ》に入っている間に隼《はやぶさ》寮の管理人に今夜はこちらに泊まると報告済みだったので、実はレイルがここですやすやと寝ていても何の問題もない。

ただ頑張って眠気と戦うレイルが可愛かったので黙っていたのだ。

本来は外泊なんて余程の事じゃないと許可が出ないが、そこはまぁ王族の権力と、俺が長い遠征から帰ってきたばかりというところを汲《く》んでもらえたんじゃないかと思う。

俺のレイルへの傾倒っぷりはもう周知されているから。

立場上、自分が人目を集めやすい事は分かっているのだが、レイルを見るとどうしても抱き締めたくなってしまうし、甘やかさないなんて無理なので、とことん見せつける事で悪い虫を追い払う方針にすると決めていた。

「……」

――ところでレイルは割と寝相が悪い。ベッドから落ちる程ではないが、毎回そこそこダイナミックな動きを見せてくれるのは幼馴染なので把握している。

……俺が貸したナイトシャツは、レイルのそんなダイナミックな動きについていけなかったようだ。元々サイズが合ってなかったのも原因だろうが、長いワンピースのような形のナイトシャツは胸辺りまで捲《まく》れ上がっていて、レイルは今や殆《ほとん》ど下着一枚で寝ているような状態になっていた。

俺の服を着て裾《すそ》や袖《そで》が余ってるレイル可愛い、なんて思ってる場合じゃなかった。しっかりと紐《ひも》でウエストを締められるボトムスを渡しておくべきだった。

そんな状態のまま向かい合わせで片脚を俺の上に乗せて、抱き枕にするかのように抱き付いてくるので、色々な所が触れ合ってしまうのは不可抗力だった。

すべすべの太ももだとか、薄いお腹《なか》だとか、丸いお尻《しり》だとか。

半裸の好きな子とこんな風に密着して何も思わない男なんていないだろう。

俺の愚息は確実に兆し始めており、しかもいいのか悪いのか、頼りない下着一枚に守られたレイルの可愛いお尻にごりごりとソレを押し付けるような形になってしまっていた。

まるで、抱き合って性交しているような体勢だ。

――ここは天国なのか地獄なのか。

このまま襲ってしまおうかと思わないでもないが、安心しきった様子で眠る顔を見ていると、どんな拘束具よりも強固な枷《かせ》を着けられている気分だった。

ならばコレはさっさとトイレで処理してしまって、今度は背を向けて寝るのが最善だ。

そうは分かっているものの、どうしてもここから離れがたくて……俺はこの幸福な拷問を受け続ける覚悟を決めた。

とりあえずお腹だけは隠してあげようとナイトシャツを下ろせるギリギリまで下ろしてやり、改めてレイルの背に腕を回した。

ポンポンとあやすように背中を叩《たた》けば、鎖骨辺りに頭を押し付けて擦り寄ってきた。

はぁ、かわいすぎる。

「いつまで我慢出来るかな……」

これからの長い夜を思って、俺は幸せな溜め息をついた。

◇◆◇

ぱちりと目が覚めると真正面に神のように美しい顔があって、僕は一瞬自分が死んだのかと思って息を呑《の》んだ。

いや、なんだ……ファルクか。

たまに顔がよすぎて見慣れてる筈なのに新鮮にびっくりするんだよな。

よくよく見れば真正面にあったのは約一ヵ月ぶりに再会した幼馴染の顔で、カーテン越しに入ってくる柔らかい朝の日差しに照らされて銀色の髪や伏せられた長い睫毛《まつげ》がキラキラと輝いている。

その神々しさに一瞬現実感を失くしてしまったのだろう。

ようやく頭が覚醒《かくせい》してくると、次に気になるのは今自分が置かれた状況である。

ここはファルクのベッドで、昨日多分僕はあのままソファで寝落ちしてしまったんだろうな。

そしてファルクはそんな僕を自分のベッドまで運んでくれたんだろう。

そしてベッドは一つしかないので、一緒の布団に入った……そんな感じかな？

僕は結構寝相が悪いので何かやらかしてないかと不安になったけど、借りたナイトシャツもきっちり着てるし、普通に並んで寝ているだけなのでひとまず安心した。

いや、というか……。

「門限!!」

ガバッと起き上がると隣で寝ていたファルクを起こしてしまったようで「レイル……？」とぼんやりした声で名前を呼ばれる。

「あっ、ご、ごめん。起こしたよね」

にゅっと伸びてきた力強い腕によって僕の身体は再び布団の中へと引きずり戻され、ファルクの腕の中に閉じ込められる。うー、あったけぇ。

「まだ早いだろ。もう少し寝てよう」

「い、いや、僕帰らなきゃ。無断外泊しちゃった」

「連絡してあるから大丈夫だよ」

ファルクにくす、と笑われる。

よくよく話を聞いてみると、なんと昨日僕が風呂に入っている間に、既に外泊の許可を得ていたらしい。

いや、言えよ！

不満を顕《あらわ》にした目を向けると、額に口付けられて微笑《ほほえ》まれた。

笑顔の美しさにぽうっとしてしまい、一瞬流されそうになってしまったが、なんだかんだで小さい頃から顔のよさには耐性をつけられているので誤魔化《ごまか》されないぞ！

僕は布団の中でげしげしとファルクの脛《すね》を蹴《け》った。

ファルクはなんか嬉しそうだった。

「――そうだ、僕寝相悪いからファルクの事蹴っ飛ばしちゃったりとか、変な寝言言ったりとかしてない？」

脛を蹴った事で浮かび上がった懸念。麗しい顔を蹴り飛ばしてたりしないだろうか。

あからさまに目が泳ぐファルク。こちらの顔を見ようとしない。

「……可愛かったよ？」

――絶対何かやらかしてる!!

「え、何!?　何やったの僕！」

「いや、別に。可愛かったし、俺は得しかしてないから」

「得!?　本当に何したの僕!?」

起き上がってファルクの肩をガクガク揺らしても薄く笑うだけで、教える気はないと言うのが丸分かりの態度。クソ、絶対言わないヤツだこれ。

「……迷惑かけてない？」

具体的な内容は教えてくれないにしても、それだけは聞いておくべきだろう。

あー、でも前世の事とか言ってたらどうしよう……。

「かけてないよ。得しかしてないって言ってるだろう？」

「だからその得が一番分からないんだけど？　得する寝相ってなんだよ。寝惚《ねぼ》けてお金でも渡してたの？」

「うーん、とりあえず今度レイルが泊まりに来た時の為にパジャマを用意しておこうかなとは思った」

「ますます分からなくなったんだけど!?」

楽しそうに笑うファルクに僕は頰を膨らませた。

……めちゃくちゃ気になるが、本人が得したって言ってるならもういいや。

めちゃくちゃ気になるが!!

僕は再び布団に潜り込み、溜め息をつきながらもぞもぞと落ち着く場所を探す。

腕枕というか肩枕というか、抱き寄せられた結果頭の収まりがいいのがその辺りだったので、そこに頭を乗せて起床時間まで微睡《まどろ》む事にした。

ファルクの腕は僕の肩と腰を抱いていて、互いの吐息の温かさが伝わるくらいにぴったりとくっついていた。

……距離感がおかしいのは分かってる。重々承知しております。

分かってるけど、こうやってファルクとくっついてるの嫌じゃない……というか好きなんだよな。

冷静になって絵面のキツさを想像すると逃げ出したくなるんだけど、まぁ今はまだ寝起きなので。

ハグをする事で脳内にオキシトシンという幸せホルモンが分泌されるらしいが、そのせいなのかな。

「……ファルクもオキシトシン出てる？」

「何だい？　それ」

「……なんでもない」

異世界で脳科学分野は発展していないようだ。

少しの二度寝を楽しんだ後、僕は身支度を整えて、浄化をかけた制服に着替えた。

ファルクの部屋には風呂と同様に洗面所もついているので朝の洗面所の行列と無縁なのは羨《うらや》ましいなと思った。浄化で綺麗《きれい》に出来るとはいえ、朝は特に気分的にさっぱりさせたいのか洗面所は大人気だ。僕もその一人。

その事を伝えると「今からでも引っ越してきなよ。話はつけておくから」と言われて困ってしまう。

正直朝にまったり出来るのは惹《ひ》かれない事もないのだが、明確にルールを捻《ね》じ曲げてしまうと流石《さすが》に反発が起きそうだ。

入学当初はこんな風に分かりやすくファルクと親しくしてたら「身の程を弁《わきま》えなさいよ平民‼」みたいな事言われたりするんじゃないかなって思ってた。ゲームではそういうシーンもあったから。

しかし、その手の輩《やから》は思っていたよりずっと少ない。

たまーに下級貴族の生徒に遠回しな嫌みを言われるくらいで、実害はほぼないと言っていい。

これは多分セーラと違って親しいのが幼馴染《おさななじみ》のファルクだけなのと、ヴァンスタイン家が長い歴史を持つ大きな商会だからだと思われる。

ただ、全くない訳じゃないし、言わないだけで反感を持ってる人は沢山いると思うから刺激しないにこした事ないと思うんだよな。

なので、ファルクには丁重にお断りした。

僕は悪口を言われたら普通に傷付くし、なんなら泣くので平和的に暮らしたい。

「毎日お風呂にも入れるよ？　髪も乾かしてあげるし、マッサージもしてあげる。課題も手伝うし、レイルの好きなおやつも毎日用意する。どう？」

う、ううう……。

神々しい見た目のくせに、こちらを誘惑してくる様はまるで悪魔のようだ。

先程の決意が呆気《あっけ》なくぐらぐらと揺れてしまう。

あまりにも魅力的過ぎる。至れり尽くせりだ。

お風呂……魔法ドライヤー……マッサージ……課題……おやつ……。

「だめ!!」

ギリギリ、本当にギリギリのところで僕は誘惑に打ち勝った。

ファルクは『チッ、後少しだったのに』みたいな顔をしていた。なんて恐ろしい男なんだ。

本当に僕を堕落させる為に現世に降り立った悪魔なのでは……。

可能性はある。ファンタジー世界だし。

いくらなんでも見た目がよすぎるし、僕に都合よく甘すぎる。

真剣な眼差《まなざ》しで「ファルクってもしかして悪魔……？」と聞くと呆《あき》れたような顔をしたファルクに「レイルは小悪魔だよね」と言われた。

小悪魔て。小悪党的な感じで言ってるんだろうけど、意味合いが変わってきちゃうぞ。

「小悪魔より下級悪魔とか言った方が分かりやすいと思う」

僕のアドバイスにファルクは遠い目をしていた。


少しの汚れもない天然石の床の廊下は、窓から入ってくる光を反射して眩《まぶ》しいくらいに輝いていた。

荘厳な雰囲気すら感じる廊下に響くのは二つの硬質な足音。

僕は少し前を歩く男の姿を改めて見た。

短く刈り上げられた襟足。筋張った太い首に、制服を着ていても逞《たくま》しさを感じる広い背中。

本人の生き方を表したかのような真っ直《ます》ぐ伸びた背すじ。

同行者の歩調が遅くなった事に気付いたのか、目の前の彼が振り向く。

「レイル様。どうなさいましたか？」

決して大きな声量ではないのに、よく通る響きのある低い声。

僕のくすんだ感じの黒髪とは別物の、闇をそのまま映し取ったかのような漆黒の髪。鼻筋は高く、口は大きく薄い。名刀のような鋭い目付きの漆黒の瞳《ひとみ》は睨《にら》まれたら竦《すく》み上がってしまいそうだが、今は幾分穏やかな形相でこちらを見ている。

「いえ……なんでもありません。アルバート、……さま」

僕は今、攻略対象の一人であり、前世の僕の推しであるアルバート・ムーンウィスプとシルヴァレンス城の廊下を歩いていた。

選抜組が帰ってきてから少し経《た》ったある日、僕はサロンのお菓子につられてまた王子様達とお茶をしていた。

そこで、今回の遠征に参加した学生組に特別報酬の支払いと勲章が授与され、陛下と謁見出来る機会が設けられる事を知った。

僕はアホ面で（ほえー、ゲームだとリザルト画面で一瞬で終わったやつって実際はこんな事が行われてたのかぁ）と他人事《ひとごと》みたいに聞いていたのだが、何故《なぜ》か流れでいつの間にか同行する事になっていた。もちろん僕は選抜組じゃないので陛下に謁見する訳じゃなく、折角の機会だから城で勤める命の恩人のシルウォーク様に会いに行ってみてはどうかって事らしい。ルカス様の提案だ。

治癒能力に優れているルカス様は宮廷治癒術師団との関わりが深く、この前たまたまシルウォーク様と僕の事を話したらしい。

……ルカス様から語られる僕ってどんななんだろう……と少し恐ろしくなる。

しかも人に同行を勧めておいて、ルカス様は叙勲式に参加しないそうだ。

曰《いわ》く「私は遠征に参加してませんから」だそうだ。むむ……。

城へと向かう馬車の中で、知り合い以外の選抜組の「こいつなんでここにいるの……？」という視線に晒《さら》されながら城についた僕は、叙勲式の出席者の控え室へと通される選抜組とはすぐに別行動を取る事になった。

しかしシルウォーク様が何処《どこ》にいるかも分からないし、そもそも勝手にうろちょろする訳にもいかない。どうしたらいいんだろうと思っていたら、アルバートが案内すると言ってくれた。というか元々そのつもりで来ていたと。

代々近衛騎士の家系のアルバートは既に騎士団に所属しているので、今回の学生向けの叙勲式は関係ないから出席しなくてもいいらしい。

それはファルクも知らなかったらしくて「レイルの事は俺がエスコートする!!」と、なんか取り乱してたけど、ダリオン様達に引きずられていった。

そして、僕はかつての推しと二人きりになった訳だけれども。

「あの……アルバート、さま。何故僕の事を様付けで呼ぶんですか？　僕平民ですよ」

何故かアルバートは僕に対してずっとまるで主《あるじ》に接するような態度なのだ。

ムーンウィスプ家の爵位は伯爵。代々シルヴァレンス王家に仕える由緒正しき家柄だ。

当然僕よりも地位はずっっっと上。こっちは前世でゲームプレイ中アルバートの名前を呼びまくってたから様付けに苦労してると言うのに。

アルバートは立ち止まり、少し逡巡《しゅんじゅん》するように視線を動かした後ゆっくり口を開いた。

「私はシルヴァレンス王族に仕える騎士です。そして血族ではなくとも、ゆくゆくは血族の伴侶《はんりょ》となるレイル様も私にとっては仕えるべきお方ですので」

そう言って美しい騎士の礼を見せてくれたアルバート。

はんりょ……？　ちょっと流石に意味が分からなすぎて僕の頭には？マークの花火がドッカンドッカン打ち上がっていた。

「伴侶とは、一体どういう事でしょうか……？」

無言のまま三分くらい考えたけど、やっぱり意味が分からなかったので、僕はストレートに疑問を口にした。

「？　……レイル様はファルク様とご婚約されているのではないのですか？」

「しっ……!!　してないですよ!!!!!!」

ここ最近で一番のデカい声が出てしまった。そして直《す》ぐにここがお城だと言う事に気付いてハッと口を押さえる。幸い近くには誰もいなかったようでホッと胸を撫《な》で下《お》ろした。

「し、してないのですか……？　アレで……!?」

普段滅多に表情を崩さない冷静なアルバートにしては珍しく、驚いた表情で動揺したように声を上擦らせた。そ、そんな驚くか……。

誤解させるような行動に心当たりがない事はない……むしろあり過ぎてなんだか申し訳なくなる。

してないんだよ、アレで。

「あの、まぁ……その、多少スキンシップが多いのは認めますが、そもそも男同士ですよ」

「同性同士でも婚姻を結ぶ事は可能でしょう」

「侯爵嫡男でも？」

僕がそう言うとアルバートは言葉を詰まらせた。

ちょっと意地悪だったかな。

しかし、アルバートは一度ゆっくりと目を伏せた後、真っ直ぐに僕を見据えて頷《うなず》き、口を開いた。


「――愛しているのなら」


その声は、あまりにも不器用で、そして真摯《しんし》だった。

僕はその漆黒の瞳に射抜かれてしまったかのように、呼吸をするのを忘れていた。

あ…………アルバートっぽい～～!!

この真っ直ぐさ!! 青さ!! これこれ!!

そうそう! こう見えて結構ロマンチストなんだよ!!

な! そうなんだよな! アルバート!

僕はかつての推しの推しらしい台詞《せりふ》に心の中で大興奮していた。

ポーカーフェイスを装おうと思ったけど口が少しニヤけているかもしれない。

「……えっと、色々事情が複雑なんですけど……とにかく、僕とファルクは婚約もしてないし……あ、愛し合ってもいないので、僕に畏《かしこ》まる必要はないですよ」

「しかし……」

アルバートは僕の姿をじっと見ながら何やら難しい顔をしている。一見怒っているようにも見えるけど、そうじゃないと思う。

これは多分……困ってる？

「アルバート、さま？」

「……分かり、分かった。俺なんかには窺《うかが》い知《し》れぬ事情がおありなんでしょう。これからはレイルと呼ばせてもらい……もらう。だがその代わり、俺の事も『アルバート』と呼び捨てにしてくれ。畏まる必要もない」

アルバートのその提案は、普段なら絶対固辞するところだけど、今回ばかりは好都合だ。

絶対そのうち呼び捨てにしてしまうから。

「分かったよ。アルバート」

「……。では、行きましょう」

「敬語……」

「……行くぞ、レイル」

先程より大股《おおまた》で歩くアルバートに僕は笑顔で着いて行く。

勝手に相棒みたいに思っていた、かつての推し。僕が『主人公』だった時とは立場も何もかも、なんなら次元さえも変わってしまったけど、今世でも仲良くなれたらいいな。

少し心の距離が縮まったアルバートに案内されて、僕はシルウォーク様のいる王城の敷地内にある魔法棟と呼ばれる建物に来ていた。

白漆喰《しっくい》が塗られた王様達が住む城と比べると、同じ石造りでも魔法棟の外壁は石の色がそのまま剝《む》き出《だ》しで、やや無骨に感じられた。

中に入るとエントランスホールの正面には階段があり、踊り場の壁には国王陛下の大きな肖像画が飾られていた。左右にも何個か扉があって、大雑把に言うと右側が魔術師達が控えるエリアで、左側が治癒術師達が控えるエリアらしい。

白や黒のローブを着た人達や、鎧《よろい》を着た兵士が行き交っている。

アルバートに此処《ここ》で少し待ってろ、と言われたので僕は入り口の柱のそばで、緊張しながら立っていた。

すると、近くを通りかかった黒いローブを着た五十歳くらいの優しそうな顔立ちの男性が声を掛けてきた。

「その制服、シルヴァレンス学園の生徒だろう。迷ってしまったのか？　叙勲式が行われるのはここではないよ。もうすぐ始まるから急いだ方がいい」

「あっ、いえ。僕は……その、叙勲式とは関係なくて、いやっ、一緒には来たのですが、べ、別件で」

そのローブの男性は、人見知りを爆発させた僕の要領を得ない説明を辛抱強く聞いてくれて、僕はなんとかシルウォーク様にお礼をしに来たのだと言う事を伝えた。

それを聞いたローブの男性は驚いたように「君があの……」と口元を手で覆いながら呟《つぶや》いた。

僕が首を傾《かし》げていると、その男性は近くにいたこれまた黒いローブの男性に声を掛けた。

「おい、三人転移事変の男の子が来てるぞ……！」

「なに!?　あの時の子が!?」

え？　何か知らん事変の関係者にされてる!?

ぽかんとしているうちに、人が人を呼び、僕はいつの間にか黒いローブの集団に囲まれてしまっていた。

「あの時の子なのか」

「元気そうでよかった」

「シルヴァレンス学園に入ったのかぁ」

「こうやって元気な姿を見ると、あの時頑張ってよかったなって気分にさせられるな」

「歳《とし》のせいかなんか泣きそうだわ、俺」

宮廷にいるくらいだから恐らく高位の魔術師軍団に、いきなり囲まれてる僕の方が、恐怖で泣きそうなんだが、彼らの目がものすごく温かったのでなんとかギリ耐えられていた。

なんか、運動会で頑張る甥《おい》っ子《こ》を見てるみたいな温《ぬく》もり溢《あふ》れる眼差し。

な、なんで……？

僕が困り切っていると「レイル？」とよく通る低い声で名前を呼ばれたので、僕は瞳を潤ませながら、僕を救ってくれるであろう声の主を見た。

「あ、アルバート……」

「何……やってるんだ？」

謎の黒ローブ集団に囲まれて半泣きの僕を見て、アルバートは困惑したように眉《まゆ》を顰《ひそ》めた。

それ僕が聞きたいです。


——僕が魔獣に噛《か》まれて半死半生だった時。

アリスおば様が鳥に文を託し、陛下に要請してすぐに宮廷治癒術師様に来て頂く事になった。

しかし、城からサンブールの屋敷まで普通に馬車で来るのなら、どんなに急いでも五時間はかかる。

当然だけど僕にそんな時間の猶予は残されていなかった。

そこで、僕もそんな魔法があるのを初めて知ったんだけど、物体を瞬時に移動させる【転移】の魔法陣を使う事になったらしい。

ただ【転移】はめちゃくちゃコスパが悪いらしくて、転移する距離にもよるが、人一人を送るのに宮廷魔術師三人分の全魔力を注いでやっとだとか。そんな【転移】をそこそこの長距離、しかも三人も送る事になって魔法棟はそれはもう大混乱だったらしい。王からのプレッシャーも凄《すご》かったそうで。

オフの者を含む手が空いてた宮廷魔術師十二名が魔力回復ポーションを吐く程がぶ飲みしながら魔法陣に魔力を注ぎ、シルウォーク様御一行をサンブールの屋敷まで送った。

それが三人転移事変。

「いやぁ、大変だったよなぁ」としみじみ語る魔術師様達に、僕はどう反応していいか分からず言葉を詰まらせた。

ま、まさかそんなに大事《おおごと》になっていたとは。

確かにどうやって来たんだろ？　とは思っていたけど……。

「いや、済まないね。感激してしまって」

最初に声をかけてくれた男性が頰を搔《か》いた。

「い、いえ！　そんな風に魔術師様方のお世話になっていただなんて、僕知りませんでした……。あの、ありがとうございました。皆様のお陰でこうやって今も元気に生きる事が出来てます」

僕は相変わらず温かい目で見つめてくる彼らに深々と頭を下げた。

「礼なんて生きててくれただけで充分だ。よく頑張った」

最初に声をかけてくれた男性がそう言うと、皆うんうんと頷いていた。

──胸がじわじわっと温かくなって、目頭が熱くなった。

涙が出ないように拳《こぶし》を握りしめて、ぎゅっと口を固く結んでいると、ぽんぽんと背中を優しく叩《たた》かれる。アルバートだ。

そういうの、泣いちゃうからやめて……。

深呼吸をして、どうにか涙腺《るいせん》が決壊するのを堪《こら》えていると「その通りですよ」と黒ローブ集団の後ろから声がした。

その声の主を見て、黒ローブ集団が慌てて道を空ける。

白いローブを来たお爺《じい》さん。……昔と全然変わってないや。

「シルウォーク様」

「レイル坊ちゃま。お元気な姿を拝見出来てとても嬉《うれ》しいですよ」


どうせだったら診察を、と言われて元々会う予定だった応接室ではなく、シルウォーク様の診察室に行く事になった。シルウォーク様は先程まで応接室で待っていらしたけど、いつまで経《た》っても僕が来ないから迎えに来てくれたらしい。

アルバートが謝罪したがシルウォーク様は「彼らも嬉しかったのでしょう」と鷹揚《おうよう》に笑った。

診察室に着くとアルバートは扉の前で待っている、と言ってすぐに退室しようとした。

僕は「わざわざ出て行かなくてもいいよ」と声をかけたが、アルバートは困ったように眉尻《まゆじり》を下げて「……そういう訳にはいかない」と出て行ってしまった。

伯爵令息を廊下に立たせるってどうなんだろうな……。

今日のアルバートはずっと僕の護衛のようだ。

砕けた喋《しゃべ》り方にはなったが、未《いま》だ誤解がしっかりと解けていない気がする……。

スラックスを脱ぎ、診察台に腰掛けると、シルウォーク様の手が裂けたような傷痕《きずあと》の残る右脚に触れた。

触れられた場所からじんわりと温かくなって少しピリピリする。多分魔力を流して傷の具合を探っているんだと思われる。あの頃も何度もこうやって診察されたっけ。

「うん、うん。いいですね。ちゃんとマッサージを続けているのがよく分かる。素晴らしい回復力だ。あの時想定していたより、ずっとよくなっていますよ」

「本当ですか？」

「ええ、ええ。この調子で回復が進むのならそのうち走れるようになる可能性も充分にありますよ」

シルウォーク様の言葉に僕は目を見張った。

既に感傷なんかはなく、僕が走れないのは、もうそういうものだと受け入れていたから。

「な、治るんですか、これ……？」

「経過を見る限り、可能性は充分。それに、傷痕も最近うちの若い子らが熱心に研究している再生の魔法薬が実用化されれば、元に戻す事が出来るかもしれないね」

シルウォーク様は皺《しわ》くちゃの顔を更に皺くちゃにして笑った。

——後遺症が、治る……？

僕は胸のドキドキが止まらなかった。これは歓喜？　——それとも、……不安？

胃のあたりが浮いたような、落ち着かない、そんなそわそわした気分のまま診察が終わった。

「シルウォーク様、あの時は助けて頂いて本当に、本当にありがとうございました。今僕の命があるのは貴方《あなた》のお陰です」

僕は診察室を出る前に、シルウォーク様に向かって深く礼をした。

「本当は、あの時来て頂いた助手の方にもお会い出来たらよかったのですが……」

「伝えておきましょう。そして、私からもお礼を言わせてくれますかな」

シルウォーク様の茶目っ気のある笑顔に僕は首を傾げた。

「あの時一番頑張ったのはレイル坊ちゃま、君です。君が生きてるお陰で、ご家族やアリス様、ファルク様、私達や魔術師の彼ら。皆の心が救われてるんです。そしてこれから君と出会う人達も。生きるのを諦《あきら》めないでくれてありがとう」

きっと沢山迷惑をかけただろうに、魔術師の皆さんもシルウォーク様もただ僕が生きてるだけでよかったと、そう言って下さる。

あの日から密《ひそ》かにずっと心の中を覆っていた霧が少し晴れたような、そんな気がした。

——僕は、生きててよかったのかな。

僕は泣きじゃくりながら、シルウォーク様の手を握り、何度も何度もお礼を言った。


結界を出入りする時特有のふわっとした抵抗感の後、中と外との寒暖差に驚いて僕は目を見開いた。

シルヴァレンスは年間を通じて暖かい国だが、それでもここ最近は少し冷える。

しかし、そんなのが信じられないくらいにこの空間は暖かい。というか少し暑い。

天からは柔らかな光が降り注ぎ、色とりどりの花々が美しく咲き誇っていた。

この国ではあまり見掛けない極彩色の花は南国のものだろうか。

大きな花弁を持つその花が気になり、近くに寄ってみると甘いバニラのような香りがした。

よく手入れされている事が窺える青々とした木々が風を受けて揺れて、葉の擦れる音と共に緑の香りがして僕は目を細めた。

白い石畳が敷かれた道を進めば、庭園の中央には休憩やお茶をする為の八角形の屋根付きの開放的な建築物、いわゆるガゼボ、東屋《あずまや》なんかと呼ばれる建物があった。

僕とアルバートは魔法棟を出た後、王太子妃様の庭園を訪れていた。

叙勲式の後、ここでファルク達と落ち合う事になっているのだ。

地面を這《は》うように伸ばされたトゲトゲのついた蔓《つる》に、紫色の小さな花がぽつぽつ咲いている。

近くに巻き付けそうな樹や置物もあるのになんで地面を這ってるんだろう。実は蔓じゃないのかな。

そんな風に屈《かが》んで植物を観察していると、頭上から声を掛けられた。

「叙勲式自体はもう終わって、他の生徒は馬車に乗って学園へと帰ったそうだ。ダリオン殿下とファルク様は残って陛下と談笑なさっているらしい」

僕が異国の珍しい植物に目を奪われているうちに、アルバートは傍《そば》で控えていた執事っぽい男性から色々聞き出していたようだ。

「二人にとっては祖父だもんね」

「特にファルク様は滅多に登城なさらないからな。陛下に離して頂けないんじゃないか。ルカス様も共に参られていたら陛下ももっとお喜びになっただろうに」

この国の王様なのに、なんだか孫が大好きな普通のお祖父《じい》ちゃんみたいで僕は小さく笑った。

アルバートも本当に微妙だけど微《かす》かに笑っていた、と思う。

「さぁ、興味深いのは分かるが見て回るのはファルク様がいらしてからの方がいいだろう」

「はーい」

アルバートが手を差し伸べてくれたので素直にその手を取って、立ち上がる。

アルバートの手は大きくて、厚みがあってゴツゴツしている。剣で闘う人の手だ。

苦労なんてしてませんって感じの自分の、なよっちい手がちょっぴり恥ずかしくなるな。

アルバートが少し驚いたような表情をして、僕の手を丁寧な手つきで離した。

「……レイルの手は、小さくて細いな。俺なんかが触れたら、壊れてしまいそうだ」

「んっ!?!?」

『ジュンコの手は、小さくて細いな。俺なんかが触れたら、壊れてしまいそうだ』

乙女《おとめ》ゲームの台詞《せりふ》かよ!!　って思ったら乙女ゲームの世界だった。いや、この場合ボーイズでラブなゲームになっちゃうのか？

というか、ポコリと出て来たわ記憶のカプセルが。

あった、あったな〜、こんなイベント。

ダンジョンで転んだジュンコ(僕が付けた主人公の名前)にアルバートが手を差し伸べる時に発生するちょっとした会話イベント。

当時の僕の反応は『いやジュンコの方がお前より強いしゴリラだからな。お前の手なんて握《にぎ》り潰《つぶ》せるぞ』って半笑いだったけど……。

どうしよう、イベント泥棒しちゃったよ。セーラごめん。あと昔ゴリラとか言っててごめん。

なんでアルバートも僕相手にイベント起こしちゃうかなぁ。

いやまぁ……イベントっていうか普通にこういう事を言っちゃう男だから、自然と口にしただけなんだろうけど。

困惑の表情を浮かべる僕に気付いたアルバートが「すまん、失礼だったな」と謝ってきた。

「あぁ、いや、全然。確かに厚みとかもう違う生き物かってくらい違うし、指の太さとかも……」

僕が直接比べようとアルバートの手を触ろうとすると、途中で横から伸びて来た手に手首を掴《つか》まれて止められた。

「はぁっ、は、手比べ？　なら俺としようか。レイル」

走って来たのか、肩で息をするファルクがいつの間にか僕の隣に立っていた。

僕はそんなファルクの姿を見て、目を見開いた。

「ファルク？　その格好……」

ファルクは金色の飾緒や肩章などで飾られた、華やかな黒の礼装軍服を着ていた。首元には豪華なフリルのジャボまで着けている。まるで何処《どこ》かの国の王子様のようだ。

いや、実際王子様なのか。継承権もあるし。

「式典に出るからって着替えさせられたんだ」

「そうなんだ！　へぇ……よく似合ってる。ファルクは何着てもかっこいいねぇ」

黒の衣装ってところが、ちょっとワイルドでクールな感じがして新鮮だ。

僕が素直な感想を述べると、ファルクは蕩《とろ》けそうな程に甘ったるい笑顔を浮かべた。

「そう？　なら着てよかった」

ファルクに掴まれたままだった手首を持ち上げられて、手の甲に口付けられた。

その所作があまりにも自然で優雅なものだったので、僕は思わず見惚《みと》れてしまった。

わぁ、王子様だ……!!

「おい、勝手に走って行って二人の世界を作るな。護衛の兵士が困っていただろうが」

僕らが入って来た所とは違う道から、兵士を伴ったダリオン様が歩いて来た。

ダリオン様はファルクと色違いの白の礼装軍服を身に纏《まと》っていた。

こちらもやはり、ザ・王子様って感じだ。

流石《さすが》に着慣れているのだろう、とても自然に着こなしている。

やっぱりダリオン様もかっこいいな。流石メインヒーロー。背景の美しい庭園も相俟《あいま》って絵になるなぁと思っていると、ファルクに腰を抱かれて引き寄せられた。

「緊急事態だったからな。――アルバート。レイルに付き添っててくれてありがとう」

「いえ、お役に立てたのなら何よりです」

アルバートは騎士の礼をすると、定位置に戻るようにダリオン様の半歩後ろに移動した。

もう既に近衛騎士って感じだな。

ダリオン様が王になった時、一番近くでその身を護っているのはきっとアルバートなんだろう。

「うん……？　レイル、ちょっとこっち見て」

「ん？」

ファルクに親指で顎《あご》をクイっと持ち上げられて、上を向かされる。左目にかかっていた前髪も分けられて、横に流された。

何事かと目をぱちぱちしていると真剣な表情をしたファルクの端整な顔が近付いてきた。

え、え、え……？

いや、まさか。まさかだよな。こんな所で。だって皆見てるぞ。

僕が思わず目を瞑《つぶ》ると、ファルクの掌《てのひら》が両瞼《りょうまぶた》を覆い隠すように置かれた。

瞼にスゥッと清涼感のあるひんやりとした感覚がして、僕は何をされたのか理解した。

――水属性の治癒魔法だ。

「……泣いたの？　少し赤くなってた」

瞼を覆い隠していた掌が除《よ》けられると、先程大泣きしたせいで少し重たかった瞼がスッキリしていた。目を開くとファルクが心配そうな顔をして僕の顔を見つめている。

「……ちょっと、感極まっちゃって。ありがと」

勘違いで目まで瞑っちゃったのすごい恥ずかしいな!!

自意識過剰のキショ男だった事が誰にもバレてませんように……。


歴代の王妃様、王太子妃様が手掛ける庭園はシルヴァレンス王家の伝統らしい。

なんでも過去に異国から嫁いできて環境に馴染《なじ》めず、故郷を想って泣くお姫様を慰める為に造られたのが始まりなんだそうだ。

僕達が今いるここ、ダリオン様のお母様であらせられる王太子妃様のお庭は、王太子殿下と一緒に御旅行なさった南国がモチーフで、王妃様のお庭は伝統的なシルヴァレンス・ガーデンらしい。そっちも見学してみたいなぁ。

この庭園はシルヴァレンス王国が持つ技術を結集させて、どんな無茶な要望も叶《かな》えてくれるそうだ。庭園をぐるっと一周しながら、ダリオン様がそう解説してくれた。

「へぇ〜！　とても素敵ですね。自分だけの理想の庭園かぁ。いいなぁ」

すごくいいな。楽しそう。

前世でゆるいキャラクター達と小さな村を発展させたり、牧場を経営したりするゲームで自分好みの景観を作るのとか結構好きだったから、この話には惹《ひ》かれるものがある。

僕だったらどんな庭を作るかな？

あー、日本庭園的なのとかいいかもなぁ。桜ってこの世界にあるのかな？

大きな池を中央に配置して、夜にはライトアップして……。

そんな風にご機嫌な妄想をしていたら、神妙な顔をしたファルクが「レイル、この庭園が欲しいかい？」と問いかけてきた。

「えっ、まぁ、うん。楽しそうでいいなぁとは思うけど……」

「そうか……。わかったよ」

何やらキリッと覚悟を決めたような面持ちのファルクに僕は疑問を抱きながらも、頷《うなず》いた。

「いやいやいやいやいや、待て待て待て！　ファルク！　お前に本気になられると洒落《しゃれ》にならねぇ!!　それでなくてもルカスの事で頭が痛ぇのに、余計な火種増やそうとすんな！」

　血相を変えたダリオン様が会話に割り込んで来た。どうしたと言うのだろう。

「それにレイル・ヴァンスタイン。あのな、王妃ってのは大変な仕事なんだ。責任も周囲からの重圧も半端じゃねぇ。お前みたいにぼんやりぽわぽわな天然ボケじゃ、ぜっっったいに務まらねぇから、迂闊《うかつ》な事は言うな。分かったな。二度と王妃になんてなろうとするな」

　庭園いいな、って言っただけでここまで言われる事ある？

　というかそもそも王妃様になんてなろうと思ってもなれるものじゃないのに……。

　僕はただ自由なお庭造りに惹かれただけなのに……。

　そんな不満が表情に出ていたんだろうか。

「……チッ。その代わり、俺が正式に王太子になったらお前の為に好きな庭を作ってやる。それで王妃の座は我慢しろ。だから、金輪際迂闊な発言はしないように」

　そんな事をダリオン様が言い出したので、僕は目を丸くした。

　えーと……どう言う事だ？

　僕は王妃にはなれない、けど、庭園はダリオン様が造ってくれる……？

　お前を王妃にしてやる事は出来ないが、お前が望む庭は与えてやろう、って事？　なんで？

「あ、愛人って事ですか……？」

　さっきアルバートのイベントが突発的に起こったように、ダリオン様と僕の間に知らないうちに変なフラグが立っていたのかもしれない……！

「……そうなのか？　ダリオン。それは俺に対する宣戦布告と受け取っていいんだよな」

ファルクが今までに聞いた事のないような物凄《ものすご》い冷ややかな声でダリオン様に言う。腰に帯びた儀式用の剣に手をかけて、殺気すら漂わせ始めたファルクに、アルバートや護衛の兵士の方々が困惑した様子でダリオン様の前に出た。

まぁ、ファルクが僕が『愛人』にされるのを黙って見過ごす訳がないよな。普通の幸せじゃないもんな。

「——違うわッッッ!!!!　この天然バカップルが!!」

ダリオン様の叫び声が美しい庭園に響き渡った。


『レイル用のパジャマ買っておいたんだよ』

そんな風にいい笑顔でファルクから渡された衣服を持って、僕は風呂上《ふろあ》がりに素っ裸のまま葛藤《かっとう》していた。

色は薄いブルーグレー。うん、僕も青は好きだよ。でもね、デザインがね。

上下に分かれたシルク素材のお高そうなこれ。袖口《そでぐち》にはフリル。胸元にはワンポイントのリボン。

まぁ！　とっても可愛らしいパジャマですこと！

思わず僕の中のお嬢様的人格が出て来てしまうくらいに可愛いデザインだ。

前世的な感覚で言えば百パーセント女性モノなんだけど、こっちだとかなーり微妙。

僕は自分では絶対選ばないけど、色的に多分普通に男性用だと思われる。

お貴族様って男性でもフリルとかレースとかリボン好きだからなぁ……。

いや、好きかどうかは僕の勝手な想像だけど、とにかくお貴族様が着る衣服は、男性モノだろうが容赦なくフリルやリボンがあしらわれている。

ファルクが貴族センスを遺憾なく発揮した結果これを選んだというなら、納得出来なくもない。

「……まぁ、いいか。寝るだけだしな。これで外出る訳じゃないし」

平民の僕的にはフリルとかってちょっと抵抗あるけど、折角買ってくれたんだしね。着心地は間違いなくいいだろうし。風邪《かぜ》をひかないうちにさっさと着てしまおう。

僕は触り心地抜群のその寝衣に渋々袖《そで》を通した。

王城から帰って来た後、僕はそのまま鷲《わし》寮のファルクの部屋を訪れていた。

学校に到着した時には門限はとっくに過ぎていて、既に隼《はやぶさ》寮は施錠されている。

一緒に帰って来たのはファルク、ダリオン様、アルバート。

皆鷲寮の生徒で、僕一人の為だけに隼寮の鍵《かぎ》を開けていてもらうのも申し訳ないからと、そうするように予《あらかじ》めお願いしていたのだ。

それでファルクの部屋ですっかり気に入ってしまったお風呂に浸《つ》かった後、僕は可愛過ぎるパジャマを着て家主不在のベッドでゴロゴロしていた。

ファルクは僕と交代で風呂に入っている。

僕のパジャマ姿を見たファルクは案の定可愛いと連呼していた。

まぁファルクは何にでも可愛いって言うからな。

そんなに気にする事なく寛《くつろ》いでた僕だったが、風呂から出て来たファルクが普通の濃紺のパジャマを着ていた事には納得がいかず、口を尖《とが》らせた。

「なんでお前はフリフリじゃないんだよ」

「ん？　なんのこと？」

「パジャマ！　僕のはこんなフリフリなのに、なんでファルクのは普通なの」

貴族センスでフリルを選んだんじゃなかったのか。

フリフリを耽美《たんび》に着こなすファルク、ちょっと期待してたのに。

「俺がレイルには可愛いのを着せたかったから」

「む……むむ……そ、そうですか……」

またしてもいい笑顔を見せるファルク。なんかこうもストレートに返されてしまうと、すごすごと撤退せざるを得ない。

……そもそも貰《もら》ったものにケチをつけるのもよくないか。

僕がひっそり反省していると、ファルクが恍惚《こうこつ》とした表情を浮かべながら「うん、いいな。俺が選んだ物をレイルが着てるって凄くいい。癖になりそう」とか言い出した。

僕は思わず苦い顔をしてしまった。

「いらないからな。服はもういらない」

「えー、そんな事言わずに、ね？　レイルの服全部俺があげたやつにしたいな」

「やーだっ!!」

黒とか茶色とかの地味な色だらけの僕のクローゼットが、フリフリギラギラの貴族のクローゼットみたいになってしまうのはごめんだ。

不満を漏らすファルクを無視して僕は布団に潜った。……まぁここ他人《ひと》のベッドなんだけどな。

「はぁ、着せ替えしたかったのに。レイル、ちょっと詰めて」

僕が壁側に身体《からだ》を寄せるとファルクが布団に入ってきた。

ベッドは一つしかないので、強制的に今回も共寝する事になる。

ソファもあるが、僕がソファで寝るなんて言ったら、ファルクは絶対自分がソファで寝るって言うだろうし、それなら最初から二人で寝た方がいい。寝相だけはちょっと心配だけど。

僕は壁側を向いて寝てたんだけど、身体の下に腕が差し込まれて抱き寄せられて、強制的にファルクの方を向かされた。

なんとなくこうなるかなって分かってた僕は、何を言う事もなくファルクの肩口辺りに頭を落ち着かせて、左腕をファルクの身体の上に伸ばした。この前二度寝してた時と同じ体勢だ。

ファルクからは柑橘《かんきつ》系のいい香りがした。ファルクが用意していた泡の入浴剤の匂いだ。きっと僕からも同じ香りがしてるんだろうと思うと、なんだか不思議で少しそわそわしてしまう。

「――……眠れない？」

そんな僕に気付いたのか、ファルクが静かに声をかけて来た。

「……ちょっと、まだ興奮してるのかも」

「レイルはお城初めてだったもんね。シルウォーク殿と会ってみてどうだった？　感極まったって言ってたけど」

僕は魔術師の一団に囲まれた事や、シルウォーク様に『ありがとう』と言われた事などをファルクに語った。

「そうだったんだ。【転移】か……。俺も、そのうちお礼を言いに行かなきゃいけないね。俺の大切な人を助けてくれてありがとうって」

ファルクが僕の頭を撫《な》でる。

その手つきが、声が、瞳《ひとみ》が、本当に優しかったから、僕は絶対に言うまいと思っていた事を思わず口にしてしまった。

「……僕って、生きててよかったのかな……」

聞き取れるか聞き取れないか、僕が発した言葉はそれくらい微《かす》かだったがファルクの手が止まる。

優しかった表情が驚愕《きょうがく》に染まるのを見ながら、僕は自分の失言を悟った。

「あ、たりまえだろ……！　何言ってるんだ。なんで、そんな事……」

ファルクは起き上がり、僕の肩を強く掴《つか》んだ。

「……──ごめん、変な事言った。忘れて」

僕は目を伏せて寝返りを打ち、ファルクに背を向けてもう寝るという意思表示をしたが、ファルクはそれを許してくれなかった。

両脇に腕を差し込まれると、そのまま持ち上げられて腕の中へと閉じ込められる。

頭を抱えるようにきつく抱き締められて、呼吸が苦しかった。

「忘れられる訳ないだろ、レイル、……生きててよかったよ。生きててくれて、俺がどれだけ神に、救ってくれた人々に、君に感謝したか」

ファルクの声は震えていて、酷《ひど》く悲しませてしまった事に罪悪感を覚えた。

――どこか夢物語のように思っていたゲームの世界にいるという事実は、日に日に現実味を増していって、その度に僕は怯《おび》えていた。

僕がシナリオ通りに死ななかったせいで、誰かの幸せを壊したり、運命を変えてしまうのが怖かった。

ダンジョンの秘密も、魔物が増えている理由も、全部知ってるのに何もせず、のうのうと生きている事が後ろめたかった。

魔物の被害が出たという報《しら》せを聞く度、死者が出ていないかどうかを知るのが怖くて堪《たま》らなかった。

誰かに伝えようかとも思ったけど、子供の妄言だと思われるだけだろうと容易に予想がついて、何も出来なくて。

魔法の適性検査で闇属性しかないと知った時、僕がダンジョンボスを倒す事はほぼ不可能な事を悟って、やっぱり『主人公』に託すしかないのだと落胆した。

でも、誰もシナリオ通りに動いてくれなくて、全然上手《うま》く行かなくて、せめて古代魔導士の手記くらいは見つけられないかと、何度もダンジョンに潜ってみたけど見つからなくて。

僕という存在が一番シナリオに反しているんだから、上手く行かないのは当然かって諦《あきら》めもあって。

だから今日、魔術師の皆さんやシルウォーク様にただ生きている事を感謝されて、僕は嬉《うれ》しかった。

僕が、僕の知らない所で誰かの幸せを壊しているかもしれないのと同じように、知らない誰かを幸せにも出来るんだと安心したんだ。

「……うん、分かってるよ。分かってる。ただ、もし、僕があの時死んでいたらってちょっと考えちゃっただけで」

「そんな世界はいらない。そんな世界、想像すらしたくない」

ファルクの切羽詰まったような声に、じわりと涙が込み上げてきて、僕は鼻をすすった。

違うんだよ。ファルク。

その世界で、お前はちゃんと幸せになれるんだよ。とびきりのハッピーエンドを迎えられる。

脳裏に異国で幸せそうに笑い合うセーラとファルクのイベントCGが浮かび、視界が滲《にじ》む。

あれが正しい世界だ。

沈痛な面持ちのファルクが僕の涙を拭《ぬぐ》ってくれるが、間に合わないくらいに涙が溢《あふ》れてしまう。

あぁ、ダメなのに。泣き虫はダメだ。嫌われてしまう。

ごめん。ごめん。

僕は酷く利己的な理由で、ファルクの事を縛っている。僕が僕の幸せの為に、ファルクに愛されていたいが為に、皆を危険に晒《さら》している。

でも、もう少しだけ傍《そば》にいさせて欲しい。

——この脚の後遺症も、傷痕《きずあと》さえも治るかもしれない、と診断された事を、目の前の優しい幼馴染《おさななじみ》にだけはどうしても言えなかった。


僕は反省していた。

王城に行った日の夜、僕がなんかセンチメンタルを発動しちゃって、ファルクの腕の中で号泣しちゃった時。あの日以来ファルクの過保護レベルが一段階上がってしまったからである。

いや、完全にやっちまったよね。

怪我《けが》が治るかもしれないって聞かされて動揺していたのと、皆に生きててよかったって言われて感極まっていた事と深夜テンションであんな事になってしまったんだと思う。

そりゃうっすらとした後ろめたさみたいのは常にあるけど、流石《さすが》に死んだ方がよかったとかは思っていない。

でも誰にだってなんか落ちる日ってあるだろ？　それなんだよ。

そんな感じで大丈夫だからって何度もファルクに訴えてるんだけど、全然聞き入れてもらえない。

前以上にべったりで僕中心の生活になってしまった。

正直その行動が僕の罪悪感とか後ろめたさを煽《あお》るんだけどなぁ……。

クラスメイト達にも「ヴァンスタインの何がそんなにファルク様を狂わせるのかわからん」って言われる始末だ。僕もわかんねぇよ。

レオニスには「お前浮気でもしたの？」って聞かれた。してねぇよ。いやそもそも付き合ってない。

でもいい事もあった。

なんと!!　とうとう!!　セーラとダリオン様がダンジョンで古代の魔導士の手記を見つけたのだ!!

僕がいくら探しても見つからなかったのになぁ……。

やっぱりダンジョンを造るような凄《すご》い魔導士の手記だから、見つけて貰う人を選んでいたのかな。

手記はすぐに王の元へと届けられて、専門家達によって精査された後、本物だと認定された。

ダンジョンが古代のアーティファクトであり、ダンジョンボスを倒さずに放置しておくと大変な事になるというのが、少なくとも国の上層部の方々には周知された訳だ。

御触《おふ》れは学園にもすぐに出された。

昨今の魔物増加とダンジョンの因果関係についてと、今まで以上にダンジョン攻略に励み、ダンジョンボスを討伐する者が出る事を期待していると。

御触れではダンジョンが人工物だと言う事は伏せられていた。宗教的な問題があるから、他国や教会との兼ね合いで迂闊《うかつ》に公表出来ないんだろうなと察する事が出来る。

まぁそこら辺の問題は後々偉い人達がどうにかするだろう。

カイル先輩には教えてあげたい気もするけど、僕が手記の内容を知ってるのもおかしな話なので、ゲーム通りカイル先輩自身がセーラに接触して聞き出してもらえればと思う。

ともかく、これでようやく『セブンスリアクト』のスタートラインに立った。

色々とシナリオ通りにいかない世界だけど、ダンジョンボスを倒せるのはやはり『主人公《セーラ》』しかいないと思う。

御触れが出されてから、王都の騎士団などが本格的にダンジョン攻略に励んでいるが、成果は芳しくない。

別に騎士団の人達の実力が不足しているとは思わないけど、僕は軍人とダンジョンは相性がとことん悪いと思っている。

三人パーティ制限という普段とは異なる少人数での作戦、魔物は殲滅《せんめつ》という方針、個々の個性より調和を重んじるところとかがダンジョン向きじゃない。

ダンジョンで必要なのは個々の力と対応力だ。だから、僕は軍人よりも冒険者の方がいい所まで行くんじゃないかなと思ってるけど、冒険者はアウトローな人が多いからな……。

投入されるとしても最終手段だと思われる。

結局、対応力で言うなら全属性適性持ちのセーラの右に出る者はいない。

セーラが相棒に誰を選ぶのかはまだ分からないが、僕はその選択を尊重し、精一杯のサポートをしなくてはいけない。

それが、全てを知りながら大役を彼女に押し付けようとする、僕のせめてもの罪滅ぼしだ。

選抜隊が出立する前にした『王都でお買い物をしよう』の約束を果たす為に、僕とセーラは二人で王都の平民街へと来ていた。

前にファルクと二人で来た時とは違って平民同士、僕らも街の人々も穏やかに普通にショッピングを楽しむ事が出来た。

僕は初めての女子とのデートという事で違った意味でドキドキしていたんだけどね。

評判のケーキとコーヒーを出してくれるお店で、お互いが頼んだケーキをあーんし合った時なんてドキドキしすぎて正直味がしなかった。

まぁそれはいいとして、僕にはどうしてもセーラを連れて行かなければならない場所があったのだ。

それが、ここ。

平民街の路地裏のちょっと治安がよろしくない場所にある、営業しているのかしていないのか不安になるようなボロっちい外観のお店。

斜めに曲がっている看板には『ぶきや』と手書きで書かれている。

なんとこのボロい店が『セブンスリアクト』に於《お》ける最強武器を作ってくれるお店なのだ。

正規ルートでは、街の普通の鍛冶屋《かじや》で作れる最高ランクの武器を作る事で店主から紹介されて、やっと来られる場所なんだけど、この店に来る為だけに他の武器を作るのは、正直素材と金と時間の無駄なので直接来てみた。

シナリオの強制力が働かないのならこういうズルだって出来るだろう、という目論見《もくろみ》。

ちなみにここに来る途中、見るからにひ弱そうな僕と可愛らしいセーラは、チンピラと呼ばれる人種の方々に絡まれまくったけど、全員セーラがぶっ飛ばしてた。物理で。僕の出る幕はなかった。裏拳でチンピラが吹っ飛んでいた。

なんならセーラはセーラの裏拳に慄《おのの》く僕に「大丈夫？　怖くなかった？」って優しく声をかけてくれた。そっちにビビってた訳じゃないんですけど……。

「レイル、私を連れて来たかった場所って本当にここ？」

あまりにもボロい外観に流石のセーラも不安そうに僕を見てくる。

「うん。見た目はボロいけど、凄腕《すごうで》の鍛冶屋さんがいるんだよ」

ゲームでは、だけど。

内心ドキドキしながら、建て付けの悪い扉を何回かガチャガチャやってなんとか開く。

店内には誰もおらず、乱雑に剣や盾、槍《やり》なんかが置かれていた。床や棚には埃《ほこり》が被《かぶ》っていたけど、武器はどれもピカピカだった。

僕は勇気を出して「すみませーん」と自分なりの大きな声を出した。

ギシギシと古い床板を踏み鳴らす音がして、店の奥からのしのしと人がやって来た。

僕の胸くらいまでしかない身長に、眼帯、顔の下半分を覆う豊かな髭《ひげ》を三つ編みにしたこの人こそ、ここの店主であり、凄腕の鍛冶屋である。

この見た目で鍛冶屋。完全にドワーフなんだが、この世界、ドワーフもエルフも獣人もいないのでドワーフっぽい見た目のただの人間だと思われる。

ゲーム内でめちゃくちゃお世話になった頑固親父《おやじ》だ。なんなら一番話しかけていたキャラかもしれない。

「何の用だ」

「あ、あのぉ……彼女の武器を拵《こしら》えてもらいたくて……」

店主は僕とセーラの顔を見比べるとフン、と鼻を鳴らした。

「拵えてだと？　坊ちゃん嬢ちゃんにはそこらにあるので充分だ」

「あ、いや、……はい……」

顎《あご》で店売りの武器を指し示されると、もう話はないと言わんばかりにカウンターに座って剣を磨き始めてしまった。

これ以上食い下がるのは難しそうだ。僕のコミュ力的に。

うー、やっぱりダメか。表通りの鍛冶屋さんの紹介がないと相手にしてもらえないっぽいな。

仕方ない、とりあえず店売りの武器でも今の装備よりは断然にいいので、店主の言う通り今日はそれを買って、使って見せて徐々に信頼を得て行く事にしよう。

それでも表通りの鍛冶屋を経由するよりは早い筈《はず》だ。

そう思ってセーラに声をかけようと後ろを振り向いた時、剣を磨いていた筈の店主から声をかけられた。

「おい、坊主。その杖《つえ》……なんだ？」

まさか向こうから声をかけられると思っていなかったので驚いたが、この杖に反応したのかと思うと納得した、と同時にこれは使えるかもしれないと思った。

——どうですか、この杖は。我が国の永遠のアイドル、細氷の王女殿下が財も人脈もフルに使って作らせた一級品ですよ。鍛冶屋なら絶対に気になるでしょう。

僕はなんて事のないフリをしながら「この杖ですか？」と首を傾《かし》げながら杖を掲げた。

「それだ、それ。少し見せてくれ」

店主はカウンターから身を乗り出して杖を凝視している。僕はその視線を遮るように杖を後ろ手に隠した。

「えぇ、いや……それはちょっと。大切な人からの貴重な贈り物なので……。じゃあ、お邪魔しました」

セーラに「行こっか」と声をかけて扉に向かう。セーラは僕の思惑をよく分かっていないらしく「いいの？」と視線で告げて来たが、黙って頷《うなず》く。

背後から「待て待てっ！」と慌てたような声が聞こえて、僕はほくそ笑む。

「チィッ、坊主。やるじゃねぇか。わーったよ、嬢ちゃんの武器を作ってやる。その代わり……」

僕はにっこり笑うと自分の杖を店主に差し出した。

「どうぞ、お好きなだけ見て下さい」

店主が僕の杖を見ている間、僕とセーラは店内を見て回っていた。

セーラは何やらごっつい武器に興味があるようで、デカい棍棒《こんぼう》とかハンマーみたいのとかを真剣な眼差《まなざ》しで見つめていた。君治癒術師だよね……？

商品の武器は乱雑に置かれてはいるが、どれもいい品だ。

店主曰《いわ》くお店に出してるのは失敗作らしいけど、そんな事ないと思うんだけどなぁ。職人にしか分からない拘《こだわ》りというやつだろうか。

職人さんと上手《うま》く付き合うのって難しいんだよな。父様もいつも苦労してる。

うちの商会に卸してくれないかなぁ、なんて到底無理そうな願望を抱いていると、ふー、と息を吐く音が聞こえて僕はカウンターを見た。

「こりゃ、おもしれぇ杖だな。ここまで金掛けて護りに特化させるたぁ、酔狂通り越してロマンだな。坊主、お前王のご落胤《らくいん》だったりするのか？」

「な、なんて不敬な事を。違いますよ。これは王族の方に頂いたんです」

店主は「ほー」と納得したように頷き、杖を返してくれた。

「いいもん見せてもらった礼だ。嬢ちゃんに最高の武器作ってやるよ。だが、必要な素材は自分で集めて来い。坊主は……それで充分だな。攻撃型の得物が欲しいってんなら作ってやらねぇでもねぇが、まぁ贈り手の坊主に無事でいて欲しいって気持ちを汲《く》んでやれや」

僕は杖を握りしめて、こくりと頷いた。

その後、セーラと店主でどんな武器が欲しいのかとか適性の事とか色々な話をした結果、セーラが作ってもらう武器はモーニングスターになったらしい。

モーニングスターというのは棘《とげ》の付いたメイス、棒の先端にトゲトゲが付いた丸い鉄球が付いた鈍器の事である。ちなみに鎖付きじゃないやつ。

……え？　何それ……。知らん。

知らん知らん。

ゲームで治癒術師クラスのセーラが使ってたのは杖だ。白くて魔法少女みたいな感じの杖。なんでそんな殺傷能力高そうなごっつい武器選ぶの……？

困惑する僕を尻目《しりめ》にセーラは「よーし、素材集め頑張るぞ！」とやる気を出していた。僕、この子がわからない……。


「うちの店はデートスポットじゃねぇんだがな」

『ぶきや』の店主の呆《あき》れたような視線が突き刺さる。視線の先はいわゆる恋人繋《つな》ぎという握り方をした僕とファルクの手に向けられていた。

僕は眉尻《まゆじり》を下げた。

――言い訳させて欲しい。

僕だって別にいつもいつもこんな風に、バカップルのようにファルクとベタベタくっつきたい訳じゃないんだ。

ただ、前のやらかしでファルクの過保護レベルが上がってしまった事。

ここに来るまでにチンピラに何回か絡まれた事。

あと多分、店主の見た目が厳《いか》つい事でファルクの警戒レベルは現在最高潮にまで達している。アラートがギュンギュン鳴っている事だろう。

手を繋ぐだけで済んでいるのは、むしろかなり譲歩してくれているのだ。

平時なら抱き上げられて寮に強制送還されていてもおかしくない。

温和に見える表情の中に、ずっと警戒の色を潜ませている隣の過保護な幼馴染《おさななじみ》に、僕は溜め息をついた。

今日は早朝からファルクを連れて『ぶきや』に来ていた。

どうしてもファルクにも最強武器を贈ってあげたかったのと、あと純粋にファルクもゲームと違う武器になるのかな？　という興味本位。

他の人の武器も気になるけど、休日に平民街の怪しい店に着いてきてくれるほど親しいのはファルクかセーラくらいしかいない。

カイル先輩とも結構親しくなったけど、先輩あんまり戦闘に興味ないんだよなぁ。

ともかく凄腕の鍛冶屋があるんだよ！　とファルクを誘いここまでやってきた。

道中、セーラと来た時より回数は少ないが、それでもやはりチンピラという人種に絡まれて、ファルクが魔法やら物理やらで撃退していた。

三組目のチンピラを撃退した後、ファルクが「こんな所に一人で来てたの……？」と青褪《あおざ》めていたので、前はセーラと一緒だったと言うと何やら複雑そうな顔をしていたが「それならいい」と頷いていた。いいんだ……。

……いいなぁ、セーラは。ファルクに実力を認められてて。

絶対に一人では来ないようにと約束をさせられて、手を繋がれて、ようやくボロボロの店内に足を踏み入れたのだ。

「坊主、お前嬢ちゃんはどうしたんだ、嬢ちゃんは。あんなべっぴんさん捕まえておいて、見かけによらず色事師《いろごとし》なのか？」

「せ、セーラとはそんな関係じゃないんですって。友達ですよ」

「ほー、ならそっちの色男が本命か。モテるんだなぁ、坊主」

店主は繋がれた手を指さしてニヤッと笑った。

「いや、これは、その……」

顔が赤くなるのが分かって俯《うつむ》いてしまう。ほ、本命……。こんな手の繋ぎ方をしておいて違う、とも言い難い。

困惑しながら繋がれた手を見た後、ファルクの顔を見ると、ファルクの顔からはさっきまであった警戒の色はすっかり消えていた。むしろなんだか機嫌がよさそうだ。

「彼に貴方《あなた》は凄腕の鍛冶屋だと聞きました。今日は俺の武器をお願い出来ますか」

「ふん、兄ちゃんは武器を握って何を成してぇんだ」

店主の目が鋭く光る。セーラの時も行われたやり取りだ。セーラは青空のように澄んだ目で『お金を稼ぎたいです！』と言ってた。素直だ。きっとバイトの面接でも同じ台詞《せりふ》を言うんだろう。

「――大切な人を護り、その憂いを払いたい」

静かだったが確かなる決意の込められたファルクの言葉に、僕も店主も瞠目《どうもく》した。

それほどまでに芯《しん》から出た言葉に聞こえた。

「ほー、分かった。……坊主の杖、それ贈ったのは兄ちゃんか？」

「……──あぁ、あれですか。あれは俺というより、俺の実家からですね。俺も設計には加わってますが」

「ほー、ほー。分かった。作ってやるよ、兄ちゃんの武器。護り、打ち払う武器だ。盾も使うんだろ？　そっちも拵えてやる」

どうやら合格らしい。ゲームだとシステム的な問題か盾は作ってもらえなかったので、大収穫だ。

ファルクの答えは余程店主のお気に召したようだ。

──大切な人って誰なんだろうな。家族とか、友達とか？

僕もその枠に……流石《さすが》に入ってるよな？

その後、詳しい聞き取りや試し振り、採寸などを行ってどんな武器を作るのかが決まった。

武器種はシンプルなロングソード。盾は逆三角形の下部分を伸ばしたかのような形状のヒーターシールド。

武器種はゲームのファルクと一緒だが、要求される素材の種類が違ったので、別の武器になるのは殆《ほとん》ど間違いないだろう。こんなところまで全然シナリオ通りじゃないんだなぁ、と僕はワクワクと不安がない混ぜになって苦く笑った。

武器も決まったので、僕らは店主に礼を言って『ぶきや』を後にした。

表通りに戻る道中、やっぱり何度かチンピラに絡まれてファルクから改めて『絶対に一人で店に行かないこと』と念を押された。

チンピラに何度も絡まれたのを無事と言っていいのか分からないけど、とにかく無事五体満足で表通りに着くと、時刻は丁度お昼前くらいで、街中は賑《にぎ》わっていた。

そろそろお腹《なか》が空《す》く頃だけどこれからどうしようかな、と考えていたらファルクから「天気もいいしピクニックに行かない？」と誘われた。

ピクニック。ファルクにしては意外な提案に感じたけど、悪くないかも。

最近はダンジョンの事とかで頭いっぱいで、少し疲れていたから自然に囲まれてのんびりするのもいいな。

シルヴァレンスの冬は短く、あっという間にもう春だ。ぽかぽかとした柔らかな陽射しは、きっと日向《ひなた》ぼっこに丁度いい。春に咲く花もきっと綺麗《きれい》に咲いているだろう。

僕は笑顔で頷いた。

てっきり僕は屋台かなんかで食事を調達して、王都中央王立公園にでも行くのかなと思っていたんだけど、ファルクは屋台や公園がある方向ではなく、街の外へと向かう方向へと歩き出した。

ファルクに「どこ行くの？」「お昼ご飯買わなくていいの？」と聞いたけど、「秘密」「大丈夫」と言うだけで具体的にどこに行くかは教えてくれなかった。

仕方なく手を引かれるまま着いていく。

ちなみに手はずっと繋ぎっぱなしなので、街の中心部を歩いている時とても恥ずかしかった。

相変わらず隠しきれない高貴なオーラを出しているファルクと、陰のオーラを纏《まと》った平民丸出しの僕が堂々と恋人繋ぎをしているものだから、見た人も「……？」って感じで不思議に思っていたようだった。

もう少しちゃんとした格好をしてくればよかった、と後悔したがどんなに着飾ったところで全然釣り合う訳がない。それなら前のように従者だと勘違いされた方がいいなと思って、手を離してくれるように頼んだが当然却下された。

とうとう街の外へ続く街道に出ると、そこには男性二人と三頭の馬の一団が僕らを待っていた。男性二人はファルクに気付くと「お待ちしておりました。ファルク様」とサッと礼をした。

あ、この人達見た事あるな。サンブールの別邸の使用人だ。

僕がキョトンとしていると、使用人のお二人が僕にも礼をしてくれたので僕も慌てて「こんにちは」と挨拶《あいさつ》をする。

察するに馬に乗って何処《どこ》かに行こうとしてるのかな。というか、いつの間に手配してたんだろう。

「ファルク、僕馬は……」乗れない、と言おうとしたら口に指を当てられて言葉を被《かぶ》せられた。

「エリスは大人しいし賢いから。俺の前で座ってるだけで大丈夫だよ」

三頭の馬のうち一際立派な体軀《たいく》をした白馬は『エリス』ちゃんというらしい。

ドキドキしながらエリスちゃんに近付いてみると、頭を下げてフンフンと鼻を鳴らしながら擦り寄ってきた。かわいい。

鼻筋を撫《な》でると掌《てのひら》から生き物の温かさが感じられて、ほぅ、と満ち足りたような気持ちになった。

エリスちゃんには二人で乗れるようにか、一つの大きな鞍《くら》に二つの足を掛ける鐙《あぶみ》が取り付けられていた。

どうしようかと鐙に左足を掛けてもたもたしていると、エリスちゃんが乗りやすいようにと脚を折って体勢を低くしてくれた。

更に後ろからファルクに抱き上げられてやっとエリスちゃんに跨《また》がる事が出来た。

その後慣れたようにエリスちゃんの鐙に足をかけて、軽々とスマートに僕の後ろに乗ったファルクに少し敗北感を覚えた。

僕も昔は乗れたんだけどなぁ。サンプールのお屋敷で乗馬訓練してた時。

あの時乗ってたのはポニーだけど……。

馬に乗った時特有の宙に浮いてるような懐かしい感覚に浸っていると、ファルクの手が僕の腰を摑《つか》んで引き寄せる。

「危ないからもっと俺に体重かけて、くっついて」

言われた通り普段部屋で寛《くつろ》いでる時のように背中をファルクにくっつけて体重をかけると、ファルクの太ももにがっちりと挟み込まれて動かないように固定された。

ファルクの腕が僕の前に伸ばされて手綱を握る。

僕は手の置き場に困って鞍の前の出っ張ってる所を摑んだ。

「じゃあ、行くよ」

僕達が乗ったエリスちゃんと、使用人のお二人の乗った馬がゆっくりと歩き出した。


久しぶりの乗馬は記憶の中のそれよりもずっと快適だった。

ファルクが全身で僕の身体《からだ》を固定してくれているから、僕は特に力を入れずにだらっとしていても落ちないし、エリスちゃんの走り方もよかった。

ブレが少なく乗り手に負担のかからない優しい走り方なのだ。

自分じゃとても出せない速度で風を切って走るのは楽しい。馬車に乗っているのとはやっぱり全然違う。

高い位置から見下ろす景色も普段とは違って見えて新鮮だ。自分で手綱を握っていては、こんな風に景色を見る余裕はないだろう。

太陽の光を浴びてキラキラと黄色に輝く葉っぱを眺めながら、僕の心は浮き立った。

しばらく木々に囲まれた山道のような所を走っていたのが、一気に開けて平原のような所に出る。

そこからは走るスピードが落とされ、正面にあるゆるい丘は常歩《なみあし》で登るようだ。

喋《しゃべ》っても舌を噛《か》まないくらいの速度になったので、僕は久しぶりに口を開いた。

「ここが目的地？」

「うん、あとちょっと。前を見ててごらん」

何かありそうなファルクの口ぶりに、僕はワクワクしながら前を見る。

丘を登り切った時、僕はファルクが何を見せたかったのかが分かった。

——一面の青。青。青。

丘を越えると、そこにはまるで空の青さと一体化したような青い花畑が広がっていた。

僕は思わず「わぁっ」と声をあげてしまった。

「これって、蔦瑠璃花《つたるり》だよね？　こんなに沢山群生しているの初めて見た‼　自生してる訳じゃない、よね。蔦瑠璃は弱いから、誰かが手入れしないとこんな風に繁殖は出来ないんだよ！　うわぁ、凄《すご》いなぁ。綺麗だ……！　そうだ、近くに養蜂場はないのかな？　あのね、蔦瑠璃の蜂蜜《はちみつ》は蜂蜜を味わいたいが為に紅茶の缶が空になるほど美味《おい》しいって言われてるんだよ！」

くすくす、と後ろから笑う声が聞こえて、僕は自分が興奮のあまりぺらぺらと喋り過ぎていた事に気付いた。

僕は図鑑オタクなので、図鑑で見た植物とか鉱物とか動物の実物を見ると、テンションが上がって周りが見えなくなってしまう事があるのだ。

「ご、ごめん……盛り上がり過ぎた」

「うん？　レイルが楽しそうだと俺も楽しいよ？」

そろそろ降りようか、と示された先には既にテーブルや料理がセッティングされており、またもや見覚えのある執事さんやメイドさんが傍に控えていた。

――本当にいつの間にこんな準備させていたんだろう……？

あまりの用意周到さに僕が若干畏怖《いふ》していると、エリスちゃんの脚が完全に止まり、乗った時同様ファルクがさっと降りた。

僕も続いて降りようすると、ファルクが手を差し伸べてくれた。有り難く摑ませてもらう。

しかし、自分が思っていた以上に脚に力が入らなくて僕は殆ど落ちるようにエリスちゃんから降りる事になってしまった。

ファルクは少し驚いたような表情をしていたが、上から落ちてきた僕をなんなく受け止めて「大丈夫？」と首を傾げた。

僕はというと落馬しかけた恐怖よりも、未《いま》だ脚に全く力が入らなくてガクガクしている感覚が可笑《おか》しくて、ファルクの首に縋《すが》るように腕を回しながら肩を震わせた。

「くふっ、はははっ、あは、脚に全然力が入らないんだけど、えっ、僕の脚どうなってんの？」

「ちゃんとついてるよ」

ファルクのズレた返答も可笑しくて僕は更に笑った。

「待って、ははは、何だこれ、おもしろ！　降ろさないでねファルク。ふふっ、多分今降ろされたら、べちゃってスライムみたいに潰《つぶ》れるから」

「——うん、降ろさないよ。ずぅっと降ろさない」

僕の脚が使い物になるまで、僕はファルクに縦抱きにされながらずっと笑っていた。


美しくセッティングされたテーブルセットでこれまた美しい青の花畑を眺めながら、サンブール家のシェフが用意してくれた昼食を贅沢《ぜいたく》に頂いた後。

デザートにアップルパイと紅茶を出されたので、まずはと一口紅茶を口に含むと、澄み切った清らかな花の香りが広がって僕は目を見開いた。

「これ……蔦瑠璃の蜂蜜？」

ファルクは驚いた僕の顔を見て、悪戯《いたずら》が成功した子供のような笑顔を浮かべると頷《うなず》いた。

「レイルが言ってた通り、ここの花畑は近くの養蜂場が管理しているんだ。蔦瑠璃の蜂蜜はそんなに数が取れないから、特別な顧客にだけ提供してるんだって」

「へー……！　やっぱり、そっかぁ。うん、確かにこれは……凄く美味しい。ご婦人受けがとてもよさそう。うーん、これくらい香りが強いなら、ほんのちょっと原材料に加えるだけでも付加価値が高まりそうだな……」

贈答品用の高級クッキーとかにして、庶民でもギリギリ手が出る価格にしたら売れそうな気がするな。凄く品のいい香りだし。いいなぁ、取引出来ないかなぁ。

そんな事を考えていたら、ファルクに指で頬を突かれた。

「商人の顔してる。レイルもやっぱりヴァンスタイン家の息子《むすこ》だね」

「……つい、ね？」

僕は照れ隠しにアップルパイを一切れ摘《つま》んだ。うん、パイ生地がサクサクで美味しい。渇いた喉《のど》を潤す為にもう一口紅茶を飲むと、やっぱりとてもいい香りでうっとりしてしまう。

「養蜂場も行ってみる？」

「行く！」

食い気味に反応した僕に、ファルクがくしゃりと笑った。

養蜂場では色々な設備を見学させてもらい、沢山お話を聞かせて頂いた。その上お土産《みやげ》として蔦瑠璃の蜂蜜を一瓶と、蔦瑠璃のハーバリウムを頂いてしまって、僕はホクホク顔だった。

帰りも折角だからと馬車ではなく、すっかり仲良くなったエリスちゃんに乗る事にした。

学園に着くとやっぱり僕の脚は全く使い物にならなくなっていて、僕はまた大爆笑しながらファルクにしがみつく事になったのだった。

送ってもらったというか、運んでもらった寮の部屋で、僕がファルクに「今日はすごく楽しかった！」と伝えると、ファルクも「俺もすごく楽しかったよ」と嬉《うれ》しそうな笑顔を見せてくれた。

僕たちは「また行こう」と小指を絡めながら約束をして別れた。

……あれ？　よくよく考えたらファルクに治癒魔法をかけてもらったらすぐに歩けるようになったのでは……？

僕は青い花びらがぎゅっと詰め込まれたハーバリウムを眺めながら首を傾《かし》げた。

セブンスリアクトには『ダンジョンデート』と呼ばれるふざけた名前のシステムがある。

攻略対象と二人きりでダンジョンに潜ると好感度の上がりがよかったり、特別なイベントが起こったり、ステータスやＡＩが使用する技に変化が生じたりするようになっているのだ。

では、こちらの世界でこのシステムはどうなっているのか。僕は検証してみる事にした。

ふざけているみたいだがダンジョンを攻略する上でとても大切な事なのだ。

好感度の上がり幅については正直目に見えて分かるものではないので、検証しようがない。

ただ、三人で行動してる時より、二人きりで行動してる時の方が好感度が上がりやすいのは当たり前だと思う。

特別なイベントについても、セーラと攻略対象が二人きりの状況下で起きる事なので、僕には確かめようがない。

仮に僕を攻略対象や主人公だと見立てたとしても、元々原作に存在しないので、全てが特別なイベントみたいになってしまうから検証不可能だ。

次にステータスの変化。普通に考えて二人でダンジョンに行くだけで身体能力が変化する訳ないんだが、心持ちの問題だろうか。火事場の馬鹿力的な。

ゲームのようにＨＰやＭＰ、スタミナが可視化されている訳じゃないので気合次第で変動してもおかしくない……？　分からないので検証不可能。

最後は使用する技の変化。ダンジョンボスを撃破する上で最も重要で、最も検証しやすい要素である。ダンジョンデートでは攻略対象が好感度によって特別な必殺技を使ってくれたりするので、使う技で現在の好感度を何となく把握出来たりする。

まずは僕も攻略対象の一人であると見立てて、セーラと二人だけでダンジョンデートをしてみる事にした。

二人でダンジョンに行こうと誘うと、最強武器を作る為の素材集めで日々ダンジョンに潜っているセーラは快諾してくれた。ドロップマラソンって変化欲しくなるもんね。

もしかしたら、僕も目に見えてステータスが上がったり特別な技が使えたりするかも！　なんて淡い期待を抱いていたのだが、まぁそんな事はなく僕はいつもの僕のままだった。

やっぱり僕が攻略対象じゃなくてただのモブだから駄目なのかなぁ、それともそんなシステム現実にはないのかなぁと思っていると、奇妙な出来事が起きた。

それは僕がうっかり落とし穴に落ちてしまって、魔物の群れに囲まれた時。

……字面だけ見ると結構やばい状況のように見えるけど、スーパーアルティメットウルトラハイパー杖《づえ》のお陰でじりじりと一定の距離を保って囲まれただけである。

それにそんなに強くない魔物なので一人でも対処可能だったのだが、セーラはすぐに駆け付けてくれた。上から。

僕が落ちた落とし穴から華麗に飛び降りてきたセーラは、ヒーロー着地するのと同時に最強武器を作るまでの繋《つな》ぎとして『ぶきや』の店主から借り受けたメイスを地面に突き刺した。

突き刺した場所からは白い煙のような衝撃波が発生し、それに触れた周囲の魔物は一瞬にして全て塵《ちり》となった。

それと同時に落とし穴で負った僕のお尻《しり》の痛みが【治癒】されるのを感じた。

……え？　何それ……。知らん。

知らん知らん。

範囲攻撃と範囲回復の併合技？　めっちゃ強いじゃん！　そんなん絶対酷使するよ！

知らん。『主人公』にそんな技なかったよ。ええ……？

僕が混乱していると、セーラは僕が怯《おび》えていると勘違いしたのか「もう大丈夫だからね」と優しく声をかけてくれて、手を差し伸べてくれた。

僕は尻餅《しりもち》をついたままキュンとときめいた。いかん、セーラに攻略されてしまう……！

……確かに、ダンジョンデートで好感度はぐんと上がったな。僕の。

特別な必殺技については要検証だ。

まだまだ検証が足りないので、今度はファルクと一緒にダンジョンデートをしてみる事にした。

本当はセーラと三人で潜って、三人でも特別な必殺技が出るかどうか検証してみたかったんだけど、セーラに予定があるというのでとりあえず二人で行く事にした。

ファルクなら僕に多少なりとも好意を持ってくれていると思うので、中くらいのレベルの必殺技くらいは出してくれるんじゃないかなぁと期待している。

――……大丈夫だよな？　流石《さすが》にそれくらいの好感度はあるよな？

ちょっと不安になって、装備の準備をするファルクの服の裾《すそ》を摑《つか》んで顔を見上げてみる。

ファルクは左手で顔を押さえながら空を仰ぐと、ひとしきり苦悶《くもん》の声をあげ「今日も天才的にかわいい……！」と言いながらぎゅうぎゅうと抱き締めてきた。

僕はなんかよくわかんないけど大丈夫そうだなと思った。

当然のように差し出された手を握り、ダンジョンへの道のりを歩く。

こんな風に日常的に手を繋いで校内を歩いたりしているんだから、そりゃ交際していると勘違いされても仕方ないなと思う。

僕は平民だからそれでも構わないけど、ファルクは大丈夫なのかな。

実際には何もなくても、学生時代に平民の男と交際していたという醜聞は社交界ではマイナスだろう。学園は貴族の子弟だらけなのだから噂《うわさ》は確実に広まる。

縁談とかに、悪影響が出ないといいけど。

……それにセーラは僕達の事どう思ってるんだろう。

ファルクはセーラの攻略対象なのに、僕がファルクを怪我《けが》で縛っているせいで進展がストップしているとしたら、僕は大罪人だ。

この状況は、セーラにとっても、ファルクにとっても、シルヴァレンス王国にとってもよくない。

それは分かってる。

繋いだ手にきゅっと力を込めると、ファルクもきゅっと同じくらいの力で握り返してくれた。

顔を見上げれば、目を細めて微笑《ほほえ》んでくれる。

太陽を閉じ込めたみたいな瞳《ひとみ》には僕だけが映っていた。

このままだと灼《や》かれてしまいそうな気がして、僕は目を逸《そ》らした。

――僕は前にも後ろにも進めない、臆病者《おくびょうもの》だ。

ダンジョンの傍《そば》には新たに騎士団の仮設の駐屯地が出来ていて、前ののんびりしたダンジョンとは違って何処《どこ》か重々しい雰囲気が漂っていた。国の存亡がかかってるんだから、そうなるよな。

そんな重苦しい空気の中、手を繋いでデート気分でやってくる僕ら。

アホに気付いた見張りの騎士はギョッとしていたが、ファルクの顔を見て姿勢を正していた。

平民同士なら苦言を呈されていたかもしれないなぁ。

仮設の基地の前で、何やら集まっている騎士達の中にアルバートを見つけた。

アルバートはこちらに気付くと駆け寄ってきて、いつものように美しい騎士の礼を見せてくれた。

「アルバート。騎士団のお仕事中？」

「ああ。急遽《きゆうきよ》、騎士団が学園の敷地内に駐屯する事になってしまったからな。学園側と騎士団との折衝役に現役の学生である俺が選ばれたんだ」

「うわぁ、大変そうだね」

「最近は授業にもロクに出られていないだろう。ダリオンが寂しがっていたよ」

「ご冗談を」

ファルクの軽口に、アルバートは苦笑した。

「お二人はダンジョンですか？」

「うん、欲しい素材があるんだ」

必殺技の検証がてら、ファルクの最強武器の為の素材とセーラが「出ないっ!!」って怒り狂っていたレア素材を狙いに行くつもりだ。

「二人パーティで、ですか……。ファルク様がいらっしゃるなら問題はないのでしょうが……誰かもう一人騎士を同行させませんか？」

アルバートは顎《あご》に手を当てて難しい顔をすると、そのような提案をしてきた。

同時に三人まで入れるのにわざわざ二人で行くなんて、縛ってるようなものだからアルバートがそう言うのもまぁ分かる。

あと、アルバート的には王族であるファルクに護衛をつけたいんだろうな。

でもなぁ……今日はダンジョンデートの必殺技の検証がしたいんだよな。

「気遣ってもらって悪いが、俺たちは二人でいいよ。レイルは人見知りだから、知らない騎士がいたら畏縮《いしゅく》してしまうし」

ファルクは困ったように笑うと、些《いささ》か乱雑に僕の頭を撫《な》でた。

それはその通りなんだけど、なんだか他人から言われると悔しくなってしまう。

でもやっぱり初見の騎士様と上手《うま》いことやれる自信もないので、行き場のない憤りをファルクの脇腹にパンチをする事で発散した。

ファルクはなんか嬉しそうだった。

――あ、そうだ。

「ならさ、アルバートが同行してくれればいいんじゃない？」

ダンジョンデートは『主人公』以外にも適用されるのか、三人で必殺技は出るのか、の検証も出来るし！

アルバートは僕の前世での推しだ。

そして、今世ではまぁ……ファルクが推しって事になるのかな。

推しっていう感情とは違う気がしないでもないけど、攻略対象の中で一番好きなのは間違いない。

そう考えるとなんだか感慨深いものがある。

前世では正直ファルクってそこまで好きな方のキャラではなかった。

悲しき過去持ち（その原因である僕が言うの面白過ぎるな）だったとしても、容姿も頭も腕もよくて、『主人公』への対応もスマートで紳士的で、非の打ちどころのない男過ぎてつまらなかった。

……し、嫉妬《しっと》じゃないからな！

まぁスパダリだと言われてて女性人気は高く、人気投票では常に一位とか二位とか、絶対上位だったけど。

僕は同じ男目線で見ていたから、どうしてもアルバートとかカイル先輩みたいに、恋愛に不器用なタイプを応援したくなる気持ちがあった。

それが、今じゃなぁ。

『完璧《かんぺき》』の一言で済ますのが申し訳ないくらいに努力してその才を磨いているのを僕は知っているし、その優しさに僕はいつも守られて、救われてきた。

間違いなくいい男だって太鼓判を押せる。超優良物件だ。

それに、ゲームじゃ分からなかった面白いところもいっぱいある。

急に奇っ怪な声を出して悶《もだ》えたりとか、僕の髪の匂いを嗅《か》ぐ癖があったりとか。

……と、そんな事を考える余裕があるのは、かつての推しと今の推しが魔物をバンバン倒していくせいで、僕が後ろから見学している人みたいになってるからですね。

僕の提案でファルク、アルバート、僕の三人でダンジョンに潜る事になったんだけど、まー二人が強過ぎて本当にやる事がない。現状推し二人に囲まれて優雅な姫プレイだ。

い、嫌だ……地雷プレイヤーにはなりたくない……。

でも誤解しないで欲しい。僕が雑魚《ざこ》いからこんな事になってるんじゃなくて、二人の戦闘スタイルのせいなんだ。

アルバートは王族を護る近衛騎士なだけあって、最前線に立ち自らの背後に敵を漏らすまいとする戦い方だ。

ファルクは本来は攻守共に優れたバランス型なんだけど、保護対象《僕》がいるとアルバートと同じく絶対に背後に敵を撃ち漏らすまいとした戦い方になる。

結果後衛の僕は前衛二人が敵を屠《ほふ》るのを見ているだけになるのだ。闇魔法はそんなにサポート魔法ないし……。たまーに【影贄《かげにえ》】を出して見守るしか出来ない。

ゲーム内でも二人はかなりの強キャラだったから、そりゃ低階層なんて余裕過ぎて必殺技なんて使う必要がないよなぁ。

よし、今回の予定は四十階から四十五階層で素材集めだったけど、予定を変更しよう。

四十階層のフロストドラゴン（でもドラゴンじゃない）と呼ばれる氷のトカゲっぽい魔物を難なく倒した後の休憩時間、僕は切り出した。

「あの、これからの予定について話したいんだけどちょっといいかな」

僕は胡座《あぐら》をかいたファルクの脚の上に体育座りをして、マントに包《くる》まりながら後ろから抱き締められてるという間抜けな状態だったが、アルバートは特に気にした様子もなく頷《うなず》いてくれた。

……ここまで氷の洞窟《どうくつ》って感じのエリアを歩いて来たし、さっきのボス魔物も氷系の攻撃ばっかりしてきたから、僕はずっと寒くて震えてたんだよ。

寒い時にファルクで暖を取るのは仕方ないだろ。

誰に対してなのか分からない言い訳を脳内でしながら、僕は続けた。

「今回さ、本当はここら辺でアーケインゴーレムとか、動く魔法の本とかを狩って素材を集める予定だったけど……折角アルバートもいるんだから、五十階層のボスに挑戦してみない？」

『セブンスリアクト』五十階層は中級者の壁と呼ばれていた。

それまではなんとなくのプレイでもある程度は進められるのだが、五十階層の『オールド・トレント』はしっかりシステムを理解して育成をしないと突破出来ない。

こちらの世界でもやはり難しいのか、御触《おふ》れが出てから五十階層を突破した者はまだ出ていないらしい。

——僕の見立てだとセーラは多分ごり押しでいけると思うけど……。

でもセーラは今、武器素材の動く魔法の本のレアドロの栞《しおり》を集めるまで先に進む気がなさそうだからなぁ。ダンジョンの宝箱全部開けてからじゃないと先に進みたくないタイプだろうな、セーラ。

僕も分かれ道で正規ルートっぽい方に進んじゃうと、わざわざ引き返してもう一つの道に行くタイプだから、気持ちはよく分かるよ。

えーと脱線したけど、オールド・トレントの属性や立ち回り、弱点なんかは僕が把握しているし、戦闘能力もよく分からないけど二人ともゲームの時より強いっぽいから多分倒せる。

特にファルクはゲームよりかなり強い気がする。何でだろ？　病んでないからかな。

懸案事項は装備がちょっと弱い事と僕があんまり強くないことかな……。

まぁでも、僕は、その……頭脳《ブレーン》だから!!

「五十階層……『オールド・トレント』か……確かに、俺が組んだ今までのどのパーティよりもこのパーティは強く、そして戦いやすかった。——情けない話だが、騎士団で組んだパーティだとこの階層にすら辿《たど》り着《つ》けない事が殆《ほとん》どだ。一階でも先に進めるのなら先に進んで、経験を積めたらと思っている」

アルバートの言葉に僕は「じゃあ……」と反応したが、アルバートに視線で制される。

「だが、ファルク様とレイルを未知の危険に晒《さら》す事に諸手《もろて》で賛成は出来ない」

うーん、まぁアルバートならそう言うかもしれないなって思ってた。僕はともかく、ファルクを危険な目に遭わせたくないんだろう。

オールド・トレントには騎士団も苦渋を舐《な》めさせられているらしいし。

どうしようかな、と身体《からだ》を捻《ひね》ってファルクを見ると、ファルクはいつも通りの温和な表情を浮かべていた。

「レイルが行きたいなら、俺はそこに着いていってレイルを守るよ。それに、ちゃんと勝算があるんだろう？　レイルは無理な事を他人《ひと》に強要したりはしないから」

微笑みながらぽんぽんと頭を撫でられる。向けられた信頼にきゅん、と胸がいっぱいになり、僕は「うん」と小さく頷いた。

アルバートは難しい顔をして暫《しばら》く考えていたが「策があるんだな？」と真剣な表情で問いかけてき

た。今度は自信を持って大きく頷いた。

オールド・トレントの弱点や攻撃パターンなどを元に考えた作戦を二人に伝える。簡単なものだが、充分効果的で実行可能だと思う。

「どうかな……。属性的にアルバートの負担がちょっと重くなっちゃうのが申し訳ないんだけど」

とはいえ、机上で考えた策でしかないし、実際に危険な思いをするのは前衛二人なのだから、無理だと言われたら潔く諦《あきら》めよう。

「いや、むしろ有難い。ファルク様にこちらの役をやらせると言っていたなら異議を唱えていただろうが、俺が一番危険な分には文句はない」

「俺もこの作戦に賛成。近くでレイルを守れるし。……お前なら問題なくやれるだろ？」

「は、尽力致します」

二人からの了承を得られて僕はホッとした。

「それにしても、レイルは随分と魔物やダンジョンについて詳しいんだな。オールド・トレントのそんな情報、騎士団でも知られていないぞ。俺の戦い方や技についても、まるで何度も共に戦場に立った事があるかのようによく知っていて驚いた」

少しリラックスしたように表情を緩めて腕を組んだアルバートが、感心したように頷く。

ギクゥッ!!　やっぱりそこ突っ込まれますよねぇ!!

「そう思うと、今日はずっとレイルに驚かされているな。的確な戦闘指示、どこに何があるか分かっているかのようなルート選び、一気に十階層以上も降りられる近道が存在するなんて、俺は知りもしなかった」

「ほ、本で読んだ事があるんだよ。そういうの調べるの結構好きで……」

僕は冷や汗を掻《か》きながら両手をもじもじと忙《せわ》しなく動かす。マントで隠れていて良かった。

「ほう。ダンジョンについてそんなに詳しく書かれている本があるのか。騎士団も今回の任務に就くにあたって、ダンジョンについて書かれた様々な書物を探したものだが、ここまで具体的な情報が載っているものはなかったと聞いている。是非、タイトルと著者を教えて欲しい。今の我々にとって必要な物だ」

「えっ!? えっと……なんて、タイトルだったかなぁ～……」

や、やばいやばい。アルバートが僕の言葉を信じて疑わない、真《ま》っ直《す》ぐな瞳《ひとみ》でこちらを見てくる。

本って言うか、攻略動画と実践で学んだんですけど、そんな事言えないし！

「……俺はレイルがなんでアルバートの戦闘スタイルについてそんなに詳しいのかが知りたいなぁ」

耳元で囁《ささや》かれる冷ややかな声。後ろから抱き締められる腕に力が込められて、僕は再びぎくりと肩を強張《こわば》らせた。

「そ、それはぁ……僕、アルバートが推し……ファンで。前から訓練してるのとか、見てたり……とか？」

しどろもどろ過ぎる上に疑問形になってしまった。

訓練観てたからって戦闘スタイルが分かるかよ。バカ！

「……そうだったのか？　ありがとう。これからも君の期待に応えられるよう精進しよう」

意外そうに眉《まゆ》を上げたアルバートが、薄くだがはにかんだように笑う。

バカだった。

いや、そう言ってしまうのは流石《さすが》に可哀相《かわいそう》か。

アルバートは基本的に信頼した人を疑わないんだよな。どこまでも真っ直ぐなんだ。

そういうところが好きなんだけど。

アルバートのようにそう簡単には行かないだろうファルクの表情を見る為に、僕は恐る恐る後ろを振り返った。

ファルクは凪《な》いだ湖のような、感情を感じさせない瞳をしていて、僕はギョッとした。

「え、と……ファルク？」

「レイルって、やっぱりさ……いや、何でもない」

ファルクは、はぁーっと長い溜め息をつくと「絶対ウエイトトレーニング増やす……」と拗《す》ねたように呟《つぶや》いていた。なんで急に筋トレの話になるんだろ？

まぁ、でもなんか上手い感じで本の話が流れたからよかった。

これからもこうやってダンジョンや魔物の情報を出していくなら、出典元や言い訳をちゃんと考えなきゃダメだなぁ。

セーラやファルクはあんまりそういう事深く追及してこないから油断してた。

今日一番の危機を乗り越えた安心感から力が抜けた僕は、こてんと頭をファルクの肩口に預けたんだけどファルクは「あぁ、もうっ……！」と唸《うな》っていた。

本当にどうしたの。

木の根で出来たような狭いトンネルを抜けると、背の低い草が一面に生えた不自然に広い空間が広がっており、呼吸をする度体内から草が生えてきてしまうんじゃないかと心配になるくらいに、緑の匂いが濃かった。

中央には四から五メートルくらいの大きな樹木が一本鎮座していて、あからさまにヤバい雰囲気を放っている。

あれが、オールド・トレント。中級者の壁。五十階層のボス。

そ、想像してたよりデカいなぁ……。

ディスプレイから俯瞰的《ふかんてき》に観ていたのと実際に相対するのとじゃ迫力が段違いだ。

広い空間の入り口で僕が怯《ひる》んでいると、ファルクが大丈夫、と言うようにぽんぽんと背中を叩《たた》いてくれた。

……うん。大丈夫だよな。

前衛の二人が恐がっていないのに、僕が恐がっててどうするんだ。

迷いなく突き進むアルバートの背中と、隣で微笑《ほほえ》むファルクに勇気を貰《もら》い、僕は杖《つえ》を両手で持ち直すと前へと歩みを進めた。

「じゃあ、作戦通りに」

「うん、了解」

「了解だ」

中央の大きな樹木から百メートルくらい離れた所で僕とファルクは立ち止まり、大剣を携えたアルバートだけが樹木へと近付いて行く。僕はその様子を固唾《かたず》を飲《の》んで見守った。

アルバートが樹木の前へと辿り着き、精神統一するように一呼吸おいて大きな剣を振りかぶる。

剣先が樹木を切り裂いた瞬間、樹皮に薄気味悪い隆起がボコボコと現れて顔としか思えない形を形成した。

顔の瞼《まぶた》に相当する部分が開いてギョロっとした目玉がぐるぐると忙しなく動いた後、攻撃を仕掛けてきたアルバートを捉《とら》える。

根だと思われていた部分は、バキバキと音を立てながら手脚のように動き出し、ただの樹木だったそれが『オールド・トレント』という魔物に変貌《へんぼう》するのを僕らは見ていた。

トレントは文字ではとても表せない、空気を切り裂くような甲高い咆哮《ほうこう》をあげながら、手を振り回してアルバートを狙う。

アルバートはその攻撃を難なく避けると、カウンター気味に大剣をトレントの腕部分の枝に振り下ろした。切断するには至らないが、確実にダメージは入っている。

次に行われた突進攻撃もアルバートは最小限の動きで躱《かわ》すと、すかさずトレントの無防備な背中に【火弾】を叩き込んでいた。トレントが悲痛な叫びをあげる。

植物タイプの弱点と言えば火属性だよな。うん、アルバートは大丈夫そうだ。

ふー、冷静に。冷静に。

僕は深呼吸すると【闇の矢】という魔力を固めて飛ばすだけの、基本の魔法攻撃をトレントに向かって放った。

僕の少し前に立つファルクも同様に【光の矢】と呼ばれる、似たような魔法をトレントに向かって撃っていた。

僕と違うのはファルクは一気に十本ずつ展開して撃っているってところ。くそぉ、魔力大富豪め。

暫くそのまま攻撃を続けていると、トレントが一瞬動きを止める。そして、ぶるぶると身体を震わせて自らの葉っぱを地面に落とす。

落ちた葉っぱは、瞬きの間に人間の子供くらいの大きさまで成長し、ミニチュア版トレントが大量に生まれた。

『オールド・トレント』の何が厄介なのか。

その答えがこれだ。

オールド・トレントは一定以上のダメージを与えると、自分の分身を大量に召喚する。

大抵の挑戦者はトレント本体の相手をしながら、ちょっかいをかけてくるちびトレントの相手もしなくてはならない為苦戦する。

ちびトレントを全て倒してから集中して本体を叩こうと考える者も多いだろうが、ちびトレントは無限に召喚されるし、本体の攻撃もばんばん飛んでくる為にその作戦も厳しい。

パーティで分担するにしてもちびトレントの数が多過ぎて、結局はリソースを削られて敗退する事になる。うん、割とクソゲーだね。

でもある程度の技量があり、トレントとちびトレントの特性を知っていれば、こいつは決して攻略不可能な敵ではない。

「アルバート！　回避優先で！」

僕はちびトレントとトレント本体に集中攻撃されているアルバートに声をかける。

アルバートは重そうな大剣でちびトレントの集団を薙《な》ぎ払《はら》うと、左手を挙げて応えてくれた。

「じゃあファルク、よろしくな」

「うん。絶対に撃ち漏らさないから安心して」

随分とのんびりとした返事である。

しかし、こちらに向かってきていた大量のちびトレントは、ファルクが虚空で剣を一回転させる事で現れた大きな風の渦により遥《はる》か上空へと巻き上げられ、地面に叩き付けられて全て塵《ちり》となった。

大技の【大旋風】をこんな風にサラッと使うの本当に凄《すご》いよなぁ。

改めて我が幼馴染《おさななじみ》の才能と積まれた研鑽《けんさん》に脱帽してしまう。

魔法というのはその種類によって、最低このくらいの魔力を注げば発動するというラインがある。

その魔力を込める量（魔力を練ると表現する人もいるけど）は任意で変える事が出来る。

例えば昔、僕が【灯火】で魔獣を追い払った時なんかは、馬鹿みたいに魔力を込めたおかげで、一般的に使われる【灯火】とは比べ物にならないくらいの光量が発生した。

さっきからファルクが撃ちまくっている【大旋風】は最低魔力消費量が高い魔法で、更にファルクは魔力の上乗せもしているので範囲も威力も桁外《けたはず》れな事になっている。

魔力大富豪だから出来る贅沢《ぜいたく》な魔法の使い方だ。

だけどいくら富豪でも普通だったらこんな戦い方はしない。

最小限の魔力で確実に敵を仕留めていくのが、スマートな魔法使いの戦い方だ。

だが、今回僕がファルクにお願いした役割では、この湯水のように魔力を使うやり方が正しい。

僕はアルバートの方をちらりと見た。

最早アルバートの近くにちびトレントはおらず、本体と一対一でやり合う事が出来ている。

召喚される全てのちびトレントは僕とファルクの方へと近付いてきては、ファルクの魔法の餌食になっている。

――ちびトレントは魔力を感知してそちらに向かう習性がある。

これを知っているのと知らないのでは、対トレント戦での難易度が大きく変わる。

だから、僕はファルクには派手な魔法を使ってちびトレントを引き付けてもらい、アルバートには魔力を一切使わずに剣技だけで本体と戦ってもらう事にした。

魔力大富豪のファルクと、並外れた身体能力と優れた技量を持つアルバートの二人がいるからこそ出来る作戦だ。

しかし、いくら優れた技量だからと言って剣技だけで本体を倒すのは厳しい。

このままではジリ貧。そこで僕の出番である。

何にもしてないように見えたかもしれないが、実はある魔法にずーっと魔力を込め続けていたのだ。

途中、腰につけた魔力ポーションの瓶を二本飲むくらいには全力で。

「う、ぷ……よし、行きます!!」

僕は二人に聞こえるように大きな声で宣言する。

魔力ポーションを一気に飲んだせいで少し気分が悪いが、お陰で魔力は充分込められた。

「と、まれっ!!」

叫びながら魔力をたっぷりと上乗せした【暗い牢獄《ろうごく》】を展開する。

すると、トレント本体が立つ地面に真っ黒な沼が出現し、その中から黒い手のような物体が無数に出てきてトレントの身体《からだ》に絡みついた。

トレントは身体を捩《ね》じって抵抗するが、動けないでいる。

こうなればもう殆《ほとん》ど無力化したも同然で、出来るのは精々頭の葉っぱを飛ばしたり、近付いてきた相手に噛《か》み付いたりするくらいだ。

やった、成功だ……!

【暗い牢獄】は敵をその場に拘束する闇魔法だ。

魔力を込めている間、拘束している間どちらも術者は動く事が出来ず、攻撃する事も出来ないので完全に味方頼りのサポート技。

リスクの高い魔法なので、安全な所で使う事が推奨されている。戦場で安全な場所っていうのも中々難しいのでは？　と思うけど。

オールド・トレントくらいの大物を拘束するとなると、必要な魔力量も込めるのにかかる時間も桁《けた》違《ちが》いだった。当然リスクも跳ね上がるけど、ファルクが守っててくれているのなら大丈夫だ、と安心してチャージが出来た。

さっきの話じゃないけど僕にとって、ファルクの傍《そば》は戦場で唯一安全だと思える場所だから。

トレント本体が拘束されたり無力化されると、本体は力を自身に集中させる為に召喚されたちびトレント達を一気に消す。

——ここが最大のチャンス。

「さぁ、ファルク。行け！　総攻撃だ！」

ファルクは僕を見て頷《うなず》くと、素早くトレント本体に向かって駆け出した。

アルバートは既にトレントの弱点属性である火の魔法を剣の攻撃に絡めながら、猛攻に転じている。

僕はここから動けないし、攻撃に参加する事も出来ないので、後は二人がトレントをボコボコにするのを見守ろう。

……こんな事考えてる状況じゃないと思うんだけど。でも……。

推し二人の共闘、めちゃくちゃカッコいいな!!

僕の背丈くらいある大剣を軽々と振り回して荒々しく戦うアルバートも、華麗にロングソードを操りながら光魔法を放つ、正に勇者様って呼びたくなるようなファルクも、どっちもカッコいい。

もちろん【暗い牢獄】への集中を疎《おろそ》かにする事はないけれど、思わず見惚《みと》れてしまうのは仕方ないと思う。

殆ど一方的な蹂躙《じゅうりん》が続き、そろそろ倒せそうかなと思った時。

決して僕を狙った訳ではないトレントの遠距離葉っぱ攻撃が、運悪く僕の方へと飛んできた。

あー、まずいな。でも今動けないしな。

まぁこれ一発当たったところで死にはしないし、我慢するか。

僕は目を閉じてこれから訪れるであろう痛みに備える。

遠くで「レイル!!」と叫ぶファルクの声が聞こえたかと思うと、身体が宙に浮く感覚がして僕は目を開いた。

目の前には額に玉のような汗を浮かべて、険しい表情をしたファルクがいた。

「あれ、なんで」

僕はいつの間にかファルクに横抱きにされていた。

つい直前まで僕とファルクの距離は少なく見積もっても百メートルもあったのに、どうやって。

僕は混乱しながらも、ファルクの肩越しに一人で戦っているだろうアルバートを探した。

アルバートは炎を纏《まと》った大剣を剣舞のように雄々しくも華麗に振るい、トレントの身体を燃やし、切り裂いていた。

拘束は解けてしまっていたが、元々虫の息だったトレントはなす術《すべ》なく塵となった。

その動きを見て、僕はピンと来た。

あれはダンジョンデートでしか見られないアルバートの特殊必殺技だ。

という事は……。

「ファルク今『疾風《はやて》の翼、閃光《ひかり》の如《ごと》く舞い、今、時空《とき》の狭間《はざま》すら超えてみせる……!』使った!?」

「……うん？」

ファルクは困惑したような表情を浮かべて首を傾《かし》げた。


「レイル、最後の葉の攻撃は大丈夫だったか？」

戦いを終えたアルバートが、背中の鞘《さや》に剣を戻しながら近付いてきた。

「うん、ファルクが助けに来てくれたから」

そのファルクはというと、地面に膝《ひざ》をついて肩で息をし、額からひっきりなしに流れ落ちる汗がぽたぽたと地面を濡《ぬ》らしていた。

僕はファルクの正面で屈《かが》むと、汗で額に張り付いてしまったファルクの前髪を指で後ろに流し、ハンカチで汗を拭《ぬぐ》ってあげた。

いつもスマートで涼しい顔をしているファルクの珍しい姿に、何故《なぜ》だか少しドキドキしてしまう。

「助けてくれてありがとう、ファルク」

手を握ってそう伝えると、ファルクは僕を見て小さく頷き、微笑《ほほえ》んでくれた。

『疾風《はやて》の翼、閃光《ひかり》の如く舞い、今、時空《とき》の狭間すら超えてみせる……！』はファルクの好感度が中くらいあると使ってくれるようになる必殺技で、本来は目にも止まらぬようなスピードで複数の敵を一瞬で切り裂く技だ。

今回は僕を助ける為に移動手段として使ってくれたようだ。

ちなみにこのクソ長いのは技名じゃなくて、必殺技を撃つ時に前口上として言っていた台詞《せりふ》だ。技名が特になかったので、プレイヤーは皆前口上で技を判別していた。

百メートル近くを一瞬で移動してきたのだから、身体に掛かる負担はそりゃあ大きいだろう。普通の人間に出来るような動きじゃない。

こんなに疲労した姿を見ると、僕が葉っぱ一枚当たってちょっと怪我《けが》する方が余程よかったんじゃないかと思ってしまう。

しかし、それを言ったところで絶対に同意は得られないし、むしろ怒らせてしまうだけなのは明白なので、口にはしないけど。

アルバートから受け取った水を飲んで、ファルクはようやく少し落ち着いたようだった。

「はぁ、情けないな。これくらいでへばるなんて」

「そんな事ない……！　ファルクは凄いよ。『疾風《はやて》の翼、閃光《ひかり》の如く舞い、今、時空《とき》の狭間すら超えてみせる……！』でこんな長距離を一瞬で移動して見せるなんて信じられないよ！」

僕はファルクの両手を握り、この胸に湧き上がる感動を熱く伝えた。

絶対に情けなくなんかない、ファルクは正しく天才だ……！

「うん？　……うん。レイルがさっきから言ってるそれは、一体何なんだろうね。うん……。でもそれ言う時、目がキラキラしてて可愛いから、まぁなんでもいいか……」

ファルクは困ったように眉尻《まゆじり》を下げて笑うと、僕の肩口に頭を乗せて目を瞑《つぶ》ってしまった。やっぱりお疲れみたいだ。

うーん……反応的に前口上は言わないのかな。あの前口上は己の内から湧き上がってくる魂の台詞とかではないようだ。

それにしても……。

「倒せたね！　オールド・トレント」

僕はアルバートに視線を向ける。

「あぁ、レイルの策のお陰だ。まさか、本当にここまで上手《うま》く嵌《は》まるとは思わなかった」

「習性を知っていただけで、策って程のものじゃないよ。ファルクの魔力と、アルバートの剣技があってこそ」

「君の拘束魔法もだ。……誰が欠けても成立しなかった。ありがとう。この結果は停滞していた騎士団にとっても大きな希望になる」

アルバートは一歩下がると、僕の前で騎士の礼をした。

「う、うん……。どういたしまして」

僕はなんだか照れ臭くなってしまって、頬を掻《か》きながら小さな声で返事をした。

「そ、そんな事よりさ、トレントにトドメを刺したあの『業火を纏《まと》いし我が剣は闇を払い、眼前の敵を討ち滅ぼさん！』凄いカッコよかったよ！　思わず見惚れちゃったもん」

「ご、ごうか……？」

僕の肩口に頭を乗せて目を閉じていたファルクの身体が大きく震え出す。何故か笑っているらしい。

僕は宥《なだ》めるようにファルクの背中をぽんぽんと叩《たた》いた。

困惑したようなアルバートの表情を見るに、アルバートも前口上はないようだ。残念。

流石《さすが》に皆疲れていたので今日のダンジョン探索はここで切り上げる事にした。

ちなみにオールド・トレントからのドロップ品はトレントの種だ。これを植えたらトレントが生まれてくるんだろうか。試す勇気はないが。

セーラの武器にもファルクの武器にも使わない素材なので、カイル先輩にあげよう。何かに使ってくれるだろう。

……寮の庭にトレントが育ち始めない事を祈る。

騎士団の基地に戻るアルバートとダンジョン前で別れて、ファルクと二人で寮に戻った。

頑張ったご褒美として、今日はどうしてもカイル先輩の入浴剤を入れたお風呂《ふろ》に入りたいなぁと思った僕は、薬湯での治療の為と理由をつけて外泊許可をゲットした。

僕らのパーティが五十階層をクリアした事はもう広まっているらしく、許可を取りに行った時に管理人さんに「おめでとう」と声を掛けられた。伝達速度凄《すご》い。

バスタブに溜めたお湯に新たな改良型試作品の入浴剤を入れる。まずは匂いのチェック。

うんうん、ミント系の清涼感あるいい香り！　厩舎《きゅうしゃ》の臭いはしない。大丈夫。

今日は流石に一番風呂をお疲れのファルクに譲る事にした。ファルクも本当に疲れているのか、特に抵抗する事なくバスルームへと消えていった。

一人になった部屋の中。僕は食堂で貰《もら》ってきたサンドイッチを食べながら、今日の検証結果について考える事にした。

隼《はやぶさ》寮に戻ったらノートに記入しておこう。
・主人公が不在でも特殊必殺技は出る。
・三人パーティでも特殊必殺技は出る。

これはかなりの朗報だ。

特殊必殺技を使いたいが為に、ダンジョンボスを倒す時わざわざ二人パーティで行く必要がないんだから、セーラの負担がグッと減る。

前口上がないのは残念だが、ゲームよりも条件がかなり緩和されている。

好感度についてはよく分からないけど、ファルクのあの消耗っぷりを見るに、必殺技は自身にも相応のリスクがあるから、好感度が高い相手の為じゃないと選択肢に入らない、とかなのかな。

うーん、分からない。ゲームみたいに色々可視化出来たらいいのに。

僕がうんうん考えていると、ファルクがバスタオルで髪を拭《ふ》きながらバスルームから出てきた。ある程度タオルドライしたら風魔法で一気に乾かすんだよな。いいなぁ、風適性。

「おかえり。サンドイッチあるから食べててね」

「うん、ありがとう。この入浴剤凄いね、かなり楽になったよ」

「ふふん、日々改良を続けてますから！　じゃあ、僕も入ってくるね」

のんびりお風呂を堪能して、例のパジャマに着替えて部屋に戻ると、室内はやけに静かだった。

音を立てないようにそろそろと移動すると、ベッドで静かに寝息を立てるファルクがいた。

め、珍しい……!!

基本的に本当に完璧《かんぺき》な男なので、ファルクが僕より先に寝落ちするなんて事はまずないのだ。

僕は貴重な体験に胸を高鳴らせながら、慎重にベッドの空いたスペースに身体《からだ》を潜り込ませた。

無事、ファルクを起こす事なく布団に潜り込めた僕は、改めて普段より少し幼く見える端整な寝顔を見つめた。

僕を助ける為に無理して、こんなに疲れてるんだよな。

ゲーム内では十メートルくらいの距離を細かく区切って移動していたから、百メートル近くの距離を一気に移動するのは本当に無茶だったんじゃないだろうか。

たかが葉っぱ一枚に断られる傷くらい、ファルクならすぐに治せるのに。

「ほんと、過保護だな……」

――僕は、月の光を受けて白く輝くファルクの頰にそっと唇を落とした。

…………。

た、たまには僕からしたっていいだろ……。お礼、そう、お礼だし。

自分で自分にした言い訳にダメージを受けて、僕は布団に突っ伏した。

お礼ってなんだよ！　キッッショ!!

どこぞの美女からなら分かるけど、僕からほっぺにちゅーなんて貰ってもなんのご褒美にもならないだろ!!　バカ!!　バカレイル!!

隣に寝てる人がいるから控えめに悶《もだ》えているが、自室だったら間違いなくゴロゴロ転がってベッドから落ちているだろう。

僕は見ている人なんて誰もいないと知りつつも、真っ赤な顔を隠す為に頭まで布団の中に潜り、固く目を瞑った。

◇◆◇

「あぁーっ!!　レイル、ダメ！　それは口に入れちゃダメ!!」

夫のディルの書斎のデスクの上で、照明用の魔石を口に含んでご満悦そうな我が子を発見して、私は慌ててその口に手を突っ込んで魔石を吐き出させた。

身長の倍はあるデスクの上にどうやってよじ登ったの!?

「いい？　レイル。これは食べちゃダメ。分かった？」

私は魔石を見せながら、ゆっくりとした口調で言い聞かせるように「ダメ」と繰り返した。

レイルは大きな目をぱちぱちとさせると、やがて叱られている事に気付いたのか、大粒の涙をぼろぼろと溢《こぼ》して泣き出してしまった。

レイルはいつも泣く時、大声を出したりはせず、しゃくり上げるように咽《むせ》び泣《な》くので、なんだか可《か》哀相《わいそう》になってしまって強く叱れないのが悩みの種だ。

私はとりあえずデスクの上からレイルを降ろし、気付かれないように小さく溜め息をつきながら丸い頭を撫《な》でた。

「レイルまた泣いてるの？　今度は何？」

長女のミラが騒ぎを聞きつけてやってきた。

「魔石を口の中に入れてたの」

「あーまたかぁ。レイルは気に入ったもの、なんでも口に入れちゃうからなぁ」

ミラは泣きじゃくるレイルを抱っこすると「レイル、お姉ちゃんと一緒に絵本読もー！」と慣れた様子でレイルをあやし始めた。

まだ七歳だと言うのに我が娘ながらしっかりした子だと思う。

レイルはまだぐずぐず言っていたけど、「よむ」と頷《うなず》いていた。

レイルはお姉ちゃんっ子だから、ミラがあやすとすぐに泣《な》き止《や》むのよね。

とりあえずぐしゃぐしゃの顔をどうにかさせないと思い、濡らしたタオルでミラに抱っこされたレイルの顔を拭う。

への字口の膨れっ面で顔も目も真っ赤にしているレイルを見て、私は苦笑してしまう。

――明日、本当に大丈夫かしら。

アリス・サンブール。旧姓はアリス・シルヴァレンス。

我が国シルヴァレンス王国の王女殿下であり、今はサンブール侯爵夫人で、私の学生時代のお姉様。

明日、そんなアリスお姉様のお家《うち》、サンブール侯爵邸にレイルを連れてお邪魔しに行く事が決まっている。

それが、ここ最近の私の悩みの種だ。

ミラ達が一階に降りた後、レイルが涎《よだれ》でべとべとにした魔石を拭きながら私が溜め息をついていると、いつの間にか傍《そば》に来ていた夫のディルに肩を叩かれた。

「まだ悩んでるのかい？」

「……だって、侯爵家でレイルがお行儀よくだなんて出来る訳ないもの！　まだ……せめて後一年、いや二年は欲しいわ」

指を数えて目算するとディルが呆《あき》れたように肩をすくめる。

「そう言ってレイルももう四歳じゃないか。何度も紹介して欲しいって言われているのに、これ以上断る方が失礼になるんじゃないか？」

「それはそうだけど……。アリスお姉様ったら折角同じ歳《とし》の子なんだからって、ご子息のファルク様とレイルをお友達にさせましょう、なんて言うのよ？」

「いいじゃないか。レイルは友達を作るのが苦手みたいだし」

「あのねぇ、アリスお姉様のご子息って事はシルヴァレンスの王子様で、未来のサンブール侯爵よ。そんな子に失礼を働いちゃったらレイルの将来はどうなるのよ」

「子供同士でそんな大袈裟《おおげさ》な。それに君はアリス様に気に入られているし、多少の失礼は許して下さるよ」

甘い。甘すぎる。十六歳でど田舎《いなか》から都会のお嬢様学校に入った時、私は嫌って程に貴族社会の洗礼を受けた。貴族というものは子供だろうと大人だろうと容赦ないのだ。

お姉様は確かに私には優しいけど、王侯貴族らしい冷酷なところがあるのも見てきたから知っている。レイルにも私に対する優しさが適用されるかどうかは分からない

――はぁ、憂鬱《ゆううつ》。

書斎にしっかり鍵《かぎ》をかけて一階の居間に行くと、ソファの上で双子のミラとケールがレイルを挟んで絵本を読み聞かせていた。

「レイルは明日本物の王子様と会うんでしょ？」

「おうじさま？」

レイルは絵本の中の王子様を指さして、首を傾《かし》げた。

「そう、王子様！　王子様とケッコンしたらお姫様になれるんだよ。レイルはかわいいから王子様にキュウコンされてお姫様になれるかもね」

「王子様って言っても四歳だろ？　ガキじゃん」

「ケール、言葉遣い」

「ごめんなさーい」

七歳の子が四歳の子を子供扱いしてるのには少し笑ってしまいそうだったが、注意する。

ミラとケールは少しマセたところがあるのよね。

そんな上の子二人と比べると、どうしてもレイルは身体と精神の発育が遅くて、こういうのには個人差があると分かっていても少し心配になる。

「俺はキュウコンより、レイルがその王子様を怒らせるんじゃないかって心配なんだけど」

ケールの言葉に思わず深く頷いてしまう。そう、そうなのよ。

「えーっ、大丈夫よ。だってこんなにかわいい子に怒る人なんていないでしょ」

ねーっとミラがレイルの頭を撫でる。些《いささ》か激しいその動きに、レイルの頭はぐわんぐわんと揺れていたが、レイルは未《いま》だ絵本に夢中のようで、されるがままだった。

「キュウコンっておはなの？　レイルおはなよりイモムシになりたい」

レイルが絵本の中のイモムシを指さしてにこっと笑う。

「……かわいいけど、バカじゃん」

ケールはそんなレイルを見て呆れたように笑うと、ミラと同じようにわしわしとレイルの丸い頭を撫でた。

「言葉遣い」

「はぁい、ごめんなさい」

「レイル、キュウコンっていうのはお花の球根じゃなくてケッコンしようって事なの。お姫様になるんだよ」

「イモムシがいい！」

「ちがうのー！」

仲のいい子供達の微笑《ほほえ》ましいやり取りに、私はしばしの間悩みを忘れて癒やしのひと時を過ごした。

そして次の日、わざわざ家まで迎えに来たサンブール家の馬車に、逃げ場のなさを感じつつ乗り込んで、レイルと二人緊張しながら屋敷へと向かう。

おトイレも済ませたし、朝は好物のチーズ入りオムレツを食べてご機嫌だし、お気に入りの魚のぬいぐるみも持ってる。

うん、準備は万全。どんと来いだわ、侯爵家！

馬車がサンブール侯爵邸の敷地に着くと、迎えに来た執事の方に案内されて屋敷の中へと連れていかれる。玄関ホールでは笑顔のアリスお姉様が待ち構えていた。

「リン！　いらっしゃい。もうっ、あなたったら本当に付き合いが悪いんだから」

「ご、ごめんなさい。アリスお姉様。色々と立て込んでて……」

相変わらずの美貌《びぼう》のお姉様にハグされて、私は同性ながらどぎまぎしてしまう。

お姉様って歳を取らないのかしら。

「まぁいいわ。その子がレイルくんね？　本当にリンにそっくりね！　はぁ、かわいいわぁ」

お姉様は屈《かが》んで私の足の後ろに隠れていたレイルと視線を合わせると「こんにちは、レイルくん」

とにっこり笑った。

「レイル、ご挨拶《あいさつ》は？　こんにちはって」

「……」

レイルは無言でお姉様の顔を凝視していた。

これは、多分アリスお姉様の人間離れした美しさに驚いて固まっているのね。

挨拶なんてハナから出来ると思ってないから、泣き出さないだけよかったわ。

「ごめんなさい、お姉様。この子人見知りで……あと少し発育が遅いの。失礼な事をしてしまったらごめんなさい」

「あら、いいのよ。うふふ、本当に可愛いわねぇ。そのお魚のぬいぐるみがお気に入りなの？」

「……」

レイルがこくりと頷くと、お姉様は「きゃあ」と声をあげて、写真に撮って売ったら一財産を築けそうなくらいの眩《まばゆ》い笑顔を浮かべた。

ひとまずはお姉様に気に入られたみたいで私はホッとした。レイルは何もしてない、というか一言も発していないけれど。

まぁ、あんまり気に入られ過ぎると、それはそれで大変な事になるのだけれども……。

次に案内された部屋の中は、絵本やおもちゃ、ぬいぐるみなど子供が喜びそうなもので埋め尽くされていて、私は違うだろうなと思いつつも「ここは子供部屋なの？」とお姉様に聞いた。

するとお姉様は「リンとレイルくんが遊びに来ると思ったから……」と照れ臭そうに笑った。

わざわざ用意したのねお姉様……。アリスお姉様はたまにこういう、いかにも世間ズレした王族っぽい事をなさる。

その度に、田舎の貧乏な一代貴族家の生まれの私は恐縮してしまって、いたたまれない気持ちになるのだ。

そんな母の気持ちなんて露知らず、まんまとお部屋の中のあれこれに興味を惹《ひ》かれたレイルは、たたたっと走り出して一人物色を始めてしまった。

「あぁ、ごめんなさい。レイル、まずは遊んでもいいですかって聞いてからでしょ」

ダメだ。完全に目がキラキラモードになってしまった。こうなってしまったレイルの耳に言葉は届かない。

「そんなにかしこまらなくていいのよ。遊んでもらう為に用意したんだから。さ、そろそろうちの子もご挨拶させるわね」

——き、来てしまったわ!!　この時が！

私は緊張で身体《からだ》を強張《こわば》らせた。

お姉様がメイドに指示してから数分もしないうちに、従者を伴って小さな王子様がキッズルームと化した応接室にいらっしゃった。きっと待機していらっしゃったのね。

輝くような銀髪。黄金のような瞳《ひとみ》。歳の割に大きめな体軀《たいく》に合わせて丁寧に仕立てられたであろう黒のストライプ柄のスーツがよく似合っている。

王子様はとても我が息子《むすこ》と同じ四歳とは思えない、既に少年と呼ばれそうな大人びた男の子だった。アリスお姉様そっくりの美しい容姿を持つその小さな王子様は、私の前に立つと完璧《かんぺき》な貴族のお辞儀を見せて下さった。

「初めまして、こんにちは。僕はファルクと言います。リン様のことは、母からよくお話を聞いていています。この度はお会いできてとても嬉《うれ》しいです。どうぞよろしくお願いいたします」

私は戦慄《せんりつ》した。

丁寧でありながらもしっかり子供らしさも残す嫌みにならない完璧な挨拶……！

この品のいい貴公子がレイルと同じ四歳なの⁉　本当に⁉

私は思わず自分の息子と目の前の貴公子を見比べてしまう。

お気に召したのかワニのぬいぐるみを部屋の隅でがじがじとかじっている息子。

あぁ、侯爵家のぬいぐるみを涎まみれに……。かたや薔薇《ばら》に囲まれたテラスで紅茶でも飲んでいそうな少年。

これが……上級貴族。これが王族……！

私は久しぶりに貴族社会の恐ろしさを目の当たりにしながら、目の前の王子様に、これまた久しぶりの貴族流の挨拶を返した。

王子様の母であるお姉様は、相変わらずワニのぬいぐるみをがじがじしているレイルに「そのワニさんが気に入ったの？」と猫撫《ねこな》で声《ごえ》で話しかけていた。レイルはこくこくと頷いていた。

極度の人見知りのレイルにしては珍しく、アリスお姉様には懐いている気がする。

まだ一言も言葉を発してないけど、逃げてないし、泣いてないし、反応してる。

……動物に対する判定なのよ、それは。

「ファルク、この子がレイルくん。仲良くするのよ」

「はい、お母様」

お姉様の言葉に頷《うなず》いたファルク様は、私の方を見て「声をかけてもいいですか？」と聞いてきた。

物凄《ものすご》くしっかりしてる……。

「え、ええ、もちろん。でも初めての人が苦手な子だから、もしかしたら無視されちゃうかもしれないけど、気にしないでね」

「はい、大丈夫です」

アリスお姉様は「リンは心配性ねぇ」と笑うと、椅子に座って優雅に紅茶を飲みはじめたが、私はそれどころじゃない。ハラハラドキドキしながら子供二人の動向を見守る。

「初めましてこんにちは。レイルくん、僕はファルク。よかったら一緒に遊んで欲しいな」

「……！」

話しかけられた事で、初めて目の前の男の子の存在に気付いたのであろうレイルは、目をぱちぱちと瞬かせると、突如明後日《あさって》の方向に走り出した。

逃げた!!　と思ったらすぐに絵本を両手で抱えて元の場所に戻ってきた。

「おうじさま!?」

キョトンとするファルク様に絵本を開いて見せつけるレイル。

覗《のぞ》き込《こ》んでみれば、それは昨日ミラがレイルに読み聞かせていた本で、そこに描かれた王子様の姿は……。確かにどことなくファルク様に似ていた。

「うん、一応王子様だよ。この本に描かれてる王子様とは別の王子様だけどね」

ファルク様が優しく笑うとレイルの瞳がキラキラと輝き出す。

……キラキラモードに入ってしまった。

でも、レイルにしてはちゃんとお話し出来てるし、何よりファルク様が優しく利発そうなので大きな問題は起きなさそう……と私が油断した時。事件は起こった。

レイルが突然ファルク様の頬を両手で挟むと、唇にちゅ〜っと音が出そうなくらい吸い付いたのだ。

「えっええええ!! れ、レイル!? な、何やってるの!?」

私は慌ててレイルを引《ひ》き剝《は》がした。

気になった物はなんでも口に入れちゃう子だけど、流石《さすが》に人はダメでしょおお!?

大人びたファルク様でも流石にレイルのこの行動には驚いたのか、手で唇を押さえながら言葉を失っていた。

王族で侯爵家の嫡男の(おそらく)ファーストキスを息子が奪ってしまった……!!

未婚の貴族の貞操観念はとても高いと、学生時代に学んだ。

私は青褪《あおざ》めながら膝《ひざ》をつくと頭を下げた。

「ご、ごめんなさい。本当に申し訳ございません。この子に悪気はなかったんです、罰するのならどうか私だけにして下さい……!! ほら、レイルもちゃんとごめんなさいして」

ぽかんとしているレイルの背を叩《たた》いて促す。

「ちょ、ちょっとリン! 何やってるのよ、そんな謝らないで。ちょっとした事故じゃない。ねぇ、ファルク」

「う、うん。あ、いや、……凄く情熱的なキスで、驚いてしまいましたけど、僕は大丈夫です」

爽《さわ》やかに笑ってウインクをするファルク様。

こちらに気を遣わせない為のさり気ないジョークを使いこなす四歳……!?

こわい……貴族ってみんなこうなの⁉

また改めて王侯貴族の恐ろしさを実感していると、隣からひっくひっくと泣く声が聞こえてきた。

まぁ……そうよね。そうなるわよね。

レイルは大きな瞳から大粒の涙をぼろぼろと流していた。どうしましょう……。

――そんなめちゃくちゃな状況の中で一番に動いたのは、意外にもファルク様だった。

ファルク様はレイルの前に座ると、胸ポケットから取り出したハンカチを使い、レイルの涙を優しい手つきで拭《ぬぐ》った。

「レイルくん、僕怒ってないよ。でもどうしてキスしてくれたのかは知りたいな」

ファルク様の優しい言葉にレイルが反応する。それは本当に珍しい事で私は目を見張った。

大泣きモードに入ったレイルをあやすのは、お爺《じい》ちゃんお婆《ばあ》ちゃんですら至難の業なのに。

よっぽどファルク様の事が気に入ったのかしら……。

私とアリスお姉様は目と目を合わせると頷き合って、成り行きを見守る事にした。

「ひっく、ひぅ、ねえさまが、きゅ、こん、おうじさまに、おひめさまになりたいっていってでだがらぁ」

「きゅ、こん……？　あっ求婚か。レイルくんはお姫様になりたいの？」

あの状態のレイルの言葉を聞き取って、且つ言いたい事を理解しているファルク様に感心してしまう。同じ歳《とし》……というかなんならレイルの方が生まれたのは先なのに、お兄ちゃんのようだ。

「なりだくないぃぃ」

「そ、そっか……」

ファルク様は困ったように笑うと、近くに転がっていたワニのぬいぐるみをレイルの胸に抱かせてあげていた。

「……レイル、イモムシになりだい」

ようやく涙の収まってきたレイルが、すんすんと鼻をすすりながら絵本のイモムシを指さす。

話が飛んだわね。昨日から言ってるけど、よっぽどイモムシになりたいのかしら……。

「い、イモムシ？　……イモムシかぁ……どうしてイモムシになりたいの？」

レイルは恥ずかしそうにもじもじとして、答えるのを躊躇《ためら》っていたけど、意を決したのかファルク様の耳に顔を近付けると内緒話をするように喋《しゃべ》り始めた。

上手《うま》く声量の調整が出来てなくて丸聞こえだったけれど。

「……おうじさまのおともだちだから」

私はその言葉を聞いて、衝撃を受けた。

——上手く仲良くなれないだけで、本当はずっとお友達が欲しかったの？

たまに同年代の子達が集まるような場で遊びに誘われても、すぐに私の後ろに隠れてしまって、一人でお絵描きをし始めるような子だったから、勘違いをしていた。

私はもっとレイルの気持ちを汲《く》んであげればよかったと自省した。

「……そっか。イモムシになるのはちょっと難しいかもしれないけど、友達にはなれるよ」

「……ほんと？　レイル、おうじさまとおともだちになれる？」

「うん。僕と友達になろう」

ファルク様がレイルの手を握ると、レイルは眠たげな目をぱっと開いて「おうじさま！」と明るく子供らしい声を出した。

「友達なんだし、ファルクって呼んで欲しいな」

「あるく？」

「ふぁ、る、く」

「ふぁるく……ファルク？」

「うん。レイル」

レイルは嬉しそうに笑うと、ファルク様の名前を連呼しながらファルク様の背中に抱きつき、顔を擦り寄せた。

うっ……オーダーメイドであろうスーツに、レイルの涙と鼻水まみれの顔が……。

浄化の魔法じゃ……ダメよね。弁償するのにいくらかかるのかしら、と頭が痛くなりつつも、はしゃぐ我が子を見ていると頭痛も吹っ飛ぶような気がした。

帰ったら皆に報告しないと。レイルに初めてのお友達が出来たって！

ある日、貧しくも心優しい少女が道端で弱っているイモムシを見つけ、助けてあげました。

実はイモムシはこの国の王子様の一番の友達で、王子様と結婚してくれる素敵なお姫様を探して旅をしている最中だといいます。

早く素敵なお姫様を見つけないと、王子様は親に決められた意地悪な婚約者と結婚しなくてはならなくなるので、イモムシは弱った身体ですぐに旅を続けようとします。

イモムシが心配だった少女は、私も一緒に探してあげると言い、二人は理想のお姫様探しに様々な所へ行きます。

ですが、結局理想のお姫様は見つかりません。イモムシが諦《あきら》めかけると少女は優しく励ましてくれました。

その時、イモムシは気付いたのです。少女こそが王子様のお姫様に相応《ふさわ》しいと。

イモムシは少女を王子様に紹介し、二人はすぐに仲良くなりました。

そしてとうとう二人の結婚の日、イモムシは綺麗《きれい》な蝶《ちよう》となって空から二人の結婚式を見守りました。


おしまい。

◇◆◇

ダンジョンの五十階層突破という記録は、僕が思っていたよりも大きなニュースとなって学園内に広まった。

その結果ファルク、アルバートと並んで僕の学園内での名声も上がる。

そうなると、今まで話した事のないような人に話しかけられる機会が増えた。その相手は僕にとっていい人な場合もよくない人の場合もある。

——今回は、あんまりよくない人だったようだ。

授業と授業の間の休み時間、僕は三人組の女生徒に呼び出されて、中庭の隅の木の下に連れてこられていた。

目の前に立つ三人組の女生徒のうち、左右の女生徒は上級生だと思うが、誰だか分からない。でも多分……というか、ほぼ確実に貴族。

しかし、彼女らの視線に僕に対しての悪意などは感じず、むしろ困惑しているようだ。

ここまで来る途中にもこそこそと「やめましょうよ」とか「考え直して」とか言っているのが聞こえてきた。

おそらく真ん中の彼女に着いてきただけなのだろう。

僕に用があるのは、真ん中で不貞腐《ふてくさ》れたような、泣き出す前のようなそんな顔をした少女。

社交界に疎い僕でも、名前と顔は知っている。

アメリア・ドラヴァレット。泣く子も黙る公爵令嬢だ。

密度高く長い睫毛《まつげ》に縁取られた、猫の目のような印象を与える跳ね上がった目尻《めじり》と、ツンとした小さな鼻先。瞳《ひとみ》の色は赤だけど、僕の赤とは違って深く濃いガーネットのような色。

パーツだけ見ると美しくもキツく見えそうな顔立ちだが、ゆるく巻かれたライラック色の髪がその印象を緩和して彼女を魅力的に見せていた。

こんな状況じゃなければ、思わず見惚《みと》れてしまうような美しいご令嬢なんだけど、これから話される内容が絶対いいものじゃないと予想出来るだけに、僕の表情はどうしても強張《こわば》ってしまう。

「レイル・ヴァンスタインさん。貴方《あなた》、ダンジョンの五十階層を踏破したんですってね。おめでとう。二十年ぶりの快挙だそうよ。それで、一緒にいたのはファルク様とアルバート様、そうよね？」

「……はい、そうです」

「ファルク様は全てにおいて傑出したお方、アルバート様は近衛騎士の家系で既に騎士団にも所属してらっしゃる実力者ですわ。その二人と一緒だったんだなんて、レイルさんってとても運がよかったみたいですわね」

「その通りだと思います」

五十階層クリアはお前の実力じゃねぇだろ、この寄生プレイヤーが!!　って事を言いたいんだろう。

まぁ、その通りなので特に反論もない。実際大半が姫プレイだったしな……。

「……ファルク様はお優しいから、貴方が幼い頃に負った怪我《けが》に今も責任を感じてらっしゃるのでしょう。ですが、もう解放してあげてもよろしいんではなくて？」

僕は驚いて目を見張った。

うぉ、そんな事まで調べているのか。流石公爵家。

というか、この感じからしてアメリア様はファルク目当てなのかな。

——ファルクが優しいのも、僕の怪我に責任を感じているのも、いつか解放してあげなきゃいけないのも、何度も何度も自分の中で繰り返し考えてきた事だから、今更他人《ひと》に言われたところで僕の心を何も動かしはしない。

「そうですね、僕もそう思います」

僕の淡々とした反応が気に障ったのか、アメリア様にキッと睨《にら》まれる。ファルクとかもそうだけど美形の怒った顔って怖いんだよな。僕は多分情けない表情をしてたと思う。

「本当にそう思っていらっしゃるの？　ファルク様が来た縁談の全てを断っているのは貴方のせいでしょう。貴方は自分に、公爵家や他国の王族との縁を結ぶ以上の価値があると思っていらっしゃるの？」

それは知らなかった。やっぱ来てたのか、縁談。

しかも公爵家や他国の王族って、最上級の相手じゃないか。

家柄も中身も見た目も完璧《かんぺき》な男なのに、全く浮いた話がないなとは思ってたけど断ってたのか……。

「……僕にそんな価値は……」

ないです、と言いかけたところで「レイル」と強めの声で名前を呼ばれて、僕はびくりと肩を跳ねさせた。

目の前のご令嬢達も同様に驚いていた。

……ファルクだ。

演習の授業中だったのだろうか、僅《わず》かに息を切らしたファルクは鎧姿《よろい》で腰には帯剣もしていた。ファルクはわざと足音を立てるように大きな音をさせながら近づいて来ると、僕を庇《かば》うようにご令嬢と僕の間に立った。

「アメリア嬢。レイルに何の用ですか?」

「ファ、ルク様……どうして」

「教えてくれた人がいたんです。私の幼馴染《おさななじみ》が公爵家のご令嬢に連れられて中庭に行ったと。私の幼馴染は貴族社会には疎いですから、アメリア嬢に何か失礼があってはいけないと思って、馳《は》せ参《さん》じました」

ファルクの皮肉めいた言葉と笑みに、ご令嬢達は皆絶望したような表情になった。

特にアメリア様は顔を真っ赤にして今にも泣きだしそうで、僕は庇われている側だというのにつられて心が傷んだ。

「……納得出来ませんでしたの。どうして突出した才も、何もない、ただの平民の男がいいのですか? ファルク様にはもっと相応しいお相手がいらっしゃる筈《はず》ですわ!」

アメリア様が声を震わせながら必死に訴える。

本当にそうだよな。本当に僕にはなーんにもない。同じ平民でも才能に溢《あふ》れたセーラとは違う。

誰がどう見たってファルクとは不釣り合いだ。

アメリア様の仰《おっしゃ》った言葉は、やっぱり僕にとってはもう何度も考えた事だったので、今更特に何を思う事もなかった。

ファルクがはぁ、と溜め息をついた。

「私は誰にも縛られません。生き方も、誰と付き合うかも、全部自分で決めます。誰であろうと私の人生に干渉する権利はありません」

『俺は誰にも縛られない。生き方も、誰と付き合うかも、全部自分で決める。誰であろうと俺の人生に干渉する権利はないよ』


感情の乗っていない、ファルクの冷たい声。

――後ろから味方に撃たれたような、そんな気分だった。

それはゲームで、ファルク・サンブールが言った台詞《せりふ》。

今の僕と同じように、絡まれていた主人公を助ける時に放たれたその言葉。

主人公と一緒に在りたいと、そう願い始めたファルクの最初の一歩。

僕に言われたような、そんな気がした。

だって、僕はファルクの人生を縛っている。あの日からずっと。

後遺症が治るかもしれないという事だって隠している。

今まで僕は、なんだかんだ言っても僕の幼馴染のこのファルクと、ゲームのファルクは別の存在のような、そんな気がしていた。

でも、今僕のファルクとゲームのファルクが一つに重なった。二人はやはり、同一の存在なのだ。

この言葉は『ファルク・サンブール』という人間の本音。

お腹《なか》の下の方がじくじくとする。すっかり血の気が引いてしまったのか、さっきまで外の気温はぽかぽかとしていたのに寒くて思わず腕を摩《さす》る。

「……レイル？」

ファルクが僕を見て焦ったような表情を浮かべる。

……そんな、酷《ひど》い顔してるのかな。

「……もう話す事は無いでしょう。彼の気分が優れないようなので、失礼させて頂きます」

ファルクの手が僕の手を摑《つか》む。

苛立《いらだ》ちを含んだようなファルクの声にアメリア様がびくりと肩を震わせた。

ファルクに手を引かれて中庭から出る途中、僕は何度も後ろを振り返った。

唇を嚙《か》みしめて涙を堪《こら》えるアメリア様の表情に心が痛む。

だって、今一番彼女と感情を共有出来るのはきっと僕だろうから。

「レイル、ごめんね。怖かったよね。もっと早く来てあげられればよかった。いや、そもそもあんな事言われないように、俺がもっと上手《うま》く立ち回っていれば……」

「ファルク、授業は」

「そんなのどうだっていい」

鷲《わし》寮のファルクの部屋に連れてこられた僕は、ベッドに座らされて、正面に立ったファルクに抱きすくめられていた。

慰めるように何度も額や頬に口付けをされて、嬉《うれ》しさと苦しさが去来する。

僕が落ち込んでいるように見えているのなら、それはお前のせいだと言うのに、と心の中で苦笑する。無駄にアメリア様を悪者にしてしまったようで申し訳ないや。

「レイル……。俺が必ず守るから」

「……大袈裟《おおげさ》だなぁ」

きらきら光る銀色の髪とぴかぴかの太陽みたいな金色の目を持ったおうじさま。

僕が泣いたり困っているといつだって、服が汚れるのだって構わずに膝《ひざ》をついて「どうしたの？」と優しく聞いてくれて、涙を拭《ぬぐ》ってくれた。

——好き。好きだよ。

僕はずっと、ずっと昔からファルクの事が好きだった。

でも、身分の差とか、同性だからとか、色んな事を理由にして気持ちに蓋《ふた》をしていた。

だって、気付いたらこの関係を終わりにしなきゃならないから。

曖昧《あいまい》なままにしておかなきゃ、傍《そば》にいられないから。

そこに恋愛感情を含んでしまうのは、僕が許せなかった。

好きだと告げれば、きっと好きだと応えてくれるだろう。

抱いてと願えば、きっと優しく抱いてくれるだろう。

それが、罪悪感につけ込んでいるようで嫌だった。

奪うばかりで、何も与えられないのが嫌だった。

主人公のように、何もない状態で選ばれたかった。

可哀相《かわいそう》な被害者のままで愛されたくなかった。

でも、可哀相な被害者じゃなかったら、きっと愛されるのを夢見る事すら出来ないような、そんな関係だった。

僕は知っている。全ての枷《かせ》を取り払って、朗らかに笑うファルクの姿を。だからこそ、もういい加減潮時だ。

だって僕はもう自分の欲に気付いてしまった。

この歪《いびつ》な関係にケリをつけなくてはいけない。

——ケリをつけるならあの場所が良いと思った。あの場所しかないと思った。


丁度、春の長期休暇が始まる。

春の長期休暇は長期休暇と言いつつ夏の休暇よりずっと短くて、寮も普通に解放されている為、帰省しない生徒も多い。でも、今回僕はファルクを帰省に誘った。

ファルクは少し驚いていたものの、了承してくれた。

馬車に揺られて故郷であるサンブールの領地へと向かう。

学園に入る時もこの道を通ったな、とそう遠くない記憶なのにやけに懐かしく感じる。

あの時も今も、隣にはファルクが座っている。だが、多分……次にこの道を通る時には一人だ。

「……ファルク、お尻《しり》痛い」

「はいはい」

ファルクの手が僕の尻を撫《な》でる。まぁ、尻と言っても座ったままなのでほとんど腰辺りだけど。

すると触れられた所からひんやりとした感覚がふわっと走り、馬車での長旅によって蓄積された尻の痛みがスゥッと引いていく。

「あー痛いの治った。ありがとう。馬車旅にはファルクが必須《ひっす》だね」

「尻係として？」

「そう」

「俺もっと色々役に立てるよ」

「そこなの？」

ファルクの不満そうな反応に僕はくすくすと笑ってしまう。

……今だけはもう少し、甘えさせてもらおう。

久しぶりに帰った自宅では家族と使用人のおばあちゃんに歓迎された。

姉様だけは昨年結婚して家を出ているため、会えないのが残念だった。

普段より豪華な夕食は、僕の好きなものがいっぱいで、弱っていた心が回復するのを感じた。

夕食を終えた後、父様と兄様の姿が見えないのでどうしたんだろうと思って探してみると、二人は倉庫で何やら言い争っていた。

「どうしたの？」

「レイル。いやな、商会の事で少しケールと意見の相違があってだな」

「絶対にポーションの仕入れ先はもうトーイ魔法薬に一本化するべきだ。ガング薬品には先がないよ。納品遅れ、欠品、質も悪いときた。長い付き合いだからって、父さんは甘過ぎるんだよ」

「お前は何事も性急過ぎる。うちの商会が長い事やってこられたのは、利益だけじゃなく、人との繋《つな》がりを大切にしてきたからだって事を忘れるな」

「一番大切にするべきはお客様だろ？　納品遅れと欠品は百歩譲って目を瞑《つぶ》ったとしても、質の低下だけは見過ごせない」

親子のぶつかり合いながらも、どこか楽しそうな言い争いを僕はぽかんと口を開けて見ていた。

「ケール兄様、すっかりヴァンスタイン商会の跡取りって感じだねぇ」

「んんっ？　あー、まぁな。最近じゃ割と任せてもらってるよ」

僕の言葉に毒気を抜かれたような表情をした兄様が、照れくさそうに顔を触る。

そんなケール兄様の頭を父様がぐしゃぐしゃと乱暴に撫でる。

「まだまだ、だけどな」

「うるせぇ、先月の売り上げは俺が管理してる店舗の方がよかっただろ！」

「売れる店舗を任せてやっただけだ」

「んだと!?」

再び始まった言い争いに僕は思わず笑ってしまう。

すごいなぁ。ちょっと前までは僕と同じ学生だった兄様はもう立派な商人で、姉様は結婚して旦那《だんな》さんの商売を支えている。二人とも大人になった。

僕だって前世では成人していた筈なんだけど……どうにも実感が湧かない。

やっぱり記憶は記憶で、実際に僕が積み重ねた経験って訳じゃないからなのかなぁ。

「……僕は卒業した後どうしようかな。商会は兄様が継ぐし、僕がいつまでも居座るわけにもいかないよね」

今までダンジョンをどうするかばかりを考えていて、自分の将来の事を考える機会なんてあまりなかった。

もし全てが解決したとして、その後僕はどうするんだろう。

「へ？　お前はもう決まってるだろ。就職先っていうか嫁ぎ先っていうか」

「え？」

常識を改めて教えるような口調の兄様の言葉に僕は首を傾《かし》げる。

すると父様の手が突如、兄様の頭を勢いよく叩《たた》いた。

兄様は「いってぇ〜」と言いながら頭を押さえて唸《うな》っている。

僕はその一連の流れを見てキョトンとしていた。

「レイルは何かやりたい事とかはないのか？」

何事もなかったかのように笑顔で父様に問われて、僕は困惑しつつ「……ない」と答えた。

「そうか……。ならケールに商会を全部任せて引退した後、父様は母様と隠居生活しようと思っていたんだがレイルも一緒に暮らそうか」

「いいの？」

「もちろん。俺もリンも嬉しいよ。一緒に旅行とか沢山行こうな」

夫婦での穏やかな隠居生活に、でっかい息子《むすこ》が着いて行って果たして本当にいいんだろうか。

僕が葛藤《かっとう》していると痛みから復活した兄様が「ダメに決まってんだろ」と話に割り込んできた。

「父さんは昔からレイルに甘いんだよ。まだこれからだってのに、親と隠居生活してちゃダメだろ。働け若人」

「兄様……」

「お前がやりたいっていうなら、商会にお前の居場所は作ってやれる。仮に俺が家庭を持ったとしても追い出したりなんかしねぇよ。……でも、俺はお前には商人よりずっと向いてる事があると思うけどな」

「向いてる事？」

「卒業まではまだ時間があるだろ？　名門シルヴァレンス学園を出たら、働き口に困る事はないんだから、ゆっくりじっくり考えな」

「……うん」

兄様に頭をくしゃりと撫でられる。

僕に向いている事、か……。まだ分からないけど、兄様が自信を持って言うのなら何かあるのかも知れない。

「レイルとリンに囲まれて暮らす俺の最高の隠居生活の夢が……」

嘆く父様に兄様が呆《あき》れたような目を向ける。やっぱり僕もこんな大きな息子を連れて隠居生活するのはどうかと思うけど、いてもいいよって言われるのは嬉しかった。


僕は文でファルクを呼び出した。

あの森で遊ぼう、と。

あの時、ファルクが待ち合わせ場所に来なくて、僕が魔獣に襲われたあの森で。

待ち合わせとして指定した時刻より結構早めに到着したというのに、ファルクはもう既に来ていた。

ファルクの表情は固く、緊張した面持ちだった。

「早いね」

「うん、レイルこそ」

沈黙が落ちる。

木々が風で揺れる音だけがあたりに響いて、どことなく寂しさを感じるのは、僕の心情のせいだろうか。

頬を撫でる風は、山を降り、森を通って冷やされたせいかひんやりしていて、春だというのに少し肌寒さを感じる。

あの日以来、この森に近付く事はなかったから、この土の匂いと緑の濃い匂いに懐かしさを感じる。

大変だったなぁ、と改めて思う。

ファルクだって分かっているのだろう。童心に帰って遊ぶ為に呼び出された訳ではないと。

僕はすぅ、と一度深呼吸をして心を落ち着ける。

――大丈夫。何度もイメージトレーニングしてきた。

「子供の頃さ、今日と同じようにここで待ち合わせして……その時、ファルクは来てくれなかったよね」

「……うん」

「約束したのに、すっぽかすなんて酷《ひど》いと思う」

「うん……そうだね」

「だから、謝ってよ。約束破ってごめんって」

僕の言葉にファルクが眉《まゆ》を顰《ひそ》め、不安げな表情を浮かべる。僕の意図が読めなくて、困惑しているんだろう。

「約束、破ってごめん。全部俺の責任……」

「ストップ」

僕はファルクの口に掌《てのひら》を当てると、続く言葉を遮る。今回そっちの謝罪はいらないのだ。その謝罪はもう今まで嫌ってくらいに貰っている。

「いいよ。許す！」

「レイル……？」

「最初からさ、この件はこれで終わる事だったんだよ。だから……もう、辞めていいよ」

「え……？」

「騎士の誓いみたいに、僕の事守るって言ってくれたやつ」

——このまま一緒に居たら、きっとそう遠くないうちに僕は好きだと告げてしまう。

そうしたらきっと、ファルクは心の奥底で何を思っていても僕の気持ちに応えてしまう。

結ばれる筈《はず》だった縁も、……その腕に抱ける筈だった子供も、もしかしたら侯爵という地位も全部奪ってしまう事になるかもしれない。

それが怖くてたまらなかった。

どこまでも献身的に尽くしてくれるファルクが怖かった。

「……それに、僕の後遺症治るみたいなんだ」

ファルクの顔が驚きに満ちたものに変わる。その表情を見ていたくなくて、僕は目を逸《そ》らして早口で続けた。

「前にシルウォーク様のところで診察してもらった時にそう言われたんだ。傷痕《きずあと》も治せるみたいで……。黙っててごめん。もう友達も沢山出来たし、成績だって結構上位だし、ダンジョンだって他の生徒よりもずっと深く潜れる。だから、もう僕は大丈夫」

「……俺は、もう、いらない？」

凪《な》いだ湖のように静かな瞳《ひとみ》をしたファルクが問いかけてきた。

――そんな訳ない。ずっと傍《そば》にいて。好き。好きだよ。

僕は心の叫びを無視して、ゆっくりと頷《うなず》いた。

それからどうやってファルクと別れて帰ってきたのかはあんまりよく覚えてない。

自室のベッドでひとしきり泣いた後、腫《は》れた瞼《まぶた》を鏡で見て『あぁ、もう泣いて腫れた目を癒やしてくれる人はいないいんだな』と思って僕はまた泣いた。

休暇は終わり、僕とファルクは別々に学園へと戻った。あれから一度もファルクとは話していない。

クラスも違うし、寮も違うとなればこんなものだ。

会おうと思わなければ会う事がないんだな、と住む世界の違いに少し寂しくなる。

「カイルせんぱぁーい。僕の好きな紅茶が切れてるんですけど、買い置きないんですか？」

僕はカイル先輩の研究室で棚をごそごそと漁《あさ》りながら、何やら実験中の先輩に話しかけた。

「そこにないならない。君が毎日のようにここに来るせいで消費が激しいんだ」

「だって……教室も寮もなんかいにくいんですもん」

僕は棚を漁るのを諦《あきら》めて、ここ最近の僕の縄張りとなっているソファの上に寝転がった。

先輩は相変わらず実験に夢中で、こちらの事なんてチラリとも見ない。その素っ気なさが居心地よかった。

「ファルク・サンブール卿《きょう》と早く復縁すればいいだろう。そうすれば煩わしい噂話《うわさばなし》からも解放される」

「……先輩知ってたんだ。僕がここに入り浸る理由」

俗世の事なんかには興味を示さず、ただひたすらに目標に向かって突き進む先輩がこんな俗っぽい噂を知ってる事に驚いた。

「学園の名物カップルが破局となれば、流石《さすが》に僕の耳にも入るさ」

「ふぅん……じゃあこれは知ってます？　レイル・ヴァンスタインの次の男はカイル・ドノヴァン辺境伯子息だって言われてるの」

「な!?」

カップルじゃないということは知っている筈なのに、と僅《わず》かに苛立《いらだ》ち、半ば八つ当たりのようにうっすら流れている噂をカイル先輩に伝える。

さっきからこちらを見ようともしなかった先輩が驚きの表情でこちらを見ると、手元が狂ったのか持っていたフラスコのような形状のガラス瓶をシンクの中に落としていた。

ガシャリとガラスの割れる音がする。

「……はぁ、ったく。やってくれたな」

「嘘《うそ》じゃないですもん」

僕がつーんとした態度をとっていると、カイル先輩は呆れたような表情を浮かべながら溜め息をついた。先輩は魔法でシンクの中を片付けると、着ていた白衣を脱いで僕が寝転ぶソファの背もたれにかけた。

「あれが最後の手持ちの器具だったんだ。買い出しに行ってくるよ」

カイル先輩は寝転ぶ僕の頭をぽんぽんと撫《な》でると、「留守番を頼む」と外へいってしまった。

先輩の大人な対応に、一人で苛立って八つ当たりをした自分がとんでもなく子供に思えて、恥ずかしくなる。

帰ってきたらちゃんと謝ろう。

僕はソファにきちんと座り直すと、鞄《かばん》の中からノートとペンケースを取り出した。

「えーと、四十階層の続きからだよな。んーと……この魔物ってどんな技使ってくるっけ……」

僕は今、ダンジョンについて記した攻略メモのようなものを作っては騎士団に提出している。

オールド・トレントを倒した後、結局アルバートから情報の出典を再度聞かれてしまい、僕は昔家にあった本の中から得た情報で、情報源は一つじゃないし、それらの本は紛失してしまいタイトルも覚えていないと誤魔化《ごまか》した。

ならば覚えている事を教えてくれないかと言われて、僕はこうやって前世の記憶を引っ張り出しながらノートに向かっているのだ。

かと言って、流石に僕もそんなに全部を全部きっちり覚えている訳ではないので、かなりざっくりとした内容になってしまっているのが、自分的には不満だった。

どうせ作るならアイテムのドロップ率から、敵が使用してくる技の種類、対処方法、おすすめ攻略方法までを網羅した完全なものにしたい。

――こうやって作業に没頭していると、余計な事を考えなくて済むから助かる。

僕はただひたすらにペンを動かした。

ガチャ、という扉が開く音で集中が途切れる。

音の方向を見ると、段ボールを抱えたカイル先輩が入ってきた。

時計を確認すると先輩が出ていってから一時間くらいが経過していた。

結構時間が経《た》っていたんだな……。

僕は両手が塞《ふさ》がっている先輩の代わりに、扉を閉めに行く。

「おかえりなさい」

「あぁ。お土産《みやげ》だ」

先輩は机に置いた段ボールの中から紙袋を取り出すと、僕に手渡してきた。

中身を見てみると、僕が好きな紅茶の茶葉の缶が入っていた。

先輩が買い物に行く前の僕の態度はあんまり褒められたものじゃなかったのに、先輩はこうやってわざわざ紅茶を買ってきてくれたようだ。

「先輩……。さっきはごめんなさい。紅茶、ありがとうございます」

「何のことだ？　紅茶の事なら僕も飲むものだからな」

先輩は薄く笑った後、段ボールの中から真新しい器具を取り出しては棚に並べていくという作業を始めた。

僕はなんだかじーんとしてしまって、はぁと息を吐いた。

「カイル先輩優しいなぁ。噂を本当にしちゃおうかな……」

「自棄《やけ》になって思ってもない事を言うべきではないぞ」

困った子供でも見るような目をしたカイル先輩がソファを指で示す。座れという事だろうか。

僕が大人しく座ると、カイル先輩は近くにあった椅子を引っ張り、机を挟んだ正面に置くと、そこに座った。

「先輩？」

「なに、先輩らしく悩める後輩の相談に乗ってやろうと思ってな」

「……先輩、恋愛相談なんて乗れるんですか？」

「努力しよう」

言葉の内容の割にやけに自信満々なカイル先輩が可笑《おか》しくて、僕は笑った。

先輩なら話してみてもいいかもしれないなと思った。

僕は幼い頃の怪我《けが》の事、入学してからの事、思っている事を先輩に話した。

先輩は途中で口を挟んだりする事なく、顎《あご》に手を当てながら論文発表でも聞いてるかのような顔をしながら聞いていた。

「……彼の事が好きなら、罪悪感でもなんでも利用すればいいじゃないか。好意を百パーセント受け入れてもらえる確信があるなんて、素晴らしい事だろう」

「だから、それが嫌なんですよぉー……」

僕がべちゃりと机に突っ伏すと、カイル先輩は苦笑した。

「あれだな、君は常に公平でありたがる人間なのだろうな」

「公平？」

「そうだ。僕がルミナスソーラマンの光玉を君から買い取った時も、君は相場以上の金額を受け取るのを嫌がった。自分に利があるのにだ。同じように彼との関係も公平でありたいのだろう。だが彼に負い目がある以上、完全な公平を実現するのが難しくて苦しんでいるんだな」

……そうなのかもしれない、と思った。でも、じゃあどうすればいいんだろう。

「誰が咎《とが》める訳でもないのに公平で、誠実でありたいと思う心。そういうところは君の美点だ。しかし……」

カイル先輩が人差し指をくるくると回す。

「そもそも恋愛というのは不公平なものなのだから、公平なんて土台無理なのだよ。よく言うだろう？　惚《ほ》れた方の負けって」

先輩のらしくない言葉と、悪戯《いたずら》っぽい表情に僕は目を丸くした。

「恋愛は不公平なもの、か……」

カイル先輩の言葉は不思議とどれもしっくり来た。ただ、だからと言って、はいそうですかと納得して動けるならここまでこじれていないのだ。

僕は一人トボトボと歩いて、学園敷地内の騎士団仮設基地へと足を踏み入れた。中に入るとすぐに騎士の一人が僕に気付き、アルバートを呼んできてくれた。

「アルバート。はい、これ。四十階から五十階のやつ」

「いつもすまない。ありがとう。騎士団一同、本当に感謝している」

「いえいえ、お役に立てて何よりです」

真剣な表情で騎士の礼をするアルバートに僕は頷きながら笑う。

騎士団から報酬も頂いてるし、作業に没頭出来るし、攻略メモ作りは僕にとっていい事尽くめだ。

「先生、これ王都で今人気のルバーブのパイ。良かったら食べて」

アルバートと僕が話していると、若手の騎士が一人そろそろと近付いてきて、僕の手に紙袋を渡してきた。紙袋はずっしり重たく、パイだと言うからホールで入っているのだろうか。

「貰《もら》ってしまっていいんですか？」

「うん、お友達とどうぞ」

騎士はにっこりと笑うと去って行った。そして間を空けずに今度は年嵩《としかさ》の騎士が「先生、これも持っていけ」と袋に入った瓶を渡してきた。ラベルを見ると林檎《りんご》ジュースだという事が分かった。

礼を言うと騎士は同じように笑いながら去って行った。

それからも代わる代わる現れる騎士からお土産を貰ってしまい、いつの間にか僕の両腕は荷物でいっぱいになっていた。

アルバートはそんな僕を見て「……寮まで送ろう」と、僕の荷物の大半を取り上げて、困ったように薄く笑った。

先生、というのは騎士団での僕の愛称みたいなものだ。攻略メモを渡し始めてからこう呼ばれるようになった。僕の攻略メモは意外と役に立っているらしく、騎士団の方々には好意的に受け入れられているようだ。

寮への帰り道をアルバートと並んで歩く。

「すまないな。だが皆、レイルに感謝しているんだ」

「うん。分かってるよ。でもちゃんと騎士団から報酬も出てるんだから、こんな風に毎回沢山お土産を頂かなくても大丈夫なんだけどな……」

「迷惑でないのなら貰ってやってくれ。騎士団にはレイルのようなタイプの人間はいないから、基地にいるとつい可愛がりたくなってしまうのだろう」

……なんとなく皆さんの僕を見る目が、親戚《しんせき》の子供を見る時のそれっぽいなという事には気付いていた。叔父《おじ》さんの家に遊びに行った時とかの反応に似てるんだよな。

「それに、俺はオールド・トレントを倒した時に強烈に感じたのだが、己より格上だと思われる魔物を倒すと気のせいとは言い切れないほど力が漲《みなぎ》る感覚がする。レイルの資料のお陰で格上の魔物を倒す事が出来るようになって、皆それに気付いた」

それは僕もうっすら感じていた。魔獣なんかを何体も倒したところで何も変わりはしないが、強めの魔物を倒すと魔力量が少し増えたり、少しだけ体力が増えたような気がするのだ。

本当に僅かな差なので、僕はそこまではっきりとは確信していなかったんだけど、商売道具である自身の身体《からだ》の状態に敏感な騎士達はすぐに変化に気づいたのだろう。

——間違いなくレベルアップだ。

セブンスリアクトでは自分のレベルより下の魔物を狩っても経験値は十分の一くらいしか入らない。この世界でもそういう仕様なんだろう。

「騎士団にも色々な人間がいるが、結局のところ強くなりたいという思いは皆等しく持っている。感謝しているよ、本当に」

「うん。続きも頑張って書いてくるね！」

僕が握《にぎ》り拳《こぶし》を作って見せると、アルバートは何故《なぜ》か少し戸惑《とまど》ったように表情を曇らせた。

「いや、あれだけ細部まで書かれた資料を短期間で仕上げるのは大変だろう。無理をしているんじゃないか？　最近、顔色が悪いぞ。隈《くま》も出来てる」

「そんな事ないよ。たまに夢中になって夜遅くまでやっちゃったりもするけど……」

嘘だ。ファルクの事を考えたくなくて、暇さえあれば執筆作業をしているから、常に寝不足だし目も頭も疲れてる。

「……ファルク様が、七十階層を突破したそうだ」

アルバートの口からタイミングよく？　……悪く、かな。ファルクの名前が出て、僕は大袈裟《おおげさ》に動揺してしまう。

「……そう、らしいね」

最近ファルクはセーラと二人で精力的にダンジョンに潜っているらしい。下世話な噂ではファルクは平民好き、と言われてて僕は失笑してしまった。ちなみに僕は上級貴族好きだと思われている。

——ほら。結局、やっぱり僕がいない方が何もかも上手《うま》く行くんだよな。

もうルートは確定したも同然だろう。

カイル先輩に恋愛相談なんてしてしまったけど、このまま僕が大人しくしていれば全て丸く収まるのだ。今更引《ひ》っ掻《か》き回すような真似《まね》をして何になるというのか。

「……レイル。俺は何があったかは知らないが、今の状態がよくないという事だけは分かるぞ」

アルバートが立ち止まり、僕の正面に立つ。その真剣な眼差《まなざ》しに、思わず背筋が伸びる。

「何故そんなに寂しそうな顔をしている。君も、ファルク様も」

「ファルクも……？」

アルバートの意外な言葉に、僕はキョトンとしてしまう。アルバートはそんな僕の反応を見て、眉《まゆ》根《ね》を寄せて「近過ぎるというのも考え物だな……」と呟《つぶや》いた。

「離れてみて初めて見える景色も、得られる物もあるだろう。だが、君が望もうと望むまいとこの状況は長くは続かんだろう。……足を止めてしまって申し訳なかったな。暗くなる前に帰ろう」

そう言って歩き出すアルバートの背中は、なんだか少し草臥《くたび》れているように見えた。


僕は相変わらずカイル先輩の研究室でお茶をしたり、攻略メモを書いたり、より詳細な攻略メモの為の実地調査でダンジョンに潜ったりして、それなりに忙しい日々を過ごしていた。

ファルクとセーラはとうとう八十階層を踏破したらしい。八十階層のボスに少しの間苦戦していたみたいだけど、無事に突破出来て何よりだ。

――この前僕が提出した八十階層の攻略メモが役に立った、とかあるかな？

そうだったらいいな、なんて考えながら図書館で図鑑を眺めていたら、トントンと肩を叩《たた》かれる。

顔を上げるとそこには朗らかな笑顔を浮かべたセーラがいた。

「レイル。やっと見つけた」

「セーラ……」

――今はあまり、会いたくなかったな。

僕はぎこちないであろう笑顔を作った。

その後、僕はセーラに誘われて、一緒にセーラの生まれ育った教会の孤児院に来ていた。

なんでも今日は子供達にクッキーを振舞ってあげようと思っているらしく、来る途中に小麦粉やバターなどを買っていた。

孤児院に着き、セーラが帰ってきた事を知ると子供達がわっと一斉に集まってきたので僕は圧倒された。

セーラは子供達に『セーラお姉ちゃん』と呼ばれ慕われているようだった。

セーラが孤児院に誰かを連れてきたのは初めてらしく、少し大人びた女の子に「セーラお姉ちゃんの彼氏？　お金持ち？」と聞かれて、僕は子供相手だというのにあたふたしてしまった。

最近の子は……とつい言いたくなる大人の気持ちが分かるね。

セーラはケロッとした顔で「レイルはお金持ちだけど、残念な事に彼氏じゃないんだよねー」と返してた。

残念なんだ……？　となんとも言えない複雑な感情を抱いてしまった。いや、言葉のあやだよな。うん。

そして、クッキー作りを僕も手伝う事になったんだけど……。

「セーラ。ストップ。セーラ、セーラァ!!　そんなに捏《こ》ねたらガッチガチになっちゃうから!!」

「大丈夫、大丈夫よ。何回も作ってるけど、いつもこれで上手くいってるもの！」

「いや、待って。僕にやらせて。ね？　生地をまとめるのは僕がやるから、セーラは型とトッピングの準備をしててよ」

「え、任せちゃっていいの？　結構腕疲れるよ」

それは貴女《あなた》がパンでも作ってるのかってくらいに力任せに生地を捏ねるからではないでしょうか、と思ったけど僕は何も言わずに微笑《ほほえ》み頷《うなず》いた。

セーラのクッキー作りは本人の性格通り大雑把……豪快で、僕は勝手に気まずくなっていた事も忘れて、いちいち口と手を挟まずにはいられなかった。

僕だって小さい頃、母様に教わって何度か姉様と作ったくらいの経験しかないけど、それでもセーラの作り方がまずいのは分かる。

クッキーを作るよ！　って言った時の子供達の微妙な反応の理由が分かった。

何度となく軌道修正をして、恐らく普通程度に仕上がったクッキー生地をオーブンに入れて僕はホッと一息ついた。

洗い物をするセーラの隣に立ち、洗い終わった器具や食器を拭《ふ》く。

「魔法で一気に洗っちゃわないんだね」

「うん。院長先生の方針でね。自分の手で出来る事にあんまり魔法使っちゃダメなの」

そう言うセーラの横顔は楽しそうだったので、不満はなかったのだろう。

「セーラ、子供達に凄《すご》く人気だね」

「そうかなぁ？　お土産《みやげ》沢山買ってきてくれるからじゃない？　子供って現金なトコあるから」

セーラがくすくす笑う。

確かにそれもあると思うけど、セーラと話す子供達の目はみんなキラキラと輝いていて、話せるのが嬉《うれ》しいって気持ちが僕にも伝わってきた。

シルヴァレンス学園で立派にやっているセーラお姉ちゃんは憧《あこが》れの存在なんだろう。

ルックスよし、全属性適性持ちで戦闘センスもあって、性格もすこぶるいいって凄いよなぁ。

完璧《かんぺき》なファルクと並んで遜色《そんしょく》ない女性なんてそうそういないだろう。

クッキーの作り方が豪快なくらい、愛嬌《あいきょう》だ。

「レイル」

「ん？」

最後の食器を洗い終えたセーラが僕の方を向く。声に真剣なものを感じて、僕は手を止めて同じように身体ごとセーラの方を向いた。

「――私、ダンジョンボスを倒すよ」

決意を感じさせる強い眼差しと声に圧倒されて僕は言葉を失う。セーラの本気が、肌にビリビリと伝わる。

彼女が倒すと言うのなら、絶対に倒すのだろう。そういう説得力がセーラの言葉にはあった。

「だからね、レイルの悩み事一個は解決するよ」

真剣な面持ちから一変して、セーラはにぃっと歯を見せて笑った。

張り詰めていた空気が拡散して、呼吸がしやすくなったような気がした。

「え……？」

「ずっと悩んでたでしょ？　ダンジョンの事。なんでか分からないけど、まるで全部自分の責任みたいな顔してた」

自分としては何でもないように振舞っていたつもりだったのに。

「気付いてたの……？」

「うん。凄い気にしてるなぁって。それにレイル、最近ずっと元気ないでしょ。……だから、ダン、ジョン、ボスの方は私が倒すから、そんなに心配しなくてもいいよって伝えようと思ってたの。騎士団の資料とか、私もすごく参考にさせてもらってるけど……少し無理してるようだってアルバート様からも聞いてるよ」

「そ、そっか……そっかぁ……」

大丈夫だと、安心させるようなセーラの微笑みに、僕は力が抜けて床にへたり込んでしまう。

──すごい。すごいなぁ、セーラは。やっぱり、この世界の主人公なんだなぁ。

全てが上手くいくと信じさせてくれるその心強い笑顔。

僕の肩には重過ぎた世界の命運なんてものを、いとも容易《たやす》く持っていってしまった。

「でも、なんで……？」

どうしてそこまでしてくれるんだろう。セーラの言い方だと、まるで僕の為にダンジョンボスを倒すみたいじゃないか。

「──私、レイルの笑った顔が……好き。ずっと笑ってて欲しいって思う。理由なんてそれだけで充分じゃない？」

セーラはへたり込む僕に手を差し出してくれた。

僕は……躊躇《ためら》いながらもその手を取った。

セーラの手は僕のそれよりも小さくて細くて、でも手のひらには何度も潰《つぶ》れて出来てを繰り返しただろう硬いタコがあって、僕はその歪《いびつ》さに唇を噛《か》んだ。

僕が守ってあげられる側だったならよかったのに。

「……まぁ、もちろんこの国がめちゃくちゃになるのは困るし、英雄になったら一生安泰だし？　やれそうだからやるって感じだけど！」

照れを隠すように早口で言われた言葉に、優しさを感じて僕は眉尻《まゆじり》を下げながらも微笑んだ。

「ありがとう」

「……うん。あと！　レイルがダンジョンの事ずーーっと気にしてた事に気付いてるのは私だけじゃないよ、とだけ言っておくね」

「え？」

「敵に塩を送るのも癪《しゃく》だし、私が言えるのはここまで！」

それだけ言うとセーラは身を翻し「いい匂いがしてきた！　そろそろかなー？」とオーブンを見に行ってしまった。

——私だけじゃない？

それってどう言う意味なんだろう。敵？

セーラの敵になり得る人なんていないかな。向かうところ敵なし！　って感じだけど。

「レイル！　綺麗《きれい》に焼けてるー！」

「本当？　見たい見たい！」

僕はとりあえずセーラの先程の発言は頭の片隅にしまっておいて、子供達が待っている（？）クッキーを優先する事にした。

クッキーは紆余曲折《うよきょくせつ》がありながらも、僕の努力が報われて綺麗に焼き上がっており、子供達もとても喜んでくれた。

「レイル兄ちゃんってすげぇよ……歯が折れそうにならないし、口に入れてもねちゃねちゃしないクッキーが食べられるなんて……」と感動している子もいた。

お店の物と比べると、やっぱり家庭で作った感がある普通のクッキーでここまで喜ばれると、逆に普段どんな物が出てきたのか気になるな……。

そして何故《なぜ》かセーラが自分の分は包んで持ち帰ると言い出したので、理由を尋ねると「自慢するから」との事。

……この素人感溢《あふ》れるクッキーを、セレブが集まるシルヴァレンス学園で？

バカにされやしないかと心配になってしまったけど、大丈夫と言って取り合ってもらえなかった。

クッキー効果で懐いてくる子供達にまた来ると約束をして、僕達は孤児院を後にした。


「レイルさん。お話がありますの。少し、お時間頂いてもよろしいかしら？」

一日の授業を終えて、またカイル先輩の研究室にでも行こうかなと考えながら荷物をカバンに詰めていたら、意外な人物に声をかけられた。

アメリア・ドラヴァレット。美しき公爵令嬢様だ。

今日は取り巻きもおらず、一人でこの一年の魔法クラスの教室にやってきたらしい。ちなみにアメリア様は二年生の魔法クラスの生徒だ。

アメリア様の登場にクラス中がざわつく。ファルクとの関係を絶ってからのクラスメイトの僕に対する反応は、どこか腫《は》れ物《もの》に触れるような、気を遣われているような感じだったので余計に目立っているのだろう。

僕が反応出来ずにいると、レオニスが前に出て「レイルに何か御用なら、私も同席してよろしいでしょうか」と助け船を出してくれた。

ポムも「ぼ、僕も一緒に行ってもいいですか？」と言ってくれた。

二人は僕が前にアメリア様に連れ出された後から、ファルクとの関係を絶った事を知っているから、心配してくれているんだと思う。

友情に胸が熱くなるが、二人の立場的に公爵令嬢様にこんな風に歯向かうような真似《まね》をするのはよろしくない。

「いいよ、レオニス。ポム。……アメリア様、行きましょう」

二人に笑顔で目配せをする。大丈夫。二人が味方でいてくれるって思うと、胸がポカポカして勇気がわいてくる。

心配そうな視線を背に、僕はアメリア様と教室を出た。

アメリア様に連れられてやってきたのは、中庭の花壇傍《そば》に設置されているベンチだった。

こんな所にベンチがあったんだ、と思うくらいには人がいるのを見た事がなかったので、内緒話にはうってつけだろう。

あっ！　紳士らしくハンカチとか敷いてあげた方がいいのかな⁉　と映画で観た事がある行為を実践するか否かで僕がドギマギしていると、アメリア様に「お座りになって」と言われてしまい、僕は大人しく座った。

正面には立ったままのアメリア様。

な、なんなんだろう。この状況は……。

アメリア様のその深く赤い双眸《そうぼう》に困惑した表情の僕が映る。

「――レイルさん。この間は無礼な態度を取ってしまって、本当に申し訳ございませんでした」

「えっ、……ええ？」

まさか天下の公爵令嬢様に謝罪されるとは思ってもいなかった。

僕は驚きのあまり、意味不明な言葉を繰り返してしまった。

少しは人とのコミュニケーションもマシになってきたと思うけど、突発的な出来事には弱い。

「い、いえ、別に気にしてませんから……！　大丈夫ですから！」となんとかあたふたしながら言うと、僕はやっぱり敷こうかなと思っていたハンカチを隣に敷いて「座ってください！」と促した。

アメリア様は敷かれたハンカチを見て「まぁ」と口に手を当てると、「ありがとうございます」とカーテシーをすると僕のお隣に御着席になられた。

その仕草がとっても優雅で、僕は目を奪われてしまった。

これが、本物のお嬢様のオーラなんですわね。

……アメリア様にあてられてまた僕の中のパチモンお嬢様人格が出てきてしまった。

「……貴方《あなた》が平民で、立場上私には逆らいにくい事を分かった上であのような卑劣な真似をした事、恥ずかしく思います。私の事を許して欲しいとは言いませんわ。……ですが、どうかファルク様と仲直りをなさって下さいませんか」

意外な言葉に僕は目を丸くした。

アメリア様の表情は心底後悔しているといった様相で、そこに嘘《うそ》はないのだろう。

だからこそ意外だった。

「……アメリア様には申し訳ないんですけど、僕とファルクが今こんな感じになってるのって、別にアメリア様のせいじゃないんです。あ、いや全く関係がないと言えば正しくないかもしれませんが、でも本当に全然別件なので」

「そう、なんですの？」

アメリア様が眉尻を下げる。きっと僕も同じような表情をしているだろう。

アメリア様の一件は僕が色々な事を自覚するきっかけにすぎなくて、元々の原因はもっと別なところにあった。だから、謝られたところでどうする事も出来ない。

黙ってしまった二人の間に初夏の風が吹く。若葉の薫りを纏《まと》った風にもうすぐ夏だな、と思う。

ファルクの誕生日が近いな、とまたファルクの事を考えてしまった。

「アメリア様は、ファルクの事が好きなんですか？」

「……そうですわ」

アメリア様は俯《うつむ》いてしまった。その白い耳が赤く染まっているのを見て、僕はご令嬢も普通の女の子みたいに恋するんだなぁと、どこか現実感がないまま感心した。

「そうですか。……僕も好きです」

思えばこうして『好き』とはっきり口に出して言ったのは初めてかもしれない。なんだか少しだけ胸に溜《た》まっていたモヤモヤが言葉とともに飛んでいったような気がした。

もしかしたら僕の耳も赤くなってるかも。

「……十一歳の時、初めてパーティーでファルク様にお会いしましたの。そのパーティーで私は大好きだった、亡くなったばかりのお祖母様《ばあ》の髪飾りを着けていったわ。正直少し古いデザインでしたし、大きさも合ってないし、幼い私にはかなり不格好でしたけど、それでもあの時はどうしても着けたかったんですの」

僕は想像する。幼いアメリア様が古めかしい髪飾りを大事そうに着ける姿を。

「皆、不格好な髪飾りの事には触れませんでしたわ。でも、ファルク様は『その髪飾り、よくお似合いですね。お目にかかったのは一度きりですが、アメリア様はお祖母様によく似ていらっしゃる』と言って下さったの」

「ファルクらしいですね」

「ええ、私本当に嬉《うれ》しくて。その夜は眠れませんでした。……それ以来ずっとファルク様をお慕いしておりましたわ」

十歳やそこらでその隙のなさ。想像出来る。うーんめちゃくちゃファルクっぽい。

分かる。分かるよ。そんなの好きになるよな。

あの年齢で大人の男性貴族のように紳士的に振舞うファルクは、間違いなく同年代の初恋キラーだったと思う。

今思うと大人びていすぎやしないかと思わないでもないが。

「あの頃のファルク凄《すご》かったですよね……」

「ええ、他の男の子達がじゃがいもにしか見えませんでしたわ」

真剣な表情でそんな事を言い出すアメリア様に、僕は思わず吹き出してしまった。そこまで言わんでも。

「僕は、小さかったのであんまり出逢《であ》いとかは覚えてないんですけど、いつも優しかったです。だから僕はずっとファルクの後ろをついてまわってて……鬱陶《うっとう》しがられてたんですけどね」

あの頃の事はいい思い出でもあり、苦い思い出でもある。

小さい頃の僕は自分で言うのもなんだけど、周囲に可愛がられ、愛されまくっていたので、僕が好きな人は僕の事を好きだと無条件に思っていた。

だから、好きな人に好きを返してもらえない事があるのだと初めて知ったあの出来事はかなりショックで、前世の事を思い出していなければ、いつまでもべそべそと泣いていたと思う。

まぁその後、僕も世間の荒波……ってほどじゃないけど、そういった悪意に触れる機会も増えて、好きな人に同じくらいの好きを返してもらえる事は特別な事なんだと気付いたのだった。

「……本当にそうなのかしら」

「え？」

「ちゃんと聞きましたの？」

「そんな事ないよ、って言ってくれましたけど……そんなの……」

「嘘だと？」

アメリア様の真《ま》っ直《す》ぐな視線に、僕は言葉を詰まらせた。

嘘。嘘なんだろうか。

あの頃のファルクが何を思っていたのかについて、あまり深く考えた事はなかった。自らで傷口を抉《えぐ》るような真似はしたくなかったから。

黙り込んだ僕に、アメリア様がふぅ、と溜め息をついて正面を向いた。

「五回」

「え？」

「五回ですわ。私がファルク様に縁談を申し込んで断られた回数です」

五回。サンブール侯爵家にはアリスおば様がいるとはいえ、格上の家から格下の家へと縁談を申し込んで断られたというのは、かなり恥になるのではないだろうか。それをめげずに五回。

「そ、それは……すごいですね……？」

どう反応してよいのか分からず、微妙な返答をしてしまう。

アメリア様はそんな僕の反応を気にする事なく続けた。

「他国の王族との縁談も断ったと聞いて、私はサンブール家が、ファルク様が何を考えていらっしゃるのかさっぱり分かりませんでした。——でも、ファルク様がシルヴァレンス学園に入学してきて、その答えははっきりと分かりましたわ」

アメリア様が横目で僕を見る。

「ファルク様の隣には常に貴方がいた。ファルク様からの愛を一身に受ける貴方が。私はすぐに貴方の事を調べましたわ。母親同士の繋《つな》がりによる幼馴染《おさななじみ》である事、事故の事……」

はたから見たらそう思われても仕方ないのかもしれないけど、愛を一身に受けるって、なんか今となっては複雑だ。

僕が苦い顔をしていると、アメリア様はぷくーっと頬を膨らませた。

「せめて婚約しているのなら諦《あきら》めもつきましたのに！　アレで婚約はしていない、交際もしていないってどう言う事ですの！　しかも貴方ったら王族を誑《たら》し込《こ》んでるだの、特待生の女生徒と熱愛デートしてただの、カイル様と二人きりの教室で秘密の逢瀬《おうせ》を重ねているだの……爛《ただ》れた噂《うわさ》ばかり流れてくるんですもの」

う、ううん……何となく心当たりがある事ばかりだなぁ。

そうか、アメリア様は慕っているファルクが、事故を笠《かさ》に着たとんだ尻軽《しりがる》に弄《もてあそ》ばれていると思っていたのか。

「でも、全て誤解だったって事、こうして貴方と話してみて分かりましたわ。……改めて、酷《ひど》い言葉を言ってしまってごめんなさい」

「い、いいえ、本当に全然気にしてないんで大丈夫ですよ!!　突出した才も何もない、平民の男に謝る必要なんてないですよ!!」

「やっぱり怒ってらっしゃるじゃない！」

敢《あ》えてアメリア様に言われた言葉を用いてみたら、驚くほど鋭い反応が返ってきて、僕は声をあげて笑った。

アメリア様は「もう！」とかなんとか言ってたけど、最終的にはクスクスと笑ってくれた。

こんな風にアメリア様と笑い合う事があるなんて、少し前の僕に言っても信じてくれないだろうな。

「アメリア様はどうして僕にファルクと仲直りして欲しいんですか？」

「……こんな私でも好いた殿方には笑顔でいて欲しいと思うわ。自分のせいで奪ってしまったと思うと、尚更《なおさら》」

僕は一瞬、この前のセーラの言葉を思い出した。

「……ファルク、そんなに違うんですか？」

アルバートもそんなような事を言ってたっけ。

「全然違いますわ。表面上は変わりないように見えるかもしれませんが、目に温度がありませんの。何に対しても関心がない、空虚……そんな印象を受けましたわ。……でもそんな姿、貴方には見せる事ないんでしょうね」

想像もつかない。ファルクはいつも優しくて、太陽みたいな温かい目をしていた。

空虚なんて、全く似合わない。……僕がいなくなれば、全部上手《うま》くいくと思っていた。

ファルクは『パーフェクトボーイ』だから、僕が離れたところで揺らぐ事はないと思っていた。

……違うのかな。

「レイルさん。貴方がファルク様の事を想ってらっしゃるのは伝わってきましたわ。だからこそ、過去ではなく、今のファルク様ときちんと向き合って下さいまし。五回も縁談を断られて、それでも諦めきれなくて、貴方に八つ当たりして……本当に嫌われてしまった、みっともない女からのお願いですわ」

自虐的に微笑《ほほえ》むアメリア様に、辛《つら》い事を言わせてしまったと心苦しくなる。

何事も真剣に向き合うのは怖い。大切であればある程、背負う物が重ければ重いほど、壊れてしまった時のダメージは大きいから、臆病《おくびょう》な僕は逃げだしたくなってしまう。

──でも。

「わかりました。僕、ちゃんと言います。好きだって、ファルクに伝えます」

同じ人を好きになった人にここまで言われて、勇気を出さない訳にはいかない。

触発されたのかもしれない。僕も、みっともなくなってみようかと。

アメリア様は「どうか今度こそ、きっぱりと諦めさせて下さいね」と泣き笑いみたいな顔で言った。

教室に戻るとレオニスとポムが待っていてくれた。

心配そうに「大丈夫か」と聞かれたので、「アメリア様とお友達になった」と言うと二人はぽかんとしていた。

──ファルクに好きだと言う。

同情や罪悪感で関係を持たれる方がよっぽど嫌だから、断ってもいいって事もちゃんと伝える。

そして、どんな結果でも……出来たら友達でいさせて欲しいって事も。

でも、アメリア様に威勢よく啖呵《たんか》切ったはいいけど……告白ってどうやってすればいいんだろう。

夜景の見えるレストランで……とか？

いやそれはプロポーズか。

じゃあ大きな木の下？　教会の礼拝堂？

告白なんてした事もされた事もないから、全然分からない。

机の中に手紙とか入れて校舎裏に呼び出す……？

ダメだ想像したら恥ずかしくなってきた。

だってさぁ、だって!!

十年以上ただの幼馴染としてやってきて、今更改まって告白って!!

しかもちょっと前にもういいよとか言って突き放しておいて、今度は告白して来るとか、最悪すぎるだろ。

……でも、アメリア様と約束したし、皆にも色々言われて、僕もこのままじゃいけないと思ったから、ちゃんと言うけど。でも恥ずかしいものは恥ずかしい。

「レイル……？　そろそろ出発するか？」

一人悶《もだ》えていると、怪訝《けげん》そうな顔をしたレオニスに声をかけられた。

「あ、うん。ごめん。行こう」

僕はローブの裾《すそ》の埃《ほこり》をパンパンと払うと、杖《つえ》を両手で握り立ち上がった。

僕とレオニス、ポムは現在ダンジョンの一から五階層に出てくる魔物の調査とドロップ品の調査に来ていた。

ここら辺のエリアの攻略メモは結構前に騎士団に提出済みなんだけど、どうせなら完璧《かんぺき》なものにしたいなと自主的に調べているのだ。

敵も弱いし戦利品もショボいしで、全く旨味はないんだけど、日頃から僕が『先生』として貰《もら》った食べ物や飲み物の恩恵に与《あずか》っている二人はお礼としてこうやって度々付き合ってくれている。

三階層の小部屋で少しの休憩時間。

それまでの調査結果をノートに記しながらファルクの事を考えていたら、あっという間に時間が経《た》っていた。

レオニスが魔法で焚き火《たび》の火力を上げて少し残った薪《まき》を燃やし尽くす。程なくして焚き火は消え、灰から黒い煙が立ち上った。

火が消えるのを見届けると、僕らは小部屋を出て探索を再開した。

「次は何を倒せばいいの？」

ポムがひょこひょことポニーテールの尻尾《しっぽ》を揺らしながら近づいて来た。

「イカリサソリをレアドロップ品の毒針が三十個出るまでかな」

「うへー過酷だぁ」

「頼りにしてまぁす」

大袈裟《おおげさ》に肩を落とすポムに、僕もわざとらしく媚《こ》びるような声を出す。目を合わせて笑い合う。

所どころ欠けたり崩れたりしてぼこぼこになっている石畳の通路を進むと、道が三つの方向に分かれていたので、僕らは一旦《いったん》足を止めた。

レオニスが顎《あご》に手を当てながら口を開く。

「イカリサソリなら皆一人で簡単に倒せるし、三人で手分けしようぜ。ドロップ品回収して何体倒したか覚えておけばいいんだろ？」

「うん、それもそうだな。じゃあ、なんかあったら大声で呼ぶって事で」

僕はレオニスの提案に頷《うなず》いた。

「ポムがちゃんと倒した数を覚えていられるかが、一番の懸念だな」

「ぅおい！　バカにすんなよな!!」

レオニスとポムが小突きあっているのを尻目《しりめ》に、僕は「お先」と手を振りながら、分かれ道の右の通路へと進んだ。

流石《さすが》に三階層じゃ一人だろうと全く問題なく、魔物を倒してはドロップ品を拾い、メモをして、とコツコツ作業を続けた。

こういう地道な作業って嫌いじゃない、というか結構好きだ。

僕はこういうデータが埋まっていく事に喜びを感じる性質だ。この世界には既に色んな図鑑があるけど、魔物について扱ってるものは少ないから、案外狙い目かも。需要があるのか分からないけど、僕なら欲しい。

出て来る魔物が少なくなり、そろそろ次の階層に行ったほうがいいかなと思ったタイミングで、ポムの声がフロアに響いた。

「レイル！　なんか見た事ないヤツが出て来たんだけど!!」

――見た事ないやつ？　こんな低階層で？

僕は慌てて声のした方向へと向かった。

最初の分かれ道から真っ直ぐ進んで少し行った所で、ポムが何かと戦っていた。

「レイル、こいつ何⁉　浮いてるだけで全然攻撃してこないし、いくら攻撃しても倒せないんだけど」

ポムが対峙《たいじ》していたのは猫くらいの大きさの、角が生えた牛のような姿をした魔物で、背中に生えたコウモリのような翼でふらふらと飛んでいた。

その姿に見覚えはあった。だがしかし、パッと名前が出てこない。レア魔物の一種だろう。

なんだ、どこで見たんだっけ。

僕自身がゲームで会った事はないと思う。なら、配信？　攻略サイト？

一定の距離を保って魔物の様子を窺《うかが》いながら、僕は記憶のフォルダを手当たり次第に開く。

ポムはやけくそで魔法を撃ち込んでる。

僕が危ないからやめろ、と声をかけようとした時、記憶のカプセルがポコリと出て来て、僕はその魔物の正体を思い出した。

――そうだ、ＲＴＡの動画……!!

「逃げ……っ!!」

僕が声を掛けようとしたタイミングで魔物の角が光り、光線がポムに向かって放たれた。ポムはシールド魔法で対処しようとしていたが、それではダメだ。この魔法は全ての物を貫通する。

その瞬間、僕は自分でも驚くくらいに俊敏に動いて、ポムの身体《からだ》を体当たりで突き飛ばしていた。

魔物から放たれた光線が僕の体を包む。

目に入る景色がぐにゃぐにゃとマーブル模様のように見えて、今自分が立っているのか、寝ているのか、それとも逆さまになっているのか、上下左右が分からない。

レオニスも駆けつけてくれたのか、彼の僕の名前を呼ぶ声だけが聞こえた。

僕はこの気持ち悪い感覚を我慢して、なんとか叫ぶ。

「ッ、どこかの階層にワープする!!」

……僕の言葉は届いただろうか。

――視界が真っ白になり、実体をなくしてしまったかのように身体の感覚がなくなる。まるで魂だけになってしまったみたいだった。

その状態がしばらく続いた後、急にフッと感覚も視界も正常なものへと戻る。

「う……」

あまりにも濃い瘴気《しょうき》と、ワープ酔いで僕は口元を押さえた。気持ち悪い。どこだ、ここは。少なくともさっきまでいた場所ではない。

あの牛みたいな魔物は『テンギウス』と言って出現率〇・一パーセント以下の激レア魔物だ。全階層に現れて、角から放たれるビームに当たるとランダムでどこかの階層にワープさせられる。

ワープさせられる階層が八十階層以降固定なので、バグ有りのRTAでは乱数を弄《いじ》って確実にテンギウスを出現させてワープする、というのが定石だったらしい。

RTA系にはあまり興味がなかったので、すぐに気付けなかったのが痛い。せめて、八十階層にワープさせられていたのならまだ希望はあった。

一人でフロアボスを倒して一階へと戻る階段を開通させて、脱出する。

かなり厳しい戦いにはなるだろうが、可能性はゼロではなかった。

だがしかし、僕は最悪のケースを引いたようだった。

辺りは薄暗く、規則的に設置された篝火《かがりび》だけがゆらゆらとオレンジ色に周辺を照らしている。

天井が高く、太い柱が何本も立ち並んだ神殿のようなこの場所は、原作で何度も来た覚えがある。

それに何よりこのむせ返るような瘴気。杖がなかったら立っていられなかったかもしれない。

ここは百階層。通称ドラゴンの巣。

ダンジョンボスであるノクスフレアドラゴンが眠る、最下層エリアだ。

僕は柱の陰に隠れて、息を潜めた。

耳を澄ませると、地鳴りのような音が規則的に聞こえる。ドラゴンの寝息だろう。

——まだ気付かれていない。

ひとまずホッとして静かに息を吐く。びっしょりと汗をかいていたので袖《そで》で額を拭《ぬぐ》う。

百階層のこのフロアだけは、一度入ったらボスを倒すまで外に出る事が出来ない。

だから出口を探して脱出するというのは不可能だ。

そしてノクスフレアドラゴンには闇属性の攻撃が殆《ほとん》ど効かない。

これが僕が僕自身でダンジョンボスを討伐するのを諦《あきら》めた理由である。

ただ、弱点属性の光や水属性適性があったとしても、僕一人でドラゴンに勝てるかと言えば、まぁまず無理だと思うけど。脱出も出来ない、倒す事も出来ないとなると、残りは助けを待つしかないんだけど、ダンジョンには三人パーティという制限がある。

今回一緒に入ったのはレオニスとポムだ。

流石に二人がここまで助けに来てくれるとは思えない。というか来て欲しくない。

二人だけでは四十階層ですら突破出来ないだろう。無理に助けに来ようとして怪我《けが》をしたり、無駄死にして欲しくない。つまりは、詰んでいるのだ。

僕は音を立てないようにしながらも、ずるずるとその場に座り込んだ。

――バチがあたったのかもな。

一緒に学園に来てくれた。涙を拭って抱きしめてくれた。蔦瑠璃《つたるり》の花畑に連れて行ってくれた。

無茶な必殺技を使ってまで助けてくれた。僕の為に怒ってくれた。

いつだって我《わ》が儘《まま》を聞いてくれた。

優しく笑ってくれた。名前を呼んでくれた。ずっと傍《そば》にいてくれた。

少し考えれば、目を逸《そ》らさなければ、大切に思ってくれてる事くらい分かった筈《はず》なのに。

僕は自分の事しか考えてなくて、自分の事しか見えてなくて、きっとファルクを傷付けた。

どんな風に告白すればなんてバカな事考えてないで、すぐに謝って好きだって言えばよかった。

もう会えないのかな。

僕はドラゴンに気付かれないように声を殺して泣いた。


ここに来てから何時間くらい経っただろうか。

物音を立てないように柱の陰で息を潜め続けているのにも、そろそろ限界が来ていた。

瘴気の影響か、頭と、過去に魔獣にやられた傷痕《きずあと》が痛くてたまらない。

今の僕の生命線である杖を抱え直して、考える。

このままこうしていても、いずれ限界が来てドラゴンに気付かれるだろう。

ドラゴンに嬲《なぶ》り殺されるくらいなら、いっそ自分で……——。

そんな考えが一瞬頭を過《よぎ》るが、僕はぶんぶんと頭を振って雑念を振り払う。

嫌だ。ファルクと最後に交わした言葉があれだなんて、死んでも死にきれない。

それに、皆を悲しませたくない。僕は生きて帰る……！

あの時だって、足掻《あが》いて足掻いてどうにかなったんだから、今回だってどうにかしてみせる。

考えろ。低レベル、単騎、使えるのは闇属性の魔法だけ。この手札でノクスフレアドラゴンを倒す方法を。

——闇属性の魔法だけ……？

違う。確かにゲームだと適性外の魔法は使えなかったけど、現実の僕は使えるだろ。

この世界はゲームじゃない。ゲームじゃないからこそ選べる道がある。光明が差した気がした。

僕が考えた作戦は毒殺。こっそりとドラゴンに近付き【毒の霧】という水属性の下級魔法を使って、気付かれないように徐々に弱らせて倒す。

そんなに強くない毒だから、弱るまで、ましてや倒せるまでどれくらいの時間がかかるか分からないし、何度かければいいのかも分からない。とにかくやってみるしかない。

僕はゆっくりと慎重に音を立てないように立ち上がった。長い間動かずにいたので身体の動きがぎこちなくて、危うく転びそうになってしまい肝を冷やした。

柱の陰から首だけ出して辺りの様子を窺う。暗いのと結構距離があるのか、ここからだとドラゴンの姿は見えない。僕は恐る恐る壁に沿って歩き始めた。

百メートルくらい歩くと、大きな黒い影が見えて、僕は思わず柱にぴったりとくっつき杖《つえ》を固く握りしめた。

荒い呼吸で自身の存在がバレてしまわないように片手で口を塞《ふさ》ぎながら、黒い影の正体を見る。

篝火の光に照らされ、黒光りする鱗《うろこ》はまるで鍛え上げられた鎧《よろい》のように硬そうだった。ソレが呼吸する度に床がビリビリと震え、その振動が足元から体の芯《しん》まで響いてくる。

筋肉質で力強い爬虫類《はちゅうるい》特有の脚には、小型犬ほどもある黒く鋭い爪が輝く。あれに引っ掻かれたら、ひとたまりもないだろう。

その姿はあまりに巨大で、全容を把握することができなかった。目の前に見えるのは、おそらく尾の一部分に過ぎないのだろう。それだけでも十分に圧倒されるほどの存在感だ。

圧倒的な捕食者のオーラが空気を重くし、僕の身体はその威圧感にすくみ上がって動けなくなってしまった。

こんなの、勝てるわけない……。

身体ががくがくと震えて、力が入らない。どうしよう。怖い。無理だ。

杖を抱きしめるようにして、なんとかその場に崩れ落ちるのを堪《こら》える。

「っはぁ、はぁ……」

瘴気で息が苦しい。こんな状態で本当にやれるのか。目尻《めじり》に涙が滲《にじ》む。

でも、やらなきゃ終わりだ。約束したんだ。また一緒に蔦瑠璃の花畑を見に行くって。

僕は手の甲で涙を拭い、ゆっくりとドラゴンへと近づき始めた。

顔まではまだ遠い。慎重に、慎重に。

気付かれないように、一歩一歩を踏みしめる。三メートル進むのに五分ほどかかるペースで進み、ようやくその顔が視界に入った。

巨大なトカゲのようなその顔は、全体に棘《とげ》のような突起が生えており、頭には二本の角が突き出している。この角は常に帯電していて、戦闘になると定期的に雷撃を放ってくる事を知っている。

目は閉じられていて、深い眠りに落ちているように見える。鼻腔《びこう》と口の端からは黒い瘴気がゆっくりと漏れ出し、周囲の空気を汚染している。

僕は殊更慎重に杖を掲げるとドラゴンの口元に【毒の霧】を発動させた。ごっそりと魔力を持っていかれる感覚に思わず膝《ひざ》をついてしまう。

やばい、と思って顔を上げたがドラゴンは目を瞑《つぶ》ったままで僕は安堵《あんど》した。

下級魔法一回でこれくらい魔力を持っていかれるのか……。適性外の魔法が使われない訳だ。

だが、知識だけのぶっつけ本番だったが、ちゃんと発動してよかった。

——これを繰り返す。

魔力ポーションは後二本。魔力が足りなくなったら自然回復を待つ。

気の遠くなるような話だが、今はこれしかない。


果たして毒は効いているのだろうか。

魔力ポーション二本を消費して、尚《なお》ドラゴンはすやすやと眠ったままだ。

先の見えない不安と疲労で判断力が鈍っていたのだろう。

僕はドラゴンが胸を大きく膨らませて深呼吸をする予兆に気付けなかった。

ドラゴンからしたらなんでもない寝ている最中の深呼吸なんだろうが、こっちからしたら大事だ。

ドラゴンの口と鼻腔から濃い瘴気が一気に噴出して僕に襲いかかる。咄嗟《とっさ》に顔を覆ったが、カバーしきれず僕は咽《む》せて咳《せ》き込《こ》んでしまった。

ドラゴンの地鳴りのような呼吸音が止まる。

——気付かれた！

僕はもつれそうになる脚を叱咤《しった》しながら、この場から少しでも遠くへと行く為に走り出した。

背後から巨体が起き上がる音が振動と共に聞こえる。

僕は走る。走る。火事場の馬鹿力というやつか、今は脚の痛みも感じず走れている。

ただ長くは保たない予感もしていた。すぐに限界が来るだろう。

フォームも何もなっていない久しぶりの全力疾走に息が上がる。限界が来たら、今度こそ終わる。

視界も聴覚も全てがスローモーションになり、頭の中を様々な記憶が駆け巡る。

あぁ、久しぶりの走馬灯だ。

記憶のフィルムの中、一番目立っているのは銀色の頭で。

僕の短い人生、いつも隣にはファルクがいたな。

『爺《じい》ちゃん色々言うたけどな。一番大事な事は、困った時は助けを呼ぶって事なんじゃ。そがいしたら絶対に誰かが助けに来てくれるけぇな』

僕の頭を撫《な》でながら、そう優しく笑う爺ちゃんの日焼けした顔を思い出す。

本当かな。助けに来てくれるかな。

僕は声の限り叫んだ。

「っ……助けて!!　ファルク!!」

とうとう脚に力が入らなくなり、僕は派手に転んでしまった。その拍子にずっと抱えていた杖が手から落ちて、遠くへと転がっていってしまった。

唯一の生命線だった杖も失ってしまい、もう本当に駄目なんだと悟った。

——来る訳ないじゃないか。だってここはダンジョンの百階層。

背後を振り返ると大きく開かれたドラゴンの口の中に赤い光が見える。ファイアブレス。

僕をちまちま探すのが面倒だから、一帯を焼き尽くしてしまおうって事か。

周囲の温度が急速に上がり、どこもかしこも熱くなる。

僕は目を伏せた。ローブの胸元をぎゅっと握りながら、大好きな人達の笑顔を思い浮かべる。

僕は頑張った。最期まで足掻いた。

「レイル!!」

聞き覚えのある声に、身体《からだ》が宙に浮くふわっとした浮遊感。あまりの既視感に僕は目を見開いた。

——嘘だ。あり得ない。夢だ。

「ファルク……？」

僕の目の前には額に玉のような汗を浮かべたファルクがいた。そんなところまで、オールド・トレントと戦った時と一緒だ。一瞬で焼け死んで、死後に幸せな幻でも見てるんだろうか。

「レイル、生きててよかった……！」

空中で横抱きにされたまま、ファルクの頬が僕の頬に擦り寄せられる。その瞬間ファルクから漂う汗と埃《ほこり》、そして血の匂いが鼻をついた。

その生々しい匂いに、僕は呆然《ぼうぜん》としながら、これは現実なのかもしれないと思った。

ファルクに横抱きにされたまま地面に着地する。

ドラゴンのブレスによる炎はもう消えていたが、焼け焦げたような臭いと肌に纏《まと》わりつくようなむわっとした熱気は残っていた。その強烈な熱さに今更ながら恐ろしくなる。

壊れ物を扱うような慎重な手つきで、床へと座らされた。そして同じ目線に屈《かが》んだファルクが、検分するように僕の身体をぺたぺたと調べ始めた。

僕は呆然としたまま、その様子を眺めていた。

「酷《ひど》い怪我はないみたいだね。よかった……。本当に」

久しぶりに正面からぎゅうっと抱き締められて、僕の瞳《ひとみ》からは訳も分からず涙が溢《あふ》れ出した。

なんでだろ、驚きすぎてよく分かんないや。

ファルクの身体も少し震えている事に気付いて、余計に涙が止まらなかった。

「ファルク様ぁ！　レイルは⁉」

「無事だ！」

「あ――よかったぁ……！」

遠くから聞こえるセーラの声に、僕は少しだけ正気を取り戻した。セーラも、来てるのか。

僕は震える手でファルクの頬に触れた。……本当にいる。ファルクだ。

普段は輝くような銀色の髪は、埃でくすんでしまっている。その美しい顔にも乾いた血と泥が所どころに付着しており、全体的に薄汚れていた。

しかし、僕を見て細められた黄金の瞳は太陽のように暖かで、目の前の彼が僕の大好きな幼馴染《おさななじみ》なのだと実感する。

僕は震えた声で「なんで……？」と問いかけた。

――なんでここにいるの？　なんで来てくれたの？　なんで来られたの？

そんな様々な疑問が全て詰まった『なんで』だった。

「助けに来たよ。でも、詳しい説明は後ね。今はまずアレを片付けなきゃいけないから、良い子で待ってて」

ファルクの手が僕の両瞼《りょうまぶた》を覆う。スゥッとした清涼感のあるひんやりした感覚の後、瞼の腫《は》れがひくのが分かった。

またこの魔法をかけてもらえる時が来るなんて信じられなくて、上手《うま》く言葉が出なかった。

「ファルク……」

僕はぼんやりとした思考のまま、ただ傍にいて欲しくてファルクのマントの裾《すそ》を摑《つか》んだ。

ファルクが困ったように笑う。

大きな手で頭を撫でられると、今度は日向《ひなた》ぼっこをしている時のような温かさが全身を包み込んだ。

すると重たかった身体は軽くなり、あんなに痛かった脚の痛さもひいた。

「そんなに可愛い顔しないで。離れ難くなる。流石《さすが》にエーテリアも一人じゃキツいと思うから行かないと」

ファルクが親指でさしたのは遠くにいるノクスフレアドラゴンだった。

ノクスフレアドラゴンは咆哮《ほうこう》をあげながら苛立《いらだ》ったように尾を振り回していた。そのターゲットは……セーラ!!

僕は思わず口を押さえて、ハラハラしながらその攻防を見守る。

セーラは体重を感じさせない軽い動きでトンと上に跳躍し、簡単そうにドラゴンの尾を避けた。

ドラゴンの尾が当たった柱は、物凄《ものすご》い衝撃音を上げながら砂の城のように次々と呆気《あっけ》なく崩れていった。その威力に僕は身震いしてしまう。

そんな僕とは違い、全く恐れる様子のないセーラは、片手に持ったモーニングスターを振りかぶると、跳躍から落下する時のエネルギーも乗せて勢いよくドラゴンの頭に叩《たた》きつけていた。

いや、治癒術師!! 治癒術師とは!?

思わずツッコミが飛び出してしまうセーラの物理ゴリラっぷりに、ようやく僕の思考もまともに動くようになってきた。

どうやってここまで来たかは分からないけど、二人は助けに来てくれたんだ。

そしてこのエリアに足を踏み入れた以上、僕と同様に二人とも今ここでダンジョンボスを倒さないと脱出することは叶《かな》わない。一蓮托生《いちれんたくしょう》だ。

僕はノクスフレアドラゴンの元へと駆け出そうとしているファルクの背に慌てて声をかける。

「僕も行く、行かせて！」

ファルクは一瞬逡巡《しゅんじゅん》したが、僕の熱意を込めた視線に負けたのか頷《うなず》いてくれた。

ただ、ファルクは僕の走る速度に合わせるつもりはなかったようで、再び僕の身体をヒョイと抱き上げると走り出した。僕は慌ててファルクの首にしがみつく。

「いや、合理的なのは分かるけどっ」

「レイルが着くの待ってたら倒し終わってるよ」

「そこまで遅くないだろ！」

ファルクのあまりの言い草に、怒ったように返すとファルクが楽しそうに笑った。

――ああ、なんかこういうのいいな。久しぶりだな。

ダンジョンボスはすぐ傍《そば》にいるし、倒さなきゃ脱出出来ないし、まだまだピンチな事に変わりはないけれど一緒にいれば大丈夫って気がする。

僕は殆《ほとん》ど無意識にファルクの肩口に頬を擦り寄せた。

走っている最中、ファルクが転がっていた杖《つえ》を拾ってくれたので、僕は僕の生命線との再会に感極まってぎゅっと杖を抱きしめた。

程なくして僕はファルクに抱えられたまま、ドラゴンの近くへと到着した。

セーラがモーニングスターを振り回して戦っている。

「ファルク様、こいつ結構強いで……」

「セーラっ」

「ってなんでレイル連れてきてるんですか⁉　バカなんですか⁉　危ないでしょう‼」

「レイルが来たいって言ったんだ。何かやりたい事があるんだろう。俺がいてレイルにかすり傷一つつけさせるつもりなんてないから、大丈夫だよ」

「私だって守りますけどね！」

ドラゴンの引《ひ》っ掻《か》き攻撃をいとも容易《たやす》く避けながらのセーラとファルクの砕けたやりとりに、僕は目を丸くしてしまう。

——僕が知らないうちに、随分、仲良くなったんだな……。

二人の知らない姿に少しだけ心がかげる。

しかしこんな状況で、しかも助けに来てもらっておいて、こんな事考えてる場合じゃないだろ、と僕はバチーン！　と勢いよく頬を叩いて邪念を振り払い、気合を入れた。

するとなにやってるの、とファルクには怒られてしまい、セーラからは治癒魔法が飛んできた。

いや、二人とも過保護がすぎるだろ。気合を入れてたんだよ。

「と、とにかく降ろして」

現在ファルクは僕を抱えながらドラゴンの攻撃を避けて、片手で魔法を放ち攻撃している。

これじゃ完全に足手纏《あしでまと》いだ。

「危ないから」

「大丈夫だよ。一番レンジが広い尻尾《しっぽ》攻撃の範囲内には入らないし、ブレスは近接戦闘を挑んでる人がいる限りやって来ないから」

戦いの全容を見られてかつ、攻撃が当たらないであろう安全地帯で降ろしてもらう。

ファルクが戦闘に戻るのを見届けた後、僕はすうっと息を吸い、大きな声で叫んだ。

「ファルク、セーラぁ！　僕の事、信じてくれる？」

ファルクとセーラは考える素振りすら見せずに「当たり前」「当然でしょ！」と答えてくれた。

僕は何故《なぜ》だか胸がいっぱいになってぐっと拳《こぶし》を握り締めてから、ダンジョンボス撃破に向けての作戦を伝える為に口を開いた。

先程ファルクに抱かれながらドラゴンに接近した時、ドラゴンの口の端から黒い血のようなものが垂れているのが見えた。あれは僕が仕込んだ毒が効いている証拠だ。

そのまま普通に戦ってたとしても二人なら倒せるかもしれないけれど、いかんせんノクスフレアドラゴンは耐久が高いのでどうしても長期戦になってしまう。ましてや僕はまるっきり役立たずなので、火力は二人分しかない。

ここに来るまでにかなり消耗してそうな二人の為にも短期決戦でカタをつけさせたい。

僕はセーラに【活性化】の魔法をドラゴンにかけてもらうように頼んだ。

【活性化】は自己治癒力を高めたり、動きが俊敏になったり、活力が湧いてくるようないわゆる『バフ』の効果がある。

間違っても敵にかけるような魔法ではないのだが、毒が入ってるなら話は別。

この魔法、毒の効果も活性化してしまうのだ。これによってただの弱い毒が猛毒と化す。

もちろんバフ効果も普通に敵にかかってしまう為、手強《てごわ》くもなるのだが二人の戦闘スタイルならいけると思った。

あとは光と水が弱点である事、攻撃パターン、翼は殆どダメージが入らない事や、角を破壊すると電撃を撃てなくなるので楽になる事などを伝えて、戦力外の僕は柱の陰からそっと戦う二人を見守っていた。

【活性化】のせいで、ドラゴンの攻撃は激しさを増していたが、二人とも大きく崩される事もなく冷静に対処しているようだ。

ファルクが狙われている時はセーラが攻撃をし、セーラが狙われている時はファルクが攻撃をする。

歴戦のパートナーのような、いいチームワークだと思った。

――いいなぁ、と思う。

あそこに入れたら、と思わずにはいられないが、僕にあんな芸当が出来るとは思えないので、眉尻《まゆじり》を下げて二人の勝利を願う。

というか、二人とも普通にすげぇ高さのジャンプしてるけど、あれは一体どういう事なの？

ここバトル漫画の世界だったっけ？

でも同じ世界の住人なのに、僕はごくごく普通の高さのジャンプしか出来ないんだけど。五十センチくらい。この戦いが終わったらどうやってやるのか聞いてみようか。

そんな二人でも時折、攻撃に当たってしまう事があって、その度に僕は「あぁっ……！」と悲痛な声を出してしまうのだけど、二人共治癒術に長《た》けているので、すぐに自身で治療して何事もなかったように戦いに復帰していた。

決して痛くない訳ではないだろうに平然としている姿には、僅《わず》かばかり畏怖《いふ》の念を抱く。

二人共本当に強いな。ゲームの時よりもずっと強い。

ファルクが持っている長剣と盾は僕が見た事のないもので、『ぶきや』で依頼していた最強武器が完成していた事に気付く。

黒い柄とグリップ、ガード。ガードには特に華やかな装飾が施されていて、中心に赤い魔石が埋め込まれていた。そして赤く光る紋様が刻まれている黒く艶《つや》のない剣身。

盾も黒と赤を基調とした剣と揃《そろ》いのデザインだった。

——意外だな、と思った。

剣も盾も厨二心《ちゅうにごころ》をくすぐる凄いカッコいいデザインで、ゲームに実装されてたら僕は間違いなく使ってたと思うんだけど、ファルクっぽくはない。

ファルクをイメージさせるカラーは白、青、金、銀などの清廉な感じで、黒と赤というどちらかと言えば悪側が使ってそうな色合いとは真逆だ。

でも、正義の味方っぽい王子様が禍々《まがまが》しい武器使ってるのもそれはそれでカッコいいな。

ついさっきまで、死を覚悟していて、ドラゴンに近付く時だって漏らしそうなくらいにビビっていたのに、今ではこんな風に冷静に状況を見ることが出来ている。

二人がいるからだ。

いつも守られてばかりで情けないけれど、どうか皆で無事に帰れますように、と僕は祈った。

避けて攻撃してを繰り返しているうちに、目に見えてドラゴンの動きは鈍くなり、口からは大量の黒い血が流れ出している。ドラゴンの命の灯火《ともしび》は残り僅《わず》かなように思えた。

二人もその事に気付いたのか、動きがより攻撃的なものに変わった。

「一気に畳みかけましょう！」

「ああ、さっさと終わらせる」

少し距離を取ったセーラがモーニングスターを両手で持ち、掲げるように上に上げると、連動するようにドラゴンの腹の下から太い光の柱が立ち上り、ドラゴンの体を貫いた。

それにはドラゴンも堪《たま》らなかったのか、耳をつんざくような鳴き声をあげる。

僕は慌てて耳を塞《ふさ》いだ。

ま、また知らない大技を……。

僕がその殺意の強い技に慄《おのの》いていると、重い音をたてながらドラゴンの巨体が地に伏せる。息も絶え絶えといった様子だった。

僕がようやくだ、と思った瞬間、ドラゴンから真っ黒な瘴気《しょうき》が噴き出し、視界が真っ黒に染まり何も見えなくなった。

何だこれ？　こんなの知らないぞ！

想定外の事態に僕はパニックを起こして、口を覆うのを忘れてモロに瘴気を吸い込んで咳《せ》き込《こ》んでしまった。

二人は、二人は大丈夫なのか。僕は柱に縋《すが》るように摑まりながら、必死で目を凝らす。

すると風が吹いて急にパッと視界が開けた。

ダイヤモンドダストのようにキラキラとした風は徐々に広がり、辺りを覆っていた瘴気を消し去っていく。その風の中心にいたのはファルク。

ファルクが持つ剣の剣身は黄金色に光り輝いていて、まるで実体がないようにゆらゆらと揺らめいていた。

――この技は……！

「これで、トドメだ……！」

ファルクは高く飛び上がると体重に落下エネルギーを乗せて、その光の剣をドラゴンの眉間《みけん》へと突き刺した。

その瞬間、ドラゴンの体の内側から爆発するように次々と光の帯が漏れ出してファルクもドラゴンの姿も光に包まれて見えなくなった。

しばらくして光の奔流が収まると、そこにドラゴンの姿はなく、黒い剣身に戻った剣を持ったファルクだけが立っていた。

いつの間にか真っ暗だったフロアには地下だというのに太陽のような光が差し込み、辺りを明るく照らしていた。

「お、わった……？　倒した……？」

僕の声に反応したのか、ファルクは僕を見て笑顔で頷いてくれた。

逆光の中微笑《ほほえ》むファルクを見て、僕はフェルメールの絵画みたいだなと思って、過去にもそんな風に思った事があったなと思った。


——記憶を取り戻してからの悲願だったダンジョンボス撃破が成された瞬間だった。


腰が抜けてしまい、僕はずるずると床へと座り込んだ。

「終わったんだ……終わった……」

ファルクとセーラが僕の傍に駆け寄ってくる。

二人とも多少疲れた顔をしていたが、足取りもしっかりしていて、大きな怪我《けが》もなさそうだ。よかった。

「あ、の……ありがとう。助けてくれて……ダンジョンボスを倒してくれて……」

僕はすっかり緊張の糸が切れてしまって、アドレナリンで誤魔化《ごまか》していた疲労感と眠気が一気に襲ってきた。

まずい、意識が途切れそうだ。

ぐらりと傾いた身体《からだ》をファルクに抱き止められる。

そうだ、ファルクに好きって言わなきゃ。

言える時に、言わないと後悔するって……。

「あの、……ぼ」

「レイル、俺と結婚して」

僕が告げるよりも先にファルクから耳元で告げられた衝撃的な言葉に、僕は目を見開いた。そしてその衝撃でそのまま意識を失ってしまった。

◇◆◇

初めてのダンジョン探索課外授業で、教授からパーティを組めと言われた時に目が合ったのが、私と彼の出逢《であ》いだった。最初の印象は『大人しそう』。

彼の、突然知らない人達とパーティを組めと言われて困っているのが丸分かりのその様子は、孤児院で皆のお姉ちゃんをやっている自分の庇護《ひご》欲《よく》を刺激するものだった。

ああいう大人しそうで自己主張が苦手っぽい子にはこっちから声をかけてあげないとダメなのよね。驚かせないように話しかけたつもりだが、それでもかなり驚かせてしまい、あわあわとする様子は小動物か何かのようで、私はますます守ってあげなくては……と思った。

そんな彼だったが、自己紹介を交わした時に見せてくれたはにかんだような笑顔が、それまでの

『大人しそう』とか『暗そう』とかの印象を覆すほどに可愛くて、輝いていて、私は隠された宝物を見つけたような気分になって密《ひそ》かに舞い上がった。

まぁ、その宝物はもうとっくの昔に他の人に見つけられていたのだけれど。

私が守る必要なんてないくらいに、とんでもない番犬が彼……レイルにはついていた。

ファルク・サンブール。シルヴァレンス王国の王女様の一人息子《むすこ》。その手の事に疎い私でも、学園に三人しかいない王族の面々くらいは知っている。

レイルを守るようにべったりと張り付き、警戒するような眼差《まなざ》しで私を見てくる彼を見て、私は少し笑ってしまいそうになった。

一目見ただけで分かる溺愛《できあい》っぷりに、私はレイルがこの年齢までこんな風にぽやぽやとしたまま育った理由を察した。

王子様と平民、そして幼馴染《おさななじみ》というロマンス小説でしか見ないような組み合わせのその恋人同士は常に仲睦《なかむつ》まじく、その手の創作物が大好きな私はニコニコしながら二人を見ていた。

あ、「ガサツなくせに?」って笑ったやつは容赦なくぶっ飛ばしに行きます。

それからなぜかレイルから友達になろうと誘われて、共に過ごすようになって、私は二人の関係がまだ恋人ではないという衝撃的な事実を知った。

レイルとファルク様の関係はなんというか、複雑だ。

どう見ても両想いなのに過去に色々あったとかで、お互いに一歩踏み出す事を躊躇《ちゅうちょ》しているようだった。私はいい友人としてそんな二人を、というか何事にも一生懸命なレイルを見守ろうと思った。

レイルの助言もあって、ダンジョン探索で効率的にお金を稼げるようになり、孤児院の弟妹達に新しい服やおやつを買ってあげたり、ノートやペンなんかの消耗品にかかるお金を気にしなくてよくなり、私は順風満帆って感じの学園生活を送っていた。

しかし、レイルが時折見せる暗い表情だけはずっと気掛かりだった。

しかも、頻度が日に日に増していくので、私はその原因について考えてみる事にした。

本人に聞いても「大丈夫」とか「何でもないよ」としか言わないから。

まず分かりやすいのはダンジョン関連。

私がたまたま見つけた昔の人の手記によって、ダンジョンの最下層にいるボスを倒さなきゃ魔物が溢《あふ》れ出して大変になるって事が周知されてからは、特に切羽詰まったような顔をするようになった。

こんなのは国の偉い人がどうにかすればいい問題で、私達にはそんなに関係ない事だと思ってたんだけど、レイルは違ったようだった。

まるで自分の責任みたいに国の問題を背負い込んでしまうレイルが不思議で、心配だった。

次点でファルク様の事。

レイルはファルク様の話題を出すと少し様子がおかしくなったり、切なそうな顔をしたりする。

私、別にファルク様の事悪く言ったりはしてないんだけどな。素敵な彼氏(彼氏じゃないけど)だねーって感じで話題を振っても、微妙な反応。

恋愛ものを読んだり見たりするのは好きだけど、現実の恋愛は難しい……。

ファルク様はいつまでもレイルにこんな顔をさせていないで、さっさと安心させてあげればいいのと思っていた。

レイルの肩を持ちすぎだと思われるかもしれないけど、私はレイルの友達なので仕方ない。

そんな中で、学園中に走ったファルク様とレイルの破局の噂《うわさ》。

どうしたって一挙一動に注目が集まるファルク様のせいで、距離感も空気も恋人同士のそれだった
二人は、学園では名物カップルとして結構知られていたから噂が回るのも早かった。

女生徒達の間で『理想の恋人』としてダリオン様やルカス様を抜いて、ファルク様の名前があがりがちなのは、付き合ったら絶対に大事にしてくれそうってポイントが大きかったから、勝手にショックを受けている子も多かった。

時折突飛な行動をするレイルはともかくとして、あの恐ろしい番犬がレイルを手放すのが信じられなくて、最初私は噂を信じていなかった。

でも、実際に二人の仲睦まじい姿を学園内で見る事がなくなり、レイルは変わり者の上級生のカイル様の研究室やダンジョン近くの騎士団の詰め所に入り浸るようになってしまって、私は話しかけるタイミングすら中々得られなかった。

合同授業の時。遠くの席から見かけたレイルの表情は、私が心を奪われたあの笑顔とはかけ離れていて、何とかしなくてはと再びお節介にも思った。

しかし、どうにもタイミングが悪いのかレイルは中々捕まらなくて、私は苛立《いらだ》ちのままにもう一人の方をあたる事にした。

番犬の方はすぐに捕まった。

というか元々ダンジョンの入り口付近でよく見かけていたので、声をかけるだけだった。

「ファルク様、素材集めなら私もご一緒してよろしいですか」

ファルク様は私の前では猫を被《かぶ》る気もないのか、露骨に胡乱《うろん》げな目をしたが了承してくれた。

ダンジョン内部に入ると、さっきまでの彼はまだ一応取り繕っていたのだな、と分かるくらいにファルク様の表情が無になった。

最初は『レイルにあんな顔させてるんじゃないわよ！　バシーン！』ってやってやろうかなと思っていたのだけど、あまりにもダメージを負っているファルク様の様子に、流石《さすが》のレイル贔屓《びいき》の私も不憫《ふびん》になってしまって、話を聞いてみる事にした。

ファルク様は断片的にしか語ってくれなかったけど、まー何と言うか拗《こじ》れに拗れていた。

多分レイルの精神状況がよろしくなくて距離を置く事になってしまったのだろうけど、その時に言われた言葉がどうにもファルク様の急所を貫いたらしく、心を無にしてダンジョンで素材集めに精を出していたらしい。

「素材って『ぶきや』で作ってもらうやつの素材ですよね？」

「ああ、剣と盾だ」

「ふぅん、それ完成したらどうするんですか？」

ファルク様は不意を突かれたように黙ってしまうと、少ししてから口を開いた。

「……ダンジョンボスを倒す」

「それって、ノブレス・オブリージュってやつです？」

「いや、レイルが怖がってるから。ただそれだけだよ」

私は思わず笑みがこぼれてしまった。その答えは私の中で満点だったから。

好きな子の笑顔を守る為についでに国も救っちゃうなんて、なんてロマンチック。

そして、レイルの憂いの殆《ほとん》どを占めるであろう原因を取り除いてしまえば、この番犬との関係も少しは楽観的に考えられるかもしれない。

「私も協力しますよ、それ」

ファルク様が怪訝《けげん》そうな表情を浮かべる。まぁ、いきなりなんだって思うよね。

「私も同じ目的なんで」

私がそう言うと、意味を正しく理解したのだろうファルク様は、思いっきり眉《まゆ》を顰《ひそ》めて嫌そうな顔をした。ダンジョンに入ってから殆ど無表情だった顔が初めて大きく乱れた瞬間だった。

しかし、ソロで攻略するよりも、事情を承知で同じ目的の私を引き入れた方が、圧倒的に早く目的を達成出来る。イコールレイルの為になると考えたのだろう、嫌そうな顔を保ちつつもファルク様は「いいだろう」と了承してくれた。

——私も、たった一人の笑顔の為に魔王に挑んじゃうようなロマンチストな勇者様なのだ。

ファルク様とダンジョンに潜るようになってから飛躍的に攻略速度は上がった。

私もファルク様も能力的にソロ向きだから自分の事は自分でやる、で完結してるのがやりやすいんだと思われる。

ボス戦は流石に協力するけど、フロア探索は個々でやっているし。

そんな数少ない協力ポイントのボス戦後の休憩中、私はウエストポーチの中からある物を取り出した。可愛らしくラッピングされたそれ。

「あー、お腹《なか》減っちゃったなぁ！　クッキーでも食べようかな」

私の渾身《こんしん》のアピールに対して、ファルク様が面倒くさそうな顔をしてスルーを決め込もうとしていたので、私は勝手に話を続けた。

「ねぇ、ファルク様。このクッキー……誰が作ったと思います？」

ファルク様の目の色が変わる。私はにんまりと笑う。

「いただきまーす」

レイルらしい均一な形で綺麗《きれい》な焼き色がついたクッキーを一口齧《かじ》る。

少し日が経《た》っちゃってるから、焼き立ての時のようなサクサク感はないけれど、噛《か》むとほろほろと崩れて、バターの香りがふわっと香って美味《おい》しい。

こんなクッキーってお店じゃないと作れないと思ってたけど、レイルと私、何が違うのかな？

「……」

ファルク様が恨めしそうな顔でこちらを見ている。

パーフェクト・ボーイなんて呼ばれているのが嘘《うそ》みたいに余裕のない顔。

見たかったものは見られたので、意地悪は止《や》めにする。

「一枚、食べます？」

「……頂こう」

ファルク様にレイルお手製のクッキーを一枚渡す。

ファルク様はクッキーを見つめて悩ましげな溜め息をつくと、慎重な手付きでひとくち口に運んだ。

そして、項垂《うなだ》れてしまった。

「美味しいですか？」

「王都一番の職人が作ったサブレでさえ、この一枚には敵わないだろう……」

真剣なトーンで言うファルク様が可笑《おか》しくて、私は笑った。

休憩後はまた探索だ。

私達は別れる前に騎士団から支給されているダンジョンに関する資料を床に広げて共に確認する。

これは写しだが、なんとこの資料、レイルが作成しているらしく、今や攻略には欠かせないくらいに役立っていた。

レイルが妙にダンジョンや魔物に詳しいのはどうしてなのかしらね。本人は本で読んだって言ってるけど、本当にそうなのかな。

レイルがダンジョンの事で悩んでいるのと関係があったり……？

そんな事を考えていると、正面から「ぶはっ」と吹き出す声が聞こえて私は顔を上げる。

ファルク様は手の甲を口にあてて、肩を震わせている。

不思議がる私の視線に気付いて、ファルク様は資料の一枚を渡してくる。

「猫スライムは三回見逃してあげると三毛猫スライムが出現する（かわいいので見る価値有）……？」

私が読み上げるとファルク様はまた笑い出した。

「くく、ははは、絶対要《い》らないだろ、その情報。はは、すっげぇレイルっぽい」

ずっと沈んでいたファルク様をたった一行の文章だけでここまで笑顔にさせてしまうのだから、凄《すご》いものだと思う。まぁ、沈んでいる原因もレイルなのだけど。

完全無欠の王子様は、レイルの事になるとこんなにも表情豊かになる。

私はあーあ、と思った。

私にとってレイルは可愛くて、守ってあげたくなっちゃう、ちょっと気になる男の子だ。まだその程度。引き返せる位置にいる。

でもこの人は違う。レイルじゃなきゃ駄目なんだ。なら、一緒にいるべきだ。

……仄《ほの》かに抱いていた淡い恋心に、なんだかすっかり諦《あきら》めがついてしまった。

——私は孤児院で皆のお姉ちゃんをやっていて、面倒見のいい方だと自負している。

今は喧嘩《けんか》中の二人の問題児が仲直りするまで、少しだけお節介をしながら見守ろうと思っている。

◇◆◇

ゆらゆらと揺れている。小舟の上でゆらゆらと。

ここは川か。季節は夏なのか、ジリジリと照り付ける日差しが暑くて、日陰に入りたい、入らなきゃと思うのに身体《からだ》が動かない。

このままローストされてしまうんじゃないかと思ったら突然姉様が現れた。小さい頃の姉様。姉様が何かを繰り返し呟《つぶや》いているがよく聞こえない。

僕が姉様の声を聞こうと起き上がろうとしたら、ぐらりとバランスが崩れ舟が転覆した。

ハッと目が覚める。夢を見ていたようだ。

目に入ったのは見覚えのある天井だが、僕の部屋のものではなかった。目だけ動かして辺りを見てみると室内は綺麗に整頓《せいとん》されており、豪華な調度品が置かれていた。

——ここは、ファルクの部屋……？

そしてこの一般的な物と比べると寝心地がワンランクもツーランクも上のベッドも、ファルクの物だろう。

全身が汗でぐっしょりと濡《ぬ》れていて、妙に気怠《けだる》かった。

とりあえず起きあがろうとした拍子に、額から湿ったタオルがずり落ちてきた。

働かない頭でタオルを眺めていると、勢いよく起きあがろうとしたのが悪かったのか、くらりと眩暈《めまい》がして僕は再び布団へと舞い戻る事になってしまった。

「あれ、レイル。起きたの？」

ガチャリと音がして、扉からファルクが入ってくる。ファルクは何やら様々な荷物を抱えていた。

「ファルク……」

僕が無意識に手を伸ばすと、ファルクは荷物を机の上に置いた後、僕の手を握ってくれて自身の頬へと連れて行った。

ファルクの頬はひんやりとしていて気持ちよかった。

「うん。熱は下がったみたいだね。汗で気持ち悪いだろ、着替えようか」

ファルクはそう言うと、僕の布団をめくった。汗だくの身体が外気に晒《さら》されて、ひんやりする。

ファルクが僕のパジャマに手をかけたところで僕はその手を摑《つか》んで止めた。

「ま、待って。まだ状況が摑めないんだけど……」

掠《かす》れた声でそう言うと、ファルクはサイドチェストに置かれた水差しからコップに水を注《つ》ぐと、僕に差し出してきた。

僕はそれを有り難く受け取り、ごくごくと飲み始めた。

飲み始めて気付いたのだけれど僕は物凄く喉《のど》が渇いていたようで、すぐにコップの水を飲み干してしまった。

すかさずファルクがお代わりを注いでくれたので、今度はちびちびと飲み始める。

「……ダンジョンボスを討伐した後、レイルは気を失っちゃったから、俺が運んで外まで連れてきたんだ。熱も出てたし、まずは医務室で診《み》てもらって、瘴気《しょうき》に当てられた結果の一時的なものだって診断されたから、俺の部屋に連れて帰ってきた……こんな感じの経緯」

分かった？　と首を傾《かし》げられて、なんでファルクの部屋に？　とは思ったものの、僕は頷《うなず》いた。

空になったコップがファルクの手により回収された。

「そこの机の上にあるのは、みんなレイルへのお見舞いの品。主に騎士団からが多いけど、あぁ、アメリア嬢からのものもあるよ。ほんと、いつの間に仲良くなったの？」

ファルクが呆《あき》れたように笑う。机の上を見ると紙袋やら花束がどっさりと置かれていた。

なんだか大ごとになっている気がする……！

「じゃあ、着替えようね」

「ま、待って待って」

ファルクの手が再び僕のパジャマに伸びてきたので、僕も再びその手を摑んで止める。

今までならいざ知らず。今となっては僕は目の前の男に恋する青年なのだから、着替えさせてもらうのは流石に恥ずかしい。

ってあれ……。そう言えば、気を失う前……。

『レイル、俺と結婚して』

ぼふんっ、と音が出るんじゃないかと思うくらいに急激に顔が熱くなる。きっと頬も耳も全部真っ赤になっているだろう。

ファルクが驚いたような顔をしている。

「また熱上がった？　大丈夫かい？」

「だ、だいじょうぶ、大丈夫。……その、恥ずかしいから、着替えなくていい。浄化かけるから」

ファルクは不満そうな顔をしながらも、浄化の魔法をかけてくれた。びっしょり濡れていて不快だったパジャマもシーツも一瞬にしてカラッと乾く。

その気持ちよさに「はぁ」と長い息を吐くと、ファルクが布団を掛け直してくれた。

「気を失ってるレイルの着替えをさせたのは俺なんだから、恥ずかしがる事ないのに」

「え」

言われてみれば気を失う前、僕は戦闘用のローブを着ていた。間違っても今着ている件《くだん》のフリルのパジャマで戦闘してた訳じゃない。

僕はハッとしてパジャマのズボンに手を突っ込む。しかし、触ってみたところでパンツがいつものものかどうかなんて判別出来なかった。

「も、もしかしてパンツも……？」

僕は恐る恐る聞く。

――ファルクは仰々しく頷いた。

僕は勢いよく起き上がると、そのまま前に倒れて布団に突っ伏した。

片思いの相手に告白する前に尻《しり》だのちんこだのを見られているとか……!!

僕が羞恥《しゅうち》のあまりうーうー唸《うな》っていると、ファルクの手がぽんと僕の頭に載せられる。

「変な事はしてないから安心して。流石《さすが》に俺も病人相手に手を出したりしないよ」

ファルクのその性のニュアンスを含んだ言葉で、再び『プロポーズ』の事を思いだす。

……あれってプロポーズだよな。聞き間違いじゃないよな。……え？　でもおかしくないか。だって唐突過ぎる。やっぱり聞き間違いか……？

僕がゆっくり顔を上げると、ファルクはベッドの端に腰掛けて穏やかに笑っていた。目が、合う。

「レイル。改めて言うけど……俺と結婚して下さい」

「ひゃあ……!!」

き、聞き間違いじゃなかった!!　なんで!?　なに!?　何が起きた!?

告白しようと思ってたら、向こうからプロポーズされるの意味が分からないんですけど！

僕が言葉にならない奇声を発していると、ファルクの手が僕の手を握った。

何故《なぜ》かその手の大きさや、ゴツゴツとした骨っぽさなんかを意識してしまう。

自分の手が汗ばんでないかが心配になった。

「好きだよ。レイルの事を愛してる」

——どうして、とか、いつから、とか色々聞きたい事はあったけど、今言うべきはそれじゃない。

その真摯《しんし》な言葉に返す言葉は一つだけ。それくらいは僕にも分かる。

「僕も……ファルクの事が、好き、です」

とうとう、言ってしまった。小さい頃に封印して、隠していた気持ち。

ファルクの金色の瞳《ひとみ》が揺れる。

照れ臭くて俯《うつむ》くと、ファルクの顔が近付いてきて、僕は自然と瞼《まぶた》を閉じた。

唇に柔らかいものがそっと触れる。本当に触れるだけの、初めての口付けだった。

瞼を開いたら、金色の目と目が合って、ファルクがくしゃりと笑った。

泣き出しそうなのを堪《こら》えるような、嬉《うれ》しさを噛み締めるような、初めて見る笑顔だった。

色々問題は山積みだけど、それでも。

僕の言葉でファルクのこんな笑顔を引き出せたのなら、それより大切な事なんてないんじゃないかと思った。

僕はファルクの胸に頭を預け、両腕を背に回してぎゅうっとその身体を抱き締めた。十三年分の好きだという気持ちが伝わるように、きつく。

するとと、息が苦しいくらいに抱き締め返されて僕は小さく笑った。

……ちゃんと伝わったよ。

まだ本調子じゃないんだから、と僕はファルクの手で布団に押し込められた。

ファルクはベッドの傍《そば》に椅子を引っ張ってきて、お見舞いスタイルで僕を見守るつもりのようだ。

退屈じゃないのかな、とか、ベッド占領しちゃって悪いな、とか考えなくもないんだけど、僕を見つめるファルクの目が蔦瑠璃《つたるり》の蜂蜜《はちみつ》よりも甘くて僕は口を噤《つぐ》んだ。

い、今までもこんな風に見られてたのかな……？

いざ想いが通じ合ってみると、こんなにもファルクの感情は分かりやすい。もしかして僕って相当鈍かったのでは、と少し不安になる。

嬉しいような恥ずかしいような、胸の辺りがほわほわして、また熱が上がってしまいそうだ。

「そうだ、レイル。アメリア嬢から頂いたオレンジジュース飲んでみない？」

「……の、飲む！」

頬を染めてもじもじする僕を見て、くすりと笑ったファルクがそんな提案をしてくる。

……照れ臭いんだもん、仕方ないだろ。

アメリア様のお見舞いのオレンジジュースは封を開けた瞬間から爽《さわ》やかで濃厚な香りを放っていた。

ベッドの上で上半身だけを起こした僕は、わくわくしながらそれをひとくち口に含んだ。

な、なんだこれ……！　酸っぱいのに美味《うま》い。疲れた身体に沁《し》みる……！

思わずサイドテーブルに置かれた瓶のラベルをまじまじと見ると、風車と鳥が描かれている。見たことがない。僕がファルクの方を見ると、ファルクも僕と同様に瓶に貼られたラベルを見た。

「……多分ドラヴァレット公爵家の領地に風車が名物の町があった筈《はず》だから、そこで作ってるものなんじゃないかな？　王都では見た事ないから、量産はしてないのかもね。気に入った？」

僕はコクコクと頷いた。

商家の息子《むすこ》だから、それなりに流通しているものについては詳しいと思っていたけど、世の中にはまだまだ僕の知らない色んなよいものがあるんだなぁ。

何故かえらくニコニコしたファルクが「じゃあ、今度二人で一緒にそこへ旅行に行こうか」と甘ったるい声をかけてきた。

今の会話のどこにファルクの機嫌がよくなる要素があったんだろうと、僕は不思議に思ったが素直に頷いた。

ファルクにも飲ませてあげると「美味《おい》しいね」と笑っていた。

またこんな風に笑い合って、穏やかな時間を過ごせる事が嬉しくて、僕はつい口が滑らかになってしまう。

「あのね、ダンジョンボスにトドメを刺した『水は光を映し、風がその力を導く。我が剣に宿る黄金の裁き、ここに顕現する！』って技あるだろ？　あれ、カッコよかった！」

「うん……？　うん、うん。また、アレね。了解」

ファルクは最初口元を押さえて微妙な表情をしていたけれど、暫《しばら》くすると何かが決壊したのか大きく肩を震わせて笑い出した。

僕はなんで笑われているのか分からずに困惑してしまう。

「ふはっ、はは、はぁ……俺、レイルのそーいうとこ、好きだなぁ」

「なんか、あんまり褒められてなさそうなんだけど……」

僕が膨れていると、ご機嫌そうなファルクにちゅっと音を立てて口付けられる。

うぅ、もう！　誤魔化《ごまか》されないぞ。それに、そんな事より……！

「……えっと、あの後セーラは大丈夫だったの？」

僕は今一番気になっていた事を聞いた。ファルクと一緒に百階層まで助けに来てくれたセーラ。最後に見た姿ではピンピンしていたけれど……。

「元気だよ。元気過ぎるから、ダンジョンボス討伐についての各所への報告とかは全部任せた。俺はレイルについててあげたかったし。レイルが起きたらすぐに教えろって、うるさかったけど」

「元気なのはよかったけど、……そんなんでいいの？」

胡乱《うろん》げな目で見ると、ファルクは苦笑いをした。

「いいんだよ。俺が表に出過ぎると色々面倒な事になるからね。英雄として俺を王位継承者として推そうとする勢力が出てきても困るし、あくまでもセーラが主体で討伐したという形にするのがベストなんだ。本人も満更じゃなさそうだし」

僕はただ面倒臭かったからセーラに全部押し付けたのかと思ったけど、そんな単純な理由じゃなかったようだ。高貴な血筋というのも大変なんだな。

「レイルも討伐メンバーなのに、事後承諾になっちゃって悪いんだけど……」

僕は首をぶんぶんと振った。

「ううん、僕は全然……！　というか助けてもらっただけだし」

「謙虚なのはレイルのいいところだけど、自分が果たした役割の大きさを理解する事も大切だよ。俺はダンジョン全階層踏破において、一番貢献度が高いのはレイルだと思ってるからね」

思ってもみなかった言葉に僕はキョトンとしてしまう。

「騎士団にダンジョンの詳細なデータを提供してただろ？　あれがなきゃ俺達はまだ八十階層あたりをウロウロしてたと思うよ。あぁ、そう言えばレイルがワープで何処《どこ》かに飛ばされたって聞いた時、騎士団の人達みんな大騒ぎだったよ」

ファルクが「愛されてるんだね」と溜め息混じりに笑った。

先生、先生と可愛がってくれる騎士団の皆さんを思い出す。……後で、顔を見せに行かなきゃな。

「そうだ。どうやって助けに来てくれたの？　ダンジョンには三人しか入れないはずだよね？」

「それは――」

ファルクは椅子に座り直すと、説明を始めてくれた。

僕が強制ワープした後、レオニスとポムはこのまま二人で捜索するか助けを呼ぶかを考えたそうだ。

前にダンジョンの仕組みは遊園地のアトラクションみたいなものだとたとえたけど、今回のケースは途中で乗客が離脱した場合、同じゴンドラに別の人間が入れるのかどうかが問題だった。

そこが不明だったため、最初レオニスはダンジョンに残り、ポムだけが外に出て助けを呼びに行ったそうだ。時間が経《た》っても誰も入って来られなかった場合は、レオニスが一人で僕の捜索をしてくれるつもりだったらしい。

ポムは見張りの兵士と騎士団に事態を知らせた後、ファルクの元を訪れた。

ファルクはすぐにダンジョンに入り、無事にレオニスと合流。

今度はレオニスと交代する形でセーラが入ったそうだ。

そこからすぐに二人で百階層を目指して、ダンジョンを駆け抜けてきたらしい。

「僕、ワープとしか言ってなかったと思うんだけど、どうして百階層にいるって分かったの？」

「ダンジョンボスを倒したら、再び瘴気《しょうき》を蓄えるまでダンジョン全体の動きが鈍化すると言われているだろう？　ダンジョン全てを闇雲に探すよりも、まずダンジョンボスを倒してしまって、レイルの安全確率を高めてからゆっくり捜索した方がいいと思ったんだ」

そんなとりあえずみたいなノリで倒そうってなるものなのかな、ダンジョンボスって……。そのダンジョンボスにずっと悩んできた身からすると、少し哀愁を感じてしまうのだけど、助けてもらった身なので複雑だ。

「あとは勘だけど、レイルはこういう時一番最悪なパターンを引きがちだから、百階層にいるとほぼ確信してたんだよね。俺も、エーテリアも」

「うぅ……。その通り過ぎて何も言えない……」

僕が百階層で一人過ごした時間は、僕にとっては永遠にも等しいくらいに長かったけど、ダンジョンを一階から百階まで攻略するにはとてもじゃないが短過ぎる。

いくら二人とも並外れた強さとはいえ、相当無茶をして急いで来てくれたのだろう。

僕を助けてくれた時のファルクの泥と血に塗《まみ》れた姿を思い出すと、僕は心苦しさと感謝の念でいっぱいになった。

「助けに来てくれて本当にありがとう。セーラにも、改めてお礼言わなきゃだね」

布団から手を出してファルクの手を握る。

「その時は俺も一緒に行くよ」とファルクは僕の手を軽く握り返してくれた。

「あの、さ……僕がダンジョンの事気にしてるのに気付いてた人って、もしかしてファルクの事？」

「うん？　あぁ、エーテリアから聞いてたのか。そうだよ。昔からダンジョンの事になると妙に不安がっていたよね。魔獣に襲われたせいかな、と思ってたんだけど……」

ファルクが空いてる方の手で僕の頭を撫《な》でる。

む、昔から……!?　全然感情を隠せていなくて、恥ずかしくなる。

「……あの……僕……、…………」

いっそもう打ち明けてしまおうか。全てが終わった今なら、いいんじゃないのか。

……しかし、ずっと隠してきた秘密をいざ口にしようとすると、この世界が壊れてしまうかもしれないという不安が過《よぎ》って僕は言葉を詰まらせた。

「……――いいよ。いつか、聞かせてね」

優しい目をしたファルクがゆるく首を振る。ファルクは僕が困っていると、いつもこうやって助け船を出してくれる。僕は小さく頷《うなず》いた。大丈夫だという確信が持てたら、必ず。

「……あの日、レイルに『許す』って言われて、最初はショックだったけど……いい機会だとも思ったんだ」

急に話が飛んだなと思うよりも、突然あの時の話を出されて僕は少し身を固くした。

そんな僕に気付いたのか、ファルクが微笑《ほほえ》む。

「だって俺達の関係が真っさらに戻ったのなら、もう俺が罪の意識でレイルを手に入れる事に躊躇《ためら》う必要もないって事だからね」

頭を撫でていたファルクの手が滑るように移動して僕の頬に添えられた。

「だから、レイルの悩みの種のダンジョンボスの首を手土産《てみやげ》にしてプロポーズしようと思って」

そう言って不敵な笑みを浮かべるファルク。その規格外の発想に、僕は唖然《あぜん》としてしまう。

「目標があっても離れてるのはやっぱキツかったけど……。でもそうでもしないとレイルは一生ぐるぐるしてて、俺の事ちゃんと見てくれなさそうだったし……」

「……い、いや、そうはならないだろ！　ダンジョンボスの首は軽く手土産にするようなものじゃないし！　それに、だからってなんで急にプロポーズになるんだよ！」

「急じゃないよ。俺は昔からレイルと結婚したかった。というか、するつもりだった」

「お、お前、侯爵嫡男だろ。だから僕は……！」

「俺の生き方は俺が決めるって前にも言っただろう？　それにレイルが気付いてないだけで、とっくに俺の家もレイルの家も公認だと思うけど……」

「う、うそだぁっ!!」

僕は叫ぶと、簀巻《すま》きのように布団にくるまりのたうった。

呆《あき》れたように告げられたファルクの言葉には真実味があって、徒労感が酷《ひど》い。

今まで僕がぐじぐじうじうじ悩んでたのはなんだったんだ。なんかもう泣けてくる。

僕が脱力していると、布団の上からファルクが覆い被《かぶ》さってきた。

ずっしり重くて身動きが取れない。

「可愛い可愛いイモムシさん。ところで、まだプロポーズの返事を頂けてないのですが？」

ファルクの問いに僕はぎくり、と身体《からだ》を硬直させた。

だ、だって……僕としてはまだ交際するとかしないとか、そういう段階だったんだ。結婚なんて考えてもみなかったし……！

——……いや。ダメだ。これじゃ今までと一緒だろ。こうやって頭で考えて予防線を張るのはもうやめよう。ファルクに関しては、心のままに動きたい。動くんだ。

「……僕、ファルクと、結婚、する！」

僕がそう宣言すると、ぐるんと身体を回転させられて、さっきとは体勢が上下逆になり、僕がファルクの上に寝ている状態になった。

身体同士がピッタリと密着して、鼓動の音さえ聴こえてくる。その音が思っていたよりもずっと早くて、僕は目を丸くしてファルクを見た。

「はぁー……ありがとう、すごい嬉《うれ》しい」

腕で顔を覆い隠して、万感のこもった声で言われた言葉に胸がきゅうっとなった。

ファルクに両手で頬を挟まれて目と目が合う。金色の瞳《ひとみ》に映る僕はどんな表情をしているんだろう。

「絶対、一生幸せにする」

「ん……僕も……頑張るから」

「もういらないなんて言わないでね」

「い、言わないよ！」

眉《まゆ》を落として笑うファルクに罪悪感がわく。ごめんねの意味を込めて、顔を動かして頬に添えられていた手のひらに口付ける。

するとファルクの手が僕の後頭部にまわり、顔を引き寄せられた。

先ほどの触れるだけのものとは違って、深く、長いキス。

数度唇を食《は》まれ、舌で閉じられた口の隙間をなぞられると、今までに感じた事のないぞくぞくとした感覚に呼吸があがる。

ファルクとのキスを何度か脳内で思い描いた事はあったが、妄想と現実は全然違うという事を改めて思い知らされた。

本物のキスは少し苦しくて、温かくて、気持ちよくて、何より幸せだった。

「三回目……」

僕が陶然としながらそう呟《つぶや》くと、何故《なぜ》かファルクは気まずそうに顔を逸《そ》らした。

◇◆◇

ゴトゴトと馬車が揺れて、身体が上下に弾む。

いつもだったらお尻《しり》が痛い！　とファルクに泣きついている頃だけど、今日の僕は緊張でそれどころではなかった。

唇を真一文字に引き結びながら、膝《ひざ》の上で拳《こぶし》を握りしめて、真《ま》っ直《す》ぐ前だけを見据えていた。

「レイル、そろそろお尻痛いんじゃない？」

そんな僕とは対照的にどこか楽しそうな雰囲気を漂わせているファルクは、両手を胸の辺りまで持ち上げてわきわきと動かした。

「だっ、だだだ、だいじょぶ、だいじょうひゅ！」

思いっきり噛《か》んでしまった。

そんな僕を見てファルクは困ったように笑うと、強引に僕の腰の下辺りに手を差し込んで治癒魔法をかけてきた。癒やされた事でやっぱりお尻は痛かったんだな、と他人事《ひとごと》のように気付く。

「あ、ありがと……」

「どういたしまして。俺はレイルのお尻係だしね」

ファルクの冗談めかした言葉にも反応する余裕がなく、僕は正面を向いてふー、と長く息を吐いた。

ファルクは再び困ったように眉を落とした。

「そんなに緊張する？」

「す、するに決まってるよ……！　だって……」

——これから、サンブール家にファルクと結婚したいと報告しに行くのだ。

ファルクは「反対なんてされないよ」とか「もう半ば公認だよ」とか朗らかに笑っていたが、僕はやっぱりいまいち信じきれていない。

だって侯爵家だぞ。王子様だぞ。一人息子だぞ。

どれだけ反対されたって、一緒にいる事を諦《あきら》めたりなんかはしないと決めているけれど……それでも家族の祝福を受けられないのは辛《つら》い。

アリスおば様とは良好な関係を築けていたからこそ、裏切られたと思われたらどうしよう。

息子《むすこ》のいい友達だと思っていたのに、こんな風になるなんて、と。

固く握りしめた拳の上にファルクの大きな手が重なる。安心しろって言っているようだった。

「まぁ、屋敷に着いたらすぐわかるよ」

ガチガチになりながら潜ったサンブール邸の扉。その先にいたのは……。

「あ、アリスおば様……？」

——アリス・シルヴァレンス王女殿下だった。

いや、そりゃ当たり前だろって感じだが違うのだ。普段とは全く装いが違う。

アリスおば様は何故か公務の時のような豪華なドレスを身に纏《まと》って、髪もきっちりとセットし、メイクもばっちり決めた、正に世界的に愛される『細氷王女』の姿で玄関ホールに立っていた。

隣には苦笑いするサンブール卿《きょう》。

僕は一瞬その姿に見惚《みと》れてしまい、言葉を失った。

も、もしかして……誰かすごい重要なお客様が来る予定なのでは!?

そうだとしたら鉢合わせてしまってはまずい。

——ちゃんと今日帰るって伝えたって言ってたのに!!

僕が焦って隣のファルクを見上げると、ファルクはアリスおば様を見て、なんとも言えない薄ら笑いを浮かべていた。

「れ、レイル……！　い、いらっしゃい。よく来たわね」

何故かギクシャクした様子のアリスおば様に僕はキョトンとしてしまう。

「う、うん……。あの、誰かお客様が来る予定じゃなかったんですか？」

「え？　レイル達以外には誰も来ないわよ」

アリスおば様が僕と同じようにキョトンとする。二人揃《そろ》って疑問符が浮かんでいるような状態だ。

「只今《ただいま》帰りました。母上、父上」

「あぁ、おかえり。レイルくんもよく来てくれたね」

穏やかに微笑むサンブール卿に僕は少しだけ落ち着きを取り戻して「お邪魔します」と挨拶《あいさつ》をした。

「あの、アリスおば様……お客様が来る訳じゃないのなら、なんでそんな豪華なお召し物を……？」

「だって今日はきっと特別な日になるわ……！　あぁ……ふぅ、どうしましょう。顔がにやけてしまいそう。ウフフ、さぁ、談話室に行きましょう！」

きゃあ、とやけに舞い上がった様子で駆けてくアリスおば様の背を見送る僕は、きっと宇宙の真理に触れた猫のような顔をしていたと思う。

「悪いね、ファルクからレイルくんを連れて大事な話があるって文を貰《もら》ってから、アリスはずっとあの調子なんだ」

「そ、そうなんですか……」

「まぁ、とりあえず行こうよ。談話室」

ファルクとサンブール卿は苦笑いをして、先を歩くアリスおば様を見ていた。その表情がそっくりで、僕はなんだか素敵なものを発見したような気分になって微笑んだ。

ファルクはアリスおば様似だけど、やっぱりサンブール卿にも似てる部分がある。

談話室にはソファがいくつも置かれており、アリスおば様とサンブール卿は、今の時期は使われていない暖炉の左側のソファに、僕とファルクは右側のソファに座った。

メイドさんがレモンティーを淹《い》れてくれたので、室内に爽《さわ》やかないい香りが広がった。

どうぞ、とサンブール卿に紅茶を勧められたので僕は有り難くカップに口を付けた。緊張で喉《のど》がカラカラだったのだ。

レモンティーはいつも飲ませてもらっているもので、少しだけ気持ちが落ち着いた。

僕がカップをソーサーに戻すとタイミングを見計らったようにサンブール卿が口を開いた。

「それで、話とは何かな？」

――きた。僕はごくりと唾《つば》を飲んだ。よ、よし、言うぞ……！

膝の上に置いた握り拳に力が入る。

――しかし、気合を入れた矢先にファルクが話し始めてしまった。

「卒業したらすぐにでもレイルと結婚したいと思っています。その報告に来ました」

いや軽っ！　嘘《うそ》だろファルク。そんなノリで許される訳……。

「そうよね！　やっぱりそれよね！　でかしたわ！　ファルク！」

「おめでとう、二人とも」

許された。

アリスおば様は巷《ちまた》で国宝級と噂《うわさ》されているらしい笑顔を浮かべ、サンブール卿も微笑んでいた。

周りのメイドさん達も「おめでとうございます」と拍手をしてくれていた。

その祝福ムードの中心にいる筈《はず》の僕は一人困惑していた。

「えぇ……？」

「ほらね、言っただろう」

したり顔のファルクに僕は口をへの字に曲げる。

別に反対されたかった訳じゃないけど、賛成してくれるならそれでいいんだけど……。

「い、いいんですか？　結婚しても……。僕ですよ？」

アリスおば様は長い睫毛《まつげ》をバサバサと揺らしながら瞬きを繰り返し、首を傾《かし》げた。

「いいに決まってるでしょう？　レイル、貴方《あなた》ウチ以外のどこにお嫁に行くつもりなの。駄目よ。もうウチの子になるって決まったんですからね！」

アリスおば様は腰に手を当てて「今更撤回は認めてあげないわよ！」と高らかに言い放った。

何故か隣のファルクも「認めてあげないよ」と圧をかけてきた。

こんなところで再び親子だなぁと感じさせないで欲しい。

それに僕が『お嫁さん』というポジションを選んだのは、ファルクが相手だからであって、別に誰彼構わずお嫁さんになりたい訳じゃないんだけどな？

困惑している僕に気付いたのか、サンブール卿が苦笑しながら声をかけてきた。

「レイルくんが聞きたいのはそう言う事じゃないよな。侯爵家の嫡男が同性のパートナーを選んでもいいのかって事だろう？」

サンブール卿の言葉にアリスおば様が「そんなの関係ないわ！」と横槍《よこやり》を入れてきたが、サンブール卿が宥《なだ》める。僕はこくりと頷《うなず》いた。

アリスおば様が不満を隠さずに、隣のサンブール卿を睨《にら》んでいるので、サンブール卿はやりにくそうだ。

「一般的には、……まぁよくないだろうな。でも、私はアリスと結婚する時に約束していたんだ。子供には絶対に好きな相手と結婚させると。それがどんな相手であろうとね」

その言葉に僕がアリスおば様の方を見ると、アリスおば様はにっこり笑ってうんうんと頷いていた。

「それに……ファルクの様子を見ていれば、君以外の伴侶《はんりょ》を持つのは無理だろうなと分かるからね。

むしろ、レイルくんがファルクと結ばれる気になってくれてホッとしたよ。息子が生涯を一人で過ごす事にならなくて済む」

「ありがとう」とお礼を言われてしまって、僕はブンブンと顔の前で手を振った。

「後継は養子を貰ってもいいし、私の弟の所の子に継がせてもいい。まぁいずれにしても、私はまだ家督を譲る気はないし、君達も若いのだからそう焦る必要はないさ」

そう言って笑って下さるサンブール夫妻。

その優しい眼差《まなざ》しを受けて、ようやく本当に結婚を認められたのだと実感が湧いてくる。

僕は喜びに緩みそうになる唇をきつく結んだ。

「……僕頑張ります。ファルクを幸せに出来るように、相応《ふさわ》しくなれるように、精一杯、頑張ります」

僕がそう言うのとほぼ同時くらいに横からファルクに抱き寄せられて、僕の視界はダークブルーのシャツで埋め尽くされた。

僕は今君のご両親の前で真面目《まじめ》な話をしてたんだけどな!!

「ちょっ、もう、なんだよファルク」

「……俺はもう凄《すご》く幸せだから、レイルはそのままでいいよ」

「もっと頑張るの！」

「何を？」

「……人付き合いとか？」

侯爵様の伴侶なら必須《ひっす》スキルだろう。せめて人並みくらいには出来るようになりたい。

「いらない。本当にやめて」

「なんでだよ」

ファルクと言い争っていると、クスクスと笑う声が聞こえてきた。

……サンブール夫妻の存在を忘れていた。

無理矢理ファルクを引《ひ》き剝《は》がして、向かいに座る夫婦に目をやると、アリスおば様は嬉《うれ》しそうに、サンブール卿は可笑《おか》しそうに笑っていらした。

「レイルくん。うちの息子をよろしく」

「──はい」

僕は大きく、しっかりと頷いた。

「じゃあ早速婚約披露パーティーを開かないといけないわね！　そうねぇ、ファルクの誕生日が近いからそこで大々的に発表しましょ！」

アリスおば様が機嫌よさそうにパン、と手を叩《たた》いた。

ファルクの誕生日って……あとたった二ヵ月ちょっとしかないんですけど!?

「き、急すぎません!?」

「こういうのは早ければ早いほどいいのよ。ねぇ、ファルク。早く皆の前で宣言したいわよね？　レイルが自分の婚約者だって」

「うん。俺も早い方がいいかな」

ファルクは至極当然のように頷くと「楽しみだね」と僕の手を握ってきた。

僕は最後の頼みの綱とサンブール卿の顔を見たが、サンブール卿は無表情で首を横に振った。

そんなぁ。

「どんなパーティーがいいかしらね……。なんなら王宮の大広間でやるっていうのはどうかしら！」

「そ、それだけは勘弁して下さい!!」

僕の必死の説得で王宮での開催は免れたが、二ヵ月後の誕生日パーティーで婚約発表をする事は決まってしまった。

あ、アリスおば様……相変わらず無茶苦茶な人だ……。

サンブール家で一泊した後、次に僕とファルクは僕の実家、ヴァンスタイン家へと向かった。

馬車の中、今度は逆にファルクが少し緊張しているようだった。僕はその様子が物珍しく、面白くて、うりうりとファルクの脇腹を突いたりして遊んでいた。

前日とは打って変わって僕は気楽だった。

前に帰った時も、将来は僕が好きな事をしたらいいって感じの結論に落ち着いたし、現実的な話でもサンブール家と縁を結べるのは、ヴァンスタイン商会にとって得でしかないので、反対される事なんてまずないだろう。

僕は固い表情を浮かべるファルクの肩に頭を預けて、呑気《のんき》にふふん、と含み笑いをした。

「息子はやれません」

ヴァンスタイン家に着き、前日のサンブール家の時と同じように僕の両親と僕とファルクはテーブルを挟んで向かい合うように座っていた。

そしてファルクの「息子さんと結婚させて下さい」の言葉に、父様は固い表情を浮かべながら先の言葉で切り捨てたのだった。

ええ……⁇

予想してなかった返答に僕は驚いてしまって、目をぱちぱちと瞬かせた。

父様の隣に座っていた母様も、父様を見て僕と同じ表情をしている。言葉も出なかった。

ファルクだけは父様の言葉に眉《まゆ》を寄せて、唇をぐっと噛《か》み締《し》めていた。

「……理由を、お伺いしてもよろしいでしょうか。私に何か至らないところがあるのなら、必ず直します。絶対に、生涯レイルさんを不幸にさせないと誓います。もし子を宿せないのが問題だと仰《おっしゃ》るのなら……なんとかします」

なんとかってなんだ。どうするんだ。

違う意味でギョッとして横のファルクを見ていると、バシッ、と鈍い音が聞こえて、僕は再び正面を向いた。

そこには頭を押さえて悶《もだ》える父様と、手刀の形をした右手を父様の頭の上あたりに浮かせた兄様と、腰に手を当てた姉様が立っていた。

どうやら音の発生源は父様の頭で、兄様が父様の頭をチョップしたようだった。

相変わらずバイオレンスな父子だ。

――兄様と姉様、いたんだ。

普通に最初から同席してくれてたらよかったのに。気を遣って隠れていたんだろうか。

「どうなるかとこっそり聞いていたら……。ファルク様、このバカ親父《おやじ》の妄言は気になさらないで下さい。

「そうそう、レイルの事ならどーぞどーぞ貰ってやって下さい」

兄様と姉様が、代わる代わるファルクに向かって声をかける。ファルクは「は、はい。ありがとうございます」と動揺しながらも頷いていた。

「ケールっ！　何するんだ！」

「親馬鹿も大概にしろよ、父さん」

「そうだよ。レイルがずっとファルク様の事が好きなのくらい知ってるでしょ？　初恋の相手とそのまま結婚までゴールイン出来るなんて幸せな事じゃない」

「だ、だが……お互いに若過ぎるだろう。こんなに早く嫁に行かなくたって……」

左右から双子に睨まれて怯《ひる》んだ父様が、言い訳をするようにぼそぼそと呟《つぶや》く。

「若いって言っても、ファルク様に経済的な心配なんてないだろうし、今更他の誰かに目移りする事もないだろ。父親らしくどっしり構えて可愛い息子《むすこ》の決断を尊重してやれよ」

「それに、この間レイルがダンジョンの最深部に飛ばされた時だって、ファルク様とお友達が助けに来てくれたから助かったんでしょ？　そこまでしてくれる人なんて中々いないよ。出来る人もね。レイルは昔からそういう運の悪さがあるから、ファルク様みたいな方に傍《そば》にいてもらった方が私は安心」

兄様と姉様の双子ならではの息の合ったコンビネーションでの畳み掛けに、父様はもう劣勢……というか殆《ほとん》ど敗北していた。

「う、うう……」

そんな父様に声をかけたのは、意外にもファルクだった。

「……レイルがご家族にどれだけ愛されて、大切に育てられたかは俺自身よく知っています。俺も、皆さんと同じようにレイルを愛して、大切にして、人生を共に歩んで行きたいと思ってます。お願いします。どうか、俺をレイルの傍にいさせてください」

飾らないファルクの言葉を聞いて、僕も気持ちを伝えなければと思った。大丈夫、分かってくれる。

「父様。僕、小さい頃からファルクが好き。ずっと、ずっと好き。これからもずっと傍にいて欲しいし、いてあげたいんだ。だから」

「結婚させて下さい！」と父様の目を見て伝えた。

「……ディル。もういいでしょう？」

ポンと父様の肩を叩いた母様は、優しく微笑《ほほえ》むと父様に向かってゆっくりと頷いた。

父様の眉が八の字に下がる。

父様は僕とファルクに交互に視線を動かしたあと、困ったように笑いながら鼻から大きな溜め息を吐き出した。

「分かったよ。二人の気持ちはよく分かった。……結婚を認めるよ」

父様のその言葉に僕とファルクはバッと向き合い、手を繋《つな》ぎながら笑い合った。

「……済まなかった。昔からこんな日が来る事は覚悟していたのに、いざ本当に来てみると、寂しくて……。あんなに小さくて、いつまでも子供だと思っていたレイルが、急にどんどん大人になってしまって、遠くに行ってしまうような気がして……」

「父様……」

そんな事ないのに。結婚だのなんだの言い出したところで、結局僕は何も変わっていない。いつまで経《た》っても甘えん坊のヴァンスタイン家の末っ子のままだ。ちょっと前までは両親の隠居についていって、甘え倒すという未来もアリだと思っていたくらいだ。

すっかりしょんぼりと肩を落としてしまった父様に、どう声をかけようかと考えあぐねていると、隣から「分かります……！」と万感の思いがこもったような声が聞こえてきた。

隣を見るとファルクが片手で目元を押さえながら、何度も頷いていた。

……いや、なに？　なんでそこでそんなに共感を？

「分かって下さりますか、ファルク様……」

「ええ、ええ。分かります。分かりますとも。少し目を離した隙に、突然大人びた知らない表情を見せたりするので、俺はもう毎日気が気でなくて……」

「ファルク様……！　ファルク様もそのように感じていらっしゃったんですね」

「学園に入ってからはいつもそうでした……！」

「私も、もしかしたらレイルは寮生活が辛《つら》くて帰ってきてしまうかもしれないけど、その時は温かく迎え入れてあげようなんて思っていたのに、全くそんな事はなくて、成長が嬉しいやら、寂しいやらで……」

二人は分かる〜！　と同志を見つけたオタクのように謎に盛り上がっていた。それを僕は何とも言えない複雑な気持ちで見ていた。

映画俳優のように男前の父様と、人間離れした美形の幼馴染《おさななじみ》（伴侶《はんりょ》になる予定）が和気藹々《わきあいあい》と会話しているのは傍目から見たら絵になる光景なんだけど、話してる内容が僕に関するオタトークなので一気に残念な感じになってしまう。

ま、まぁ……仲良くなってくれるのはいいことか。

僕がそうやって納得しようとしていると、姉様に「レイル、ちょっとお話ししよー」と声をかけられた。

僕はチラッとファルクに視線を向けたが、まぁ放っておいてもいいか、と立ち上がり、同じ室内の別のソファセットへと席を移した。

「姉様、帰ってきてたなら最初から教えてよ」

「ふふ、レイルからファルク様を連れて大事な話があるって文が来たって母様から教えられて、これは一大事だー！　と思って来ちゃった」

パチンと茶目っけたっぷりにウインクをする姉様に僕も自然と口元が緩む。

「急に結婚するなんて言い出して、驚いた？」

「ぜーんぜん。ようやくか、と思ったくらい。それよりも父様が反対しだした時が一番びっくりしたかな。ケールと二人で顔見合わせちゃったもん」

あれは僕も驚いたな。何が一番驚いたって、サンブール家からの婚姻の申し出を断る父様の胆力に。いや、ファルクは家の力でヴァンスタイン家を無理矢理どうこうするような人間じゃないけどな。

「さっきはフォローしてくれてありがとう、姉様」

「イエイエ。かわいいかわいい我が弟の結婚の為ですもの、それくらいはね」

姉様の手が僕の頭の上に伸びてきて、わしわしと頭を撫《な》でられる。

僕はもう随分と姉様よりも大きくなってしまったのに、未《いま》だに姉様にとっては『かわいい』扱いのようだ。僕が「もう可愛くないよ」と言うと姉様に鼻で笑われてしまった。

「なぁに言ってるの。何歳になってもかわいいに決まってるでしょー」

頭を撫でる姉様の手つきが大雑把で激しくなったせいで、僕の頭はぐわんぐわんと左右に揺れた。

僕は思わず頭をぷるぷると振って姉様の手から逃れた。

僕は手櫛《てぐし》でぼさぼさになった髪を整えながら、姉様へと恨みがましい目を向けた。

「かわいい弟に対する扱いが雑じゃない？」

「あははっ、ごめんごめん。……改めて、おめでとうレイル。ファルク様と一緒に幸せになってね」

「……うん」

姉様の慈しむような、そんな優しい声に僕も素直に返事をしてしまう。

「でもまさか本当に王子様に求婚されちゃうなんてね……ふふ」

含みを持った姉様の笑顔に僕は首を傾《かし》げる。

どう言う事かを聞こうとした時、母様の「に、二ヵ月後——ッ!?」という悲鳴が聞こえてきて僕はびくりと肩を跳ねさせた。な、なにごとだ!?

僕と姉様は一緒に立ち上がり、母様の元へと向かった。

元いた席に戻ると顔面蒼白《そうはく》の母様に、頭を抱える父様、気まずそうな笑顔を浮かべるファルク。

兄様は慌ててどこかに出て行ったようで、バタバタと足音だけが聞こえた。

僕と姉様は顔を見合わせて首を傾げた。

「どうしたの？」

「パーティーよパーティー！　今から二ヵ月後に婚約披露パーティーだなんて……！　招待客のリスト作りに招待状の準備、衣装の手配、全体の進行なんかも細かく打ち合わせしなきゃいけないし、時間が足りる訳ないじゃない！　も～！　アリスお姉様はいつもいつもそう！」

「……母が申し訳ございません……」

ああ、その事か……。

ファルクが神妙な顔で謝罪しているが、僕はこいつがパーティーにノリノリだった事を知っている。じとっとした目でファルクを見つめていると、ファルクはこほんと咳払《せきばら》いをして誤魔化《ごまか》していた。

出て行った時と同様にバタバタと足音を立てながら、兄様が大量の紙束を持って戻ってきた。兄様の目は爛々《らんらん》としていてどこか楽しそうだった。

「さぁ、商機だぞ。父さん。サンブール侯爵家の婚約披露パーティー。そんなパーティーに親族として準備段階から関われるなんて、うちの商会にとってこんなチャンスないだろ。ぐだぐだ考えてる暇なんてないぜ」

僕らは一様に目を丸くした後、兄様のその根っからの商売人っぷりに皆笑った。

実家の僕の部屋の床には全面にカーペットが敷いてあって、完全土禁だ。その為、部屋に入る時は扉横に設置した靴箱に履いている靴を入れてもらう事になっている。

僕は立ったまま靴を脱いで靴箱に靴を入れた。ファルクは近くに設置してあるスツールに座って靴を脱いでいる。僕と違って上品だ。

僕は室内に入ると扉のすぐ近くに置いてある照明用の魔石に魔力を込めて、部屋の真ん中へと放り投げた。魔石は淡く発光しながらふよふよと浮かび上がり、ある一定の高さで止まると、暖かみのある光で室内を照らした。

久しぶりだというのに、部屋には埃《ほこり》一つなく、空気も澱《よど》んだりしていなかった。

使用人のおばあちゃんがいつも掃除をして、換気をしてくれているのだろう。

明日会ったらお礼を言わなきゃな。

当初の予定であったうちの家族への挨拶《あいさつ》は早々に終わった。

その代わり次に始まった婚約披露パーティーの作戦会議は長い時間続き、先程ようやく一区切りついて解散となったのだ。

窓の外はもうすっかり暗くなり、夜空に月が輝いていた。

「レイルの部屋に入るのなんか久しぶりな気がするな」

ファルクは部屋を見回して、感慨深そうに目を細めると、中央に置いてあるテーブルの近くに腰を下ろした。

僕も隣に腰を下ろしたが、すかさず引き寄せられてファルクの脚の間へと移動させられた。後ろから抱き締められて、ファルクの鼻先が僕の後頭部に埋まる。そのままず一は一と深呼吸。

こいつ本当にこの体勢が好きだな。やっぱり挨拶で多少疲れたのかな？

僕は苦笑しつつも、ごろにゃーんとファルクに身体《からだ》を預けた。

好きなだけ吸ってくれたまえよ、ご主人様。

「入学する前だから、一年以上前かな？」

そう思うとなんだか不思議な感じだ。たった一年ちょっとで、僕らの関係は大きく変化した。

ただの幼馴染から、婚約者に。

この部屋にいるとただの幼馴染だった頃の印象がより強くて、少し照れ臭くなってしまう。

「今は婚約者だから、前はしたくても出来なかった事が出来るのがいいね」

髪を吸うのに満足したらしいファルクに、今度は唇を吸われた。

触れるだけの優しい口付け。

顔が離れて行く途中、こめかみにも口付けられた。僕は黙って俯《うつむ》いた。

気持ちが通じ合ってからファルクと何度もキスをしたが、僕はどうにも慣れる事が出来ず、こういい感じの反応を返せないでいた。

……キスという行為そのものより、する前やした後の甘ったるい空気に照れがある。

何がトリガーになっているのか分からないが、ファルクは急にそういう雰囲気を出してくるので、気持ちが追いつかなくて困る。

特に今は子供の頃から過ごした自室だし、余計に恥ずかしい。

別にキスが嫌な訳でも、甘ったるい雰囲気も嫌じゃないんだ。ただ僕みたいなのがそういう事をしているのが恥ずかしいだけで。

いつまで経ってもこんな調子では、そのうちファルクに呆《あき》れられてしまうかもしれない、と僕は密《ひそ》かに危惧《きぐ》していた。

とりあえず僕はこの甘ったるい雰囲気をどうにかする為に、話題を変える事にした。

「婚約披露パーティーって、大変なんだな。母様があんなに取り乱すと思わなかった」

ファルクは僕の露骨な話題転換に気分を害した様子もなく、「うん、そうだね」と柔らかい声で同意してくれた。

「僕はてっきりいつもやってるファルクの誕生日パーティーくらいの規模なのかなって思ってた」

「いつもやってるパーティーって、レイルが毎年やってくれるやつ？　ふふ、あれよりはまぁ大きくなるかな」

「ち、違うよ！　僕は参加してないけどちゃんとお客さんが沢山来る正式なパーティーやってるだろ」

僕が毎年やってるパーティーというのは、ファルクの誕生日付近に僕の部屋やファルクの部屋で、小さなケーキとプレゼントを用意して小ぢんまりと開催される二人きりのパーティーの事だ。

妖怪《ようかい》のように張り付いてファルクに恥をかかせてしまったあの誕生日パーティー以来、僕は公のパーティーには出席していない。

……う……思い出したらまた「ワァ――ッ!!」と叫びながら床を転げ回りたくなってきた。

「俺としてはレイルが祝ってくれるやつの方が俺の誕生日パーティーって感じするんだけど。……今年もやってくれる？」

「……うん！」

豪華なパーティーも素敵だけれど、僕も二人きりの小ぢんまりとしたパーティーの方が好きだ。

「そうだ、プレゼントはどんな物がいい？」

ダンジョンで稼いだお金と国から頂いた報奨金のお陰で、今の僕はかなりお金持ちなので、なんでも買えると思う。

しかし、それはファルクも一緒だし、なんならどう考えてもファルクの方がお金持ちだ。欲しいものは自分でなんでも買えてしまうだろう。

ファルクは僕がプレゼントした物ならなんでも喜んでくれるとは思うけど、それでもやっぱり使える物をあげたくて悩んでいた。

ファルクは「うーん……」と少し考える素振りを見せた後、ぎゅっと僕を抱き締める腕に力を入れてきた。

「レイルが欲しいって言ったら、困る？」

予想していなかった返答に僕は目を丸くした。

僕が欲しい？　変なの。だって……

「僕はもうファルクのだよ」

婚約発表だって間近だし、卒業後結婚すれば僕はサンブール籍に入る。これからもずっと一緒だ。

僕はふふ、と笑ってファルクの首筋に頭を擦り寄せた。

「……うん。うん、ありがとう。そうだったね、嬉《うれ》しいよ」

ファルクの手が僕の頭を優しくぽんぽんと撫でる。僕は心地よさに目を細めた。

「じゃあそうだな……レイルの手作りクッキーが欲しい」

「クッキー？」

意外過ぎて思わず声が裏返ってしまった。どっから出てきたんだ、クッキー。

「なんでクッキー？」

そんなに好きだったっけ。そもそもお菓子を好む印象があまりないんだけど……。

「ダメ？」

「いや、いいけど……。知ってると思うけど、僕、別にお菓子作るの上手《うま》かったりしないぞ。買ったやつの方が絶対美味《おい》しいよ？」

「レイルの手作りってところに意味があるんだよ」

うーん。確かに、ファルク相手ならお金で買えるモノより、いっそ手作りの品の方が価値があるのかもしれない。

数ある手作りの中で何故《なぜ》クッキーなのかは謎だけど、折角リクエストしてくれたんだから頑張るか。

にしても最近クッキーに縁があるな。もう何年も作ってなかったのに、この短期間で二回も作る事になるとは。明日おばあちゃんに美味しいクッキーの作り方を教わろうかな。

「分かった。頑張って美味しいクッキー作るよ」

「やった、楽しみだな」

ファルクの嬉しそうな声に、僕も嬉しくなって微笑《ほほえ》む。

――お金で買えるモノより手作りのモノ。

毎年悩んでいたプレゼント問題の解決の糸口が見つかったような気がした。

来年は皿とか、ツボとか作ろうかな。お金持ちってそういうの飾るの好きだし。

サンブール邸にもいっぱい飾ってあるし。

「ファルク、僕陶芸習いに行こうかな！」

「……うん？　と、陶芸？　……いいと思うよ」

よし、婚約披露パーティーも、誕生日パーティーも準備期間は短いけれど精一杯頑張るぞ。


婚約披露パーティーの準備の合間に、僕は誕生日プレゼント用のクッキーの試作を何回か行った。

ベテランの使用人のおばあちゃんに教わった甲斐《かい》もあって、中々満足出来るものに仕上がったと思う。厨房《ちゆうぼう》を貸してくれた寮の食堂の料理人のおじさんも美味しいと言ってくれた。

その日も僕は寮の厨房で試作をした後、中庭に出てベンチに座っていた。

紙ナプキンに包まれたクッキーを一枚取り出して一口齧《かじ》る。うん、ちゃんと美味しい。

しかし……。

「やっぱり……ショボくないか？」

恋人同士になってから初めての誕生日。今年は婚約披露パーティーが主体になってしまっているから、僕くらいは誕生日を誕生日らしく祝ってあげたい。

クッキーはクッキーで本人の希望だしいいと思うんだけど、他にも何か出来る事はないかなぁ。

「はぁ……」

――それにしても今日は暑い。ギラギラした日差しが僕の真っ黒な髪をじりじりと照り付ける。

天気がいいからと外に出てきたのは失敗だったかもしれない。

中に戻ろうと立ち上がると、くら、と眩暈《めまい》がして僕はその場にしゃがみ込んでしまった。

あー……なんか目が回る……。

本格的に失敗したなぁ……と思いながら、ぼんやりと地面を見つめていると、日差しが遮られる感覚がして僕は顔を上げた。

「レイルくん？　大丈夫ですか？」

「ルカス様……？　なんで隼寮《はやぶさ》に……？」

美しい淡いブラウンの長い髪を後ろで括《くく》ったルカス・シルヴァレンス殿下が心配そうな表情を浮かべながら、僕を見下ろしていた。

「運動場で貴方《あなた》と同じような症状になった生徒を部屋まで送ってきたのですよ。……顔が赤いですね。最近急に暑くなりましたから、体調を崩す生徒が多いんです」

そう言いながら、全く暑さなんて感じさせない涼しい顔をしたルカス様の手が、熱々になった僕の頭の上に翳《かざ》される。

ふわっとした浮遊感にも似た感覚がした後、ぼんやりとしていた意識がはっきりする。先程まで感じていた気怠《けだる》さはもうなかった。

流石《さすが》、天才治癒術師。この手の症状は本来なら水属性の治癒魔法の得意分野だと思うけど、お構いなしだ。

「ありがとうございます」

「お礼なんていいですから、早く日差しの当たらない所に行きますよ。水分補給もしなくては」

僕はルカス様に手を引かれて食堂へと逆戻りする事になってしまった。食堂で雑談などをしていた生徒達がルカス様の姿を見てギョッとしていた。

本来ならいる筈《はず》のない人だからな……。ちなみにファルクはもういても全然驚かれない。

僕は椅子に座らされて、ルカス様は飲み物を取りに行ってしまった。

殿下にそんな事させる訳には、と自分で取りに行こうとしたが、有無を言わせぬ笑顔で「座ってて下さい」と言われてしまって、僕は小さく頷《うなず》く事しか出来なかった。

ルカス様はすぐに氷の入った水を持って来てくれた。

僕はお礼を言って水を受け取ると、急いで水を飲んだ。ルカス様の監視するような視線にプレッシャーを感じたからだ。コップの中身が空になるまで、そのプレッシャーから解放されなかった。

「貴方には危なっかしいところがありますね。あまりファルクに心配をかけてはいけませんよ」

「はい……。すみません。助けて頂いて、ありがとうございました」

――迷惑をかけてしまった。

僕がシュンと肩を落としていると、ルカス様が僕の正面の席に座った。

背景が隼寮の食堂のルカス様。なんともいえない違和感がある。

「――それで、何か悩み事でも？」

「え？」

「炎天下のベンチで、体調が悪くなっている事にも気付けないくらいに、何かを考えていたのでしょう？」

「見てたんですか？」

「見覚えのある子がこの暑さの中でベンチに座っているなと思ったら、眩暈を起こして蹲《うずくま》るんですから焦りましたよ」

「す、すみません……」

早く話せ、というようなルカス様の視線に負けて僕は先程考えていた事をルカス様に打ち明けた。

あぁ、でもルカス様に意見を聞けるのは結果的によかったかもしれない。

ファルクとも仲がいいし、同じ王子様という境遇だし、何かいいアドバイスをくれるかも。

「……なんだ、マリッジブルーか何かかと思いましたがそんな事でしたか」

僕の話を聞き終えた後、ルカス様は呆れたように肩を竦《すく》めた。

「う、しょーもなくてすみません」

「……私にもまだ付け入る隙はあるのかと思ったんですが、惚気《のろけ》を聞かされてしまいましたねぇ」

頬杖《ほおづえ》をつきながら、意味ありげに微笑むルカス様に少しドキッとしつつも僕はグッと眉《まゆ》を寄せる。

「僕を懐柔したところでアリスおば様の後援は得られないと思いますよ」

「――おや、気付いていたんですか」

ルカス様の驚いたような表情に、僕はしてやったりな気分になって口の端を上げた。

この国の玉座を争う戦いにおいて、国内外から人気の高いアリスおば様という後ろ盾を得られればかなり有利になる。

ルカス様はアリスおば様に可愛がられている僕を手懐《てなず》ける事で、その後ろ盾を得ようとしていたんだろう。ルカス様が僕なんかにアプローチっぽい発言を繰り返す理由なんて、それくらいしかない。

まぁ、ファルクのガードもキツいしそんなに本気だった訳じゃないと思うけど。

周囲、というかルカス様を推す勢力に対するポーズかな。

「バレてしまったからには、もうこの手は使えませんね。残念」

「でも、ルカス様って本当に王様になりたい訳じゃないですよね」

何気なく呟《つぶや》いた僕の言葉に、ルカス様の表情が強張《こわば》る。

やばい、余計な事を言ってしまったかもしれない。

「いや、その、今のは違くて……！」

「どうしてそう思いましたか？」

聞かなかった事にはしてくれそうにない。……どうして、か。

ゲームのエンディングで玉座に着くのではなく、治癒院を作っていたからというのも勿論《もちろん》あるけど。策略を練って感情の読めない笑顔を湛《たた》えている時よりも、体調を崩した生徒をわざわざ別の寮まで送り届けたり、僕に対して体調には気を付けろと小言を言っている時の方が、ルカス様の素のように『僕』が感じたからだ。

しどろもどろになりながらもそう伝えると、ルカス様は怒っている訳でも、喜んでいる訳でもないフラットな表情で「そうですか」と静かに呟いた。

うぅ……やっぱり余計な事を言ってしまったようだ。まだ暑さでボケているのかもしれない。今日は早めに休もう……。

妙に気まずい雰囲気の中、僕がテーブルの木目をじっと眺めていると、ルカス様が「それ、食べてもいいですか？」と話の途中でテーブルの上に広げたクッキーを指差した。

「えっ!?　ど、どうぞ……？」

正直、王子様に食べさせるような代物ではないんだけど……。

いや、ファルクも王子様か。まぁファルクはいいんだよ。僕の事が好きな幼馴染《おさななじみ》なんだから。

僕はハラハラしながら見守っていたが、ルカス様は普通にサクサクとクッキーを食べ進め、ごくりと飲み込んだ。

「……うん。とても美味しいです。ファルクなら絶対に喜ぶと思いますよ」

そう言ってルカス様は柔らかく笑い、頷いた。

その言葉はお世辞ではなかったようで、ルカス様は二枚目のクッキーを手に取ると再びサクサクと食べていた。

「……ルカス様は舌が肥えてらっしゃるから、もっと酷評されるかと思ってました」

「貴方は私の事を何だと思っているのですか。人の贈り物にケチを付けるほど不躾《ぶしつけ》ではありませんよ。確かに城のティータイムで出されるような物とは違いますが、私はこういう手作り感のあるクッキーって好きですよ」

意外だった。勝手なイメージだが、ルカス様は学園の三人の王子様の中で一番そういう物の質や価値に拘《こだわ》りそうなタイプな気がしていたので。

「そうなんですか。女の子からプレゼントとかで頂いたりするんですか？」

「流石にそういうのはお断りしていますね。何が入っているか分かりませんし。……小さい頃、ダリオンと一緒にメイド長に強請《ねだ》ってよく焼いてもらっていたんです。動物の型で抜いた、ごく普通のクッキーを」

ルカス様は手に持った三枚目のクッキーを見て、懐かしそうに微笑んだ。

「へぇ……！　素敵ですね」

なんと、そんなほのぼのエピソードがあったとは。

小さいダリオン様とルカス様が動物の形のクッキーで喜んでいたなんて、きっととても可愛かっただろうな。ほっこりな光景を想像して、思わず頬が緩む。

「――さて、美味しいクッキーを頂いたお礼に、レイルくんにファルクが喜ぶであろうとっておきのモノを教えてあげましょう」

三枚目のクッキーを食べ終えたルカス様は、ハンカチで口元を拭《ふ》いた後、僕の目を見てにんまりと笑った。

「本当ですか⁉　教えて下さい！」

自信満々なルカス様の様子に僕はぱぁっと顔を輝かせた。

流石ルカス様！　ファルクと仲がいいだけある！

「それは、レイルくん。貴方ですよ」

「僕……？」

僕は少し浮かせていた腰をすとん、と椅子に戻した。

「些《いささ》か古典的かもしれませんが、裸にリボンでも巻いてベッドで待つだけでいいんです。ファルクなら泣いて喜ぶでしょう」

——な……な、何を言ってるんだこの人は!!

流石にここまで直接的に言われたら分かる。ど下ネタだ……！

まさか巷《ちまた》では白百合《しらゆり》に喩《たと》えられるルカス様が、そんな俗っぽい冗談を言うなんて思わなくて、僕は唖然《あぜん》としてしまった。

ファルクがそんなモノ欲しがる訳……。

『レイルが欲しいって言ったら、困る？』

……アレ？　そういえばファルクに欲しい物を尋ねた時、一番最初にこう言ってなかったか。

僕は早く結婚したいとか、そう言った類いの意味だと思っていたんだけど……もしかしたら……別の意味の可能性、あるのか？　そういえばあの時のファルクの反応、ちょっと変だったかも。

「もう婚約もしているんですから、躊躇《ためら》う必要は……。ん、レイルくん？　また顔が赤いですよ」

「い、いえ！　いえ……なんでも、ありません……」


ルカス様と別れ、寮の自室に戻った僕は本棚の一番下の端に突っ込んでいた一冊の本を取り出した。入学前に買った『マニアックな生活魔法』というタイトルの本。

この本の『男性同士の性交に使える直腸洗浄の魔法』のページを開き、大きな溜め息をついた。

「本当にそういう事なのかなぁ……？」

ファルクは僕とそういう事……端的に言うと性行為をしたいと思っているんだろうか。

そりゃ、結婚も申し込まれたし、ちゃんと好きだとも言われてる。

キスだって何度もしているし、普通だったらその先もってなるのかもしれないけど。

でも、なんていうか、ファルクからはあんまりそういう匂いがしないというか、そんな事を考えているようには思えないのだ。

い、一度だけ……まだこういう関係になる前に、一度だけ少しそういう雰囲気になった事はあるけど、それはなんか……事故みたいなもので、違うし！

顔が熱くなり、ぱたぱたと手で扇ぐ。

仮に、仮にだよ。仮に実際に性行為をするとなったら、まぁ……僕が下なんだろうな。

キスだって僕からした事は殆《ほとん》どなくて、いつだってファルクにリードされているし。

そんな関係で抱かれる想像は出来ても、抱く想像は全然出来ない。

ただ抱かれる想像とは言っても、僕にはなんとなく前世由来のぼんやりとした知識があるだけで、具体的な事についてはあまりよく分かっていない。

知ってるのは尻《しり》を使う事と、なんか色々準備が必要って事くらいだ。

そして、その一助になるのがこの魔法なんだろう。

前は見出しを見ただけで閉じてしまったから、今度はちゃんと読んでみる。

……うん。浄化の魔法を応用した普通の魔法だ。変な要素は特にないので危険はないだろう。

――って、なんでやる気満々なんだよ僕は！

そりゃ、僕だってそーいう年頃なので、えっちな事に興味がない訳じゃない。普通にある。

でもこういうのは一人で先走る前にまずはパートナーに聞いてみた方がいいんじゃないか。

そう……『ファルク、僕とえっちしたい？』って。

聞けるか!!!! バカ!!!!

僕の脳内はしっちゃかめっちゃかの大騒ぎで、なんかもう疲れてきた。

僕は本を机の上に置いて、ベッドへと仰向けに倒れ込む。

とりあえず……とりあえず、一回どんな感じか試してみるだけ。別に普通の魔法だし、なんて事ないだろう。心臓をばくばくと跳ねさせながら、僕は右手を下腹部あたりに当てて魔力を込める。

「……？」

魔法は多分成功した。行使する側としてのそういう感覚はあった。だが、行使された身体《からだ》の方はいまいちよく分からなかった。

僕が首を傾《かし》げながら、もう一度本の内容を確認しようと立ち上がりかけた時。

——コンコン。

「ホワァッ!!」

ノックの音が響いて、驚いた僕はバランスを崩してベッドから転げ落ちてしまった。

「レイル？　大丈夫かい？　何か今大きな音がしたけど」

「ふぁ、ファルク!?　なに!?　どうしたの!?」

まさかのご本人の登場だ。

僕は慌てて立ち上がると、開きっぱなしだった本を閉じて、無理矢理本棚に突っ込む。

「さっきルカスから、レイルが今日熱中症で倒れかけたって聞いたんだよ。それで心配で……」

ガチャリと扉を開けると、当たり前だがファルクが立っていた。

ファルクは僕の顔を見て驚いたように両眉を上げた。

「レイル……！　顔が真っ赤じゃないか！」

あ、いやこれは違うんだけど……。

なんて弁明する間も与えられず、僕はファルクに無理矢理ベッドに寝かされた。

そしてすぐに水属性のひんやりとした治癒魔法が全身にかけられる。わぁ、涼しくて気持ちいい。

そしてついでのようにさっきベッドから転げ落ちた時にぶつけた肘《ひじ》の痛みが治った。

「飲み物を持って来るから、大人しく横になってて。すぐに戻ってくるよ」

ファルクはそう言って僕の額に口付けると、慌てた様子で部屋を出ていった。食堂に行ったのかな。食堂にいる生徒に「ファルク様また来てる」とか言われるんだろうなと思ったら、僕は可笑《おか》しくなってきて一人で笑った。

やっぱり誕生日までに、調べて準備だけはしておこうかな。

別に無駄になってもいい。ファルクが喜んでくれる可能性があるのなら、なんでも。


そしてとうとうやってきた八月二十三日。ファルクの誕生日であり、今年に限って言えば僕たちの婚約披露パーティーが開催される日でもある。

アリスおば様の無茶振りから二ヵ月……大変なスケジュールだった。

丁度夏季休暇と重なっていたからどうにか間に合わせる事が出来たって感じだ。

とはいえ僕はファルクのところの執事さんとか、兄様の提案とか説明にうんうんと頷《うなず》いていただけなんだけどね。

会場はサンブール邸の大広間。利便性を考えたら王都の別邸か、(僕は嫌だけど)王宮でやるのがベストなんだろうけど、あくまでも婚約披露パーティーなので招待客を厳選して開催する事にしたらしい。僕にとっては喜ばしい事だ。

しかし、アリスおば様に『披露宴はもっと盛大にやるわよ！』と言われているので、結局逃げ場はないらしい。

メイドさん達にされるがままに飾り立てられた後、僕はサンブール邸の一室でパーティーが開催されるまで待機していた。

今日の為に仕立てられたスリーピースのベージュのスーツは、勿論オーダーメイド。華やかで上品な光沢のある生地で、胸元にはファルクの瞳《ひとみ》の色に合わせた金色の花飾りが着けられている。

うちの商会が出資しているテーラーが精魂込めて仕上げた一着だ。

髪型をセットする際に、いつもは左目を隠すように下ろしている前髪をセンターで分けられてしまったので、視界が広くて変な感じだ。

傷が丸見えなんだけど、いいのかな。まだそんなにサマになってないと思うんだけど。

何をするでもなく、緊張したまま椅子に座って時が訪れるのを待っていると、コンコン、とノックの音がした。僕が「はい」と返事をすると、ガチャリとドアが開く。

「レイル。準備はいいかい？」

部屋に入ってきたのは、僕と同じベージュのスーツに身を包んだファルクだった。

胸元には僕の瞳の色に合わせた赤い花飾りが着けられている。

ファルクは片側の前髪を後ろに流しており、スーツも相俟《あいま》って全体的にいつもよりも大人っぽくシックな雰囲気を漂わせていた。

なんというかまぁ……贔屓目《ひいきめ》なしにカッコいい。きっとみんな目を奪われてしまうだろう。

なんでこんな人が僕と結婚しようとしてるんだろうな……。

今更ながらそんな疑問が浮かんできてしまったが、向こうは向こうで僕の姿を見て、元々キラキラの顔を更に輝かせていた。

「レイル……！　今日の髪型すごくかわいいね！　両目が見えてるの新鮮だ……！」

興奮気味に「かわいい！　おでこ！　かわいすぎる！」と若干語彙力《ごいりょく》の怪しくなったファルクの顔が近付いてきて、額にちゅっと口付けられた。

「スーツもレイルによく似合ってる。決まってるね」とニコニコ笑うファルクに、僕の緊張も少しだけほぐれる。

「ファルクも凄《すご》くかっこいいよ。宣伝効果バッチリでおじさんのテーラーも大繁盛間違いなし」

僕は歯を見せてニッと笑い、椅子から立ち上がる。そして背伸びをしてファルクの首に腕を回して、いつもより広く顕《あらわ》になっているファルクの額にちゅっと軽く口付けた。

「おでこ。かわいいね」

仕返しだ。いつもと違う姿にときめいているのはそちらだけではないのだから。

僕は自分でやっておいて少し恥ずかしくなりながら、首に回していた両腕を下ろした。

ファルクは驚いたように目を丸くしていた。そしてバッと両手を広げた後、苦悶《くもん》の表情を浮かべながら、ぷるぷると手を震わせていた。その一連の謎の行動に僕は首を傾げた。

「どうしたの……？」

「レイルがあまりにも可愛いから抱き締めたくなってしまったけど、これからパーティーなのに折角のスーツが皺《しわ》になったらよくないよなという、葛藤《かっとう》……」

こんなにカッコいい男がこんなにもしょうもない理由で苦悶の表情を浮かべているのかと思うと、なんとも言えない笑いがこみ上げる。僕はわざとぺた、とファルクに寄り添ってみた。

「レイル……!?」

「くっついてるだけならいいだろ？　この程度じゃ皺にもならないよ」

ファルクが言葉にならない唸《うな》り声《ごえ》をあげながら、僕の背中に両腕を回して、触れるか触れないかくらいの力加減で抱き締めてくる。

「レイルはそーいうところあるよね……」

深い溜め息と共に漏らしたファルクの疲れたような声に、僕はけらけらと笑った。

——どうして僕はこうなんだ。

パーティーが始まる前まではファルクをからかったりなど、結構余裕を見せていた僕だったが、いざ始まってしまうともうダメだった。

招待客を絞ったとはいえ、それでも僕が経験してきたその手のパーティーよりは段違いに人が多く、しかも殆どが上流階級の人達だ。主役の一人である以上、そんな人達の視線が全て二人に集まる。

初めの挨拶《あいさつ》の時なんて僕はすっかりテンパってしまって、何を言ったのかさっぱり覚えていない。用意していた筈《はず》の内容はとうに吹き飛んでいた。

その後も、真っ先にまずは国王陛下……ファルクのお祖父《じい》様に挨拶に行ったんだけど、そこでも緊張し過ぎてて何を言ったか覚えていない。むしろ僕は何か喋《しゃべ》っただろうか。それすらあやふやだ。

一緒にいたダリオン様に『お前……大丈夫か？』と声をかけられた事だけ唯一覚えている。

その後も色んな人と挨拶をしたけど、会話は殆どファルクに任せっきりで、僕は隣で引《ひ》き攣《つ》った笑顔を浮かべている事しか出来なかった。

はぁ〜〜〜……自己嫌悪。

こんな有様じゃ、とてもじゃないけど侯爵嫡男のパートナーなんて務まらないよ。

小さい頃と一緒。ファルクに恥をかかせてしまった。

ファルクはやめてって言ってたけど、やっぱりもっと人付き合い頑張らなきゃダメだよなぁ。

さっきまで隣にいたファルクはずっと堂々としてて、そのそつのない完璧《かんぺき》な立ち居振る舞いに僕は距離を感じてしまった。別の世界の人って感じだった。

「はぁ……」

僕の疲れた様子を見兼ねて、ファルクは今一人で招待客の応対をしてくれている。なので僕は会場の壁際に設置されたソファに座って、休憩させてもらっていた。

結局こうやって甘えているのもよくない。わかってはいるんだけど……。

僕が一人項垂《うなだ》れていると、美しいパンプスの爪先が視界に飛び込んできて僕は顔を上げた。

「レイルさん。お隣に座ってもよろしいかしら？」

深い赤のドレスに身を包んだ公爵令嬢、アメリア・ドラヴァレット様が僕の顔を覗《のぞ》き込《こ》むようにして立っていた。

「アメリア様……！　ど、どうぞどうぞ」

僕は慌ててソファの端に寄った。アメリア様は相変わらず優雅で上品で、正に完璧な淑女と言った所作で、人一人分を空けて僕の隣に座った。

「改めて、ご婚約おめでとうございます。レイルさん」

「……ありがとうございます、アメリア様」

アメリア様はファルクの事が好きだったから、心中複雑なんじゃないかと思うんだけど、内心を悟らせない彼女の完璧な笑顔に、僕は尊敬の念を抱いてしまう。

「それで、こんな晴れの日に、どうしてそんなにしょぼくれた顔をしていますの？」

「しょ、しょぼくれた顔って……。ええと、僕、挨拶とか全然上手《うま》く出来なくて……ちょっと、自己嫌悪に陥っていたんです」

「まぁ、確かに酷《ひど》いものでしたわね。正直に申し上げますと、最初の挨拶はつかえてばかりで何を言っているのか、全然分かりませんでしたわ」

ばっさりだぁ……。分かっていた事だけれども、他人《ひと》から指摘されると更にダメージが大きい。

アメリア様曰《いわ》くしょぼくれていた僕の顔は、更にしょぼくれている事だろう。

アメリア様はそんな僕を見て困ったように笑った。

「ですが、それほど気にしなくてもよろしいと思いますわよ？　皆貴方《あなた》の挨拶よりも、貴方の隣で満面の笑顔を浮かべるアリス様やファルク様の方に気を取られていましたから」

「え？」

アリスおば様？　ファルク？

「ファルク様の笑顔は、貴方といる時にはよく見られるので、学園の生徒達なら見慣れているかもしれませんが、アリス様には私も驚きましたわ。アリス殿下といえば、クールな印象がありましたからね。あの方のあんな満開のお花のような笑顔は初めて拝見しましたわ」

「そう、なんですか……？　いつもあんな感じだと思うんですけど」

僕の中のアリスおば様は天真爛漫《てんしんらんまん》って感じで、クールなイメージはほぼない。顔立ちだけは確かに冷たさを感じさせる美しさだと思うけど。

僕がそんな疑問を抱いていると、アメリア様に鼻でふっと笑われた。

なんか、呆《あき》れられたような気がする……！

「貴方がサンブール家の寵愛《ちょうあい》を受けているという事を知らしめる為に、意図的に見せつけた部分もあるのでしょう。招待客が限られている理由も、特別感を演出してサンブール家からの信頼に応えなくてはいけないと、私達に思わせる為かもしれませんね。実際、このパーティーに招待された事は貴族の中でちょっとしたステータスになってますのよ」

アメリア様は一息おいて「だから、それほど気負わなくても大丈夫だと思いますわ」と微笑《ほほえ》んだ。

「でも……それってなんだか、……期待されてないみたいで、悔しいです」

実際ちゃんと出来なかったから、何も言う権利はないのだけど……。

これじゃ観客が保護者しかいないお遊戯会みたいじゃないか。

ますますしょぼくれる僕の反応にアメリア様は困ったように笑うと、口元を手で覆った。

「……そう、貴方はそう捉《とら》えるのね。ええと、そうね……私はそうは思わないわ。根回しは貴族の嗜《たしな》みのようなものですもの。それに期待されていないから、というより、私には貴方を囲い込む為のもっと恐……」

アメリア様は途中まで言いかけて、首を振った。

「いいえ、私がこれを言うのはよくないわね。……それだけ愛されていると思えばいいと思いますわ。レイルさんだって、いくらファルク様がお強いと知っていても、目の前で火の粉がかかりそうになっているのを、ただ黙って見過ごしたりはしないでしょう？　それと同じ。嫌な思いなんてしなくて済むのならその方がいいんです」

「それは……そうですね」

「それに初めてなんですもの、緊張したって仕方ないわ。これから慣れていけばいいんです」

ね、と美しく笑うアメリア様に僕は頷いた。

さっき何を言いかけたのか少し気になったが、なんとなく教えてもらえなさそうな気がした。

それからはお互いに今日の装いについて褒め合ったり、既に学園を卒業したアメリア様の近況について聞いたりした。

「――あまり主役を独占してしまうのもよろしくありませんから、私はそろそろ失礼しますわね。あ、でも最後に一つだけ……」

ソファから優雅な仕草で腰を上げるアメリア様。

「もし逃げ出したくなる時が来たら、公爵家が力を貸しますから仰《おつしや》って下さいね」

人差し指を立てて唇に当てながらそう言ったアメリア様は、来た時と同じように優雅に上品に去って行った。

アメリア様がいなくなってからすぐに、今度はセーラとポム、少し遅れてレオニスがやってきた。

皆それぞれ着飾っていて、普段の制服姿とは違う雰囲気だ。

僕は気心の知れた友人達を迎えるために、ソファから立ち上がった。今日のパーティーで初めてまともに挨拶が出来そうだ。

「レイル！　婚約おめでとう!!」

「おめでとー!!」

「おめでとう」

「皆、ありがとう。ここまで来るの大変だったろ」

王都からここまで普通の馬車で来たら七時間はかかる道のりだ。一応招待はしたけど、来られなくても仕方ないと思っていたから、皆快諾してくれてとても嬉《うれ》しかった。

「全然平気よ！　馬車も宿も用意してくれる、至れり尽くせりだったもの。夏休み最後の旅行気分で楽しませてもらっちゃった」

「そうそう、侯爵家って凄いんだなー。料理もすっごい美味《うま》いし、俺来てよかったぁ」

「俺は招待状が届いて、今までの人生で一番親父《おやじ》に褒められたよ。ヴァンスタイン家のお坊ちゃまで、侯爵家嫡男の婚約者様と友人になるなんてでかした！　ってさ」

「あはは。さっき挨拶した時にも思ったけど、レオニスのお父さんギラギラしてるよなぁ」

反応は三者三様だったが、概《おおむ》ね楽しんでもらえてるようでよかった。

「――セーラ。そのドレス素敵だね。パステルブルーが涼しげで今の季節にぴったりだし、セーラの瞳の色とも合ってる。凄く綺麗《きれい》だよ」

僕がセーラのドレスを褒めると、セーラはドレスの裾《すそ》を摘《つま》んではにかんだように笑った。

そのあまり慣れてない感じの反応が、とても可愛かった。

「もう、レイルったら。紳士だね！　ありがとう！　レイルのスーツも柔らかい雰囲気がレイルにぴったりで素敵だよ。ファルク様とお揃《そろ》いなのもすっごく素敵。あとね、髪型！　おでこ出してるの可愛いねって、今日ずっと言いたかったの！　普段からそのままでもいいんじゃない？」

「ありがとう。でも、まだ貫禄《かんろく》が足りないから……」

「貫禄？」とレオニスが訝《いぶか》しげな反応をする。

セーラはなるほどー、と頷《うなず》いていたので分かってくれたようだ。流石《さすが》セーラ。

この傷が似合う男になるにはまだ深みが足りない。顎《あご》を触りながら全然生えてこない髭《ひげ》に思いを馳《は》せていると、演奏家の人達が会場を出入りしている事に気付く。

あぁ、ダンスパーティーの準備が始まったんだな。

「そうだ、ポム。お前芋好きだろ？　ポテトとベーコンのオムレツはもう食べた？　サンブール家のオムレツはふわっふわで美味《おい》しいよ」

「まだ食べてない！　食べたい！」

「ふふ、ダンスパーティーが始まったらデザート類以外は片付けられちゃうから急いだ方がいいよ」

僕の言葉を聞いたポムは「行ってくる！」と料理が置いてあるエリアへと早歩きで向かった。

セーラも「えっ、片付けられちゃうの!?」と慌ててポムの背中を追う。

僕が残ったレオニスに視線をやると、レオニスは大げさに肩を竦《すく》めて「あの二人だけじゃなんか粗相やらかさないか心配だから俺も行くわ」と後を追った。面倒見がいいなぁ。

僕は右手を肩くらいの高さに上げて、ひらひらと三人を見送った。

すると、今度はトントンと肩を叩《たた》かれた。僕が後ろを振り返ると、そこにはカイル先輩がいた。

いつもはよれよれの白衣と無造作な癖っ毛頭が特徴の先輩が、フォーマルな装いをしているので一瞬誰だか分からなかった。

たまにその事を忘れてしまうのだけど、彼だって乙女《おとめ》ゲームの攻略対象。普通に煌《きら》びやかなイケメンだ。眼鏡《めがね》も普段のやつとは違うデザインで、これならご令嬢達も放っておかないだろう。

先輩と顔を合わせるのは先輩が六月に卒業して以来だから、二ヵ月ぶりくらいか。

「婚約おめでとう。本日はお招きいただき感謝する。父が来られずに僕だけで申し訳ない」

「こちらこそ、わざわざ遠い所からお越しいただきありがとうございます。ドノヴァン辺境伯がこういった会にお見えにならないのは存じておりますので、お気になさらないで下さい」

と。畏《かしこ》まった挨拶はこの辺にしておいて。

「……カイル先輩が来てくれて嬉しいです。先輩もこういう会好きじゃないでしょう？」

「確かにそうだが、親しい後輩からの招待なら僕だって足を運ぶさ。特に君に対しては慣れない恋愛相談にも乗った事があるし、結果は見届けないとだろう？」

まるで実験結果を観測するような口振りでふっ、と小さく笑う先輩。

僕はファルクと距離を置いていた時期に、先輩に八つ当たりしたり泣き言を漏らしていた事を思い出して肩を窄《すぼ》めた。あの時期に一番迷惑をかけたのは間違いなくこの人だ。

「その節は……どうもご迷惑を……」

「何、収まるべき所に収まったようで何よりだよ」

僕の顔を見て目を細めるカイル先輩。

「……ルベライトは二つ揃いだと更に美しいな」

ルベライト。トルマリンの一種で、赤やピンク色の鉱石だ。

僕の瞳《ひとみ》の色を宝石に準《なぞら》えて、今日の髪型を褒めてくれているのだろう。

その洒落《しゃれ》た褒め言葉に照れと共に『童貞のくせに……』という謎の反発心が浮かぶ。自分の事は棚に上げます。

「――ところで話は変わるのだが……レイル。君は卒業後の進路について何か考えはあるか？　あ、勿論《もちろん》、ファルク・サンブール卿《きょう》の伴侶《はんりょ》になる事以外でだ」

進路。そう言えば、結局色々あり過ぎて何も考えられていなかったな。

兄様が『商人よりずっと向いていること』があるって言ってたけど、それってなんだったんだろう。

……ファルクのお嫁さん？　いや、むしろそれは全然向いてないんだよな。

なんなら一番向いてないまである。向いてたら挨拶《あいさつ》の一つくらいバシーっと決めていて、ソファでしょぼくれた顔なんてしてないだろう。

「何も考えていないです……」

僕はなんだか後ろめたいような、恥ずかしいような気分になって、控えめな声でぼそぼそと答えた。

「そうか、よかった。ならばそのまま体を空けておいてくれないか？　今、宮廷や騎士団と連携して新たな部署を作る計画があるんだが……そこに君をスカウトしたい」

「僕を？」

「あぁ。ダンジョンや魔物に関しての研究や調査をする専門部署だ。うってつけだろう？」

そっか。ゲームではダンジョンボスを倒したらそれでハッピーエンドだったけど、現実はこれからも続いて行くんだ。またダンジョンを放置すれば溢《あふ》れ出した瘴気《しょうき》が魔物を生み、被害が出る。そうならない為の対策部署って事か。

確かにこの世界で僕以上にダンジョンや魔物について詳しい人間は、ダンジョンのどっかで眠ってる古代の魔導士を除けば殆《ほとん》どいないだろう。

――あ。もしかして兄様が言ってたのって……コレなのかも。

「……僕、やりたいです」

「いい返事が聞けそうでよかった。仔細《しさい》は追って連絡しよう……と、時間切れだな」

カイル先輩の視線がスッと僕の後ろ辺りに動いて、目を細めた。

不思議に思って振り返ると、僕の後ろには精巧な人形のように完璧《かんぺき》な笑顔を湛《たた》えたファルクが立っていた。

「何の話かな？」

挨拶はもう済んだのだろうか。ファルクの手が僕の腰に回り、そっと抱き寄せられた。

「スカウトされてた」

「スカウト？　……カイル殿。本日は私達の婚約披露パーティーにお越しいただき感謝する。私のレイルが大変世話になっていると伺っている故、私からも礼を申し上げたい」

「いえ、こちらこそお招きいただき光栄に存じます。ご婚約、おめでとうございます。実のところ、レイル様には私の方が多く助けられています。ですので、宮廷で新設される予定のダンジョンに関する新部署でもレイル様のお力をお借りしたく、お話をさせて頂いておりました」

「あの部署にレイルを……？」

そっか、ファルクは新部署の事知ってたんだ。

眉根《まゆね》をぐっと寄せたファルクがこちらを見ている。これは僕に危険な事とかやらせたくないって心配してる時の顔。——でも。

「僕、やりたいと思ってる」

僕が真っ直《まっす》ぐに見つめ返すと、ファルクの眉尻《まゆじり》はどんどんと下がっていった。

心配してくれてるのにごめんね。

折角の誕生日なのにこんな顔をさせてしまって申し訳なさを感じつつも、僕は僕にしか出来ないであろう仕事にワクワクしている気持ちを抑えられない。

そんな僕の表情を見てファルクは「はぁー……」と長い溜め息をつくと、眉尻を下げたまま笑った。

「……うん。分かったよ。頑張っておいで」

未来の伴侶様の許可が下りてホッと胸を撫《な》で下《お》ろしたところで、演奏家による生演奏が始まり、会場内に美しい音色が響き渡る。

「あ、そうだ。そろそろダンスパーティーが始まるからレイルの事を呼びに来たんだった」

僕はファルクのその言葉に唇をぎゅっと引き結んだ。

——来てしまったか。この時が……！

僕達の婚約披露パーティーなんだから、当然ダンスパーティーの先陣も僕達が切らなければならない。

僕はダンスなんてほぼした事がなかったが、この時の為に二ヵ月前から練習を重ねてきた。

脚への負担も考慮されて、僕が踏むべきステップはそれほど複雑じゃないものを考案してもらったし、ファルクがリードしてくれていたので練習では上手《うま》く出来てたと思う。

でも、お客さん達の前でやるとなると話は別だろ……!?

「そ、それじゃ、僕はそろそろ失礼するよ。パーティーを楽しんで」

僕が緊張で身を固くしていると、カイル先輩が慌てたようにその場を立ち去ろうとする。口振り的に帰ってしまうようだ。僕はキョトンとした。

「先輩、ダンスパーティー参加していかないんですか？」

「……僕がダンスなんか出来ると思うか？　しかも、見知らぬご令嬢と。大惨事を引き起こす未来が確定しているというのに、わざわざ死地に飛び込む程僕は愚かではない……！」

潜めた声量で畳み掛けるように言われた言葉に、僕は思わず笑ってしまう。うん、これは童貞っぽい。僕は満足した。

僕とファルクは足早に去っていくカイル先輩を見送った。カイル先輩に目を付けていたであろうご令嬢方の残念そうな雰囲気が伝わってくる。

「じゃ、行こうか」

「……うん」

ファルクに手を差し出されて、僕はその手を取った。まだ緊張はしているけど、カイル先輩のお陰で少しだけ和んだ。挨拶では無様を晒《さら》したから、ここで挽回《ばんかい》したい。

料理などが置いてあったテーブルは片付けられて、会場のど真ん中に丸いスペースが出来ている。そのスペースを囲うようにずらっと立ち並ぶ煌びやかな招待客の皆様。

ファルクに連れられてそのスペースの真ん中に立つと、当然視線が突き刺さった。

ファルクは招待客の皆様に向けて簡単なスピーチをすると、演奏家に合図を送った。

ピアノのソロパートから始まり、フルートがそれに続く。練習で何度も聞いた、優雅なワルツの旋律が紡がれる。

僕はやっぱり緊張で身体《からだ》が強張《こわば》り、多分また情けない顔を晒していたと思う。

ファルクの左手がそんな僕の頬を優しく撫でた。

「俺は嫉妬深《しっとぶか》いから、俺以外見ないで」

ファルクの冗談に僕は思わずクスッと笑った。

そっか、挨拶と違ってダンスはファルクの事だけ見ていればいいのか。それなら、きっと大丈夫だ。

気分が軽くなったら、音楽もよく聞こえるようになった。何度も練習したお陰で身体が勝手に動く。

僕の視界に映るのは優しく微笑《ほほえ》んでくれる大好きな人。

——今この瞬間、世界に存在するのは二人だけ。

そんな気分で挑んだダンスの時間はあっという間に過ぎて行き、気付けば拍手の音が聞こえきた。

揃ってお客様に礼をして、僕達のオープニングダンスは無事終了した。

僕は弾んだ息を落ち着かせるために胸に手を当てて深呼吸した。

このオープニングダンスさえ終わってしまえば後は、招待客の方々に未《いま》だ続く音楽に合わせて踊るなり、デザートを摘《つま》むなり、休憩するなりご自由にして頂く予定で、僕の出番は終わりだ。

……大きなミスはなかったと思うけど……ちゃんと踊れてただろうか。

ファルクに手を引かれて中央から下がる。

「僕、大丈夫だった？　上手く踊れてた？」

「うん。まるでこの世に舞い降りた妖精《ようせい》みたいで、世界一綺麗《きれい》で愛らしくて格好よかったよ」

うっとりとした表情で馬鹿みたいな事を言うファルクに僕は苦い顔をする。

こいつに聞いたのが間違いだった。多分僕がすっ転んだり、足を踏みまくってもファルクなら、『世界一だったよ』と本気で言いそうだ。もっと率直な意見を聞かせてくれる人がいい！

「お疲れさん」

そう思っていたら、めちゃくちゃ率直な意見を言ってくれそうな救世主が現れた。

ダリオン様とルカス様、そしてアルバートが揃《そろ》って僕達に声をかけてきてくれたのだ。

「あ、あのダリオン様！　オープニングダンス、どう思いましたか……？」

いきなりグイグイと迫ってくる僕に驚いたのか、ダリオン様は「うぉ」と声を漏らしていたが、すぐにシャンとすると「悪くなかったぞ」と言ってくれた。

その言葉を聞いて僕はやっとホッとする。ダリオン様はお世辞を言うタイプではないし、僕に対して変なバイアスがかかったりしていないから信用出来る。

「まぁ、だが今まで見てきたダンスの中で一番……」

「一番……？」

「ご馳走様《ちそうさま》と言いたくなったな。仲がよさそうで何よりだ」

「そ、そうですか……。なんか、照れますね」

僕がファルクと顔を見合わせてふふっと笑うと、ダリオン様が「別に褒めてないからな！」と釘《くぎ》を刺してきた。相変わらず手厳しい王子様だ。

「ところで皆さんは踊らないんですか？　ハンターのような顔をしたレディ達が、今か今かと待ち構えてるようですけど」

美しく着飾ったご令嬢方がちらちらとこちらを気にして、パートナーを選べずにいるのが分かりやすい。イケメンが揃いも揃ってここでぐだぐだと雑談してるだけじゃ、ダンスパーティーが盛り上がらないよな。もう自分の仕事は終わったので、僕は他人事《ひとごと》のように気楽な気分で尋ねた。

「お前、自分の出番が終わったからって適当に話してるだろ」

「えへへ」

「だがしかし、そうだな……。……踊るとするか」

ダリオン様は会場をぐるっと見回して、どこか一点を見つめた後、一度首を振ってご令嬢方が集まる方へと歩いて行った。

どこを見てたんだろう。ダリオン様の視線の先を探そうとキョロキョロしていると、すぐにダリオン様とアメリア様のダンスが始まってしまったので、僕は視線の先探しを止《や》めた。

うん、家の格的に順当な組み合わせだ。二人とも慣れているのだろう、余裕を感じさせる美男美女の優雅なダンスに周囲の視線は吸い寄せられる。

僕も例外ではなく、映画のワンシーンのようなその姿にすっかり見惚《みと》れてしまった。

「ダリオンが行った事ですし、私も行きますか。本当はレイルくんにお相手してもらいたいところなんですけどね」

「ルカス〜？」

「はいはい、それではまた」

ルカス様の冗談に対し威嚇《いかく》するファルクをどうどうと宥《なだ》める。こうやって大袈裟《おおげさ》に反応するから揶揄《からか》われるんだと思う。ルカス様はそういうタイプの人間だ。

僕とどうこうなりたい物好きなんて、幼馴染《おさななじみ》補正がかかりまくったファルクくらいしかいないんだから、悠然と構えてればいいのに。

「……あれ、アルバートは行かないの？」

ファルクを宥めながら、見張りの兵士のようにピシッと直立不動のアルバートに声をかける。

「俺はあまり、こういう催しは得意ではないんだ。……出来る事なら避けたい」

ご令嬢からの期待するような視線に心底困ったように唇を結んだアルバートを見て、僕の心は舞い上がる。

――めっっっちゃ、アルバートっぽい!! いやーいいな。だよな!

アルバートは女の子慣れしてないのがいいんだよ。それでこそ推せる。共感出来る。

僕は後方腕組み彼氏のような気分でうんうん、と頷《うなず》いた。

カイル先輩に対しては童貞煽《あお》りをしていたくせに、という批判は受け付けません。

「あ、じゃあさ。僕と踊る? なんて、アルバートが嫌だよ……ね……?」

僕としては軽い冗談のつもりの発言だったんだが、ファルクの視線が痛くてどんどん語尾が小さくなってしまう。

「レイル。触って」

ファルクに手を摑《つか》まれて、何故《なぜ》かファルクの上腕辺りに押し付けられる。意図がよく分からなかったが言われた通り、にぎにぎと触る。うん、固いなぁ。僕の貧弱な腕とは大違いだ。

「えーと?」

「前より鍛えて太くなったから」

「そ、そうなんだ。凄《すご》いね……?」

な、なんなんだろうか。このやり取りは。なぜ今このタイミングで筋肉自慢を……?

別にいくらでも自慢してくれていいけど、パーティーが終わってからでもよくない?

「……レイル様。あまり、ファルク様のお心を乱すような事を口になさるのはおやめになって下さい。心臓に悪いです、私の」

諫《いさ》めるような口調のアルバートに僕は眉《まゆ》を落とす。

そんなつもりなかったんだけど……。というかなんか、心の距離が遠くなってないか……!?

僕があわあわしていると、場内にわぁっという歓声が響いた。何事かと皆の視線の先を見る。

「あ、アリスおば様と母様……」

お揃いの深いブルーのドレスを着た両家の母が、ど真ん中でくるくると優雅に踊っていた。そう、何故かお揃《そろ》いのドレスを着ているのだ。

僕は最初にそれを知った時（ならサンブール卿《きよう》と父様がお揃いの可能性もワンチャン……？）とゴクリと唾《つば》を飲んだが普通に違った。残念だ。

やっぱりアメリア様が仰《おつしや》ってたクールなイメージなんて嘘《うそ》なんじゃないか、と思わせるようなキラキラした笑顔を浮かべるアリス様と困惑しつつも楽しそうな母様。

学生時代からこんな感じで仲が良いんだろうな。場内の皆が足を止めて、二人に魅入っていた。

僕とファルクはお互いの顔と、両者の母の姿を交互に見ると、共に苦笑いをした。

結局最初から最後まで『細氷王女』に持って行かれた感があるが、まぁいいか。

こんな感じで僕とファルクの婚約披露パーティーは無事、幕を閉じたのであった。

婚約披露パーティーが終わった後、二次会的な事をやってる人達もいるみたいだけど、僕とファルクはファルクの私室に戻っていた。

シャワーと着替えを済ませ、僕は執事さんに紅茶を持ってきてくれるように頼んだ。

あんまり誕生日らしくないかもしれないけど、プレゼントがクッキーなのでそれに合わせたのだ。

緊張による精神的な疲労はあったけど、なんなら誕生日としてはこれからが本番だ。気合を入れなくては。

ファルクと二人でソファに座って待っていると、執事さんが紅茶と三段のケーキスタンドを運んできた。軽食やデザートが沢山載せられたケーキスタンドは彼の心配りかな。

お礼を言うと、執事さんは静かに礼をして部屋から出て行った。本来なら付きっきりでサーブしてくれるのが普通だけど、二人きりになりたいという希望を汲《く》み取ってくれたのだろう。

夕食にはちょっと遅いくらいの時間なのに、テーブルの上はこれからアフタヌーンティーでも始まりそうな様相を呈していて、僕達は「お茶会みたいだね」と笑い合った。

パーティーではあまり料理を食べる余裕がなく、お腹《なか》が空《す》いていたから有り難いや。

「……で、改めてなんだけど。お誕生日おめでとう、ファルク。これ、プレゼントです」

僕は予《あらかじ》め用意していたプレゼントの手作りクッキー缶をおずおずとファルクに差し出す。

あー、手作りのもの渡すのって市販品を渡すよりずっと緊張するな。ドキドキする。

「ありがとう。開けてもいい？」

「どうぞ」

貧相に見えないように数種類のクッキーを四角い缶の中に詰め込んで、見た目も結構華やかに出来た……と思う。しかし、侯爵家の嫡男様に渡すには、やっぱり庶民的だよなぁとも思う。

ファルクはクッキー缶の蓋《ふた》を開くと、目をぱちぱちと瞬かせて感嘆したように息を漏らした。

「……！　すごいね、これ全部レイルが作ってくれたの？　大変じゃなかったかい？」

ファルクの悪くない反応に僕は嬉《うれ》しくなる。

「まぁ、ちょっとだけ」

「うん、そうだよね。手間がかかってるの分かるよ。わー、嬉しいな。ありがとう」

にこにこと目を細めながらクッキー缶を眺めるファルク。

「……食べてくれないの？」

「綺麗だからなんか、減っちゃうのが勿体《もったい》なくて。でもそうだね、食べるよ」

ファルクはクッキー缶の中から最もプレーンな一枚を選び、口に運んだ。サクサクという咀嚼音《そしやくおん》が響く。ドキドキしながら飲み込むのを見守っていると、ファルクはふーと息を吐いてから、片手で顔を覆い俯《うつむ》いてしまった。

「えっ、お、美味《おい》しくなかった……？」

「いや、美味しいよ。凄く美味しい。……ただ、色々キツかった時の事を思い出して……」

そ、そうなのか……。僕が知らないだけで、ファルクはクッキーに対して何か思い入れがあったんだな。だからリクエストしてきたのかも。

「えぇと……元気出してよ。な？」

「……うん。レイル、俺と婚約してくれてありがとう」

ファルクの手が僕の手に重なり、ぎゅっと握られる。僕は少し潤んだ金色の瞳《ひとみ》を見つめながら「こちらこそ、ありがとう」と頷いた。

すっかり気を取り直した様子のファルクは、再びにこにこと嬉しそうに目を細めながら、クッキー缶の中の他のクッキーにも手をつけ始めた。

「うん、こっちのも美味しい。本当にすごいね、プロ顔負けだ」

朗らかな表情で「卒業したらお菓子屋さんでも始める？」と首を傾《かし》げるファルクに、僕はぷっと吹き出す。

「ファルクはいつも大袈裟すぎるよ」

「そんな事ないよ。前に食べたやつより格段に質が上がってて……」

「あはは、そりゃ流石《さすが》に小さい頃に作ったやつよりはマシになってるだろ。――……あれ？　昔作ったやつ、ファルクにあげたことあったっけ……？」

「……あるよ？」

「そっかぁ。よく覚えてるね」

嬉しそうにクッキーを頬張るファルクを見て、僕は何度も練習してよかったなぁと思った。

おばあちゃん、食堂のおじさん、協力して下さった皆様ありがとう。

二人の間に流れる和やかで温かい雰囲気に、もうこれで終わりでもいいんじゃないかな、と弱気な自分が顔を出す。どうしようかと無意識にファルクの顔をじっと見つめてしまうと、ファルクは

「ん？」と小首を傾げて微笑《ほほえ》んだ。

「あの……あの、ね。その、もうひとつ……あるんだけど」

「うん？　何があるの？」

「えぇっと…………」

だ、だめだ……言えない。何なら出だしからミスった気がする……！

この言い方だとルカス様案の『僕がプレゼント』みたいな物凄く恥ずかしい感じになってしまう！

「レイル？」

「うぅ……あの、聞きたい事があって……」

僕が尚《なお》も言葉を詰まらせていると、ファルクによいしょと膝《ひざ》の上で横抱きにされた。

座ったままお姫様抱っこをされているような体勢だ。

「俺しかいないんだから、恥ずかしがらないで言ってごらん」

少し低くなった位置から優しい声で促されて、甘やかされているなぁと感じる。

君に言うのが恥ずかしいんですけどね、こっちは。

「……ファルクさ、僕と、その……えっちなことしたいとか、思う……？」

恥ずかしさやら、自信のなさやらで、語尾は蚊の鳴くような声になってしまった気がするが、多分聞こえているだろう。僕は表情を見るのも見られるのも恥ずかしくて俯いてしまう。

「……したいと思ってるよ」

視界が遮られたせいか、よりクリアに聞こえた言葉に肩を強張《こわば》らせる。

「そっ、そ、そうですか……」

そうですかってなんだ。自分で自分の返事のズレっぷりに突っ込みたくなる。

いや、でもそうか。したいのか。

さっきから顔が熱くて困る。今こそひんやりする治癒魔法かけてくれないかな。

「……それで？　俺としてはシチュエーション的に期待してしまう訳なんですけども。さっきの『もう一つある』って、そういうことだと思っていい？」

流石幼馴染。僕の言いたい事をよく理解してくれる。ファルクの問いかけに、僕は小さく頷いた。

するとファルクは僕を抱えたままソファから立ち上がった。僕は慌ててバランスを取る為にファルクの首にしがみつく。ファルクはそのまますたすたと歩き出し、ベッドの方へと向かった。

「……本当はね、結婚するまで待ってもいいかなと思ってたんだ。でも……」

僕の身体《からだ》はゆっくりと丁寧に、大きなベッドへと寝かされた。

そして、ファルクも僕に覆い被《かぶ》さるようにベッドへと乗り上げてきた。

「レイルがいいって言ってくれるのに我慢する必要はないよね」

下から見上げたファルクの表情に、今までにない強烈な男っぽさを感じて僕は息を呑《の》んだ。

噛《か》み付くようなキスをされて、咄嗟《とっさ》に目を閉じる。

唇をこじ開けるようにして、ファルクの舌が口内に入ってきた。

思わず逃げるように縮こまった僕の舌ごと口の中全体を舐《な》められて、息が上がる。

舌を吸われながら、気付けばファルクの大きな手がシャツの裾《すそ》から侵入していて、脇腹を撫《な》でられてぞくりと肌が粟立《あわだ》った。

そのまま胸元まで上がってきた手のひらが肌を撫でる度に、僕の胸で小さく主張する突起に擦れて、やけに敏感に反応してしまう。

「ん、ぁ、ちょっと、待って」

僕はファルクの胸に両手を突っ張るようにして、ずりずりとベッドのヘッドボードの方へと上がった。細かく息をして、荒くなった呼吸を整える。

——こ、こいつ……こんな欲望を今までどこに隠していたんだ……!?

ギラギラとした目つきで僕を見つめる金色の瞳に、僕は少しだけ怯《ひる》んでしまう。

その怯《おび》えを読み取ったのか、ファルクは眉を八の字に下げて、僕から手を離した。

僕に覆い被さっていたファルクの身体が、隣にごろんと横たわる。

「ここでお預けはないよ、レイル……」

「い、いや、お預けとかではなくて、その……びっくりしちゃって」

「レイルの方から誘ってきたのに?」

「う……それは、そうなんだけど。なんか、ファルクって本当に僕に欲情するんだな、って」

ふんわりしていた想像の解像度が一気に上がり、現実の生々しさに僕は酷《ひど》く動揺していた。

「するよ、すごいする。一人でする時だって、レイルの事しか考えてないよ」

——ひとりで……?

聞き捨てならない言葉に僕は目を見張る。

「ふぁ、ファルクはオナニーなんかしないよ!?」

思わず僕が上体を起こして声を荒らげると、ファルクは寝転んだまま呆《あき》れたように肩を竦《すく》めた。

「するよ。普通にする。レイルは俺の事なんだと思ってるんだい?」

だって、だって……! ファルクはいかにも理想の王子様っていうか、いや確かに面白い部分もすごいあるんだけど、イメージと違うっていうか!

セックスをするイメージはあっても、オナニーはしないというか!

「なんか、何考えてるのか大体想像つくけど……レイルだってオナニーくらいするでしょ?」

「ぼ、僕の事はどうでもいいだろ。……するけどさ」

別に自慰なんて僕たちの年頃の男じゃ当たり前の事だし、レオニスとかとはこんな程度の猥談《わいだん》普通に出来る。

でもファルク相手だと、なんでこんなに恥ずかしくなるんだろ。意識しすぎなのかな。幼馴染《おさななじみ》なのにな。……ファルクがやけにじっとりとした視線を向けてくる。

「……いいな、見たいな。レイルが一人でしてるところ」

「みっ!? 見たい!?!?!?」

そんなモノ見てどうするんだ!?

動揺のあまり猫が尻尾《しっぽ》を踏まれた時のような声を上げた僕に、ファルクが可笑《おか》しそうに笑う。

その余裕のある姿に僕は頬を膨らませて口を尖《とが》らせた。

「……ファルクって、結構いやらしいんだな」

「いやらしい事考えてる俺は嫌い？」

ファルクが鷹揚《おうよう》に笑って、首を傾げる。

横たわったまま少し上目遣いで見てくるその姿が憎らしいほどに格好よくて、僕は何故《なぜ》だか悔しくなる。くそぉ、本当に顔がいいいな。

「……嫌いじゃない……」

そうだ。結局のところ、僕はファルクがファルクである限り好きなんだ。

僕のオナニーが見たいとか言い出すえっちなところも、まぁそれはそれでなんかギャップがあっていいかも……なんて思ってしまっている僕がいる。……見せるかどうかは別として。

上体を起こしたファルクの顔が近付いてきて、再びキスをする。唇を重ねたままゆっくりと押し倒されて、ぽふんと枕に頭が沈んだ。

「触ってもいい？」

「……うん」

ちゅ、ちゅと顔中に口付けを落とされながら、シャツのボタンを外されて気付けば上半身が顕《あらわ》になる。筋肉という鎧《よろい》があればこんな状況でも自信満々でいられたのかもしれないけど、残念ながらこちらはノーガード戦法。

一人だけ裸体を晒《さら》しているのが気恥ずかしくて、僕はファルクのシャツのボタンに手をかけた。

するとファルクは手早く自分のシャツを脱いで、放り投げてしまった。

ファルクの身体は確かに本人が言っていた通り、これまでの印象よりも腕とか腹筋とか、がっしりしている気がする。こんな状況だが、綺麗《きれい》に割れた腹筋に羨望《せんぼう》の眼差《まなざ》しを送ってしまう。

僕がじっと見ているとファルクは「あんまり見られると恥ずかしいよ」と全然恥ずかしくなさそうな顔で言った。

「ご、ごめん……？　でも本当に鍛えたんだなって思って。いいなぁ、かっこいい」

僕も常日頃からムキムキに憧《あこが》れているのだが、筋肉がつきにくい体質なのと、純粋に根性がないので筋トレが続いた例《ためし》がない。まぁ大体の人間がそんなものだと思う。

「本当？　嬉しいな」

言いながらファルクの指先が僕のお腹《なか》をつーっと下から上へとなぞる。

その手つきがなんだかいやらしくて、もじもじと身を捩《よじ》っていると、ファルクの頭が下がる。

ぬるりと生温かい物がへそに入り込んできて、僕は「ひゃあ！」と声をあげてしまった。

へ、へそを舐められてしまった……。

ファルクはふふ、と笑いの混じった吐息を漏らした後、また僕に覆い被さってきた。

僕は手の行き先に困った結果、ファルクの背に腕を回した。密着した肌から体温と鼓動をダイレクトに感じて、ほう、と充足感に包まれる。

ファルクに首筋や耳の後ろを舐められたり、甘噛《あまが》みされていると、次第に腰の辺りが甘く疼《うず》き出す。

無意識に太ももを擦り寄せていると、ファルクの手のひらがスラックス越しに僕の股間《こかん》を撫でた。

僕は反射的にファルクの手を押し除《の》けようとしたが、僕の胸に慎ましく存在していた突起をファルクにべろりと舐められた事で、ささやかな抵抗は有耶無耶《うやむや》になってしまった。

「ぅあっ、ん……や、なんか……ぁ」

生まれてこの方、乳首なんてあってもなくても変わらないものとして、存在を意識した事すらなかったのに、舌で執拗《しつよう》に愛撫されると、何故かむず痒《がゆ》いような感じがしてびくびくと反応してしまう。

変にぴりぴりして、もっと触って欲しいような欲しくないような変な気分だ。

僕が乳首への愛撫《あいぶ》に気を取られているうちに、ファルクの手は僕のスラックスのボタンを外していて、いつの間にか下着の中へと侵入していた。

兆し始めていた性器を揉《も》み込《こ》むように握られて、僕はびくりと一際大きく肩を跳ねさせた。

「あっ、あぅ、ん……ま、待って、んっ、ファルク……」

自分の手とは違う、大きな手に性器全体を包み込まれるように扱《しご》かれる感覚は強烈で、僕のモノは直《す》ぐに完全に兆した状態になってしまった。

滲《にじ》み始めた先走りでファルクの手を汚してしまっていると思うといたたまれなくて、ぎゅっとファルクの背に爪を立てる。

「ん、ごめんね。ちゃんと脱がせてあげるから」

額や頬に唇を落とされながら囁《ささや》かれた、吐息混じりの言葉は『そうじゃない』と突っ込みたくなる物だったが、頬にかかるファルクの吐息が酷く熱くて、僕は何故か頷《うなず》いてしまった。

ファルクは僕のスラックスと下着に同時に指をかけると、ずるずると引き下ろす。

これで僕を守る鎧は全てなくなり、生まれたままの姿になってしまった。

思わず元気いっぱいな愚息を隠そうと手を伸ばしたが、手首を摑《つか》まれてしまい、顔の横辺りでベッドに縫い付けられてしまう。

「隠さないで」

「ぅ、だって……恥ずかしい」

「かわいいよ。レイルは全部かわいい」

興奮したように何度もこめかみ辺りに口付けられて、再び性器を握られる。滲んだ先走りを親指でぐりぐりと亀頭部分に擦り付けられて、背中にぞくぞくした感覚が走る。

大きな手で下から上へとゆっくりと絞り出すように扱かれれば、もう僕はなす術《すべ》なく快感で内腿《うちもも》をびくびく痙攣《けいれん》させた。

「気持ちいい？」

耳元で囁かれた低く甘い声は馴染《なじ》みの物の筈《はず》なのに、すごくえっちで、ぶるりと身体が震える。

――恥ずかしいのに、ファルクの男らしくゴツゴツとした白い手が、自分のモノを触っている光景から目が離せない。

「あぅ、はぁっ、あ、あっ、も……出ちゃうから、止《や》めて」

強烈に高まる射精感に、僕はいやいやと身体全体を捩った。

「どうして？　出していいよ。イクところ見せて」

「や、うっ、んっ……あぁ……はっ、うぅっ」

ファルクは手を止めてはくれず、むしろ射精を促すように激しく手を上下に動かした。

その結果、僕は呆気《あっけ》なくファルクの手の中に精を吐き出してしまった。

一気に訪れる脱力感と疲労感。僕は肩で息をする。

何故か満足そうな、恍惚《こうこつ》とした表情を浮かべたファルクは、まだイったばかりで敏感な僕のモノに僕の出したものを擦り付け、ぐちゅぐちゅと音を立てながら残った精液を絞り出そうとしている。

――う、またすぐに勃《た》ってしまいそうだ。

「はぁっ、はぁ、んっ……僕ばっかり気持ちよくなってるの、やだ」

ファルクは一瞬キョトンとした後、微笑《ほほえ》みながら僕の目尻《めじり》に滲んだ涙を唇で拭《ぬぐ》った。

ファルクの手が僕の両膝《りょうひざ》を裏から摑み、脚を持ち上げられて、身体側に折り畳むようにしながら股《また》を開かせられる。

性器もお尻《しり》の穴も丸見えのそのポーズに耐えられず、僕は両腕をクロスさせるようにして自分の顔を覆った。定番の体勢なんだろうけど、自分がやられるとなると恥ずかしい。しかもこちら側で。

顔を覆っていたって感じるファルクの熱い視線に、羞恥《しゅうち》で涙が滲んだ。

「レイル……かわいい。本当にかわいい」

――どこ見て言ってんだよ!!

お尻にごり、と布越しでも分かるほど熱く硬いモノが当てられて僕は目を丸くした。

「分かる？　レイルに触ってるだけで、こんなに興奮してる」

ファルクは言いながら素早く下衣を脱ぎ去る。

すっかり勃ち上がったファルクの性器が顕になり、僕の会陰にぐりぐりと押し付けられる。

「ひぁ……」

クロスした腕の隙間から見える光景に僕は釘付《くぎづ》けになってしまった。

ファルクの性器は体格に見合った立派なサイズで、腹筋につきそうなくらいに勃ち上がっている。

普通なら敗北感を覚えるか、賞賛するのかもしれないけど、僕は恐怖と期待が入り混じったような、そんな複雑な感情を抱いて唾《つば》を飲み込んだ。

「俺のをレイルに挿入《い》れたら、ここくらいまでくるのかな……」

ファルクのモノが僕の下腹に添えられて、へその下辺りを指で撫でられる。そ、そんな所まで!?

その言葉に、未《いま》だ触れられていない後ろの穴がヒクついたのが分かって恥ずかしくなる。

それに気付いたのか気付いていないのかは分からないが、ファルクの指が下腹からつーっと下りていき閉じられた穴の縁を擦《こす》られる。

「ぁ、あっ、少し待って……」

僕は慌てて例の本で覚えた魔法を自身にかけた。成功した感覚にほっと息を吐くと、ファルクが困惑したような目で僕をじっと見つめていた。

「……何、今の」

「……こういう時に使う、魔法……」

「誰にそんなの教わったの？」

「え!?　ほ、本だよ……入学する前に一緒に出掛けて、買っただろ。ちょっと高い本。あれに載ってたんだ」

僕がそう言うとファルクは「なんだ、そっか」と表情を緩ませると、腕を伸ばしてヘッドボードの引き出しから手のひらサイズの瓶を取り出した。

瓶の中には透明な液体が入っていて、間接照明の柔らかな光を反射してキラリと光った。

「それは……？」

「こういう時に使う潤滑剤」

ファルクは先の僕の言葉をそのまま返すと、瓶の中身を手のひらにとろりと出して僕のモノと後ろの穴に塗りたくった。

一度手のひらで温めてくれたから、冷たくはないけど、ぬるぬるしてて変な感じだ。

「レイルとの婚約が決まってから、ずっとこの引き出しに備えられてたんだよ。うちの使用人は優秀でしょ？」

確かに優秀すぎるくらいに優秀だけど、あんまり聞きたくなかった情報だった。

皺《しわ》を伸ばすように穴を撫《な》でていたファルクの指が潤滑剤の助けを借りてつぷ、と体内に入ってくる。

痛みはなく、挿入はスムーズだった。

「……ぅ、ン……」

今日という日を迎える前に、上手《うま》く出来るようにと僕も一人で後ろを触った事があった。

しかし、その時は頑張っても指二本が限界、しかも不快感が酷《ひど》くて、こんなところで本当に快感を得る事が出来るのだろうかと疑問だった。まぁでも、自分が快感を得られなくてもファルクがよくなれるのなら我慢出来ると思っていたんだけど……。

「ぅう、ん……ぁ、はぁ……」

ファルクの指が内壁に潤滑剤を馴染ませるように動く度、ぞわぞわして下腹の腹筋がびくびく痙攣する。

——き、気持ちいいかもしれない……？

自分でやった時は異物が入ってるとしか思えなかったのに。

不思議に思ってファルクを見つめると、欲に染まった金色の瞳《ひとみ》と目が合い、口付けられる。

僕はファルクの首に腕を回して、それに応えた。

あぁ、そうか。答えはシンプルだった。心底好きな人に触れられて、気持ちよくない訳がないんだ。

「あっ、ぅ、あ、はぁ……くぅ、あぁっ」

「レイル……気持ちいい？　抜こうとするとほら、凄《すご》いきゅって締め付けてくる」

「ひぁ、あ……ン、んんっ、あ……」

ファルクの問いかけに僕は訳もわからずうんうんと頷く。

何度も潤滑剤を足された為、僕の後ろの穴はぐちょぐちょでぬるぬるだった。

ファルクが中で指を動かす度にくちゅくちゅと粘着質ないやらしい音が響き、もう何本入ってるのかはわからない。一本でない事だけは確かだ。

僕の上にはファルクが覆い被《かぶ》さっているので、お腹の辺りで性器同士がぬるぬると擦れる。

それが凄く気持ちよくて、思わず腰が揺れてしまう。

ずっと深い口付けを交わしているせいで、軽い酸欠状態なのか頭がぼんやりする。

与えられる快感に身を委ねていると、急にちゅぽっと指が全て抜かれた。

今までナカを満たしていたモノを恋しがるようにひくつく穴に、今度はファルクの陰茎の先端がぴたりと当てられる。少しの不安と期待でぶるりと身体《からだ》が震えた。

「……挿入れてもいい？」

「ん……早く欲しい」

僕は挿入れやすいようにと自ら脚を広げる。すると眉根《まゆね》を寄せたファルクが何故《なぜ》か切羽詰まったように「優しくしたいのに……！」と溢《こぼ》した。

ぎゅうっと抱き締められると、ゆっくりファルクのモノが僕の中に挿入《はい》ってきた。

散々指で慣らされたお陰でそれほど痛みはないが、圧迫感でお腹が苦しい。お腹いっぱいな時みたいな感覚というか。僕は枕の端をぎゅっと握りしめた。

「うぅっ、ん、あ……」

「は、流石《さすが》にキツいな……。レイル、大丈夫かい？　痛くない？」

「あっ、ひぁ、だ、大丈夫……んんぅっ……あぅ」

ファルクが小刻みに揺すりながらゆっくりと腰を進めるせいで、すっかり感じるようになった中の気持ちいい所が何度も擦られて、恥ずかしい声が漏れてしまう。

何とか耐えようと頑張っていると、腹の奥の奥までファルクで埋め尽くされた感覚がして、僕は詰めていた息を吐いた。

「あ、はぁっ、ん……奥まで、挿入った？」

「……ん。挿入ったよ」

言いながらごり、と奥を突かれて視界に星が飛ぶ。

「あっ、や、あぁっん、ん、あっあ、らめ……あぁっ」

「っ、レイル、レイル……かわいい、俺のレイル……」

きつく抱き締められながら揺さぶられて、何も考えられない。

感覚の全てが下半身に集中してしまったみたいだ。

過ぎた快感が怖くて、僕は嵐の中、灯台の光を目指すような思いでファルクの背を掻《か》き抱《いだ》く。

すると、ファルクの唇が僕の頬にそっと触れた。今の状況には少し不釣り合いな、優しいキス。

こんな時でさえ、助けようと、安心させようとしてくれる。

僕は何故だかそのキスで胸がいっぱいになってしまって、この人が好きだなぁと改めて思った。

「ふ、ぅんっ、ファルク、好き……あぅ、あっ」

「は……俺も、好き……。愛してるよ」

ばちゅん、と大きく奥を突かれて目の前が真っ白になる。痺《しび》れるような感覚と共に、内壁がファルクのモノから精を搾り取るようにびくびくとうねった。

僕は無意識にファルクの腰に脚を絡ませていた。

「つく、は……レイル、それやば……も、イく」

切羽詰まったような声。それに煽《あお》られた僕はこくこくと頷くと、更にきつくその身体に抱きついた。

腰のストロークが早くなり、射精するための動きへと変わった。

激しく肉を割られ、内壁が擦られる度に、互いの腹に挟まれて擦られた僕の陰茎から白濁した液が

だらだらと零《こぼ》れ落ちている。

「レイル……──っ！」

ファルクのモノがどくどくと脈打ち、中で熱いものが迸《ほとばし》るのを感じた。

僕は絶頂の余韻にびくびくと震えながら、肩で息をした。

「はぁっ、ん……ぅ、は……ファルク……」

僕はファルクの頬に手を添えながらキスを強請《ねだ》るように顔を近づけた。

ファルクはそれに応えてくれて、ちゅ、ちゅと何度も口付けてくれた。

「ん……ファルク、誕生日おめでと……」

僕がそう言うと、ファルクは不意を突かれたような顔をした後、くしゃりと笑った。

「……ありがとう、今までの人生の中で最高の誕生日だった」

僕達は視線を絡ませると、どちらからともなく再び口付けをした。


目が覚めた瞬間、覚醒《かくせい》しきらない頭で最初に思ったのは『ここ何処《どこ》だ？』だった。

周囲を見回して、ここがファルクの私室である事を理解すると自然と昨日の記憶が蘇《よみがえ》る。

──ファルクとその、したんだよな……。

頬がぽっと熱くなる。なんか、色々恥ずかしい事をしたし、言ったような気がする……!!

でも……額に汗を浮かべながら眉根を寄せる男っぽい表情のファルクは、とても色っぽく格好よくて目の保養になったな。

……はぁ〜……とうとうしちゃったんだな……。はぁ〜……。

僕は行き場のない衝動をぶつけるが如《ごと》く、顔を枕にぐりぐりと押し付けた。

誕生日プレゼントなんて言った割に、している最中は殆《ほとん》どされるがままで、僕からは何も出来ていなかった。僕ばっかり一人で気持ちよくなってた気がする。

い、いわゆるマグロってやつだったかもしれない……。

いや、いやいや。でもファルクは最高の誕生日だって言ってくれたし、きっと満足してくれた筈《はず》だ。

……あるのか分からないけど、次があったらその時はもう少し頑張ろう。

そう言えばいつの間に眠ってしまったのか分からないが、ちゃんとパジャマを着ているし、身体も寝具も綺麗《きれい》だ。それに、割と無茶な体勢を強いていた腰もファルクを受け入れていた場所も痛くない。ファルクが浄化をかけて、治癒を施してくれたんだろう。身体を繋《つな》いだという痕跡《こんせき》が何も残っていないようで少し寂しかったが、それよりも僕の尻《しり》は大丈夫だろうかという心配が勝った。

いや、だって冷静に考えてみれば、あんなデカいモノをずっと尻の中に挿入れてたらガバガバのゆるゆるになっていてもおかしくない。

僕は下着の中に手を突っ込むと、おそるおそる昨日酷使した後ろの穴に触れる。

……うん。ちゃんと閉じてる。よかった。

僕が尻の安全確認をしているとガチャと扉が開く音がして、僕は慌てて下着から手を抜き去った。

僕が何もしてませんよ、と布団を被り寝ていると、ベッドのカーテンが開かれる。ファルクだった。

ファルクはすっかりピシッとした格好をしており、昨日のセックスの余韻なんてまるで感じさせない清廉な雰囲気を纏《まと》っていた。

「レイル、起きたんだね。おはよう。傍《そば》にいなくてごめんね」

ファルクがベッドに膝《ひざ》をつき乗り上げてきて僕の髪を撫でると、額に口付けられた。

——前言撤回しよう。余韻、めちゃくちゃあります。

なんか声とか目つきが、いつも以上に甘ったるい。さっき抱いた不安なんて吹き飛ぶ甘さだ。

アレだな、ファルクって釣った魚に餌あげ過ぎてダメにしちゃいそうなタイプだな。

「昨日パーティーに出席してくれたお客さんを見送らないといけなくて」

ファルクの言葉に僕は目を見張る。

咄嗟《とっさ》にカーテンの隙間から見える窓から差し込む日差しで、太陽の高さを測ろうとした。

「えっ、今何時……!?」

「えーと、午後二時くらいかな。あ、お腹空《なかす》いたよね。何か用意させようか」

完全に寝過ごした……!! 招待客のお見送りとか絶対僕もやらなきゃいけないやつじゃんか!!

「なんで起こしてくれなかったの……」

僕の恨みがましい声にファルクが困ったように笑う。

「ぐっすり寝てたから起こすのが可哀相《かわいそう》で。それに昨日は色々と無理させちゃったし……。上手くやっておいたから気にしなくて大丈夫だよ」

「でも……」

ファルクの綺麗な顔が近付いてきてちゅっとキスをされる。うぅ、誤魔化《ごまか》されないぞ。

着替えを済ませてしょんぼりしながらダイニングルームに向かうと、連れ立って仲良く歩いている
アリスおば様と母様に出会った。

「あら、おはよう。レイル。昨日はぐっすり眠れた？」

「おはよう、レイル」

アリスおば様は母様がいるからか相変わらずご機嫌で、寝坊して役目を果たせなかった僕には眩《まぶ》し
過ぎる笑顔を向けて下さった。

「は、はい……。おはようございます。すみません、寝坊しちゃって」

「ふふ、いいのよ。疲れてたのでしょう？　ファルクが無茶してないといいのだけれど」

「……え、あ……はい……？」

……あれ、なんか。なんかひっかかるぞ。僕は疑問を込めた目で母様の顔を見た。

母様は眉《まゆ》を落として困ったように微笑《ほほえ》むと、僕に向かって首を振った。

なんでそんな可哀相な子を見るような慈愛の眼差《まなざ》しを向けてくるのですか母様。

あれあれ？　……もしかして……昨日、初めてファルクとえっちした事……バレてない？

バッと音が出そうなくらいの勢いでファルクを見上げると、ファルクは頬を少し赤くしながらバツ
が悪そうに首に手を当ててた。首痛めイケメンポーズで誤魔化すな!!

「ファルクくんがレイルは疲れて寝てるから起こすなって言うし、そのファルクくんは物凄く浮かれ
てるし……でね。でも、そのお陰で見送りに来られなくても仕方ないね、仲がよくていいねってムー

ドになったから結果オーライよ」

母様がフォローしてくれるが全然フォローになってない。

「ま、まさか、セーラとかにも⁉」

「……ごめん」

ファルクがぼそりと謝る。

——僕は絶望した。

昨日宿泊していた招待客の中にはシルヴァレンス学園の生徒も沢山いた。

彼等全員に昨日僕とファルクがセックスしたってバレてるって事か……⁉

「や」

「や？」

「やだぁ————っっ‼」

僕は床にしゃがみ込み、絶叫した。サンブール邸の廊下に僕の叫びが悲しく響いた……。

◇◆◇

「じゃあファルク。また明日ね」

隼寮《はやぶさ》の前。レイルは俺の方をくるりと振り返ると、顔の横で小さく手を振った。

そのちんまりとした仕草が愛《いと》しくて、俺は俺より一回りは小さいその身体《からだ》を腕の中に収めて、ぎゅっと抱きしめた。

「やっぱり部屋に連れて帰ろ……」

ぼそっと呟《つぶや》くと、ギョッとしたレイルが、ぐいぐいと腕を突っ張って俺から離れようとする。

「駄目だってば。一緒の部屋から出てったんじゃ待ち合わせにならないだろ。それに……」

口を尖《とが》らせてもごもごと言い淀《いよど》むレイルに俺は「それに？」と続きを促した。

「……ファルクの部屋泊まると、ぜ、絶対えっちなことするじゃん。次の日起きれないの、困る」

そんな事を言いながら耳も頬も赤くして、拗《す》ねたように睨《にら》んでくる婚約者を見て、耐えられる男がいるだろうか。いや、いない。

俺はレイルを抱き上げてそのまま拐《さら》って行く事にした。が、レイルの本気の抵抗に遭い、仕方なくその身体を地面に下ろした。

力で押さえ込むのは訳ないが、レイルが身体を痛めてしまう可能性があるからだ。

「今日は本当に駄目！　……明日、楽しみにしてるんだから、万全の状態で行きたいんだよ」

レイルは俺の服の裾《すそ》を掴《つか》むと「ね？」と小首を傾《かし》げて上目遣いで見つめてきた。イチゴ飴色《あめいろ》の大きな瞳《ひとみ》がきらりと輝く。うん、あざといね。

でもその計算されたあざとさに滅法弱い俺は、仕方なく寮に入る後ろ姿を見送った。

婚約してようやく俺に溺愛《できあい》されている自覚が出てきたレイルは、自身の容姿や仕草が俺によく効くと学習してしまい、以前以上に俺は上手《うま》く転がされていた。

『お願い』と言われれば、なんだってやってしまうだろう。……いや、元々そうか。

だが俺はそんな状況を悪いものだとは思っていない。レイルの甘えは俺に愛されている事への自信の表れなので、どんどんやってくれて構わない。惚《ほ》れた方が負けと言うけど、俺はずっと負けでいい。

——俺達がダンジョンの主を倒した時から一年弱の時が過ぎ、また春がやってきた。蔦瑠璃《つたるり》の花が綺麗に咲く季節だ。

俺とレイルは去年の春にした約束を叶《かな》えるべく、明日は二人でピクニックデートをする予定だ。

ここ最近は卒業を見据えた活動で二人とも何かと忙しくて、あまり二人きりの時間が取れていなかったので俺だってデートを楽しみにしていた。

だが、ベッドの上で俺の手によって乱れるレイルを堪能して、翌日イモムシと化したレイルのお世話をするのもまた魅力的なのだ。悩ましい。

「——……おい、聞いてんのか？　腑抜《ふぬ》けた顔しやがって」

レイルの事を考えていたら斜め向かいの席に座っていたダリオンに小突かれた。

俺はレイルと別れた後、ダリオン、ルカス、アルバートと共に食堂で夕食をとっていた。

夕食と朝食はいつもこのメンバーで食べる事が多い。

特に決めている訳ではないけど、まぁダリオンやルカスにはやはり恐れ多く、近寄り難いんだろう。

「聞いてるよ。ウェンダリアの王子のお披露目と祝賀晩餐《ばんさん》会だろ？　父上は無理だろうけど、母上と俺で参加するよ」

「そうか、アリス様が出席して下さるなら、あちらさんも大満足だろうよ。安心したぞ」

半年程前にシルヴァレンス王が生前退位し、俺にとっては叔父《おじ》にあたるダリオン、ルカスの父親が王へと即位した。その時にダリオンは正式に王太子となった。

なので、密《ひそ》やかに勃発《ぼっぱつ》していたダリオンとルカスの後継者争いはダリオンの勝利で終わった。

しかし、ルカスの方はルカスの母親側の親族が盛り上がっていただけで、実のところ本人はあまり乗り気じゃなかったので、これでよかったのだと思う。

ダリオンは口こそ荒っぽいが、本当に幼い頃から施政者の目線を持っていて、この国を愛している。次に玉座に着くのは彼が最も相応《ふさわ》しいだろう。

まぁ、レイルが「ファルク、王様になって」って言うなら容赦なく蹴落《けお》として俺が玉座に座るけど。

今のところレイルはそんな事を言い出したりはしないので、俺もよき側近として彼を支えてやろうと思っている。

「君の可愛い婚約者は連れて行かないのですか？　ウェンダリアといえば貴方《あなた》に婚約の話を持ち掛けてきた国でしょう。見せつけてやったらどうです？」

ルカスが端整な顔を歪《ゆが》ませて悪い顔で笑う。分け隔てなく全ての人に治癒魔法を、なんて心優しい野望を抱いている割に、イイ性格をしているのはどうしてなんだろうな。

「他国の王族が開催するパーティーなんて、普通の貴族でも難易度が高いだろう。レイルには荷が重いよ。流石《さすが》にそんな場でずっと俺の背後に隠れてる訳にもいかないしな」

知らない人が多い場や苦手な所に行くと、サッと俺の背後に隠れてしまうレイルは昔からとても可愛いのだけれど、他国とのパーティーでそれは少しまずい。……うん、とても可愛いんだけどな。

あと、多分無意識なんだろうけど困った時に俺の顔を見てくるのも可愛い。いつも下がり気味の眉が更に下がっているのを見ると、何としても助けてあげなければという使命感に駆られる。

「おい、また腑抜けた顔してんぞ。……っても、いずれ侯爵の伴侶《はんりょ》になるのなら、そう言う場にも慣れて行かねぇと駄目だろ。どうするつもりだ？」

「確かにレイルは俺の婚約者だけど、レイルはレイルでこれから個人で役職に就くからね。侯爵伴侶ってよりは、そっちでの活動が中心になるだろうから、苦手な事を無理にさせるつもりはないよ」

「……地下領域探査および魔物生態研究対策室、の副室長ですね」

黙々と食事を口に運んでいたアルバートが話に加わってきた。ダリオンが王太子になった事で、アルバートも正式にダリオン付きの騎士となった。ダンジョンの問題も一先《ひとま》ず片付いたので、今は昼も夜もびっしりダリオンの護衛をしている。

「そう、それ。ダンジョンの攻略本？　を作るんだって張り切ってたよ」

瞳を輝かせながら興奮した様子で語っていたレイルを思い出して俺の顔には思わず笑みが溢《あふ》れる。

「今まで神の領域だとかなんとか言って、ダンジョンに対して深く踏み込まずにいた結果があの騒ぎだったからな。専門の部署の設置は必然だった」

「でも、そこの室長ってあのカイル・ドノヴァン卿《きょう》でしょう？　彼、一時期レイルくんと噂《うわさ》になってましたよね。いいんですか？」

「よくないに決まってるだろ」

彼に対して渦巻く複雑な感情が噴き出し、地を這《は》うような低い声が出てしまった。

近くの席に座っていた生徒が、俺のプレッシャーにびくりと肩を跳ねさせていた。

——あの根も葉もない噂が流れていた時、何度アイツが研究室と呼ぶ教室に乗り込んでいって、レイルは俺のものだと宣言してやろうかと思った事か。

そんな相手と今度は仕事でパートナーになるなんて、それはもう耐え難い。耐え難いが……。

「レイルがやりたいって言うんだから仕方ない」

俺はレイルが自分の『お気に入り』を見つけた時のキラキラと輝く瞳が大好きなのだ。

俺や母がとかくレイルに物を貢ぎがちなのは、あの表情が見たいからという理由が大きい。

レイルが様々なお気に入りを見つけて、毎日を笑顔で過ごしてもらう為には、ある程度の自由が必要だと分かっている。以前は二人だけの閉じた世界で暮らしたいと思っていたが、婚約した事で俺も気持ちに余裕が生まれて、多少の事は許容しようと思えるようになった。……痩《や》せ我慢《がまん》ではない。

溜め息交じりにそう言うと、ルカスは呆《あき》れたように鼻で笑った。

「いっそ閉じ込めて囲ってしまえばいいのに。ベタ惚れというのも難儀ですねぇ」

「もう十年以上の付き合いになるんだろ。いい加減気持ちが落ち着いたりはしないのか？」

何事にもドライなダリオンらしい発言だが、俺にとっては馬鹿げた発言だ。

愛しさとは目減りするものではなく、増えて行くもの。昨日の俺より今日の俺の方がずっとレイルの事を愛している。

俺はダリオンに冷めた視線を向け、鼻で笑う。

「ま、ダリオンも本当の愛を知れば分かるんじゃない？」

「コイツ婚約してからずっと浮かれポンチで本当に鬱陶《うっとう》しいなぁ!?」

声を荒らげるダリオンをアルバートが宥《なだ》める。昔からその節はあったが、護衛というより執事だ。

俺がそんな主従を呆れた目で見ていると、ルカスが鋭い目をしてこちらを見ていた。

「貴方やアリス様がよしとしていても、婚姻を結べばレイル君は否でも周囲から侯爵の伴侶としての働きを求められるでしょう。世継ぎの事も、身分の事もありますから、より厳しい目が向けられるかもしれません。特に、サンブール侯爵の先代は頭の堅いタイプでしょう？　大丈夫なんですか」

ルカスの目は『守れるのか』と言っている。やっぱり彼は我々の中で誰よりも心優しい。

「その為の『英雄』の地位だよ。レイルもね。まぁ、でも……よっぽど堪《こら》えかねたら、誰も俺たちを知らないどこか遠くの異国の地に行って二人きりで暮らすさ」

俺の血や身分がレイルを傷付けたり、損なったりするのならばそんなモノ全て捨てたって構わない。

……ただ、レイルは俺に家族を捨てさせたと気にするだろうし、俺自身もレイルにあの仲睦《なかむつ》まじい家族を捨てさせたくはないので最終手段だが。俺がレイルを手放すという選択肢はない。

「おいおい、縁起でもない事を言うんじゃねぇ。ダンジョンボスを倒した英雄三人に国外に逃げられたとなったら、うちの国の面子《メンツ》は丸潰《まるつぶ》れだ。教会やら他国やらにどうなってんだ、って詰められんだろ。逃さねーぞ」

ダリオンがキッと睨んでくる。逃がさんというオーラが見えるようだ。

「なら、分かってるだろ？」

「フン、お前の可愛い婚約者が、可愛いままでいられるように便宜を図れって言うんだろ。分かってるよ」

俺はにんまりと笑う。これでよし。根回しはしすぎなくらいで丁度いい。

――レイルは俺と生涯を共に過ごす事を誓ってくれた。

その決断を後悔させてしまうような事には絶対したくない。

「英雄三人？」

ルカスが首を傾げると、ダリオンは苦々しい表情を、アルバートは苦笑した。

「セーラ・エーテリアは卒業後旅に出るそうだ。武者修行だか、美味《おい》しいもの巡りだか知らんが」

「本当はどうにかして口説き落とせって言われてたんだろう？　あの戦力が他国に流れるのは痛すぎるもんな。王宮で囲っておきたかった筈《はず》だ」

「ぐ……その通りだよ」

あの全てが規格外で破天荒な女を口説き落とせとは、ダリオンの苦労が目に浮かぶようだ。思わず目の前の王太子様に同情してしまう。

「まぁ、大丈夫だろう。レイルと育った孤児院がこの国にある限り、エーテリアが本当に他国に流れるって事はないさ。言葉通り武者修行と食べ歩きに行くつもりなんだろうよ」

「……またレイル・ヴァンスタインか。何なんだあいつは。強者を惹《ひ》きつける何かが出てるのか？」

ダリオンがげんなりとした表情で冷めきったコーヒーを飲む。案の定顔を顰《しか》めていた。

すぐにアルバートが席を立ち、新たなコーヒーを持ってきてダリオンの前に置いた。

「レイルは騎士団の人間からも人気がありますよ。地下領域探査および魔物生態研究対策室付けの部隊には希望者が殺到しているそうです」

「やっぱり何か出てんだろ」

味方が多いのはいいことだ。純粋で可愛いレイルが貴族社会という魑魅魍魎《ちみもうりょう》が跋扈《ばっこ》する世界で生きて行く為には、何枚もの盾が必要だ。その為に俺も色々な根回しをしてきた。しかし。レイルが自分で獲得してきた盾の強さたるや。

間違いなく国内最強のエーテリアを筆頭に、シルヴァレンス騎士団、ドノヴァン辺境伯家、そしてドラヴァレット公爵家。……俺が何もせずとも、きっとどこでだってレイルはレイルのままで愛されて上手くやれるのだろうな。

全く、人たらしの婚約者を持つと大変だ。

◇
◆
◇

寮の前でなんとかファルクと別れた僕は、一度部屋に戻ってから食堂へと向かうべく部屋を出た。

今晩は何を食べようかな、なんて考えながら廊下を歩いていると、同じく食堂に向かうポムと出会ったので合流して並び歩く。

「レオニスは？」

「今日も居残り訓練。道具とか片付けてから来るから、いつもちょっと遅いんだよな」

「頑張るよなぁ」

「なぁ」

レオニスは努力の甲斐《かい》あって、進級時に魔法クラスから騎士クラスへの編入を果たしていた。

しかし、騎士クラスに編入出来た事はようやく騎士としてのスタートラインに立ったに過ぎず、一年分の遅れを取り戻すのだと今まで以上に訓練に励んでいる。

僕としてはこの学園に来てから初めて出来た友人が別のクラスに行ってしまったのは少し寂しいが、夢を叶える為に邁進《まいしん》するレオニスの姿は輝いているので、陰ながら応援していた。

食堂に入るとカレーのいい匂いが漂ってきて、僕はすっかりカレーの口になってしまったので、いそいそとカレーの列に並ぶ。ポムも後ろに並んでいた。やっぱりそうなるよな、と小さく笑う。

——去年の夏。ファルクの誕生日に僕は正式にファルクと婚約した。

想いが通じ合ってからたった二ヵ月くらいでのスピード婚約に、僕はいくら何でも早過ぎるのではと思ってたんだけど、周囲の反応は「ようやくか〜」って感じで、こんなところでも僕は周囲との認識の溝の深さを感じてしまった。

学園では流石に色々言われたりするかな、なんて不安もあったけど、ここでも概《おおむ》ね周囲の反応は温かった。知らない生徒から「仲直りしたんだね、よかったねぇ」なんて声をかけられたりして、驚いた事もあったなぁ。

想定とは違った形になったけど、背中を押してもらったケジメとして、アメリア様に事の次第を報告しに行った時も、アメリア様は「あんなに幸せそうな笑顔のファルク様を見てしまったら、もう嫉《しっ》妬《と》する気も起きませんわね」と祝福して下さった。

僕が想像していたよりも世界はずっと優しかった。……もちろん、その裏に多分ファルクの努力が隠されているのだろうけど。

薄々感じていたが、ファルクはアリスおば……アリスお義母様《かあ》（こう呼ばないと不貞腐《ふてくさ》れる）と組んで、僕に隠れて予《あらかじ》め相当な根回しをしているようで、そこが少しだけ不満だ。あんまり僕に王侯貴族の怖い部分を見せたくないのは分かるけど、僕だってそれを承知で結婚を了承した訳だし、そこまで柔じゃないんだけどな。

食堂でカレーを食べながらの談笑の話題は、やはり卒業後の進路についてが中心だった。

「ポムは実家帰ったら何するの？」

「うちの田舎《いなか》って魔術師が殆《ほとん》どいないマジのど田舎だから、治癒院兼魔法関係のなんでも屋兼農家みたいな、そんな感じになると思う。親父《おやじ》は折角シルヴァレンス学園に行かせたんだから、王都で働いて欲しいみたいだけど、俺田舎が好きだからさぁ」

ポムは二属性適性持ちだし、魔力量も多くて、宮廷勤めも夢ではないと思うが、のほほんとした性格的に確かに田舎暮らしの方が合っているような気がする。

「寂しくなるね」

しょんぼりとした声でそう呟《つぶや》くと、ポムは照れたように顔を指で擦《こす》った。

「レイルは寂しいなんて思う暇ないだろ？　卒業したらすぐファルク様と結婚して、なんだっけ、あれ、宮廷の地下なんちゃら研究室？」

「地下領域探査および魔物生態研究対策室」

「そう、それ。そこの副室長になるんだろ。すごいよなぁ。うちのクラスでも一番の出世頭じゃん」

地下領域探査および魔物生態研究対策室、通称『チマタイ』は今年度から宮廷に新設された、ダンジョンに関わる事柄を一手に引き受ける為の部署だ。今は一応宮廷内に本部があるが、そのうち学園内のダンジョン近くに専用の研究施設が建てられる予定だ。

室長は去年卒業したカイル先輩で、僕の知らないうちに色々と構想を練っていたらしい。『セブンスリアクト』だとカイル先輩はエンディングで主人公と一緒に研究機関を立ち上げて、研究の日々を過ごしていたから、似たような進路になったのだと思う。

パートナーが僕という大きな、そして致命的な違いはあるけど……。可哀相《かわいそう》に。

大層な名前がついている部署だが、やる事は結局今まで研究室でやってた事と変わらない。

カイル先輩はダンジョンそのものについてや、ダンジョンから得られる素材の有効利用についての研究。僕は完璧《かんぺき》なダンジョン攻略本と魔物図鑑の執筆をする。

今までと違うのは、チマタイに専属の騎士団部隊がついてくれるので、僕達の代わりに素材やデータを集めてきてくれる事だろうか。屋内で気心の知れた上司と一緒に、殆ど趣味の延長みたいな事をやってるだけでいいという、至れり尽くせりの最高の職場だ。

ただ、期待されている内容は中々に重い。

セーラやファルクのような規格外の英雄に頼らずとも、ダンジョンボスを討伐できるマニュアルやシステムを作る。それは決して簡単な事ではないだろう。

あの二人の傍《そば》にいると感覚が麻痺《まひ》してくるが、あれを基準にしてはいけない。世の中の大体の人間は僕よりも弱いのだ。

そう言えば、あの異常な跳躍力について後日聞いてみたところ、身体強化の魔法をその都度、局所的にかけて実現しているとの答えが返ってきた。あの人達やっぱりおかしいよ。

「何の話してるんだ？」

僕とポムがしんみりした雰囲気になっていると、訓練を終えたレオニスがトレーを持ってやってきた。トレーの上には大盛りのカレーが載せられていて、こいつも匂いにつられたのかと僕は笑ってしまう。レオニスは僕の隣の席に着いた。

「レイルは出世頭だなぁ、って話」

「ああ、その話か。もしかしたらレイルが俺の上司になる可能性もあるんだよなぁ。想像出来ねー」

「そうなったらコキ使ってやるよ」

わざと尊大な態度を作って言うとポムが「こえー」とけらけら笑った。

僕とポムはもう食べ終わっていたのだが、なんとなくレオニスが食べているのを見ていた。

最近は忙しくて三人が揃《そろ》う事も減ってしまったから、二人とも名残惜しかったんだと思う。

「あのさ、レイル。ポム。……お前らがいて、学園生活楽しかったよ。途中からクラスは離れちゃったけどさ。ありがとな」

皿を見つめたまま手遊《てすさ》びのようにスプーンを皿の上で滑らせながら、レオニスが言う。

「……そぉいうのは、ちゃんと目を見て言ってよ」

「だよね」

「うっせぇ」

——僕だって、楽しかった。

最初は友達が出来るか不安で、教室で縮こまっていたけど、いつの間にか自然に笑えるようになったんだ。一緒にご飯を食べて、授業を受けて、遊びに行って。

昔の僕からじゃ信じられないほど、充実していて楽しい学園生活だった。

「お、おい……！　な、泣くなよレイル」

「な、泣いてないし……！」

嘘《うそ》だった。完全に泣いていた。

僕の意思とは関係なくぼろぼろと溢《あふ》れ出してしまう涙を袖《そで》で拭《ぬぐ》って、二人それぞれに視線を向ける。

「……僕と友達になってくれて、ありがとう」

「レイル……俺も！　俺もありがとう」

僕につられたのかポムも涙を浮かべている。今すぐ卒業って訳でもないのに、食堂で何やってるんだと冷静な自分が突っ込むんだけど、なんかもう止まらなかった。

「あぁ、もう！　はいはい、分かったから泣き止《や》めよ。ファルク様が飛んできたらどーすんだよ」

レオニスは困ったように眉尻《まゆじり》を下げると、両手を顔くらいの高さに上げてどうどうと僕達を宥《なだ》めた。

ファルクが飛んでくる。あながちなさそうな話でもなくて僕は泣きながらふふっと笑った。

「——泣いてるの？　レイル」

しかし、妙に圧のあるオーラを纏《まと》いながらやってきたのはファルクではなくて、大盛りカレーを載せたトレーを持ったセーラだった。セーラもカレー選んでるよ、となんだか可笑《おか》しくなって僕は更に笑った。セーラはポムと反対側の僕の隣に座ると、困惑した様子で僕らを見渡した。

するとき、後ろを通った治癒クラスの男子生徒が「そいつらは青春してたのさ……」と言いながら去って行った。またお前か。なんなんだよお前は。お前も今までありがとな！

「……そうなの？」

「まぁ、そんな感じかな……」

僕は目を逸《そ》らしながら、苦笑いした。

その後、何故《なぜ》かポムとレオニスはそそくさと寮に戻ってしまい、僕はセーラと二人きりになった。

僕はカレーを食べ終えて口元を拭《ふ》いているセーラの前にコーヒーを置いた。

「どうぞ」

「おー！　気が利くね、レイル」

ぱぁっと花開くように顔を綻《ほころ》ばせるセーラに、僕も自然と笑顔になる。

僕がセーラの正面に座り直すと、セーラは溜め息をつきながら机に突っ伏した。

机にカレーとか飛んでないかな、と少し心配になってしまう。

「はぁー、やっぱりレイルはいいなぁ。癒やし……」

「セーラお疲れ？　こうやって話すの、ちょっと久しぶりだよね」

「うん。色々忙しくてね……」

いつも明るくポジティブなセーラにしては珍しいダウナーな様子に僕は首を傾《かし》げる。

「どうしたの？」

「……聞いてくれる？」

僕は目を丸くしながらも、頷《うなず》いた。

最近セーラは『英雄』として貴族の社交界などに引っ張りだこらしい。

皆、我先にとお近付きになりたいのだろう。

ファルクは元々地位が高いし、僕はおまけみたいなものだし、すぐにファルクと婚約したお陰でサンブール家の後ろ盾があるから、ダンジョンボスを討伐したと言っても、学園でちょっとチヤホヤされたくらいだったけど、セーラは違ったらしい。

言い方は悪いが、孤児の平民という事で御しやすいと思われているのだろう。

それに気付いた王家が後ろ盾として間に入るようになってから幾分マシになったようだが、それはそれで問題があるらしい。

「王様が露骨にうちの息子《むすこ》なんてどうですか、って感じで勧めてくるのよ。流石《さすが》に王様にいやー、ないですってはっきり言う訳にはいかないじゃない？」

「ダリオン様は嫌？」

「嫌って程じゃないけど……まだ結婚とか考えられないし。そもそも私がプリンセスってあり得ないでしょ？」

セーラはウゲーっと舌を出した。ゲームのセーラのメインルートがプリンセスなんだけどな……と考えつつ、今の物理攻撃系治癒術師のセーラを見てると、確かにないかな……とも思った。

「それに。私、可愛い系がタイプだし」

「へぇ！　そうなんだ！」

僕はセーラの意外な言葉に目をぱちぱちとさせる。

そう言われるとセブンスリアクトの攻略対象に、可愛い系のキャラはいなかったな。

恋愛ゲームには大体いるであろう後輩キャラがいない弊害かなぁ。

セーラはそんな事を考える僕の顔を見て、呆《あき》れたように笑った。……何故？

「あー、早く卒業して旅に出たいなぁ」

「武者修行の旅だっけ？」

これ以上武を極めて何を倒すつもりなのかと疑問だったセーラの進路だったが、今聞かされたアレコレのせいで、もしかしたらこの国が息苦しくなってしまったのかもしれない。

それが『英雄』になったせいだとしたら、僕にも責任がある。

「もう、そんな顔しないでよ。色々面倒になったのは確かだけど、私にはちゃーんと目的があるんだから！」

「目的？」

「ほら、私って治癒クラスに入ったのに、いつの間にかほんのちょっとだけ物理偏重になっちゃってたじゃない」

今更かよ。しかも全然ちょっとじゃないし。

「ダンジョンボスも倒した事だし、初心に戻ろうと思ってね。最初に話した治癒術師を目指したのはお金目当てってのも勿論《もちろん》嘘じゃないんだけど……。本当はね、レイルの脚の傷みたいな古傷も治せるようになりたいなって、教会に来る患者さん達を見てて思ったのがきっかけなの」

「……全然知らなかった」

「うん。初めて人に言った。でも、シルヴァレンスで学んでもその技は得られなかった。だから、他の国に行ってみようと思って。報奨金沢山貰《もら》ったから、暫《しばら》くお金には困らないしね」

こう思うのは何度目か分からないけど、本当にセーラは凄《すご》い。心の底から尊敬できると思った。

でも……。

「セーラがいなくなっちゃうの、やっぱり寂しいな」

気持ちよく送り出してあげたいとは思うんだけど、どうしても寂しさが勝つ。僕は友達が少ないからか、心を許せる人にはとことん懐いてしまう。

「大袈裟《おおげさ》よ。定期的に帰ってくるつもりだし、帰ってきたら毎回お土産《みやげ》を沢山持って会いに行くから」

「……うん。じゃあ僕のこの傷はいつかセーラに治してもらおうかな」

「ふふっ、任せなさい！」

やっぱり寂しさは消えないと思うけど、異国から帰ってきたセーラを迎えてお土産話を聞かせてもらうのは楽しそうだ。僕は小さく笑う。

「そうだ、レイル。明日って暇？　ケーキ食べに行きたいんだけど付き合ってくれない？」

セーラはパッと表情を切り替えると、明るい声で首を傾けた。

「あ……明日は、その……」

僕が口籠《くちご》もるとセーラは空色の目を半分にして「ファルク様？」と聞いてきた。

「うん……久しぶりにデートするんだ」

なんだか照れ臭くて、声が小さくなってしまう。

もじもじしている僕にセーラは「よかったね」と優しく笑ってくれた。


今日はファルクと蔦瑠璃《つたるり》の花畑にピクニックに行く日だ。正門の前で待ち合わせをして、馬に乗って向かう事になっている。

朝起きてすぐに確認したのは窓の外。空模様は快晴で、僕はほっと胸を撫《な》で下《お》ろす。

その後クローゼットの前でたっぷり三十分はうんうんと唸《うな》った後、結局いつも着ているような無難な服を選び纏《まと》った。もうちょっと、こう……オシャレな服買っておけばよかったな。

鏡に映る地味で陰気な自分を見て少しだけ凹《へこ》んだ。

今までに何度も二人で出掛けた事もあるし、長い付き合いで緊張なんてする事はないと思われそうだが、やはり『デート』となると少し違う。

出来れば少しでもカッコよく見られたいな、なんて思ってしまうのだった。

僕が正門に着くと、ファルクは既に到着していて、大きな白馬の身体《からだ》を撫でていた。

……エリスちゃんかな？

ファルクは膝丈《ひざたけ》くらいの深い青緑のコートに黒のアスコットタイ、白のボトムスに黒の乗馬用ブーツを履いていた。乗馬する予定だからか、いつもよりシンプルな服装はとてもカッコいいんだけど、やっぱり貴族のお忍び感が拭えてなくて僕は小さく笑った。ボトムスに白を選ぶのが貴族っぽいよな。

僕はたたたっとファルクに駆け寄ると「おはよう」と元気よく声をかけた。

「おはよう。少し走れるようになったからって、あんまり調子に乗っちゃダメだよ」

ファルクの手が僕の腰に回り、抱き寄せられるとちゅっと頬に口付けられたので、僕も少し背伸びをして口付けを返した。

婚約してからは、こうやって僕からもファルクに触れるようになった。

元々スキンシップは嫌いじゃなかったので、心置きなく返せるようになって嬉《うれ》しい。

「エリスちゃん！　久しぶり！」

ファルクの傍《そば》にいた白馬はやっぱりエリスちゃんだった。

僕が近寄るとエリスちゃんは頭を下げて擦り寄ってきてくれたので、僕もエリスちゃんの顔を抱きしめるようにして頬を擦り寄せた。エリスちゃんはふんふん、と機嫌よさそうに鼻を鳴らした。

学園にいるとあまり動物と触れ合う機会がないので、ここぞとばかりに生き物の温《ぬく》もりを堪能する。

「って……あれ？　従者の方は？」

僕は当然前と同じように護衛兼従者の方が一緒に来ると思っていたのだけど、ここにいるのはエリスちゃんだけだ。僕が首を傾げると、エリスちゃんもつられて首を傾げていた。かわいい。

「エリスだけ置いて帰ってもらったんだ。今日は二人きりになりたかったから。あ、レイルこれ持ってくれる？」

そっか、今日はエリスちゃんと僕らだけなのか。護衛なしでいいのかなとも思ったけど、ファルクをどうこう出来る輩《やから》が相手なら、護衛が何人いたところで無駄だしなと納得した。

ファルクから「はい、これ」と言われてピクニックバスケットを受け取った。ずっしりと重たい。

「落とさないでね」と耳元で声が聞こえたと思ったら後ろから抱き締められて、そのまま高く抱き上げられた。僕は思わず「おぉ!?」と声をあげる。

するとエリスちゃんが心得たと言わんばかりに、脚を折って体勢を低くし、僕はファルクによって易々《やすやす》とエリスちゃんの背の上に乗せられた。

そのすぐ後、ファルクがいつも通りスマートにエリスちゃんの背に跨《また》がる。

「の、乗せるなら乗せるって言ってよ。びっくりしたじゃんか」

僕はピクニックバスケットをしっかり膝《ひざ》の上で抱えると、後ろのファルクを振り返り文句を言った。

「ふふ、ごめんね。じゃ、行こうか」

ファルクは柔らかく笑うと手綱を握った。

ファルクによる安心安全な支えと、エリスちゃんの優しい走り方のお陰で、僕は快適な乗馬を楽しむことが出来た。

最後の丘を越えると、前に来た時と同じく一面の青い花々が僕らを迎えてくれた。

丘の一番高い所でエリスちゃんの脚が止まる。

空がそのまま地面にまで広がってきたようなその光景は、きっと何度見たって感動するだろう。

「綺麗《きれい》だ」

見た目の美しさも素晴らしいが、なによりこの繊細な花をここまで綺麗に群生させる為に費やされたであろう人々の努力に、僕は胸を打たれるんだ。

——色々あったけど、また二人でここに来られてすごく嬉しい。

僕が手綱を握るファルクの手にそっと自分のそれを重ねると、ファルクが後ろから僕の肩に顎《あご》を乗せて、頬をすり寄せてくる。

「うん。綺麗だね」

僕達はその体勢のまましばらく、風に揺れる蔦瑠璃の花畑を眺めていた。

以前もランチを食べた場所付近に到着すると、ファルクはさっとエリスちゃんから降りて僕からピクニックバスケットを受け取って地面に置いた。

そして、ファルクが僕に向かって両手を広げる。僕は躊躇《ためら》う事なく、えいやっとその腕の中に飛び込んだ。

慣れない体勢で長時間を過ごしたせいで、以前と同じように僕の脚はがくがくぷるぷるして全く立てそうにない。

ファルクもそれを承知していて、僕をすぐに下ろそうとはせず、両腕を僕のお尻《しり》の下辺りで組んで抱き上げてくれていた。

僕はファルクの両肩に手を置いて、じっとその綺麗な顔を見つめた。太陽のような瞳《ひとみ》には僕だけが映っていた。

「あの、ね……。多分、治癒魔法をかけてもらえればすぐに脚が変なの治ると思うんだけど……。もしかして、わざとだったりする？」

「……気付いた？　うん。わざとだよ」

「そう、なんだ……」

何故わざと気付かない振りをしたのか。流石の僕でもそんな事をわざわざ聞くほど鈍くはない。

僕が離れ難いと思っていたように、ファルクもそう思ってくれていたんだ。

去年の今頃はファルクにそんな風に思われているなんて思ってもいなかったので、なんだかむず痒《がゆ》い気分だ。昔から好きだったよ、と本人に言われていても正直実感は持てなかったが、こうやって証明されると実感せざるを得ない。

――あの時既にそうだったんだ。

照れくさいやら、情けないやらで顔がほこほこと火照《ほて》ってきた。

「今日はあの時みたいに、下ろさないでって言ってくれないの？　あれ、凄い嬉しかったのに」

ファルクの目が三日月のように細まり、揶揄《からか》うような表情を浮かべる。それなのに、声だけはとびっきり甘くて、僕は『ずるい』と思ってしまう。

「じゃあ一生下ろすなよ」

「もちろん」

悔し紛れに大袈裟に言った言葉を満面の笑みであっさりと承諾されてしまって、僕はうぐぐ……と唸った。しかもその後「もう大丈夫」と言っても「一生って言った」と中々下ろしてもらえなくて、とても困った。……完敗だ！

エリスちゃんはそんな僕らに構う事なく、呑気《のんき》に草を食べていた。

木陰でピクニックバスケットを開くと中には、ハムチーズと卵が挟んである普通のサンドイッチと、ローストビーフが挟んであるバゲットサンド、フルーツジュースなどが入っていた。

「わー、美味《おい》しそうだね！　食堂で作ってもらったの？」

「いや、エリスを連れて来させた時に一緒に受け取ったんだ」

「へぇ、そうだったんだ。僕ファルクの家の料理美味しいから好きだよ」

「うん。俺はレイルが美味しそうに食べてるところを見るのが好き」

「……自分でもちゃんと食べなよ」

お腹《なか》も結構空《す》いていたのでとりあえずファルクの事は気にせずに、僕はハムチーズ卵サンドにかぶりついた。うん、文句なしに美味《うま》い!!

期待を裏切らないその味に顔が綻《ほころ》ぶ。僕、基本的にチーズと卵が好きなんだよな。

「……」

ファルクはそんな僕を幸せそうな顔で見つめていた。見られ過ぎて穴が空きそうってのはこういう事を言うんだと思う。

「見てばっかいないで、ちゃんと食え」

僕はボックスからバゲットサンドを取り出すと、ファルクの口に雑に突っ込んだ。

最初ファルクはバゲットサンドを口に突っ込まれたまま驚いたような表情をしていたが、やがて嬉しそうに笑うともぐもぐとバゲットサンドを食べ始めた。全く世話が焼ける。

食後はファルクがピクニックバスケットの中に入っていたティーセットを使って、手慣れた手付きで紅茶を淹《い》れてくれた。王子様なのに給仕が様になっている。

仕上げに紅茶に加えていた黄金のとろりとした液体はおそらく……。僕は期待に瞳を輝かせた。

「――蔦瑠璃の蜂蜜《はちみつ》だ……！」

飲んだ瞬間口内に広がる澄み切った花の香り。

以前に頂いた蜂蜜は最初の頃に使うペース配分を誤ってしまい、すぐになくなってしまったから、久しぶりの味にうっとりする。しかも、最後の方は大分ちびちびと節約しながら使っていた為、こんなに濃い蔦瑠璃の香りがする紅茶は久しぶりだ。

僕は終始ほわほわとした気分で贅沢《ぜいたく》なティータイムを楽しんだ。

胡座《あぐら》をかいたファルクの膝の上に座り、その身体にもたれ掛かりながら蜂蜜の事を話すと、ファルクはむっと口を尖《とが》らせた。

「なんだ、蜂蜜が欲しかったなら言ってくれればよかったのに。レイルが必要な分くらいは確保してもらえるよ？」

「うーん……それじゃあ、今日これから養蜂場の見学に行った時にまた一本だけ貰《もら》おうかな」

「一本でいいのかい？」

僕は一本でいい理由を告げようかどうか逡巡《しゅんじゅん》する。……恥ずかしいけど言っちゃおうかな
「……毎年、一緒に来た時の楽しみに出来たらいいなって思って」

暗に毎年一緒に来たいと言っているようなものだけど、事実その通りだ。

僕は小さい頃からファルクとずっと一緒にいられたらいいのになと思っていた。

いつかは離れる時が来ると思っていたから、そんな願いを口に出したりはしなかったけど。

――でも、今なら……そんな約束を強請《ねだ》っても許される、はず。

少しの不安が心に陰を落としそうになるが、ファルクの言葉によってそれはすぐに拭《ぬぐ》い去《さ》られた。

「……うん。毎年一緒に来よう」

腰を掴《つか》まれて強制的に体の向きを変えさせられ、正面で向き合う体勢になる。

黄金の瞳と視線が絡み合えば、自然と距離が近付き、唇が重なった。

角度を変えながら何度も口付けていると、閉じた唇の隙間を舌でノックするようにペロリと舐《な》められた。それに応えて唇を薄く開けば、すぐさまファルクの舌が中に入ってくる。

器用な舌で口の中の気持ちいい所を擦《こす》られると、腰の辺りからぞわぞわと快感が駆け上ってきて、僕は縋《すが》るようにファルクの首に両腕を回した。

背中を撫でていたファルクの手が背骨に沿って下へと下がっていき、尾骶骨《びていこつ》の辺りを指で撫でられる。その意味ありげな手つきに、その先での快感を教え込まれた僕の息は余計に上がってしまった。

「ふ、ぅ……ぅうん、ン……」

花の香りがするキスは、酷《ひど》くいやらしい。

くちゅくちゅと音を立てながら舌を絡ませていると、どんどんと蔦瑠璃の香りが濃くなって、酔ってしまったかのような錯覚を起こす。

舌先をじゅっと吸われるのと同時に、妖《あや》しく動いてたファルクの指がボトムス越しに後孔をぐりぐりと押してきて僕はびくりと肩を跳ねさせた。

僕はファルクの首に回していた腕でファルクの胸を押すと、唇を離す。

「は、はぁっ……そと、外なんですけど！」

僕は肩で大きく息をしながらファルクを睨《にら》みつけた。

すると、ファルクは決まり悪そうに目を逸《そ》らし、自身の首に手を当てながら「……すみません」と小さく謝った。

その叱られた大型犬のような反応に、僕はついつい可哀相《かわいそう》だったかな？　なんて思っちゃって、目を逸らすファルクの額にちゅっと唇を寄せた。

「……帰ったら、続きしてもいいから今は我慢な？」

その瞬間、視界が暗くなる。何事かと思えばファルクに頭を抱えるように抱き締められたようだ。

ぎゅうっと強く抱き締められている為、少し苦しい。

「……かわいい。好きだ、好き過ぎて苦しい。早く結婚したいな。今すぐ結婚して、二人で暮らしたい。レイルを今すぐ俺のレイルにしたい」

「ぬぉお、ぷは、もう、すぐだよ」

ファルクの胸で顔が押し潰《おつぶ》されているために、声がくぐもってしまっている。

「まだ式の準備も整ってないし、新居は建設中だし、卒業してもすぐには一緒になれないじゃないか
……」

珍しく拗《す》ねたようなファルクの声に、僕は再び大型犬……いや目の色とか髪の色的には狼《おおかみ》か？　とにかく大きなイヌ科の生き物がキュンキュンと鼻を鳴らしている様を想像して、ふふっと笑ってしま

った。

卒業後、僕は『チマタイ』に配属。ファルクは議会に出席したりなどのサンブール侯爵の王都での仕事を引き継ぐ。

サンブール侯爵は多忙でアリスおば……お義母様《かあ》がいる本邸には中々帰れていなかったから、誰よりもファルクの卒業を待ち望んでいた人かもしれないな。

本当は王都ですぐに一緒に暮らしたかったんだけど、僕とファルクが一緒に住む予定の家は、主に設計段階でファルクとお義母様が張り切っちゃったせいで、まだ建ててる途中なのだ。

だから僕はとりあえず、王城敷地内にある魔法棟に住ませてもらう事になっていた。職場から激近物件だ。ファルクもまずは王都のサンブール別邸で暮らす事になっている。

「僕も、早く二人だけで一緒に暮らしたいなぁ。……あ、ちゃんと使用人を雇わないといけないって分かってるからな」

僕の感覚だと二人で暮らすには大き過ぎる屋敷は、ファルクが暮らす以上、侯爵家の屋敷となる。侮られないように立派にしなくてはいけないし、雇用を生むために使用人も沢山雇わなくてはいけない。厳密に二人きりで暮らせる事はまずないんだけど、それはもう仕方ない。

不意にファルクが黙る。

僕が無理矢理顔を上げると、何かを思案するようなファルクの顔が目に入った。

「レイル、もし色んな事が煩わしくなってしまったら……どこか遠い、誰も俺たちを知らない国で二人きりで暮らそうか」

僕の脳裏には、しばらく封印していた『セブンスリアクト』のファルクエンディングのイベントCG、異国の地でセーラと笑い合うファルクの姿が過《よぎ》った。

「僕で、いいの……？」

「うん？　他に誰がいるの。俺は今までもこれからもずっとレイルだけだよ」

頭をぽんぽんと撫《な》でられて、一片の曇りもない笑顔を向けられる。

胸がきゅうっと締め付けられて、僕は無言でファルクの胸に額を押し付けた。


——ダリオン様は俺様じゃなくてツッコミが面白い頼れるアニキだし、ルカス様は主人公に頼る事なく、自らの意思で人生を切り開いている。

無骨で不器用だと思っていたアルバートに理知的でスマートな面がある事を知ったし、カイル先輩は変人なだけじゃなくて先輩らしく頼《たよ》り甲斐《がい》があった。

セーラは物理でラスボスを倒して、武者修行と食べ歩きの旅に出るというめちゃくちゃっぷりだし、ファルクはずーっと僕の事が好きらしい。みんなゲームと同じようでどこか違う。

僕だって死んでる筈《はず》なのに生きてるし、この世界はそういうものなんだろう。

僕はふっと笑って、顔を上げた。

「ファルク。——前世ってあると思う？」

キョトンとするファルクに、僕は長い長い物語を聴かせてあげることにした。

番外編　シークレット・ストーン

「う……んっ……はぁ、あ、はぁ……」

体内を埋めていたモノがずるりと抜けていく感覚に、背筋がぶるりと震えた。

それに伴って、中で出された精液がたらりと穴から垂れて会陰をつたい、シーツへと流れ落ちる。

行為を何度重ねてもこの感覚には慣れそうになくて、僕はシーツを握りしめてそっと息を吐いた。

天蓋《てんがい》付きのベッドの上でひっくり返って、潰れたカエルが如《ごと》く仰向けで転がっていた僕は、腹の上で折り畳んでいた足をだらりと投げ出した。

カーテンは閉め切っているとはいえ、太陽はまだ我々の真上に存在している訳で。

僕は真っ昼間からナニをやっているのだろうと射精後の妙に冷静になった頭で思う。

乱れた呼吸を整えていると、賢者タイムなんて存在しないんじゃないかと思われる、僕のスーパーダーリンに抱き上げられて、座った彼の膝《ひざ》の上にのせられた。

性行為の後で、下半身がぐちゃぐちゃでべとべとなのもお構いなしなんだなと思わないでもないが、この彼——ファルクの膝の上にのるのは僕がファルクにお強請《ねだ》りをする時の定番の体勢なので、僕は反射的にファルクの首に両腕を回した。

表舞台に立つ事が多くなった最近では、彼の母の異名にあやかって、細氷王子なんて呼ばれているファルクの、それこそダイヤモンドダストのように美しい顔が近付いてきて唇が押しつけられる。

しばらくは可愛らしくふにふにと、互いの唇の感触を確かめ合うようなキスだったが、唇の隙間からファルクの舌がぬるりと中に入ってきてからは快感を拾うようなそれになり、僕は眉《まゆ》を顰《ひそ》めた。

背中に回されていたファルクの手が妖しく動き始めて、未《いま》だぬかるんだ穴の中に指を差し込まれた時。僕はいよいよまずいと身体《からだ》を離すようにファルクの胸を押した。

「ん……ファルク、もう流石《さすが》に……」

「……ダメ？」

そう言って首を傾《かし》げた表情は、銀色の髪と金色の瞳《ひとみ》も相俟《あいま》って大きな狼《おおかみ》がきゅーんと鼻を鳴らしているように見えてしまって、僕はウッ、と狼狽《うろた》える。

ファルクは僕のお強請りに弱いけど、僕だってファルクのお強請りにめっぽう弱かった。

――というか僕の尻《しり》の下で存在を主張するファルクのモノはもう既にガッチガチに硬くなっていて、出さないと収まりそうにない。

こんな生白い瘦《や》せた身体のどこに興奮するのかは未だ理解出来ないけど、僕を見るファルクの黄金の瞳は蜂蜜《はちみつ》のように甘く熱を孕《はら》んでいて、疑いようもないくらいに好かれているのを実感する。

了承の言葉の代わりに再び首に腕を回して抱き寄せると、耳元で囁《ささや》くように名前を呼ばれて、首の後ろあたりにぞくりと快感が走った。

「あ……」

尻を持ち上げられ、ずぷずぷと下からファルクのモノが挿入《はい》ってくる。

先程まで散々受け入れていたモノなので、侵入はスムーズだ。

入り口の一番キツい所を抜けると、ファルクの性器の雁首《かりくび》の部分が、内壁のふっくらと膨らんだ――恐らく前立腺《ぜんりつせん》と呼ばれるそこに引っかかって、ごりっと押し潰される。鋭い快感が上ってきて、僕はファルクの首に回した腕にぎゅうっと力を込めた。

「ひあ、あっ、うぅ～……」

　宥《なだ》めるように耳や頬、唇にキスが降ってきて少し安心する。

所謂《いわゆる》対面座位と呼ばれるこの体勢だと、自重のせいもあってより深くファルクのモノが入ってくる。中の一番奥にこつりとファルクの性器の先端が当たって、少しの恐怖と快感でびくびくと腹筋が震えた。奥の、その先まで侵入を許した時は本当に死んでしまうんじゃないかと思った。過ぎた快感に泣きじゃくりながら色んな液体を垂れ流し、声は嗄《か》れ、次の日は見事に腰が立たなかったという、僕にとっては忘れたい過去だ。

しかし、ファルクにとっては大層よかったようでたま――――に侵入する事を許してしまっている。そしてその度に醜態を晒《さら》して、後悔するのを繰り返していた。

「今日は奥入れないから大丈夫だよ」

僕の考えを読んだファルクがくすりと笑う。むぅ、と睨むと「かわいい」と蕩《とろ》けたような声で言われて、鼻先にキスをされた。

尻たぶを掴まれながら、緩やかに律動が始まる。突き上げるような激しい動きではなく、揺らすような優しい動き。甘い痺《しび》れがじんわりと腰から広がり、僕ははぁ、と熱い息を吐いた。

「ん……ぁっ、ん、ん……ファルク、ぁ、きもちいい……」

「うん、俺も」

汗が滲《にじ》んでしっとりとした逞《たくま》しい首筋に顔を埋《うず》めて、目を閉じる。

――今日は久しぶりに二人一緒に丸々一日の休みを取れたので、有意義な休日を送る予定だったんだけど、朝っぱらから始めてしまい既にもうお昼だ。

爛《ただ》れてるなぁ、と思う。けど、まぁいいよな。だって、まだまだ新婚だもん。


「――レイルは、何がいいと思う？」

微睡《まどろ》みの中、急にその言葉だけがクリアに聞こえて、僕は「ほぁ……？」と首を傾げた。

身体を捩《ね》じると少しの抵抗と共に聞こえる、ちゃぷちゃぷという水音。

あぁ、そうだ。あの後ファルクと一緒にお風呂《ふろ》に入ってたんだった。いつもの後ろから抱きかかえられるような体勢でお湯に浸《つ》かっているうちに、眠りかけてしまっていたようだ。

「ごめん、ちょっと寝てた。何の話？」

「眠たいなら寝てていいよ？　抱っこしてベッドまで連れて行ってあげる」

「いや、大丈夫。もう起きた」

僕が身体ごと振り返ると、水も滴るいい男を体現したようなファルクが、「そう？」と首を傾げていた。

「ほら、俺達ってまだ誓婚石《せいこんせき》を作ってないだろう？　どんなのがいいかなと思って」

「あー……」

誓婚石。シルヴァレンス王国では、結婚相手と揃《そろ》いの宝石を使った装飾品を身につけるのが慣例となっていた。貴族や裕福な平民は宝石に魔力を染み込ませた高価な人工魔石を使って、ちょっとした魔法を付与していたりする。

前世で言う結婚指輪みたいな物だけど、結婚指輪ほど皆が着けてるって訳でもない、それくらいに位置付けされているのが誓婚石だ。ちょっと古風な習わしなのかも。

ピアスやイヤリングが定番で、もっと大きな石を使いたい人はブローチやペンダントにする事が多い。指輪はと言うと、大きな宝石が着いた指輪を男性はあまり好まないからか人気がない。僕もそういう派手なのは着けたいと思わない、けど。

——ただ……この世界では何の意味も持たないとしても……。

愛の証《あかし》として、左手の薬指にファルクとお揃いの指輪を着けられたら、僕はきっと、とても嬉《うれ》しいと思う。

「あの……」

「うん」

「ゆ……指輪がいい」

言い終わるか終わらないかのタイミングで両手で頬を挟まれて、ちゅっと口付けられる。あまりの唐突さに僕は目を丸くした。

「なんで今急にキスしたの」

「もじもじしてて可愛かったから衝動的に」

衝動的すぎる。というか別にもじもじしてないし！

「で、指輪がいいの？　……前世絡みかな」

「なんで分かるの!?」

「分かるよ。レイルの事ならなんでも」

ファルクが得意気に笑う。

僕がぽかんと口を開けていると、ファルクに引き寄せられて肩を抱かれた。

確かにファルクには前世の記憶がある事や『セブンスリアクト』の事を全て打ち明けている。

とはいえ、あくまでも僕はファルクの幼馴染《おさななじみ》のレイルであって、前世の人格に引っ張られていると思われたくなかったから、積極的に前世の話を持ち出す事はなかったのだ。なのに。

「本当になんで……？」

「ここ」

そう言ってファルクは人差し指を立ててくるりと回した。僕は首を傾げた。

「お風呂の設計の話してる時と同じ顔してた。あの時もずっともじもじしてて可愛かったね」

「う……」

そう言えばあの時も突然キスされた気がする。建築士さんとかがいる前だったから、恥ずかしかった記憶が……。

全体的に日本の温泉を思い出させるような、黒い石造りのお風呂は我が家の自慢の一つである。

男二人で入っても余裕で動けちゃうくらいの広さがある湯船には、魔法やら魔石やらを駆使して常に綺麗《きれい》なお湯が張られるようになっている。まさにかけ流しの温泉だ。

新居の設計で僕が口出ししたのはこのお風呂くらいなんだけど、その分拘《こだわ》って作ってもらった。

当然この世界の一般的なお風呂とは違ったので『奥様の発想は斬新ですなぁ』なんて、大工さんに言われたりもしたっけ。

斬新……といえば、うちの屋敷は侯爵家の屋敷としては小さめだけど、実はかなり斬新な作りをしていて、建築費用も眩暈《めまい》がしそうになるくらいに高額だった。

見た目こそ普通だが、壁の中には魔力をよく通すシャドウスパイダーの糸が電線のように張り巡らされ、照明やお風呂、キッチンなどの各魔石へと繋《つな》がっている。一階のパネルから魔力を送ると、魔力を蓄える為の魔石を経由し、そこから各所の魔石に魔力が供給される仕組みだ。

いちいち魔力を込めなくてもスイッチ一つで照明が点《つ》いたり、水や火が使えるようになっているので、前世の家のようですごく便利だった。

もちろん使用人がいるので僕自身がそれらを使う機会はそれほどないのだけれど、仕事が楽になったと笑う使用人の皆を見ていれば導入してよかったと思う。

この世界では非常に前衛的なこの設計は、うちの屋敷の設計をお願いした建築士さんが、ずっと温めていたものらしい。しかし、今まで実用化されることはなかったという。理由は明確で、初期費用があまりにも高額な事と、屋敷全体を賄えるような魔力を一度に供給出来る人間が殆《ほとん》どいないからだ。稀少《きしょう》なシャドウスパイダーの糸をふんだんに使い、大量の魔力を蓄えておけるような高価な魔石を必要とするこのシステム。

そんな資金を出せるような人間は大抵大きな屋敷を建てるので、更に必要魔力が増える。

魔力の少ない平民や爵位の低い使用人達ではとても賄えないし、足りなくなる度に魔力をチャージしてたんじゃ却って手間だ。普通に魔石を使った方が効率がいい。

高位の貴族や魔術師などであれば、チャージの頻度は減らせるだろうが、彼らはそもそもそんな作業を自分でやりたがらない。下働きは使用人に任せれば済むと考えているからだ。

金に糸目を付けず、大量の魔力を持っていて、自分の魔力を使う事を厭《いと》わない、そんな人間でなければ使えない欠陥設計。

そんな条件に当てはまるのが、僕の旦那《だんな》様のファルクだ。

お金も魔力も有り余るほど持っていて、自分の魔力を使う事を嫌がらず、分け隔てなく優しくて、かっこよくて、強い！

……ん、なんか関係ない要素も入った気がするけど、とにかくファルクは建築士が長年探し求めていた理想の顧客だったらしい。

建築士は五体投地する勢いでプレゼンしてきた。

アリスお義母《かあ》様もファルクも困惑してたけど、前世の記憶のお陰で建築士が語る設計のイメージを想像しやすかった僕が「便利そう！」と反応した為か、導入を決めたのだ。

ちなみにシャドウスパイダーの糸はファルクと久しぶりのダンジョンデート（笑）をしながら自力調達しました。楽しかったな。

そういう事なので、ファルクは毎朝、屋敷で使う一日分の魔力を魔石にチャージしてくれている。

僕がチャージしたらぶっ倒れるほどの量の魔力を持っていかれてるみたいなんだけど、ファルクは全然平気らしい。ひええ。

チャージするのが一日分なのはそれ以上溜《た》めても、時間が経《た》つと魔力が自然に抜けて無駄になってしまうからだ。

という訳で、我が家の主様《あるじ》は、我が家の〝電池〟でもある。

この素晴らしいお風呂でまったりと寛《くつろ》げるのも、我が家の電池様のお陰なので僕は感謝を示す為にファルクの肩にすりすりと頬擦りをした。ファルクは嬉しそうに微笑《ほほえ》んで、僕の頭を撫《な》でた。

「前世では結婚の記念に指輪を着けるのかな？」

「……うん。左手の薬指に」

「どうして左手の薬指なんだい」

「え、うーん……」

なんでだっけ、と考えていると久しぶりにポコンと前世の記憶ガチャのカプセルが出てくる感覚。

「確か、昔は左手の薬指が心臓と一本の血管で繋がっている特別な指だと信じられてた、から？」

「へぇ、命と心に繋がってる場所って事か」

ファルクに左手を摑まれて、顔の高さまで持ち上げられる。そして、薬指の付け根をそっと指で撫でられた。

——な、なんか急激に恥ずかしくなってきた。僕、なんでこんな事言い出しちゃったんだろう。

ファルクにとっては意味分かんないよな。

これは『レイル』というより、前の僕の願望みたいなものだから自重しなきゃダメだ。

「や、やっぱりいいや。結婚指輪に誓婚石みたいな宝石着けると邪魔になっちゃうし」

「じゃあ、誓婚石はピアスにしよう。俺が手配するね」

「……うん」

自分から言い出した事なのにあっさり肯定されて、少しだけしょんぼりしてしまう。バカみたいだ。

「――だから、結婚指輪はレイルが作ってよ。俺とレイルの命と心を繋ぐ指輪」

愛《いと》おしむような優しい手つきで、再び左手の薬指を撫でられる。

自然と俯《うつむ》いてしまっていた僕は、ファルクの言葉にぱっと顔を上げた。

目と目が合うとファルクはにっこりと笑って頷《うなず》いてくれた。

「……!!　……うん！　作る！」

お風呂のせいだけじゃなく、頬が上気しているかもしれない。

やっぱり嬉しかった。僕の中では特別な意味を持つ指に、愛の証と認識した上でお揃いの指輪を着けてもらえる。それに、ファルクから贈られるのではなく、僕からファルクに指輪を贈れるという事も嬉しかった。

家も結婚式も何もかもファルクやサンブール侯爵家に用意してもらって、僕が渡せたものは僕自身くらいしかなかったから。

「ッ……!!」

突然ファルクが勢いよく顔をお湯につけた。バチンッという痛そうな水音と共に跳ねた飛沫《ひまつ》が僕の頬に当たる。細氷王子様の突然の奇行に僕は目を瞬かせた。

「ど、どうしたの……？」

ゆっくりとお湯から顔を上げたファルクに、僕はおそるおそる声を掛ける。濡《ぬ》れた前髪を後ろに流す仕草は黄色い悲鳴が飛び交うであろうくらいにサマになっているんだけど、その前の奇行をなかった事には出来ない。

ファルクがぽつりと呟《つぶや》く。

「レイルの可愛さが、俺の許容量を超えた……」

あぁ……いつもの発作か。

それから部屋に戻って指輪の採寸をしたり、どんな形のピアスがいいかを話したり。

ファルクがやけに前世の結婚式について聞きたがったので、記憶のガチャを回してしどろもどろの説明をしたりなどして残りの休日をのんびりと過ごした。

……結局またいい雰囲気になって盛り上がってしまった結果、醜態を晒《さら》す事になったのは記憶から抹消したい。記憶ガチャからも排出停止を希望します！

指輪は石なしのシンプルなシルバーリングにする事にした。どうせなら正に王道な結婚指輪って感じのイメージがいいなと思って。

しかし、魔石関係ならともかく、アクセサリーとなると疎いし伝手《つて》もないので、僕は実家を頼った。

そう、僕の実家はヴァンスタイン商会。

老舗《しにせ》の商会で彫金や宝飾関係のお店だって持っているのだ。

「わざわざ王都まで来てもらってごめんね、兄様」

王都のメインストリート。僕は侯爵家の紋章が記された馬車から降りると、王都のランドマークである花時計の近くで腕を組みながら立っている兄様に駆け寄った。

兄様普通に一人でラフに立ってるけど、ここまで護衛の一人もなしで来たのかな。ストロングスタイルだ。そーいうとこ父様に似てるなぁ。

僕の方はというと、一人で「行ってきまーす！」って普通に家から出ようとしたら、執事のモリスに「なりません」って言われて馬車を用意され、護衛騎士のリックをつけられてしまった。

ちなみにファルクは朝からお城で仕事です。お義兄《にい》さんにご挨拶《あいさつ》出来ないなんて……！　と嘆いていた。

「いーよ別に。こっちでやる事もあったし。それより指輪だろ。工房に話してあるから早速行くぞ」

兄様はすたすた歩いて僕が乗ってきた馬車の御者に何かを伝えると、僕に向かって乗れ、と顎《あご》で馬車を示してきた。相変わらずせっかちだ。

促されるままに僕はまだ自分の温《ぬく》もりが残る席へと戻る。すぐに兄様も乗り込んできて隣に座った。

間もなく馬車が走り出した。

「——ねぇ、兄様兄様、これから行く工房ってどんな所なの？」

「うちの取引先で装飾品を卸してもらってる所だよ。質がよくて人気なんだけど、彫金師の婆ちゃんが一人でやってるから納品数が少ないのがネックだな」

「へぇ！　お婆さんがやってるんだ。兄様が褒めるって事は、本当に腕のいい職人なんだね」

そんな話をしながら三十分ほど馬車を走らせて到着した工房は、ちょっとした坂の上の緑に囲まれた場所にあった。

色も形も不揃《ふぞろ》いな石を積んで出来た紺色の三角屋根の小さな家。家の周辺や、窓辺には少し多過ぎるくらいの草花が植えられていて……なんというかとても……メルヘンだ。

もしかしたら中から小人が出てくるかもしれない……と少しドキドキしながら兄の後ろについて行くと迎えてくれたのは小人——ではなく、小さなお婆さんだった。

この人が彫金師さんなんだろうか。職人というと『ぶきや』の主人のように気難しそうというか、頑固そうというか……そういうイメージを持っていたから、普通のお婆さんだった事に少し驚いた。

「いらっしゃい。どうぞ中に入ってちょうだい」

お婆さんが微笑む。優しそうな人だ。

中に入ると金属と油と、ハッカみたいな匂いがした。外観通りの小ぢんまりとした室内には沢山の棚と木製の作業机、おそらく彫金の道具と思われる物があちらこちらに置いてあった。

一番目を引かれたのはガラスのケースに飾られた装飾品の数々だ。

一つ一つに丁寧で繊細な彫刻が施されていて、貴金属に造詣《ぞうけい》が深くない僕でも、素晴らしい物なのが分かった。

護衛のリックは室内をざっと見回した後『ここじゃあ何かあっても満足に剣も振るえないんで、外で見張ってますね』と出て行った。

「婆ちゃん。こいつが俺の弟。愛しの旦那様と揃《そろ》いの指輪が欲しいんだとさ。お貴族様だから、ちょっとくらいふっかけても大丈夫だぜ」

「にーさま……。え、と、こんにちは。レイル・サンブールです。今日はよろしくお願いします」

「あらあらぁ、随分と可愛らしい子！　お母さん似かしら。こんにちは。彫金師のフィオレンティアよ。フィオと呼んで頂戴《ちょうだい》、レイル様」

「分かりました、フィオ」

――以前の僕だったら『レイルで良いですよ！』と言っていたところだけど、今は僕も侯爵家の人間だ。レイル様、と呼ばれる事にも随分慣れた。

工房には小さなテーブルと一脚の丸椅子しかなく、フィオにそのただ一つしかない椅子を勧められたが流石《さすが》に辞退して、兄様と同じく木箱に座らせてもらった。

「それで、指輪が欲しいのよね。誓婚石用かしら」

「あぁ、いえ。誓婚石は別に用意してもらってるんです。これはその、ただの……お揃いの指輪が欲しくて」

結婚指輪の事を何と言っていいかわからず、結局先ほど兄様が言ったような感じの注文になってしまった。くそ、兄様が笑ってる。

「あらまぁ素敵ねぇ。それならうんといいものを拵《こしら》えましょうね」

フィオは小さく手を叩《たた》くとにっこりと笑った。

僕はほっぺたを熱くしながら「はい……！」と頷いた。

「――じゃあ、デザインは大体こんな感じで決まりね。誓婚石は別に用意していると言っていたけれど、本当に石を入れなくていいの？」

「はい、ずっと着けるので華美になりすぎない方がいいと思って」

「そう、それなら裏石はどうかしら。指輪の内側に宝石を嵌《は》め込《こ》むの。見せる為じゃない、二人だけの為の宝石だから特別感が出るわよ」

フィオの提案に僕は感心した。内側に、なんて考えもしなかった。そんな方法があるのか。

「それならいいかも……」

「それがいいわ。どんな宝石にする？」

「金色の……アンバーダイヤがいいです」

アンバーダイヤモンドは前に図鑑を見ていてファルクの瞳《ひとみ》の色に似てるなぁと思っていた宝石だ。シルバーのリングに金色の宝石。正にファルクを形作る色で、ファルクにはよく似合うだろうし、僕にとっては御守りになる。

「ふ、アンバーダイヤならすぐに用意出来るぜ。婆ちゃん、二ミリの石でいいか？」

僕の言葉を聞いて全てを見透かしたように笑った兄様が、フィオに聞く。

うぅ、銀色と金色でファルクっぽい！　って思ってた事バレてそうだ……。

「うーん、そうね。一・五ミリがいいわ。ケール、魔石化は出来る？」

「そりゃ出来るけど一・五ミリの石じゃ魔法陣を刻める人間がいねぇよ。魔石化する意味あるか？」

「私が刻むわ」

フィオが不敵に笑う。

驚愕《きょうがく》の表情を浮かべた兄様が、テーブルに手をついていかにも衝動的という感じでガタガタと音を立てながら立ち上がった。

「う、嘘《うそ》だろ!?　婆ちゃんが魔陣師だなんて聞いてねぇよ!!　しかも一・五ミリ!?」

「言ってないもの。だって、ディルさんやケールに言ったら絶対にお仕事持ってくるでしょう?」

「当たり前だ!!」

「嫌よぉ。魔法陣刻むのって本当に目とか腰とかにくるんだから」

フィオと兄様が言い合っているのを、僕はきょとんとしながら見ていた。

魔陣師、というのは『魔法陣彫刻師』の略称でその名の通り魔法陣を書いたり、刻んだり出来る職人の事だ。

便利な魔道具や魔石なんかは、ぜーんぶこの魔陣師が魔法陣を刻んでいるから魔法が発動する訳で、需要が高い割に技能を習得する難易度が高く、なれたら絶対に食いっぱぐれる事のない職業である。

当然、物の形が複雑だったり小さければ小さいほど魔法陣を刻む難易度が上がる為、本当にフィオが一・五ミリの魔石に魔法陣を刻めるというのなら相当な腕の職人だと思われる。

「一・五ミリの石じゃそこまで強い魔法は付与出来ないけれど、それでもこういうのは気持ちだからね。折角ならとことんいい物にしたいわよね」

フィオが僕の目を見て微笑《ほほえ》む。

その微笑みは子供や孫を見るように慈愛に満ちていて、ただの新規の顧客相手に対して向けるには
——取引先の息子《むすこ》で高位貴族相手だったとしても、少し不思議な気がした。

父や兄にも隠していた秘密を明かしてまで親身になってくれるのは何故《なぜ》なのだろう。

「あの、どうしてこんなによくしてくれるんですか？　僕、どこかで貴女《あなた》に会った事ありますか？」

僕の質問にフィオはキョトンとした後、口に手を当ててふふっと笑った。

「——私、細氷王子様のファンなのよ。何よりも大事になさっているという噂《うわさ》の奥方が、こんなに可愛らしい子だったと知って、舞い上がっちゃってるの」

「なんだよ婆ちゃんミーハーかよ」

なるほど、ファルクのファンなのか。そっか、推しが身につける指輪ならよりよい物をと思ってもおかしくないな。噂の奥方がこんなのですみませんと言いたくなるが、それなら納得だ。

うちの旦那《だんな》様のファン層は広いなぁ。

「ふふ、じゃあ今度は彼と一緒に来ますね」

「まぁ、まぁ！　それは嬉《うれ》しいわ！　私、張り切っちゃう」

それから魔石に付与する魔法や指輪のデザインの細かい部分などを決めて、僕と兄様は工房を後にした。魔石の調達などもあり、完成には一ヵ月ほど時間がかかるらしいが、当初の期待以上の物が出来そうで楽しみだ。

——それにしても、プロって凄《すご》い。ぱっと見ただけで魔道具に何種類の魔法陣が付与されてるとか分かっちゃうんだもんな。

帰りの馬車の中で、僕は握っている杖《つえ》を改めて眺めながら、帰り際にしたフィオとのやり取りを思い出す。

『それじゃ、ありがとうございました。失礼します』

『あっ、ちょっと待って』

『はい？』

『その杖……とても、いい物ね。魔法が五種類も付与されている』

『わ、すごい！　やっぱり本職の人には分かるんですね。頂き物で、僕には過ぎた物なんですけど』

『そんな事ないわ。それは貴方《あなた》の為に造られた物よ』

『え、あ……そうですね。オーダーメイドですし。……何度も助けられて、僕にとって相棒みたいな杖なんです』

『――……そうなの……！　ぜひ大事にしてあげてちょうだい』

全速力で走り続けでもしない限り、普通の人と変わらないくらいに歩いたり走ったりが出来るようになったお陰で、最近はこの杖も自室にある豪華なケースの中で眠っている事が多くなった。

……もうちょっと、持ち歩くようにしてもいいかもな。なんて言ったたって、コイツは大変だった学生生活を共に歩んだ戦友で相棒なんだから。

僕がそんな風に一人浸っていると……。

「レイル、やっぱりもうちょっとデカい石にした方がいいんじゃないか？　あのサイズじゃせいぜい家の中でどこにいるか分かるくらいだから、浮気防止になんないぜ」

「だから！　別に浮気防止の為とかじゃないし！　ファルクは浮気しないし！」

兄様は「そりゃそうだ」と言って笑っている。

兄様が言っているのは指輪に付与する事にした魔法についてだ。

フィオに誓婚石向けの魔法を色々聞いて、僕が選んだのは『共鳴』という魔法。その名の通り対になった魔石と共鳴するという効果がある。

魔力を込めると互いの居場所が分かるので、恋人や夫婦間で持つ場合は大体浮気防止の意味合いがあるのだとか。

兄様はぼんやりしている弟がそんな魔法を選んだ事が大層おかしかったらしく、さっきからこの調子なのだ。僕は別に浮気防止とかそんなんじゃなくて、ただお互いの存在を感じられるってところがいいなって思っただけなのに。

……ファルクも魔法の効果を聞いたらドキッとしちゃうかな？


きっちり一ヵ月後、指輪が完成したと兄様から文と引き換え書が届いた。王都のヴァンスタイン商会が出資している装具店で受け取れるらしい。

僕は文が届いたその日に早速指輪を受け取りに行く事にした。

「こちらが、ご注文の品物でございます。ご確認下さい」

カイゼル髭《ひげ》が特徴的な店主が、黒のベルベットで出来たジュエリーケースを持ってきて、カウンターの上で開く。中には大きさの違う指輪が二つ並んで入っていた。

僕は大きい方の指輪を手に取ると目の高さまで掲げた。

「綺麗《きれい》……」

完成した指輪はプラチナ素材で出来ており、一般的な結婚指輪よりも少し太幅だ。外縁にだけピンクゴールドを走らせていて、シルバーとゴールドの色の寒暖差が美しいと感じた。

表面は磨きすぎず、すりガラスのようなしっとりとした質感で指先によく馴染《なじ》んだ。光を柔らかく反射するその輝きには高級感と繊細さがあり、太幅の指輪の無骨な印象を見事に打ち消していた。

そっと裏側を見てみると、アンバーダイヤが一粒埋まっていて黄金色に輝いていた。

フィオから男性なら指輪の幅は太めの方が存在感があって、洗練された印象になると勧められたからその通りにしたけど大正解だったと思った。

――これ、絶対ファルクに似合う……！

この指輪なら邪魔になる事なく、けれど華やかな顔立ちのファルクに負ける事もなく、彼を引き立ててくれるだろう。

表に石がなくてもここまで上品な華やかさを出せるのかと、フィオの腕に脱帽してしまう。

絶対にファルクを連れて工房にお礼を言いに行かなければ、と僕は改めて思った。

窓から差し込む光を指輪にかざして、角度を変えながらいつまでも眺めている僕を、カイゼル髭の店主は優しく微笑みながら見守ってくれていた。

すぐにファルクに渡すぞ！　って思ってたんだけど、ファルクに三日後まで待って欲しいと言われて僕は肩透かしをくらったような気分だった。

誓婚石のピアスが三日後に出来上がるそうで、どうせなら一緒に交換したいそうだ。

あと、渡す場所も拘《こだわ》りたいらしくて三日後はお互いに仕事を早めに切り上げる事にした。

ちょっとガッカリはしたものの、楽しみが増えたのはいい事だと思った。

それにしても場所にまで拘りたいなんて、一体どこに連れて行かれるのだろう？

僕は部屋でこっそり指輪を眺めたりしつつ、そわそわした気分を抱えながらその日を迎えた。

今日の僕は午前上がり。これからデートだと知っているカイルせんぱ……室長の生温かい視線に見送られながら『地下領域探査および魔物生態研究対策室』の研究室を後にした僕は、ファルクの執務室へと向かうべく階段を上った。

王の居住区である最上階の一つ下の階から警備はかなり厳重になり、階段側や曲がり角など至る所に武装した兵士が立っている。

僕は見張りの兵士に挨拶《あいさつ》をしながらそそくさと歩いた。流石にある程度顔を知られているので止められる事はない。

それでもなんだか場違いな気がしてしまって、この国を動かす面々の執務室や会議室が並ぶ廊下を僕はそろりそろりと歩いていた。

すると、廊下の向こうからこの国の王太子様とその騎士が歩いてきた。

「おう、レイル。今日はデートだってな」

王太子らしく煌《きら》びやかな装束を着たダリオン様と黒の近衛騎士の制服を着たアルバートだ。

近衛騎士の制服カッコいいんだよなぁ。僕、アクスタ持ってたし。

学園を卒業してから制服姿じゃない二人にもすっかり慣れてしまって、なんだか寂しさを感じる。

皆同じ制服を着て過ごした学園生活が懐かしいな。

「こんにちは、ダリオン殿下。アルバート。なんでデートって知ってるんですか？」

僕が挨拶するとアルバートは黙ったまま騎士の礼をした。相変わらず黒子に徹してるなぁ。

「あぁ、こんにちは。そりゃあ、あいつが今日は絶対に早く帰るから、余計な仕事入れてくんなって前からうるさかったからな」

「それは……どうもすみません」

僕は苦笑してしまう。従兄弟《いとこ》ならではの気安さなのか、性格的な相性の問題なのか、ファルクとダリオン様のやりとりはとても雑だ。

親族とはいえダリオン様は正式に王太子になられて、ファルクはその臣下なのだから、もうちょっと敬った方がよいのでは……？　と思ったりしないでもない。

「だがレイル、ファルクの執務室に行くならこっちの廊下じゃなくて、向こうの階段から行かないとかなり遠回りだぞ」

「え」

「……お前、城で勤め始めて何ヵ月だ？」

ダリオン様が呆《あき》れたように肩を竦《すく》める。

し、仕方ないじゃないか。僕は基本的には研究室に引きこもってるか、ダンジョンに潜りに行っててるかで、殆《ほとん》ど城の中を移動する事なんてないし！

大体防衛の為だとか知らんけど、お城って入り組みすぎなんだよ！　訳分からん!!　梅田駅かよ！

迷子を露呈してしまった恥ずかしさから、僕は心の中で逆ギレしてしまう。

「アルバート。俺の護衛はいいから、コイツをファルクの執務室まで送ってやれ」

「え、いや、しかし……」

アルバートが困惑したように僕とダリオン様へ順に視線を動かす。

そうだよな、そんな事言われても困っちゃうよな。

「いや、お気遣いは有り難いですけど、流石《さすが》に大丈夫ですって」

「なぁに、気にするな。なぁ、アルバート？」

ダリオン様がにやりと悪い顔で笑う。む！　……なんか嫌な予感。

「ですが、私とレイル様が共に行くと、その、ファルク様の不興を買うかと思われます」

「だからいいんじゃないか。フハハハ、あいつ何故かお前の事を恋敵認定してるからな」

ダリオン様は悪い顔をしたまま、魔王みたいに高らかに笑った。王子様なのに。

この魔王子様、ファルクをからかいたくて仕方ないらしい。本当に悪友って感じだな。

「はぁ、ファルク様は何故私の事をそれほど警戒されるのだろうか。私に横恋慕する気などないのだが……」

アルバートが困った顔をして僕に尋ねてくる。ごめん。ごめんね。本当にごめん。

それは多分、僕の『セブンスリアクト』での推しがアルバートだったって、ファルクに話しちゃったせいだ。

　そりゃ三次元アルバートにちょっとテンション上がったりもしたけど、僕が推してたのはゲームキャラのアルバートだし、そもそも推しと好きな人は別物だ。

　それなのにファルクは自分が推しじゃなかった事に大層ショックを受けて、僕を渡すまいと無駄にアルバートに対抗意識を持っているのだ。

　ファルクは自分が僕の事を好きだからって、他の人にも僕が魅力的に映ると思っている節があるんだよなぁ……。どうにかしないとな。

「ごめんね、ファルクにはよく言って聞かせておくから……。僕の事が好きみたいに扱われるの、アルバートにとっていい迷惑だよね」

「いや、そんなつもりでは……！　決して横恋慕する気はないが、俺はレイルの事を可愛らしいと思っているぞ！」

「えっ」

「くくくっ、おま、お前、そーいうところがアイツに警戒されんだよ、ははは……」

　ゲームのヒロインに戻った気分でちょっとドキッとしたけど、完全に気を遣わせてしまっただけだ。

　本当にごめんね、アルバート……。

　ダリオン様がひーひー笑っているせいで兵士達が何事かと見に来たし、もうこの王子様は放っておいてさっさと僕の王子様の執務室に行こ！

「と、とにかく、僕もう行きますから！　デートなんで！」

おざなりに礼をして、僕はその場を去ろうとした……が。

「ファルクの執務室はそっちじゃなくて、あっちだ」とダリオン様に背中から声をかけられて、僕はもうっ!!　と憤りながら進行方向を変えた。耳が熱い。

様々な困難を乗り越えておそらく目当ての部屋の前に着くと、僕は少し緊張しながら立派な扉をノックした。似たような扉ばかりだから、間違えていないか心配になるんだ。

実際一回間違えた事があるので、ポンコツな人間用にネームプレートとかつけてほしいな。

「ファルク？　僕だけど……」

中から『レイル？』とファルクの声が聞こえて、僕は今度は間違えてなかったとホッとした。

扉を開けるとすぐそこにファルクが立っていて、どうやら向こう側から扉を開けて出迎えようとしてくれていたようだった。

入るなり抱きしめられて、頬にちゅっと唇が落とされた。熱烈な歓迎だ。

「遅くなってごめんね、階段長かっただろ？　脚は大丈夫？　痛くない？」

「これくらいならもう大丈夫だって知ってるでしょ」

ファルクはむっと口を一文字に引き結んだ後、はぁと溜め息をついた。

「俺がレイルを迎えに行きたかったのにな」

「僕の職場の方が時間に自由が効くから仕方ないよ。お疲れ様。まだかかる？」

「レイルもお疲れ様。もう片付けるから、ソファで座って待ってて」

ファルクはふわりと笑うと、最後に一つ僕の額にキスをしてから離れて行った。

僕は言われた通り応接用のソファに座って待つ事にした。デスクで書類を整理するファルクを眺めていると、不意に目が合う。ファルクの目が細く弧を描いた。

「かわいー」

「……一応聞くけど、どこが？」

「俺の執務室のソファにちょこんと座ってるところ。お給金出すから、ここで働かない？」

「業務内容によるかな」

「そのソファに座って、お菓子食べたり、昼寝したり、本を読んだり、自由に過ごしてもらいます。俺の休憩時間には、抱っことキスをさせてもらいます」

「お触り有りの仕事はダメでーす」

「残念」

そんな中身のない会話をしているうちに、ファルクは片付けを終えたらしく上着を着てソファへと近付いてきた。

「仕事じゃなかったらお触りしてもいいですか？」

虹彩《こうさい》の模様が分かるくらいにファルクの顔が接近する。僕は「いいですよ」と笑って形のいい唇の端に自分のそれを軽く重ねた。

熱っぽい目でより深いキスを仕掛けてこようとするファルクを手でガードして、僕はソファから立ち上がった。

「ほら、行こ！」

「うん、そうだね」

城門に着くと既にサンブール家の馬車が待機していて、毎度の事ながら感心してしまう。帰る素振りを見せたら使用人や兵士の誰かが報告してるんだと思うんだけど、その誰かが分からないんだ。

一度誰にも見つからないようにこっそり帰ろうとしてみたが、城門にはいつもと変わらずサンブール家の馬車が待機していたという怖いエピソードがある。いよいよ気になって御者に尋ねてみた事もあるけど、御者は薄く笑うだけだった……。ホラーじゃん。

僕はファルクにエスコートされて馬車に乗った。

いつもなら護衛の誰かも一緒だけど、ファルクがいる時は基本的に護衛はなしだ。

執事のモリスもファルクなら一人で出掛けても何も口を出さない。

……僕だって結構強いんですけどね！　キャリーされたとはいえ、一応ダンジョンボスを倒した英雄の一人なんですけどね！　まぁ、そんな不満は今はどうでもいいとしてだ。

「結局どこに行くの？」

「まだ秘密」

ファルクが唇に人差し指を当てて微笑《ほほえ》む。

「えー、どこだろ。街の方じゃなさそうだし……」

僕は目的地を探ろうと、窓の外の風景を見る。

ファルクはロマンチストなところがあるから、もしかしたら蔦瑠璃《つたるり》の花畑かな、とも思ってたんだけど流石に時期じゃないし、違うか。

「教えて」

「ダメ」

「じゃあヒント！　ヒントちょうだい」

「ダメ」

むー、珍しく頑《かたく》なだ。最終必殺技を使うか……？

ちなみに最終必殺技というのはファルクの膝《ひざ》の上にのって、媚《こ》び媚《こ》びの態度でお願いするという、自身にも極大ダメージが跳ね返ってくる危険な技である。

冷静になってはいけない。大鍋《おおなべ》で怪しい薬とか作ってそうな自分の容姿を思い出してはいけない。

「お強請《ねだ》りしてもダメ」

「けち！」

ファルクは軽快に笑うと、僕の頭を撫《な》でた。

結局何度聞いてもどこに向かっているのかは教えてもらえなかった。僕はずっと窓の外を眺めて答えを考え続けていたが、目的地に着くまで正解に辿《たど》り着《つ》く事はなかった。

古びてはいるが清廉さを保つ白い煉瓦《れんが》造りの外壁に、背の高い三角屋根の鐘塔。

観音開きの赤茶色の扉の上には、シルヴァレンスで多く信仰されている、女神セレニアスの紋章が描かれていた。

「……教会？」

「うん」

目的地に到着したよ、と言われて降りた場所で僕が目にしたのは小さな教会だった。

これまた意外な場所に連れてこられたな、と目をぱちぱちさせながら、ファルクに手を引かれて僕は教会の中へと足を踏み入れた。

「――正確には廃教会なんだ。ほら、辺鄙《へんぴ》な場所に建ってるだろう？　規模も小さいし、信徒達はもう少し開けた場所にある大きな教会に行くらしくて。少し前、高齢だった神官が亡くなってそのまま閉鎖されてしまったんだ」

「そっかぁ……」

僕はキョロキョロと聖堂内を見回す。長椅子があって、中央には祭壇があって、小さいながらも綺《き》麗《れい》なステンドグラスがあった。ごく一般的な教会だ。

窓からは夕日が差し込んで、白い壁をオレンジ色に染めている。そのせいか、無人の廃教会なのにどこか温かみを感じた。

「廃教会ってわりに綺麗だね」

「掃除するって条件で、神官長から今日だけ借りたんだ。職権濫用しちゃった」

ファルクが悪戯《いたずら》っぽく笑う。

そこまでしてなんでわざわざ教会に……、と思ってから、僕はやっとファルクが何をしたいのかの見当がついて口を噤《つぐ》んだ。

結婚指輪。妙に聞きたがっていた前世の結婚式の話。点と点が繋《つな》がる。

「『バージンロード』を一緒に歩いてくれるお義父《とう》さんも口上を述べてくれる神官もいないけど……」

ファルクが左腕を差し出してくる。

「しよう。『君』と俺の結婚式を」

僕は咄嗟《とっさ》に言葉が出なくて、口をはくはくとさせながらも、そっとその腕を掴《つか》んだ。

多分、今の僕は顔も耳も真っ赤になっていると思う。

だって、異世界で、転生して、魔法のないあの世界の事を知る人なんて誰もいなくて。

そんな世界なのに、前世流の結婚式をやる事になって、しかも前世で夢想していたのとは違う立ち位置だし！　もう頭がめちゃくちゃになりそうだ。

現実感のないままバージンロードを歩き終わり、祭壇の前に辿《たど》り着《つ》いた。

ファルクと向かい合って、目と目が合う。

——ファルクが言う通り神父様も、祝福してくれる人達も、神様さえ見て下さってはいないだろうけれど、僕は凄《すご》くドキドキしてて心臓が爆発しそうだった。

「健やかなる時も、病める時も、富める時も、貧しき時も、喜びの時も、悲しみの時も、君を愛し敬い、慰め、助け……」

聖堂内に粛々としたファルクの声が響く。

ファルクの僕を見つめる瞳《ひとみ》はいつだって、優しくて温かく、深い愛に満ちている。

いくらでも素敵な人を選べるのに、どうして僕をこんなに好きでいてくれるのか、いつだって不思議で仕方なかった。

「この命ある限り、君を守り、誠実を尽くすことを誓います」

幼い頃、僕の前で跪《ひざまず》いて『絶対にレイルを守るって約束する』と誓ってくれた少年と、今目の前にいる彼の姿が重なる。

——そうだね。君はあの時からずっと、その約束を守ってくれていた。

今日だって、君が知らない僕の過去ごと全部受け入れてくれようと、この結婚式の計画を立てたんだろう。

「っ、ぼく、も……誓い、ます……」

ぼやけた視界の中でファルクが困ったように眉尻《まゆじり》を下げて笑っている。ファルクはポケットから取り出したハンカチを僕の目元に当てて、優しく涙を拭《ぬぐ》ってくれた。

「そんなに泣かないで。ほら、まだ続きがあるんだろう？　レイルがどんな指輪を選んでくれたのか、早く見たいな」

「うん……」

僕は大きく鼻をすすってから、腰のポーチから指輪の入ったケースを取り出し、ファルクに開いて見せた。

夕日に照らされて、二つ揃《そろ》いの指輪がキラリと輝く。

ファルクは小さい方の指輪を手に取ると、顔の上まで掲げて指輪を仰ぎ見た。

「……凄く綺麗だ。表面が星が散ったみたいにキラキラしてて上品で、繊細なのに、凛々《りり》しさも感じる」

「……ね、内側も見て」

「うん？　……宝石だ。内側についてるなんて珍しいな。奥ゆかしくて、特別な感じがしていいね」

そうだろう、そうだろうと僕は誇らしい気持ちになる。僕がほくそ笑んでいると、ファルクが姿勢を正して改めて僕の方を真《ま》っ直《す》ぐ見る。

「手を。いい？」

「あ、うん……」

僕はしずしずと左手を差し出した。やばい、またドキドキしてきた。

何年経《た》ったって、見飽きたりしない。非現実的なまでに美しい、物語の王子様のような彼が、お姫様なんかじゃない僕に指輪を嵌《は》めようとしている。

本当におぼろげだけど、ファルクに初めて会った時、絵本から王子様が出てきたと思って驚いた記憶がある。

その時はまさか、自分が彼の隣に立つ事になるなんて誰一人思わなかった筈《はず》だ。

ファルクの大きな手が、繊細な手つきで僕の左手の薬指に指輪を嵌める。

「似合ってる」

「うん……」

僕はキラキラと輝く指輪をどこか夢見心地で見つめていた。

「……じゃあ、俺にも嵌めてくれる？」

「え、あ、は、はい……！」

僕がびくりと肩を跳ねさせると、ファルクがくすりと笑った。

僕の前にファルクの骨ばって少し血管の浮いた男らしい手が差し出される。顔立ちの華やかさから抱く印象より無骨なそれは、優れた剣士であるファルクの努力の証《あかし》だ。

祭壇に置いた指輪のケースから指輪を手に取り、ファルクの左手の薬指にそっと指輪を通す。

流石《さすが》フィオ、サイズぴったりだ。

ファルクの手に嵌まった指輪を見て、僕は言い尽くせないような満足感でいっぱいになった。

指輪一つで誰かを縛れるなんて思ってはいないけれど、それでも——ファルクは僕のものだと強く思った。

「どう？　似合ってる？」

ファルクが左手を顔の近くまであげて、手の甲を僕に向ける。まるで前世で芸能人が結婚を発表した時に見せるポーズのようで、僕は笑ってしまう。

想像していた通り、指輪はファルクにとてもよく似合っていた。

ファルクをイメージして、ファルクの為に作ったのだから当然なのだけれど、指輪は溶け込むようにファルクが持つ雰囲気と調和していた。

「超かっこいい！」

嬉《うれ》しくて、頬が緩む。ファルクが僕を着飾らせようとする気持ちが分かったかも。

自分が選んだものを好きな人が身につけてくれるって、すごく嬉しい！

ニコニコしていると、ファルクの手が僕の頬を撫でた。

レイル、と吐息の温度が分かるくらいの距離で名前を呼ばれて、僕は瞼《まぶた》を閉じた。

唇に温かくて柔らかいものが押し付けられる。

腰に回された腕に力が入り、腕の中へと抱き寄せられた。

頬に触れていたファルクの手が僕の顎《あご》を摑み、少し強引に唇を開かされ、隙間から舌が入ってくる。

「ん……」

入り込んできた舌に上顎《うわあご》を擽《くすぐ》られ、舌先をちゅっと吸われれば、ぴりりと甘い疼《うず》きが背筋に走る。

ファルクの背に回した手に力が入り、爪を立てる。

ファルクの舌は喉《のど》奥まで舐《な》めるように深い所まで入ってきて、口の中が舌でいっぱいになって苦しくて、気持ちいい。飲み切れなかった唾液《だえき》が顎を伝ったタイミングで脚に力が入らなくなり、僕はカクンと腰を抜かした。

ファルクに支えられて、なんとか尻餅《しりもち》をつくことは避けられたけど……。

「ふ、ふつう、誓いのキスで、こんな深いキスしない、から……」

僕が息も絶え絶えでファルクを睨《にら》むと、ファルクはわざとらしく目を見開いて「それは知らなかった」と返してきた。こいつ……。

教会の長椅子に二人並んで座って、僕はなんとなく目を閉じてファルクがコトを終えるのを待っていた。

「――はい、ついたよ」

そう言われて、右の耳たぶを触る。指先にひんやりとした硬い石の感触。

恍惚《こうこつ》としたような表情で僕を見つめるファルクの左耳には、スクエア型のブラックダイヤのピアスがついていた。

いつもと雰囲気が違う感じがして少しドキドキする。なんだろ、ちょっと悪い男感があるというか。

僕の右耳にも同じブラックダイヤのピアスがついている、らしい。生憎《あいにく》今は鏡を持っていないから、どんな風になっているのか分からないけど。

これがファルクが用意してくれた誓婚石のピアス。一組のピアスを二人で分けてつけるんだそうだ。

誓婚石で黒の宝石を使うのは珍しい気がするけど、カッコよくて僕は好きだ。

まだ自分がつけている姿を見られていないけど、もう既に気に入っている。

僕は再び耳を飾る硬い石の感触を指先で楽しんだ。

「うん……うん、やっぱり黒で正解だった。赤い石と迷ったけど、レイルの瞳の色をより際立たせるのには黒が一番いいな……。顔周りに他の色はいらない……レイルの瞳の美しさの前では全て色褪《いろあ》せて見えるからな……」

なんかぶつぶつ言ってるなぁ……。本当に僕には勿体《もったい》ないくらいのスーパーダーリンなんだけど、これだけが玉に瑕《きず》だと思う。

「ファルク」

「うん？」

「ありがとう」

耳たぶを指差して笑って見せると、ファルクは珍しくどこか照れた様子で、噛《か》み締《し》めるように「うん……」と頷《うなず》いた。

「結婚式も、嬉しかった。ありがとう」

「うん」

「前世の事は前世の事って、切り離して考えなきゃと思ってたから……本当に嬉しかった」

僕の中に確かに存在する、じいちゃんの孫で、ゲームが好きな『シュン』の部分も肯定されたみたいで嬉しかったんだ。

ファルクの手が僕の後頭部に当てられて、引き寄せられる。ぽふ、と頬が胸板に埋まった。

「無理に切り離す必要なんてないよ。その世界で生きてきた記憶だって、今のレイルという人間を形成する大切な要素だろう」

「ファルク……」

「『君』が居たから、今こうしてレイルを抱き締めて、温《ぬく》もりを分け合う事が出来る。……ありがとう」

「……うん」

僕は再び滲《にじ》んだ涙を隠すようにファルクの胸元に顔を押し付けて頷いた。

「――それに、もしかしたらその世界に俺もいたんじゃないかなって思うんだ」

「え？」

唐突なファルクの言葉に僕はキョトンとしてしまった。えぇ？　ファルク・サンブールが地球に？

『『レイル』というキャラクターも『ゲーム』の中にいたんだろう？　なら俺だっていてもおかしくないよね」

「それは、そうだけど……」

思い出していないだけで、ファルクの中にも前世の人格が眠っているかもしれない、という事を言いたいんだろうけど……あるかなぁ。

別に自分だけが特別だなんて思いたい訳じゃないけど、なんとなくファルクからそういう匂いは感じられないんだよな。

というかこの手のやつの定番はヒロインの中にいるパターンでは？

でも……セーラはないだろうな。思わず吹き出してしまうくらいにない。

恋愛なんて二の次でモーニングスターを振り回して敵を次々と屠《ほふ》るセーラの姿を思い出す。

うん。やっぱりないと思う。

「俺が俺である限り、君の事を愛さずにはいられない筈だから……前世で恋人とか、伴侶《はんりょ》とかそういう近しい人物はいなかったのかい？」

「――それは、むぐっ」

僕が口を開こうとすると慌てた様子のファルクに手で口を塞《ふさ》がれた。

「……いやだ!! やっぱり言わないでくれ!!!! 聞きたくない!!!! アルバートの事だってまだ受け入れ難いのに、恋人なんて耐えられそうにない……!」

自分で言い出したのに……。

一人で大騒ぎするファルクを見て、僕は呆《あき》れて笑ってしまう。

心配しなくても、ファルクが嫉妬《しっと》するような出来事は皆無だった筈だ。少なくとも思い出している部分では。

……でも、我《わ》が儘《まま》な子供みたいに嫉妬してくれるのはちょっとだけ楽しくて、嬉しいから。

「じゃあ、ファルクには秘密にしておくね」

僕は唇に人差し指を当てて、思わせ振りに微笑《ほほえ》む。

「……!! 耐えられない!!!!」

ファルクはワッと顔を両手で覆った。面白すぎる。

僕はひとしきり取り乱すファルクを堪能してから「残念ながら恋人も伴侶もいなかったよ」とネタバラシしてあげた。

すると、分かりやすく顔面に喜色を乗せたファルクが僕の顔中にキスの雨を降らせ始める。

僕は溜め息を一つついた後、手触りのいい銀色の髪を撫《な》でた。

そういえば、このピアスって魔石だよな。どんな効果があるんだろう。

ファルクに限って悪い効果がある訳はないだろう、と僕は軽い気持ちでピアスに魔力を込めてみた。すると。

「これって……共鳴？」

この感覚を言葉で説明するのは難しいのだが、そこに在るという感覚がピアスを通じて伝わってくる。ファルクの耳につけられたブラックダイヤに向かって、片割れがそこにいると僕のブラックダイヤが訴えているのだ。

すごい……！　示し合わせた訳じゃないのに同じ魔法を選んだなんて、こんな偶然ってある⁉

一人感動する僕の問いにファルクは何故《なぜ》か一瞬固まったように見えた。気のせいだろうか。

「……うん、そうだよ。レイル、知ってたんだね。この魔法の事」

「うん！　僕も……」

なんか、ファルク。目が泳いでる？　もしかして……。

「浮気防止の為につけた？」

僕が首を傾《かし》げると、ファルクは分かりやすく狼狽《ろうばい》して首を左右に振った。

「そ、そういう訳じゃないんだ。俺はただ離れていてもレイルの存在を感じられたら嬉しいと思っただけで、それに効果範囲はせいぜい城の敷地内のどこにいるのか分かる程度だから！」

おお、魔石のサイズがでかい分僕のやつのよりスケールアップしてる。城の敷地って結構広いぞ。

「本当に、そういうつもりじゃなくてね。俺は嫉妬はするけど、レイルを疑ったりなんてしないよ。ああ、まさかレイルが知っているとは思わなかったから……」

ファルクはぶつぶつ言いながら頭を抱えてしまった。さっきからファルクの珍しい姿が見られて非常に楽しいんだけど、意地悪はこの辺にしておいてあげようか。

「ファルク」

「……はい」

「指輪に魔力、込めてみて？」

一瞬の間の後、ファルクが驚いたように目を見開く。

そのぽかんとした表情が可愛くて、僕は口元に笑みを湛《たた》えながら自分からファルクにキスをした。

「……愛してる」

普段は照れ臭くて、ファルクのようにはあまり言葉に出来ていない気持ちを伝える。

「俺も……俺も愛してるよ。レイルの過去も、今も、未来だって全部」

ぎゅうっと強く抱き締められて。その温もりと、香りを感じて、何よりも幸せだと思った。

地球の神様、それともここの教会の元主のセレニアス様か。……両方でいいや。

僕を彼に出逢《であ》わせてくれて、この世界に来させてくれてありがとうございます。

――風なんて吹くはずがない屋内なのに、優しい風が頬を撫でたような気がした。

あとがき

令和六年一月某日。「そうだ、小説でも書くか」と唐突に思い、書きはじめたのが『誰もシナリオ通りに動いてくれないんですけど！』でした。小説執筆の経験もほとんどないまま手探りで進めていた作品が、こうして書籍になるなんて人生何があるか分からないものです。

思い返せば小学生の頃に出された『教科書に載っている物語の続きを書いてみよう』という課題で、本来なら五行くらい書けば良かったものを、作文用紙二枚分書いて提出し、先生をドン引きさせたのが私の執筆活動の始まりだったのかもしれません。

……と、そんな自分語りはこのくらいにしておいて、本作についてのお話をしようと思います。

web小説ならやっぱり人気の異世界転生×乙女《おとめ》ゲーム！　と安易にテーマを決めた本作ですが、原作の乙女ゲームを戦闘要素が強めのゲームにする事で、少しだけ独自色が出ていたかと思います。

私自身がゲーマーなので、ダンジョンパートは今までプレイした様々なゲームを思い浮かべつつ執筆し、ダンジョンボスであるドラゴンとの戦闘シーンを書く時には、実際に様々なドラゴンを倒しに行ってきました。(ゲームでですよ！)

乙女ゲームがモチーフになっておりますので、本作には物語の長さの割に多くの名有りキャラクターが登場します。特に攻略対象である面々ははっきりとした個性を持ち、魅力的である必要がありますが、突出し過ぎてもよくありませんので、そこのバランス感覚には苦労しました。

その中で、ダリオンは原作メインヒーローだった割には一番影が薄かったかもしれません。

彼もまた面白いヤツなので、もっと出番を増やしても良かったかなと思ってます。ツッコミ力の高さ故に、彼が居るとファルクとレイルが両方ボケにまわる所が気に入ってます。

あとは、やはり原作主人公でヒロインであるセーラには思い入れがあります。

彼女はプロット（物語の設計図のようなもの）段階ではザ・ヒロインという性格で今ほど強烈な個性を持っていなかったのですが、大改造を繰り返した結果、モーニングスター片手に魔物を屠《ほふ》る脳筋女子に落ち着きました。

web連載時、BL作品で女性キャラクターがここまで大きく活躍する展開は、読者様に受け入れてもらえるのだろうかと思っていましたが、予想以上に「セーラが好き」と言っていただけて嬉《うれ》しかったです。

ちなみにファルクだけは構想段階から一貫して変わらずに、ずっとレイルの事が好きで好きで仕方のない今のファルクのままです。

溺愛《できあい》モノの鑑《かがみ》のような攻めですね。一途《いちず》過ぎて畏怖《いふ》の念すら覚えます。

最後になりますが、数ある素晴らしい本の中で、この本を手に取っていただき、本当にありがとうございました。読者様にとって「良かったな」とじんわり思い返していただけるような、そんなお話になっていたら嬉しいです。

それでは、またどこかでお会い出来る日を楽しみにしております。

貴志　葵《あおい》

Ruby collection

誰《だれ》もシナリオ通《どお》りに動《うご》いてくれないんですけど！

2024年12月27日　初版発行

著者　貴志 葵

発行者　山下直久

発行　株式会社KADOKAWA
〒102-8177
東京都千代田区富士見2-13-3
電話：0570-002-301（ナビダイヤル）
https://www.kadokawa.co.jp/

印刷所　株式会社暁印刷

製本所　本間製本株式会社

デザインフォーマット　内川たくや（UCHIKAWADESIGN Inc.）

イラスト　篁ふみ

初出：本作品は「ムーンライトノベルズ」（https://mnlt.syosetu.com/）掲載の作品を加筆修正したものです。

ISBN 978-4-04-115880-7　C0093　　Printed in Japan